沙漠 |著|

锦衣春秋

第一卷

中国出版集团有限公司
研究出版社

图书在版编目(CIP)数据

锦衣春秋. 第一卷 / 沙漠著. —北京：研究出版
社，2023.2

ISBN 978-7-5199-1424-0

Ⅰ.①锦… Ⅱ.①沙… Ⅲ.①长篇小说－中国－当代
Ⅳ.①I247.5

中国国家版本馆CIP数据核字（2023）第030382号

出 品 人：赵卜慧
出版统筹：丁　波
责任编辑：谭晓龙

锦衣春秋（第一卷）

沙　漠　著

研究出版社 出版发行
（100006　北京市东城区灯市口大街100号华腾商务楼）
河北文福旺印刷有限公司印刷　新华书店经销
2023年2月第1版　2023年2月第1次印刷
开本：710毫米×1000毫米　1/16　印张：22.75
字数：205千字
ISBN 978-7-5199-1424-0　定价：58.00元
电话（010）64217619　64217652（发行部）

我不知道未来的样子，但我要走好现在的每一步，风不能击败阳光，要相信乌云的上空总有阳光照耀，而这正是我们成人童话。

——沙漠

目／录

目 / 录

第一章

穿越土地庙

滂沱大雨之中，一道火链般的闪电在夜幕之下一闪而息，紧接着如同天崩地裂般的惊雷轰然响起，声传四野，震动天地。

杨宁睁开眼睛，看清楚眼前的状况之后，就做了一个无可更改的决定——他准备出手了。

能用拳头解决的问题，就尽量不要去麻烦自己的智力。

眼前的一幕确实让他很气愤，三四个年轻力壮的家伙，正围着一个衣衫褴褛、蓬头垢面的人拳脚相加，被殴者抱着头蜷缩在地上，毫无还手之态。

他并不反对打架斗殴，换句话说，他其实很享受拳头打在对手身上的感觉，可是以众欺寡是让他最不开心的事情，谁让他不开心，他总会想方设法让对方更不开心。

"住手！"杨宁敞着嗓子叫唤一声，他需要先声夺人以取得震慑的效果。

声音发出，却没有自己所想象的威风霸气，反而是虚弱无力。

这一声虽然没有达到石破天惊的效果，但还是让那几人停下手，都转过身来瞧着他。

杨宁这才看清楚，这打人的几个家伙并不比地上躺着的干净多少，都是蓬头垢面，身上的衣衫也都是破烂不堪，一个个瞧着就像叫花子。

"小……小貂儿……"一名头发如同披头士一样的年轻人瞧见杨宁晃晃悠悠站起身来，脸上明显带着惊讶之色。

杨宁感觉自己的身体竟然有些乏力，只是冷冷道："是男人就该单打独斗，这样以众欺寡有什么意思？"

"披头士"上下打量杨宁一番，缓步走过来，忽然笑道："你小子竟然没死？"走到杨宁身前，一只手伸过来，便要往杨宁的肩头搭上去。

杨宁见对方一只手伸过来，条件反射般探出一只手，抓住对方手腕子，不等对方回过神来，脚下一闪，已经将"披头士"的手臂反扣到后面，随即在那人上臂用力一按，就听到"咔嚓"一声脆响，"披头士"的惨叫声也瞬间响起。

这种空手格斗是他的拿手好戏，要卸掉对方一只胳膊，实在用不了什么气力。

"披头士"惨叫一声，那条手臂软软垂了下去，另一只手按住自己的肩头，额头上冷汗冒出，脸色也瞬间变得惨白。

其他几个家伙互相瞧了瞧，两名乞丐竟然各拿着一根棍子，一左一右向杨宁靠近。

杨宁淡淡一笑，往地上扫了一眼，在脚边还真有一根木棍，足下一挑，将木棍挑起握在了手中。

一声大叫，两名男子挥动木棍向杨宁迎头打下来。

杨宁一声冷笑，手中的木棍闪电般挥出，在他数年的军伍特训之中，其中一项就是把一切东西当作武器来使用，两名男子虽然来势凶猛，但在杨宁眼中根本不算什么，若不是身体还有些乏力，赤手空拳也足以将他们轻易打倒。

现在手中还有一根木棍，自然没有处于下风的道理。

"嗒嗒"两声，木棍荡开，杨宁一个侧步拉过去，右拳重重砸在一人的面门上，一条腿一个"蝎子反撩"，踢在了另一人裆间，两名男子都是惨叫一声，一人夹腿倒地，另一人手中木棍掉落，抬手捂住鲜血直流的鼻子。

　　杨宁摇了摇头，对手实在毫无挑战性，这让他的成就感几乎为零。不过本有些僵硬乏力的身体，这活动两下，竟舒适了不少。

　　杨宁抬头看向前面，还有一名男子手握木棍，正呆呆地瞧着这里。

　　杨宁抬起手臂，木棍前指，对着最后一名男子道："来吧，该你了！"

　　那男子瞧了瞧几名同伴，握着木棍的手抖了抖，忽地将木棍丢在地上，勉强笑道："小貂儿，我……我不和你打！"

　　"小貂儿？"杨宁一愣，这是他第二次听到这个称呼，"什么小貂儿？"他不禁拿着木棍向前走了两步。

　　那男子一愣，见杨宁的木棍依然指着自己，立刻可怜兮兮道："小貂儿，这……这都不是我的主意，我……我也是被逼……"

　　他抬手指向被杨宁卸了胳膊的"披头士"："是……是猴子，都是猴子的主意！"

　　杨宁扭头瞥了"披头士"一眼，皱起眉头，意识到什么，低下头打量自己，脸色陡变。

　　他见到这几人衣衫褴褛，本就奇怪，此时才发现自己身上的衣衫比他们的还要不堪，破衣烂衫，露出了大片满是污渍的肌肤。

　　他四下瞧了瞧，这是一处极为昏暗的处所，四周是斑驳的墙面，边上生了一堆篝火，头顶上传来噼里啪啦的响声，杨宁抬头看过去，只见到屋顶是以茅草铺就，而且缝隙众多，不少地方正往下面漏雨。

　　一时间，杨宁有些恍惚，他确定自己正在做梦，只是这个梦似乎太过真切。

　　"小貂儿，你……你活过来了？"一个惊喜交加的声音响起，被几人围殴的家伙此时抬起头来，鼻青脸肿的模样也无法掩饰他惊喜之色。

　　看到那张脸，杨宁陡然间感觉自己的脑袋一阵晕眩，也就是在这一刻，脑中划过纷乱的场景，那些画面交错在一起，而眼前这张脸在脑中竟然是清晰无比。

　　究竟发生了何事？这里究竟是什么地方？

　　眼前这人看上去有四五十岁年纪，身形瘦弱，衣襟敞开着，露出干瘪的胸膛，肋骨清晰可见。

身边的环境陌生无比，杨宁看了看自己的手，手中的木棍瞬间掉落。

这手……明显不是自己的手，虽然手上也和自己一般有些老茧，但是这只手比起自己的那双手，明显小了许多。

杨宁震惊之下，用双手摸自己的脸，他对自己的脸型十分熟悉，但这明显不是自己的那张脸，这张脸比自己要瘦削许多，而且棱角似乎没有完全长开，与自己原本那张棱角极其分明甚至有少许立体感的脸型完全不同。

杨宁不由得双腿一软，一屁股坐了下去，脑中一片发蒙。

被殴打的长者见杨宁如此，担心道："小貂儿，你……你怎么了？"

杨宁忽地抬头，冲着没被自己打过的那名男子招招手，男子犹豫了一下，终是忐忑不安地靠近。

"我叫小貂儿？"杨宁盯着男子问道。

男子立刻点头。

"这里是什么地方？"杨宁问出第二个问题。

男子忙道："这是城西的土地庙。"

"土地庙？"杨宁禁不住再次扫视四周，暗想这土地爷可真够憋屈的，"我怎么会在这里？你说的城西……这是哪座城？"

"会泽城！"男子立刻道，"往北一百多里地就是淮水了，小……小貂儿，你……你都不记得了？你半年前到城里来，后来被方老大收入了丐帮，如今也是丐帮弟子了。"

"等一等！"杨宁骇然道，"丐帮？你什么意思？"

他瞧了瞧几人的衣衫，心下一沉："你是说，你们都是乞丐？"

"你也是。"男子好心提醒，"咱们都是丐帮的弟子。"他眼中带着一丝同情，壮着胆子问道："小貂儿，你是不是……是不是病得什么都忘记了？"

"丐帮？小貂儿？会泽城？"杨宁抬手掐了一下自己的手臂，疼痛感十足，脸色更是凝重，突然间明白了什么，"这……这是穿越的节奏啊？"

"穿越？"男子虚心请教，"穿越是什么意思？"

杨宁没好气道："别管什么意思，我问你，那个……"他指了指兀自捂着肩头哼哼的家伙道："叫猴子是吧？他出了什么主意？"

"这个……"男子瞧了那猴子一眼，在心里衡量了一下双方实力强弱，才道："猴子以为你要死了，逼着老树皮滚出土地庙。小貂儿……这……这我可是不同意的，可是我若不答应，他连我也要赶出去的。"

"老树皮？"杨宁瞅着那老乞丐，脑海中再次浮现出诸多画面，其中便有这老乞丐喂食自己东西的画面。他站起身来，走上前去扶起了伤痕累累的老树皮，声音柔和许多，"你……你是老树皮？一直是你照顾我？"

老树皮眼眸中满是欢喜之色，伸手在杨宁身上摸了摸。杨宁很不适应一个老乞丐抚摸自己的身体，可是知道对方这是关心之意，也无法拒绝，只感觉老树皮双手有些发抖，语气满是关切："小貂儿，醒过来就好，老天有眼……"

杨宁现在不关心老天有眼无眼，只关心自己此刻到底处于怎样的生存环境之中。

"你们觉得我要死了，所以要在这个电闪雷鸣刮风下雨的时候将这个可怜的老人赶出这避雨之所？"杨宁觉得自己的出手实在是正确无比，看着鼻青脸肿的老树皮，声音发冷，"都过来，向老树皮道歉，他要是原谅你们，这事就算了了，否则……"

"不用不用，都……都算了！"老树皮急忙道。

杨宁也不理会，指着被自己卸了胳膊的猴子道："你，过来！"

猴子胳膊被卸，痛苦不堪，此时见杨宁冷冷瞧着自己，不敢违抗，挪到老树皮面前，低着头："老树皮，我……我错了，你……"

"什么？"杨宁淡淡道，"你在说什么，我没有听清楚。"

"老树皮，是我狼心狗肺，是……是我错了，你大人……大人不记小人过，原谅我这一回……"几句话说完，猴子额头上已经是冷汗直冒。

猴子开了口，其他人再不犹豫，纷纷过来："老树皮，我们……我们是一时糊涂，你就不要记在心上，日后……日后我们再也不敢这样待你……"

老树皮被人欺辱惯了，此时见到几人竟然下跪向他道歉，一时不知所措，只能道："你们起来，都……都过去了……"

杨宁看出来老树皮是个忠厚之人，被人打成这个样子，一句道歉他便罢了，只是既然连当事人都不计较，他也就没必要再多纠缠。

几步走到猴子面前，猴子见杨宁逼近，脸色大变，忍着疼痛叫道："我……我已经道歉了，你说话……说话要算话……"

真是没出息。

打人的时候威风八面，这才被卸了一条胳膊，什么气焰都去了九霄云外，杨宁也不啰嗦，伸手扯过猴子断折的手臂，还没什么动作，猴子就发出杀猪般的惨叫声。

"小貂儿……"老树皮惊呼出声，其他几个乞丐当机立断，转身便要跑。

"别鬼嚎了，"杨宁没好气道，"我给你接上胳膊，再鬼叫，就让这条胳膊废了。"

他现在心情不是很好，听到猴子的鬼叫声很是不爽，当年特训初期的时候，自己被卸掉胳膊也是常有的事情，也没感觉天要塌下来。

猴子毕竟是猴子，还算乖巧，杨宁这样一说，鬼叫声立马止住，杨宁上下扯动两下，猴子额头冒汗，脸上表情销魂，喉咙里发出痛苦的声音，而杨宁已经收回手。

"自己试试能不能动。"杨宁转过身，一屁股坐在屋角的一堆干草上面。

猴子半信半疑，却还是微微转动了几下手臂，虽说还有些轻微的疼痛，但手臂已经能够活动自如。

其他几个本准备落荒而逃的乞丐见此情状，都退了回来，却见到猴子猛地跪倒在杨宁脚下，声音变得很激动："小貂儿，以后……以后你就是我们的头儿，我们以后都听你的，你让我们往东，我们绝不会往西！"

杨宁有些错愕，这猴子的风向转得太快，让他有些不适应。

更让他惊讶的是，其他几名乞丐见猴子如此，竟然都跑上前来，齐齐跪在杨宁身前，纷纷道："小貂儿，以后你就是土地庙的老大，咱们都听你的。"

杨宁抬手道："先不要急，让我整理整理。"

他深吸一口气，才问道："这里是会泽城，你们都是丐帮弟子？"

"你也是！"猴子坚定地要求杨宁与他们统一阶层。

杨宁瞪了猴子一眼，他不喜欢别人轻易打断他的话："现在到底是什么朝代？还有，皇帝是谁？"

几人互相瞅了瞅，显然没有想到杨宁一开口就问出如此高端的问题。

"朝代？这个……会泽城是楚国的县城，咱们应该是……应该是楚朝。"猴子小心翼翼道，"皇帝是谁，咱们……咱们不知道。"

杨宁额头冒出一滴冷汗，不过想想也释然，如果这真是古代，那么通讯技术定然落后至极，皇帝也始终保持着神秘，不可能时常来个什么电视讲话，平头百姓还真未必知道九五至尊是谁。

他又盘问了几句，从这几个半吊子的叙说之中，多多少少知道了一些本朝本地相关背景的大致轮廓。

他叫小貂儿——至少在这个时代就是这么一个古怪的名字，如今身在楚国淮南郡北部的一个实在算不上太平的小县城。

这个小县城之所以不算太平，是因为往北一百多里地便是淮水，而淮水之所以不太平，是因为淮水两岸已经进行了数年的战事。

楚国占据着淮水以南大片土地，但是在淮水以北，却是汉国的天下，两国南北对立，针锋相对。

按照这几个不靠谱的家伙提供的情报，楚国虽然地处淮水以南，但是在淮水以北一直以来控制着两郡之地，如同尖刀一样顶在北汉的腹间，这样的威胁自然让北汉寝食难安，所以三年前，北汉二十万大军挥师南下。

你死我活打了两年多，淮水两岸狼烟遍地，到处支离破碎，两岸的百姓也都是妻离子散，纷纷逃离故乡，四处避难。

距离淮水不过百里之地的会泽城自然也就成了流民避难的去处之一，好在北汉人虽然也曾打到淮水南岸来，可兵锋在抵达会泽城之前就被打了回去，会泽城倒也没有经受刀兵之祸。

不过就在几个月之前，两国罢兵休战，延续近三年的淮水之战终于告一段落。

战事虽息，但流落在会泽城的难民一时间却并没有离去，小小一座县城，如今是人满为患，拥挤不堪。

杨宁从没有想过自己有朝一日会穿越，更没有想过自己会变成一名光荣的丐帮弟子。

出生于普通人家的他，在不懈努力下，成为一名武警，经过了严格的训练，退伍之后，他选择了经商，从无到有，一点点打拼，倒也算是颇有小成。

正当他苦尽甘来之际，一场宿醉醒来，竟从一名身价千万的商人变成了一个叫花子。

麻烦的是，他对这个叫作小貂儿的过往竟然没有多少印象，虽然脑中有些零碎的画面，但一时间却还理不出头绪来。

"小貂儿，你这身手，以后在丐帮一定能有一番大成就。"猴子见识过小貂儿的身手，此时满脸堆笑，"以你的身手，已经可以算是一等一的顶尖高手了！"

杨宁只想问猴子你还要不要脸了，虽然杨宁并不否认自己手底下还有些功夫，但是三两下击倒几个废柴就算是顶尖高手，他实在不知道猴子又是如何定位自身了，我杨宁是顶尖高手，你们这几个废柴难道还是一流高手不成？

"在丐帮能有一番大成就？"目下对一切还是极其陌生的杨宁放低姿态请教，"那会是什么？"

"还是乞丐！"猴子的回答差点让杨宁再一次出手，"不过说不定可以成为会泽城的老大！"

杨宁尽量克制自己的脾气，问道："既然是丐帮，咱们是不是也有什么分舵？对了，丐帮的帮主总不会是姓乔吧？"

猴子还没张口，边上一人已经抢着道："咱们是二十八分舵之一的翼火蛇分舵……下面的一个分支！"此人也不理会猴子投来的恼怒目光，只希望能给杨宁一个好印象："帮主不姓乔，好像……好像姓向！"

"那你们可知道打狗棒？"杨宁来了一丝兴趣，"降龙十八掌应该听说过吧？"

几名乞丐面面相觑，都是摇了摇头，显然对杨宁所说的茫然不解。

"打狗棒难道不是丐帮的镇帮之宝？"杨宁道，"你们没瞧见向帮主手里的打狗棒？"

"向帮主？"猴子忙道，"咱们只是小县城的分支，隶属于翼火蛇分舵下面，连舵主都不曾见过，哪里见过向帮主？而且我听人说，向帮主神龙见首不见尾，咱们这些人可没有机会见着。"

杨宁更加不开心，成为丐帮弟子倒也罢了，可是照现在看来，自己还是丐帮中最低下的草根阶层。

乞丐本就是社会底层，这下子倒好，自己成了底层中的底层。

一直在边上没吭声的老树皮此时终于靠过来，手中多了一只小袋子，递给杨宁："小貂儿，这是那块玉佩换来的……换来的银钱，看病抓药用得差不多了，还剩下这些，你先收好。"

其他几人此时对老树皮不敢怠慢，都闪开了空隙。

杨宁好奇道："玉佩？"

老树皮显然知道杨宁脑子此时有些模糊，解释道："你昏睡的时候，小蝶姑娘来看过你，见你身患重病，留下了一块玉佩。我瞧那玉佩对她似乎很重要，不过为了救你，她还是拿了出来，我没有其他好法子，也只能先收下来。"

"小蝶？"不知为何，听到这个名字，杨宁竟有一种似曾相识的感觉，后脑勺隐隐作痛，脑中竟然出现一个模糊的形象，那是个十多岁的清秀姑娘。杨宁此时脑子发胀，他抬手捂住两边的太阳穴。

他不是笨人，面对这种奇怪的反应，杨宁很快就意识到了一种可能，自己虽然占据了这具叫做小貂儿的小乞丐的身躯，但是小貂儿的意识却并没有被自己的意识完全吞噬，一旦提及一些刺激性的人和事，小貂儿的意识就会在脑中浮现出来。

老树皮察觉到杨宁的异样，不禁皱起眉头，叹道："小貂儿，你大病刚好，要不……要不再歇一歇？别人你都可以忘了，可是小蝶姑娘，你无论如何也不能忘记。如果不是她，你现在只怕也活不过来。"

杨宁更是疑惑，照老树皮这样说，那个叫作小蝶的姑娘，似乎还是自己的救命恩人。

外面风大雨大，杨宁此时倒觉得身上有些发凉，他向猴子道："这里有没有水？弄些水来洗把脸。"

他需要冷水洗把脸，让自己清醒一下。

猴子一愣，见杨宁眉头一皱，慌忙道："有有，我这就去弄！"旋即又冲着其他几人道："一起帮忙！"

等几人出了门，杨宁才问老树皮："我得了一场大病？"

"都病十来天了。"老树皮叹道："咱们没有银钱医治，只能眼睁睁看着你一点一点病入膏肓，几天前小蝶姑娘深夜来到这里，哭了半宿，后来拿了玉佩出来，让我换成银钱给你瞧病。小貂儿，要不是那块玉佩，你现在只怕已经死了。"

"小蝶……小蝶哭了半宿？"杨宁苦笑道，"她是舍不得我死？可是……可是她到底是谁，为何……为何我记不清了？"

老树皮忍不住抬起手在杨宁眼前挥了挥。

杨宁只能委婉提醒道："老树皮，我是忘记了一些事情，不是瞎了，眼睛还能看得见……你能不能帮我回忆回忆？"

老树皮苦笑道："半年前是你带着小蝶姑娘流落到了这城里，你和我说过，你们是在避难时遇到的，她被人欺辱，你救了她一次，自此你们就如同兄妹一样相依为命。"

"半年前流落到会泽城？"杨宁微眯着眼睛，说来也奇怪，听老树皮这样一说，他脑中还真的划过一些零碎的画面，虽有些模糊，可是却依稀浮现出一个小姑娘的轮廓，她的容貌也渐趋清晰。

"那你可还记得自己来到会泽城后发生的事情？"老树皮见杨宁迷茫的神色，不由得担心起来。

杨宁想要思索，却也不知道是不是大病初愈的缘故，只要一动脑子，后脑勺就发胀，有一种昏沉的感觉。

杨宁顾不得回答老树皮的问题，只是揉着眉心问道："小蝶如今在哪里？"毕竟自己能够活过来是因为小蝶，而且这具躯体的主人显然与小蝶关系匪浅。

老树皮叹了口气，无奈道："你真的记不起来了？她一直在花妈妈那里，这半年来，你也常去看她，有关她的事情，也都是你告诉我的。"

"花妈妈？"杨宁好奇道，"这花妈妈又是何方神圣？"

老树皮还没回答，身后就传来猴子的声音："花妈妈是花县丞的遗孀，嘿嘿，在这城里，可没有几个人敢惹她。"

此时猴子已经进来，身后一个乞丐将一只残破的盛着水的木桶，放到了杨宁的边上。

杨宁身上痒得有些难受，他撸起袖子，凑到木桶边上，正要伸手洗脸，但双手还没伸进去，就已经呆住了。

他虽然已经有了心理准备，可是看到水面倒映着的那张面孔，还是有些吃惊。

那是一张沾有污渍的脸庞，并不比其他几人干净，但却还能看出来，这张脸倒也清秀，看上去不过十五六岁年纪，脸庞有些瘦削，一双剑眉左右挑起，俊秀之中自有一股英气。

他之前本觉得猴子等人的披头士发型很有个性，此时发现自己亦是披头散发、凌乱不堪，至少从外形看起来，还真是一个名副其实的叫花子。

杨宁怔了一下，苦笑摇头，随即洗了把脸，冷水打在脸上，多少清醒了一些，这才问道："花县丞的遗孀？小蝶难道是在花县丞的家里做丫鬟？"

老树皮一脸担忧之色，道："那天夜里小蝶姑娘走的时候还说，只要有机会，便过来瞧你。可是这已经过去了好几天，小蝶姑娘没有一丝消息，那天夜里她还是从花宅偷偷溜出来的，回去之后也不知道有没有被发现，真是叫人担心。"

"小蝶对我有救命之恩，我自然要好好谢她。"杨宁恩怨分明，虽然他对小蝶的印象并不是很深，但人家姑娘救了自己，心中还是十分感激，"对了，那个花县丞的宅子究竟在哪里，等雨停了，我可得去见见小蝶。"

猴子有些诧异道："你不记得花宅在哪里？你可是经常往那里去。"

杨宁摇摇头，问道："你可知道？"

猴子忙道："花妈妈住在死人巷里，离这里有些远，等雨停了，我领你过去，不过……不过咱们可不能白天去，要去也只能晚上偷偷摸摸溜过去。"

"死人巷？"杨宁暗想这个名字透着一股阴森，总不至于是经营死人生意，买卖棺材纸钱的巷子吧？

"其实那条巷子本来没什么名字，但是花宅在那条巷子里，谁也不敢过去。"猴子一副百事通的模样，"东城那边的泥鳅去年和人打赌，大白天闯进巷子里，硬是被人丢了出来，而且遍体鳞伤，被打断了几根肋骨，到现在还没能好利索。"

猴子眼中现出一丝恼恨之色："从那以后，我们都把那条巷子叫作死人巷。"

杨宁冷笑道："是花宅的人做的？"

"花县丞以前可是会泽县城的风云人物。"猴子道，"那死人巷里，就他一户人家，不是他家做的，还能有谁？"

猴子没好气地道："不过花妈妈那种'零碎嫁'，做事情就得偷偷摸摸，自然不让人轻易靠近他家宅子。"

"零碎嫁？"杨宁觉得这个词很陌生，请教道，"这零碎嫁又是什么东东？"

"不是东东，是见不得人的勾当。"猴子露出古怪笑容，"达官贵人家的小妾有胆的私下接些活儿，还有那些寡母带着孤女丫鬟的官眷，生计难以维持的，出来零星接点活儿，这个就是零碎嫁了。"

杨宁怔了一下："你说的接活儿，是说……"心里却已经明白过来。

"俗话说得好，妻不如妾，妾不如偷。那些浪荡子都觉得，能玩弄那些富贵官宦人家的家眷才是最好的滋味。"猴子说到这个话题口沫横飞，眉飞色舞，笑嘻嘻道，"而且那些女人都是经过豪贵调教，无论是容貌还是气质，都要胜过普通青楼女子三分，知情识趣，真是无一处不好，而且这些零碎嫁都不是真正的青楼女子，扭捏羞涩处正挠得男人心里痒痒的。"说到这里，猴子眼中也是灼灼生光。

杨宁叹了口气，想不到这中间竟然还有如此勾当。

猴子又道："花县丞年纪轻轻却得了一场重病，两年前就死了。花县丞活的时候，家中丫鬟小厮就有十多个，等他死了，没了进项，这家里就撑不下去，花夫人就带着丫鬟暗中做起了零碎嫁！"

猴子猥琐一笑："这县城又不大，那花夫人做得隐秘，可是风声总要传出来，大家知道了究竟，暗地里都叫她花妈妈，那娘们都过了三十，一把年纪，我听说是靠宅子里的丫鬟接活儿！"

杨宁听到这里，心下顿时一沉，心想小蝶如果是在这样的人家，岂不是凶多吉少？

深更半夜，外面的风雨还没有停歇的迹象，杨宁倒已经感觉有些疲倦，心知这样的天气，便是再担心小蝶，也无法出门。

一切只能等到雨停之后再做计较。

折腾了这半夜，其他几人也颇有些疲倦，杨宁示意他们先去歇息，这土地庙有正堂侧房各两间，杨宁如今便是在侧房内。杨宁和老树皮留在里间，其他几人则都去了外屋歇息。

杨宁躺下之后，心里想着的却是以后的出路。

丐帮弟子这份光荣的职业，杨宁自我感觉并不合适，既然来到这个世界已经成了既定事实，也就无法再去改变，能做的就只有适应这个世界的生活。

让他无奈的是，这个时代并不是自己记忆中任何一个历史时代，否则自己可以料事在先，以先知的优势大有一番作为。

他穿越前经营生意，心里倒觉得以自己积攒的生意经，在这个时代未必不能有一番大作为，可是他现在身无分文，就算想做生意，却没有半点启动资金，而且对目下的市场状况毫无了解，一时半会儿自然不可能踏上经商之道。

杨宁翻来覆去好半天才迷迷糊糊睡去，兴许真的是身体大病初愈太过疲累，这后半夜倒也算是睡得安稳。

次日在睡梦中被老树皮叫醒，他才发现这一觉睡到了大中午，而风雨早已经停息。杨宁起身出了门，雨后的空气带着泥土和青草混合的气味，钻入鼻中，沁人心脾，杨宁贪婪地深吸几口空气，浑身上下一阵舒坦。

他四下瞧了瞧，才发现这座土地庙地处偏僻，四周竟然没有多少房舍，倒是前面不远处有一片池塘。

池塘边斜生着几棵老柳树，柳枝探向水面，万千柳条轻垂，微风轻拂，柳枝婆娑，摇曳生姿，如同纤腰美人在翩翩起舞。

"那几个家伙去哪儿了？"土地庙内外不见猴子等人的踪迹，杨宁不禁询问身边的老树皮。

老树皮道："先前出去了，说是你大病初愈，要去讨些东西回来庆祝一下。"

杨宁笑道："他们还有这样的好心？"

老树皮却以为杨宁看透那几人的心思，道："小貂儿，你知道他们有什么用心就好。他们让你做这土地庙的头儿，可就没安什么好心。"

杨宁本是随意一说，却不想老树皮会这般说，只觉得其中有蹊跷，问道："老树皮，难道他们真的存了坏心思？"

"坏心思？"老树皮摇摇头，"倒也称不上是坏心思，只是绝没有什么好心而已。这城里有好几百丐帮弟子，虽然都隶属丐帮，可是在这城里拉帮结派，四下里你争我斗是常有的事情。"

"好几百人？"杨宁倒没有想到会泽城的丐帮实力如此雄厚。

老树皮叹道："猴子本就不是安分的人，以前你深藏不露，他就喜欢在外惹是生非，如今知道你这般厉害，认你做头儿，便是想要用你做旗子，以后好和丐帮别的弟兄争斗。貂儿，听我一句，人外有人，天外有天，你就算有本事，也不要被猴子他们拖下水，还是老老实实的好。"

他语重心长，显然是关心杨宁才会善意提醒。

人外有人，天外有天，对这话杨宁还是很赞同。

他虽然恩怨分明，却并不是一个惹是生非的人，此前还以为猴子等人真是被自己一顿打驯服了，现在看来，那几个家伙却是别有用心。

杨宁觉得有时候还是不要太自我感觉良好。

"你先休养几天，我已经和他们打招呼了，不让他们告诉别人你已经好转。"老树皮总是一副多愁善感的表情。

杨宁问道："这又是为何？"

"为何？"老树皮苦笑道，"方老大要是知道你好转，还能让你清闲了？"

"方老大？"杨宁觉得此前似乎也听他们说起这个名字，很快就记起来，"之前好像说，是方老大将我收进丐帮？"

老树皮点头道："方老大是会泽城几百丐帮弟子的头儿，当初就是看你手脚利索，所以才收你进丐帮。"

"怎么，他要知道我好转，会找我麻烦？"杨宁好奇城中的丐帮老大会与自己有什么恩怨，"为何不能被他知晓我已经好了？"

老树皮确定杨宁一场大病之后，这脑子确实是病糊涂了，只能解释道："不是找你麻烦，而是要让你继续做事。你当咱们为何能待在这避风挡雨的土地庙里？还不都是你的缘故？"

杨宁更是好奇，心想住在土地庙还有我的功劳？

"方老大知道你手脚利索，收你进丐帮，就是让你去做那些事，这半年来，你没有一次失手，为方老大可是立了不少功。"老树皮坐在门槛上，"城里几百名丐帮弟子，可不是所有人都能找到遮风挡雨之地，是你立下那么多功劳，我们才能栖身在这里。"

老树皮脸上显出一丝愤怒来："可是方老大也真不是个东西，翻脸无情，瞧见你病倒了，舍不得掏银钱为你瞧病，不闻不问，恐怕他都以为你已经死了。"

杨宁虽然也暗骂方老大不是个东西，但是听老树皮的意思，自己这具躯体的主人小貂儿倒似乎是个不简单的角色，为方老大立下了不少功劳，杨宁也在门槛坐下，问道："对了，方老大都让我做些什么事情？我立下了什么大功劳？"见老树皮瞅着自己，杨宁立刻抬手指了指自己的脑袋，示意自己忘记了许多事。

老树皮苦笑道："咱们这群叫花子，还能做什么大事不成？"话罢，他伸出一只干瘪的手，中指和食指伸出，其他三指收起，剪刀手一样的两根指头往前探了探，然后看着杨宁，也不说话，但眼中的意思明显是在说，这下子你该懂了吧。

杨宁先是一怔，随即学着老树皮的样子，也将两根手指往前探了探，感觉这个动作是如此的无耻，立刻缩手，皱眉道："怎么这个动作像偷皮夹子？"杨宁一阵错愕，看向老树皮，惊讶道："老树皮，你该不会是说，我……我先前是帮方老大偷东西吧？"

老树皮郑重点头："你是方老大手下动作最快的！"

杨宁一阵恶寒，也不知道老树皮这话是夸赞还是讽刺，心下却是苦笑，想不到小貂儿竟然是靠这个立功。

"丐帮弟子靠这个生活？"杨宁心里久负盛名的丐帮形象瞬间崩塌。

老树皮一副唏嘘之态，感慨道："若是鲁老大还活着，恐怕也不是这个样子了。"

"鲁老大又是哪路神仙？"

"鲁老大本来是会泽城丐帮之首，他在的时候，帮规森严，没有人敢做那些偷鸡摸狗、坑蒙拐骗之事。"老树皮眼中微露光芒，"那时候长幼有序，我加入丐帮已经二十多年了，算是有资历了，鲁老大在的时候，对我们这些老叫花子可是关照得很，有大事都会召集我们这些老家伙一起商议。"话罢，他的脸上竟难得出现几分得意之色。

杨宁心中忍不住想，你都加入丐帮二十多年，还只是混成这个样子，那也实在是太窝囊，也难怪那几个家伙不买你的账。

不过他也明白，老树皮为人忠厚善良，不喜与人争斗。但有人的地方就有江湖，有江湖的地方就有争斗，丐帮是最大的江湖，帮内争斗自然不少。以老树皮的性情，还真不适合与人相争。

"你是说鲁老大已经死了？"杨宁皱眉道，"他又是怎么死的？"

"鲁老大在的时候，衙差根本不敢碰我们丐帮弟子。"老树皮脸上微显傲然，"丐帮如今有数百弟子，都是因为鲁老大之故，他活着的时候，萧易水都要给他面子。"

老树皮随即叹了口气，道："可惜三年前害了一场急病死了。"

"萧易水？急病？"

老树皮解释道："萧易水是会泽城的捕头，这人……"

老树皮摇摇头，并不多说那捕头："鲁老大身体本来很健壮，却忽然有一天就病倒了。方老大亲自照料，结果鲁老大没几天就去了，方老大就顺理成章地接了鲁老大的位子。"

杨宁见老树皮说话有些含糊，便觉蹊跷，却也没有多问。

老树皮继续道："方老大上位之后，很快就和萧易水走到了一起。以前丐帮弟子除了乞讨，便是在城里做些力气活，反正什么事情都干，就是不干亏心事……可方老大上位之后，丐帮的兄弟就开始……"他叹了口气，并没有说下去。

杨宁此时当然已经明白，丐帮的改变，就是从那位方老大上位开始的。

鲁老大前脚死去，方老大后脚上位，而且很快就和会泽城的捕头萧易水走到一起，这些信息结合在一起，不由得让人浮想联翩。

不过杨宁对丐帮往事并无太大的兴趣，目下身处丐帮，他只关注丐帮当下情况，问道："会泽城的丐帮弟子良莠不齐、杂乱无序，翼火蛇分舵的舵主就不管了？方老大败坏丐帮声誉，丐帮那位向帮主就不闻不问？"

老树皮失声笑道："丐帮二十八个分舵，遍布天下，光我们一个翼火蛇分舵，听说就有一两万人，一个小小的县城，几百号弟子，舵主哪里能管得到这边？而且谁又敢将方老大的所作所为传扬上去？至于向帮主，我们只听说过有这人，却从来不曾见过，要我说，咱们一辈子也见不到的。"

杨宁微微颔首，数十万帮众的帮会，当然是一个无比庞大的势力，但是正因为庞大，所以才良莠不齐，那位向帮主即使三头六臂也不可能管得过来。

猴子回到土地庙的时候，杨宁已经在庙前的池塘里痛痛快快地洗了个澡，身上的污渍太多，无法全部洗干净，但是在清澈的水中这般洗上一次，整个人倒也神清气爽，体力和精力也恢复了不少。

猴子他们费了半天工夫，倒是弄来了几块麦饼。杨宁腹中饥饿，嚼着麦饼，只觉得干巴巴的难以下咽，毫无半点松脆口感，暗想这个时代对于麦粉的使用看来还是不到家。这麦饼显然没有经过发酵，所以才如此难以下咽。

既来之，则安之，这个道理杨宁自然懂得。

第二章

夜探死人巷

雨过天晴之后的空气呼吸起来让人神清气爽，而杨宁心里却也记挂起小蝶来。

杨宁恩怨分明，小蝶对他有救命之恩，他自然是心存感激。听老树皮所言，知道小蝶目下所处的环境十分恶劣，他更是希望早些见到小蝶。杨宁决定去打探小蝶是否安然无恙。

杨宁本想早早动身前往花妈妈所在的死人巷，只是猴子对死人巷有畏惧之心，劝说杨宁晚一些过去。杨宁对会泽城十分陌生，倒也不再坚持之前的打算，黄昏时分，才让猴子带路往死人巷那边去。

彼时日头快要落山，整座会泽城都笼罩在落日最后的余晖之中。

会泽城虽然是个小城，但是人也分三六九等，小摊和小铺大都分布在前城区，而真正还撑得起门面的茶肆酒楼以及极少数的青楼歌坊，则是分布在后城区的一条长街之上。

街道上人来人往，倒是十分热闹。

杨宁沿途观览这个时代的风貌人情，才发现所见之景并不是自己想象中的古色古香，实际上城中大部分的建筑都凌乱得很，并无章法，显然是没有经过良好的规划，也正因如此，大街小巷就如同迷宫一样，若是不熟悉道路的人，一不小心就很容易走入死胡同。

他之前听说城中难民众多，人满为患，但是到了后城一条大街上，虽然街道上颇为热闹，却也并不像自己所想的那般拥挤。他从猴子口中才知道，难民都是被安置在县城的一角，那边的情状与后城相比宛若两个世界。

"貂老大，瞧见前面那个路口没有，往里面拐进去，穿过后面一条街道笔直进入另一条巷子，那条巷子就是死人巷了。"街道一处墙根下，猴子抬手给杨宁指路。

杨宁瞧见街道那边有一处胡同口，轻声问道："后面那条街是不是也这般热闹？"

"那倒不是。"猴子摇头道，"那条街冷清许多，都是住宅……不好，貂老大，快低头！"他话没说完，神情忽然一阵慌张，已经转过身去，甚至还低下头，似乎怕被人看见一般。

杨宁见猴子如此，不由四下里瞧了瞧，倒也没有看出什么不对，低声问道："怎么了？"

"你瞧斜对面的十里香！"猴子也不回头，低声道，"瞧见有两个人出来没？"

杨宁往对面扫了一眼，看见斜对面有家两层的酒楼，在这条热闹的街上倒很是显眼。

木质结构，前檐斜飞而出，颇有气势，前门头上挂着一块黑木匾额，上面龙飞凤舞的三个烫金大字"十里香"，看上去很清晰。

杨宁仔细看过去，发现那十里香正门前却站着两个人，其中一人一身银灰色的劲装，身材挺拔，一只手背在身后，另一只手托着下巴，看上去举止颇为优雅，而另一人个头略矮一些，但是身材看上去颇为敦实，正凑在那劲装人耳边，一只手挡在嘴边低声耳语。

"你认识他们？"十里香酒楼下那两人颇为显眼，杨宁看了一眼，就知道猴子所说的便是他们。

猴子也不回头，轻声道："不但我认识他们，住在城里不认识他们的人还不多，你也认识他们，只是你现在记不清了。"

杨宁皱眉道："他们是谁，你为何如此惧怕他们？"

猴子往杨宁身边靠了靠，鬼鬼祟祟回头瞧了一眼，见那两人并没有注意这边，才稍微放松一些，压低声音道："那个子高些的是萧捕头，个子矮些的是冯捕快，就是那个吃人不吐骨头的疯狗，你可想起来了？"

杨宁脑中却对这两人毫无印象。

"萧捕头……"杨宁微一沉吟，"就是那个叫萧易水的了？听说方老大与他关系很好。"

猴子在墙根蹲下，杨宁也只能蹲下来，猴子凑近低声道："方老大就是萧易水的走……"犹豫了一下，才继续道，"反正萧易水说什么，方老大就听什么。咱们丐帮弟子如今都被操控在萧易水的手里。"

杨宁虽然知道方老大和萧易水走得近，却没有想到是这样的关系，错愕道："这萧易水如此厉害？"

猴子轻声道："在这城里待得久了，就知道萧易水在会泽县无所不能。我听他们说，便是知县大老爷，平日里也不敢对萧捕头吆五喝六，这知县老爷待上几年就升官走了，可是萧捕头却一直待在会泽城，我在会泽城已经六七年了，如今的知县老爷已经是我所经过的第三个了，但捕头却一直都是萧易水！"

"如此看来，这位萧捕头还真是个手眼通天的人物。"杨宁摸着鼻头，淡淡笑道。

强龙压不住地头蛇，这个道理杨宁自然懂得，知县是朝廷委派的官员，而捕头则是本地的差役，知县升调，捕头倒也未必会更换。

但是连续数任知县，萧易水都能稳坐捕头之位，这就不是一般的能耐了。

猴子道："会泽城大小捕快，全都归他管。"

顿了顿，猴子才继续低声道："许多人私底下都说，会泽城的捕快只认萧捕头，若是没有萧捕头的命令，连知县老爷都无法调动任何一名捕快。知县老爷行事，都要让着萧捕头三分，你说他厉害不厉害？我还听说，会泽城大小案子，萧捕头不插手，那案子就永远也破不了。"

杨宁只是淡淡一笑，问道："那个冯捕快又是什么人物？为何叫他疯狗？"

一提到那冯捕快，猴子脸上就露出惊慌之色，低下头去，轻声问道："他有没有在瞧我们？"

"没有。"杨宁透过街上往来人群的缝隙往那边瞅了几眼，才道，"你怎的如此怕他？你只是一个叫花子，又不作奸犯科，有何好畏惧？"

杨宁越是询问，猴子眼眸中的惊惧便越是明显。

杨宁禁不住盯着那边，瞧见那冯捕快已经说完话，萧易水却是反过来在冯捕快耳边低语了两句，随即拍了拍冯捕快肩头，冯捕快拱了拱手，对萧易水显得十分敬畏，随即便转身走入街道，匆匆而去。

杨宁没有收回目光，依旧瞧着那萧易水，见到萧易水整理了一下衣衫，然后目光在大街上扫了一圈，随即便转身进入到十里香酒楼之内。

"他们都走了。"杨宁这才拍了拍猴子肩头。

猴子抬头瞧了一眼，见萧易水两人已经不在十里香门前，这才长舒一口气，道："真的吓死我了。"

杨宁心想之前你在土地庙耀武扬威，这一出来胆小怯懦，当真是没有出息，却还是好奇地问道："你还没说冯捕快为何叫疯狗，还有你怎的这般惧怕他们？你以前和他们接触过？"

猴子咬牙切齿道："疯狗不是我叫出来的，丐帮许多人都叫那杂碎疯狗。那人是萧捕头手下第一号捕快，据说跟了萧捕头许多年，两人还是结拜弟兄。"

他握起拳头，恨恨道："老子当年可是被他弄惨了。"

杨宁奇道："莫非你被他抓进过大牢？"

"那疯狗用我们练板子。"猴子恼恨道，"衙门的差役总会找方老大要人练板子，方老大……方老大那窝囊废不敢和衙门对着干，每隔一段时日，就会送丐帮弟子到衙门里，交给疯狗，哪一次都不下一二十人。"

"用活人练板子？"杨宁一怔。

他虽然没有见过，但也知道，古代衙差的板子非同小可，真要来狠的，几十板子就能要了一条性命。

"扒了我们的裤子，光着屁股让他们打个稀巴烂。"猴子又是愤怒又是畏惧，"疯狗和他手下那般狗杂碎，从来不将我们当人看！"

猴子压低声音道："打板子是假，将我们当作牲畜玩弄是真，疯狗就亲手活活打死了三四个人！"

杨宁心中明白，兵荒马乱的时节，死上几个乞丐，根本是无足轻重的事情，更何况下手的是官差衙役，那更是无处可诉。

不过冯捕快如此草菅人命，固然是凶恶至极，却也可见萧易水和冯捕快一干人在这会泽县还真是只手遮天。

"方老大既然是会泽城丐帮之首，自当维护丐帮子弟，为何还要送羊入虎口？"杨宁冷笑道，"这种助纣为虐之人，怎的还能成为首领？"

"方老大？"猴子冷哼一声，道，"那些衙差不把我们当人，方老大可也没好多少。疯狗这些年让我们受尽了苦头，方老大连屁都没放一个。"

杨宁微微颔首，猴子之言倒是与老树皮所说的方老大一样，方老大确实是一个不顾丐帮弟子死活的王八蛋。

天色完全暗下来，月上天边，酒楼客栈的灯火都已经点上，若是只瞧这条街上的灯火通明以及听到从那些酒楼茶肆传出来的欢声笑语，很难让人想到在这座城中还有无数忍饥挨饿的难民百姓。

朱门酒肉臭，路有冻死骨，正是这座县城目下最好的写照。

随着夜色渐深，街上的人潮也渐渐消失，这里毕竟只是一个小县城，亥时时分，街上的行人就已经十分稀少，许多店铺也都关门打烊。

杨宁等到街上没有多少行人，才顺着猴子所说的那条小巷子走到巷口。

"那就是死人巷。"猴子在巷口指着对面，两条巷口正面相对，中间只是隔了条冷冷清清的街道。

　　杨宁瞧见那条巷子黑漆漆一片，巷口就如同怪兽的大口，深不可测。

　　他正要走出巷子，猴子却已经伸手拉住他衣袖。杨宁皱眉问道："怎么了？"

　　"貂老大，咱们真的要去？"猴子目光微有些害怕之色，"要不……要不再等一等。"

　　杨宁心知猴子是害怕，轻声道："我已经知道地点，你可以先回土地庙，不用随我过去。"让这么个胆小如鼠的家伙跟着，不但帮不上忙，只怕到时候还要帮倒忙，即是如此，还不如单独行动的好。

　　"啊？"猴子摸了摸后脑勺，有些尴尬，"貂老大，我……我不是害怕，只是……只是为你担心。"

　　杨宁心想老子要信你那就是脑袋进水，却还是笑道："人多反而不好，我独自过去，瞧瞧能不能见到小蝶。小蝶救了我性命，我总是要向她道谢的。"

　　猴子轻声问道："花妈妈的宅子都是高墙围着，咱们这些人莫说进去，连靠近也是不能，你……你可记得以前是如何与小蝶相见？"

　　杨宁记得他们之前也说过自己经常来这里与小蝶相见，可是如今的杨宁不是曾经的小貂儿，脑中还真没有与小蝶在这里相见的印象。

　　关于这具身体原本主人的记忆，不但稀少，而且十分零碎，就似乎是自己的灵魂占据这具躯体之后，已经将身躯主人的记忆吞噬甚至是排挤出去，而原来的主人意念坚韧，却还是顽强地保留了一些记忆片段，紧要的时候便会冒出来。

　　猴子还在忐忑，忽听得街道上传来嘎嘎响声，两人从巷子探头出去，循声看过去，借着夜里的月光，只瞧见从冷清长街一头显出一道黑影，很快便看出，那是一辆马车。

　　这条街道虽然是青石铺就，但小小县城，青石道有些高低不平，马车驶过来之时，车轱辘碾压青石板发出的嘎嘎声音却也是颇为清晰。

　　"是马车？"猴子低声道，"这城里的马车可不多，不容易见到，打仗的时候，城里的马匹大都被征调走了，整个城里也瞧不见几匹马。"

　　车行辚辚，很快便靠近，两人背贴巷内墙面，这巷内昏暗一片，两边墙面极高，那月光却也不易照进来，所以两人也被裹在昏暗之中，很难被人所发现。

马车到了巷口，突然停了下来，杨宁借着月光，瞧见那辆马车颇为简陋，但是拉车的骏马倒是膘肥腿长，驾车之人一身粗布衣衫，戴着一顶斗笠，一时间也看不清那人的面容。

那马车停在巷口，一时间并没有继续前进，倒是那赶车的马夫抬手将斗笠往上面掀了掀，月光之下，左右瞧了瞧。

杨宁凝神静气在昏暗的巷内打量了那马夫一番，竟觉得那人的身形异常熟悉，微皱起眉头来。

马夫四下扫了几眼，才抖动马缰绳，那骏马却是转向对面的死人巷，马夫低声吆喝一声，马车驶入死人巷之内，很快就被漆黑的巷子所吞噬。

"赶着马车进死人巷？"猴子见到马车入巷，这才站稳脚，低声道，"那马车里是谁？嘿嘿，难不成……难不成是去找花妈妈风流快活的？"猴子说着，脸上便显出猥琐之色。

杨宁瞥了他一眼，淡淡问道："你说那人是去找花夫人？"

猴子目中闪光道："我听他们说，花妈妈年纪虽然不小，但是保养得好，要是能和她快活一晚上……"话说一半，猴子忽然看到杨宁神情冷淡，用极古怪的眼神看着自己，当下便住口没有继续说下去，干笑两声，略显尴尬。

杨宁暗想你这家伙只怕是多少年没碰过女人，才这般猥琐意淫，也不去理会这些，低声问道："马车里是谁倒是不清楚，不过你没看出来那赶车的马夫是谁？"

"马夫？"猴子惊奇道，"你认识？"

"你这眼神也真该练练了。"杨宁轻声道，"他可是你最怨恨也是最害怕的人，咱们不久前才刚刚见过。"

猴子一怔，随即张了张嘴，眼中显出惊骇之色："你……你说的是？"

"就是你口中说的疯狗。"杨宁冷笑道，"也就是那位冯捕快了！"

猴子尚没有回过神，杨宁已经从巷内窜出，如同一头猎豹一般，迅速穿过长街，等猴子缓过神来，杨宁已经没入漆黑的死人巷之内。

夜色幽幽，月冷清秋。

死人巷内清冷昏暗，杨宁靠着墙壁轻手轻脚地往里面摸过去，很快便瞧见前面出现了火光，顿时更为小心。

借着火光，杨宁依稀瞧见那辆马车停在巷内，摸索着往前靠近一些，才发现那辆马车是停在一处宅门之前。

之前他们就曾说过，这死人巷内只有花宅一户人家，那便说明眼前这辆马车确实是往花宅来。

冯捕快此时已经从马车上下来，站在马车边上，而台阶之上，则是站着一名黑衣大汉，手里拎着一盏红灯笼，巷内的火光便是那灯笼所发出。

杨宁心想这半夜时分，冯捕快赶着马车过来，难道真是要找零碎嫁的花夫人做夜里夫妻？

只是觉着若当真如此，还真有些诡异，寻花问柳，何必要赶着马车来？这毕竟不是逛青楼，而是找零碎嫁，总要隐秘一些，赶着马车，目标太大，多少还是显得有些招摇。

正自寻思，忽见到从门内又有一只灯笼先出来，很快就看到挑着灯笼的是一个身着裙子的姑娘，距离有些远，杨宁目力再好，那也看不清楚她的长相，只能大概看出一个轮廓而已。

随在姑娘后面，有一名妇人走了出来。杨宁依稀看到那妇人身段儿略有些丰腴，衣着颇为华丽，风姿妖娆，虽然隔得远，但是看她走路的姿势，倒是自有一股风流。

丰腴妇人扭着腰肢走到马车边上，只见冯捕快伸手拉开了马车后门，随即从那马车车厢之内，先后下来三四个人，清一色都是青涩的小姑娘。

四名小姑娘衣衫寒酸破旧，下了马车之后，冯捕快做了两个手势，姑娘们便如同小绵羊一般，在马车后面站成一排。

丰腴妇人在那几名小姑娘身边走过，时不时地伸手摸摸姑娘们的脸庞，倒似乎是在挑选货物一般。

很快那丰腴妇人转身往宅子里去，提着灯笼的黑衣大汉招招手，那四名小姑娘也都是跟在丰腴妇人身后鱼贯而入。

杨宁心下疑惑，也不知道这花夫人和冯捕快究竟葫芦里卖的什么药，正以为冯捕快也要跟进花宅之内，却见冯捕快已经重新回到马车车辕上。

杨宁见他样子是要离开，正准备转身离开巷子，免得被冯捕快驾车过来瞧见，那马车却并未掉头往这边来，而是顺着死人巷往那头去了，很快就没入黑暗之中。

从头到尾这些人都是一言不发，显得默契娴熟。

拎着灯笼的那名黑衣大汉则是提着灯笼左右照了照，显得有些谨慎，却并未瞧见杨宁，随即转身走上台阶，也回到宅院内，接着就听到大门关闭的声响。

杨宁等了片刻，这才靠近过去，果然是一处大宅，院墙高大，门户紧闭，还真没有什么好地方可以进到院内。

此刻他心中疑惑，按照老树皮所言，小蝶是在半夜偷偷溜出花宅前往土地庙，既然是偷溜而去，那绝不可能是从正门离开，却不知小蝶又是从哪里出来？

小蝶多日没有音信，加之杨宁知道了花夫人零碎嫁的勾当，他心下本就担心，方才那诡异的一幕，更让杨宁感觉这花宅之内另藏玄机。

且不说小蝶就在花宅，就冲着方才那诡异的场景，杨宁也想瞧瞧这花宅之内到底有什么蹊跷。

夜色幽静，杨宁绕了半个圈子，找寻花宅的破绽。到了宅院的后巷，他发现这条巷子十分狭窄，莫说行走马车，便是两个壮汉并肩而行也不轻松。

巷内泛着一股子酸臭腐气，杨宁身形瘦弱，在这巷子内倒是十分灵活，只是那股子酸臭气味，还是让他禁不住捂住了鼻子。

这巷子本就狭窄，偏偏墙根下还挖了一条小水沟，那股酸臭气味，便是从水沟之内散发出来的。

在幽暗的巷子内走了片刻，杨宁终于停下脚步，在水沟边蹲了下去，此时却看见，那墙根下有一处窟窿，并不是很大，但却可以勉强让一个人爬行出入，洞口边缘积累了厚厚的污渍。

"原来是这里！"杨宁明白过来。

他算准小蝶既然能够溜出去，花宅必定有缺口，只是想不到缺口在这个地方。

他虽然并不愿意从这肮脏的洞口进入，但是要翻墙而入，这院墙高大平滑，少不得要去准备一些工具，大大耽误时间。

事急从权，杨宁想了一下，便小心翼翼地从洞口进去，这道墙虽然高却并不厚，但是洞口另一边却有一块石板挡着，杨宁用手一推，石板便被推开，这石板自然是用来遮掩缺口的。

从洞口爬出，迎面出现的却是一片枝叶，原来在这洞口后面是一处花圃，时当九月，秋意萧瑟，自然也见不到繁花似锦的景象。

还没从花圃后面站起身，就听到一阵娇媚的笑声传过来，杨宁心下一惊，透过花枝缝隙瞧过去，发现这里是一个小院子。

院内陈列看上去也很是简单，院中间立着一座八角亭子，里面石桌石墩齐备，亭子边上有一个椭圆形的小水池子，显然是人工挖掘出来，池子并不算很大，但是池子正中心还放了一座假山，乍一看去，倒也颇为优美。

八角亭的亭柱上挂了几盏灯笼，让亭子内外亮如白昼，亭内石桌上摆着酒菜，一名男子此时正坐在亭内悠闲饮酒。

不远处，一道身影款款走过来，借着月光，杨宁一眼便认出正是此前所见的那名丰腴妇人。

妇人三十出头年纪，皮肤白皙，身材丰腴，看上去颇为美艳，腰肢款摆走动之间，散发着成熟妇人的妩媚妖娆，那笑声正是她发出的。

杨宁心知这妇人应该就是花夫人了，瞧那花夫人的姿态，倒也算得上是风情出众。

只是让杨宁惊骇的并非是花夫人的突然出现，而是那亭中男子他竟识得——会泽县城的捕头萧易水，不久前就在十里香酒楼门前见过。

杨宁过目不忘，被他瞧过的人，很容易就能记住，这也一直是杨宁颇为自得的优点之一。

他万万没有想到会在这里遇见萧易水，于是躲在花圃后面，凝神静气。

夜色清幽，清风微抚，他听到萧易水向走入亭中的花夫人问道："都安排好了？"

花夫人的声音传过来："我办事难道你还不放心？这两年可有疏忽之处？"她声音娇腻，腻中带涩，软绵绵的，传入耳中，却是让人浑身上下都有些酥软。

萧易水放下酒盏，伸过手，搂住花夫人腰肢，将她抱入怀中，便听得花夫人一阵风骚的笑声传过来，萧易水在花夫人身上大施其手，引得那妇人发出一阵蚀骨娇吟。

那销魂之声传入杨宁耳中，却也是让杨宁心跳了几下，暗想这妇人还真是风月高人，虽然年过三十，但是媚骨不减，也难怪萧易水会与她勾搭在一起。

杨宁此时终于明白，为何此前他们说花夫人在这城里无人敢惹，死人巷更是无人敢轻易进入，当时便觉着花夫人背后肯定有后台。

只是却没有想到，花夫人的后台，便是在会泽城一手遮天的萧易水。

只见萧易水晃了晃酒杯，道："来来来，陪我喝两杯，美酒佳人，无酒不成欢，多喝两杯，待会儿才会更加快活。"拿着酒杯就往花夫人口边凑过去。

花夫人哼了一声，腻声道："什么美酒佳人？我若是佳人，你十天半个月才来一趟？害我独自在这里孤零零、冷清清的，我日思夜想，朝盼晚望，心里总是记着你……哎，我人老珠黄，你是想到便来瞧瞧，想不到便将我一个人丢在这里。"

萧易水笑道："你莫非不懂小别胜新婚的道理？而且哪一次我不是将你弄得三五天起不来床，总要让你缓一缓才成。"一只手在花夫人身上游动，花夫人脑袋靠在他肩头，全身就似乎没了骨头一般，软绵绵倚在萧易水怀中，一片漆黑的乌发披散下来，遮住了萧易水半边脸。

杨宁暗骂了一声狗男女，竟然在院子里如此亲热，不过想想这里肯定没有别人敢进来，也难怪他们肆无忌惮。

片刻之后，花夫人只剩下一层薄纱，薄纱微敞，露出雪白的颈项，还露出了一条红缎子的抹胸边儿，红红的灯光照在她雪白的脸颊上，甚是美艳，透着一股成熟妇人的美艳风情。

"对了，等到这边事情一了，我要去往京城。"萧易水忽然道，"你是否愿意随我一同前往？"

"京城？"花夫人好奇道，"为何要去京城？你在这里呼风唤雨，岂不是很好？"

萧易水笑道："女人见识，小小县城，又能有什么前途？那位大爷已经答应，在京里给我谋了份好差事，要想飞黄腾达，自然不能只留在这里。更何况战事已了，流民很快都要返回乡里，咱们的生意也做不了多久了。"

他掐了掐花夫人的脸蛋儿，笑道："老子在这小地方混了这么多年，也该到了出头之日。"

花夫人腻声道："人家早就是你的人了，只要你不嫌弃我人老珠黄，你走到哪里，我都随着你去。"

萧易水哈哈笑道："你这样的尤物，千里挑一，我可舍不得丢下你。到了京城，你依然帮我料理生意，你手下还有多少人？"

花夫人道："还有三十来个。"

"该挣的银子也都到手了。"萧易水道，"从里面挑选几个留下，到了京城，我们自己也要用。"

"哟，人家还只当你对那些小妮子不动心呢，原来你！"花夫人语气之中明显带着醋意。

萧易水哈哈笑道："你又是想到哪里去了，有你这样的尤物，天下女人我也是不看在眼里。"声音微低，凑在花夫人耳边说了几句，杨宁本就听得有些模糊，此时却听不到萧易水究竟与花夫人耳语什么。

花夫人闻言，笑声更是媚浪，忽问道："你说的那位大爷，到底是哪路神仙？他那般容易就能让你进京做官？"

萧易水笑了一笑，并未回答，忽地将桌上碗碟拨到一边，抱住花夫人放到石桌上，伸手便去扯花夫人裙带。

杨宁瞧见，暗想难不成他们便要在这媾和，自己竟要在这里观赏活春宫？

却听花夫人急忙道："好人，夜里太凉，我在屋里已经备好，咱们……咱们去房里，总是要让你尽兴才是！"

萧易水哈哈笑起来，横抱着花夫人快步走出了亭子，很快就出了院子。

杨宁确定他们离开，这才从花圃后面出来，院内一片冷清，安静异常，而杨宁的心却并不平静。

花夫人背后的靠山是萧易水，而萧易水背后显然还另有靠山，那更是京城里的大人物，萧易水虽然在会泽县境内威风八面，黑白两道无人敢惹，但是比起京里的大人物，自然是微不足道，如同蝼蚁。

杨宁现在并不关心萧易水背后的靠山究竟是谁，他只在乎小蝶现在究竟在哪里。

第三章

刺杀萧易水

夜色已深，宅内一片幽静。

杨宁走出后院，一时间也不知道小蝶究竟在何方，宅内院子连着院子，规模还着实不小，此刻便是萧易水抱着花夫人往哪里去无从可知。

他轻手轻脚地顺着一条小道往前摸索，忽听得前面传来声响，身形一闪，躲到一棵树后，探头望过去，借着月光，却见到一名身形高大的黑衣大汉正哼着小曲从斜边的一条小径走出来。

黑衣大汉腰间悬挂一把刀，背着双手，哼着小曲，从杨宁前面不远处一晃而过，拐到另一条小径。

杨宁猫着身子，轻手轻脚地跟在后面，转了几个小弯，便见到前面不远出现一道院门，院门敞开着，那黑衣大汉并未察觉身后有人跟梢，刚走近院门，杨宁便见到从那院子里迎出一个人来，也是一身黑衣，张口就骂道："怎的这么老半天才过来？"

被杨宁跟踪的那黑衣大汉笑道："急个什么劲儿，陪着一大群水灵灵的小丫头，你这狗东西怎的还这么大火气？"

"那又如何？"院子里出来那人没好气地道，"只能看不能吃，还不如不看。我说老邢，你可要小心着点，我瞧你这王八蛋心术不正，今天又送来四个，是不是有什么想法？你可要知道，这些小妮子若是少了一根毛，你这颗脑袋就得落地。"

老邢哈哈笑道："少跟我废话，老子就担心你不守规矩，一个忍不住，管不住那裆下玩意儿，自己把性命丢了。"

他挥手道："快滚吧，这里先交给我了，明早早些过来，可别让老子等急了。"

那黑衣大汉伸了个懒腰，打了个哈欠，这才道："我走了，晚上小心着点，走丢了一个人，咱们都担不起。"他也不多言，晃悠着往这边走过来，杨宁早有准备，躲到一边，瞧着那黑衣大汉从自己身前走过，再去看院门，那老邢已经进了院子。

四周顿时安静下来，杨宁皱起眉头，心想那黑衣大汉说这院子里有一群水灵灵的小丫头，难不成小蝶就在其中？

之前所见所闻就已经让他感觉这花宅大有名堂，此时看到黑衣大汉竟然佩刀在身，更加确定花宅之内的确十分蹊跷。

杨宁确定四下再无他人，凑近到院门前，往里面张望，只见里面是个颇为宽敞的院子，小院左角有一排小房子，大概有三四间，而靠右角则是一处马棚，马棚之内还有两匹骏马。

在那排房屋之前，放着一张椅子，椅子前边放着一张小案，此时老邢正靠坐在椅子上，双腿则是搭在那案上，月光之下，杨宁竟瞧见案上还放着一把已经出鞘的雪亮大刀。

杨宁此时心中立时就明白过来，他可以断定，在那一排房屋之内，必定关着一群姑娘，而老邢等人则是轮流在此值守，如同看押犯人一般守着那些姑娘。

这花宅果然是深藏蹊跷。

他不知小蝶是否就在其中，只是如果小蝶也在，却不知那夜小蝶又是如何离开这马棚的？

从这宅子溜出去，后院那处花圃后面的窟窿应该就是唯一的破绽。

但是要到那窟窿处，首先要从这马棚院内溜出去，瞧这模样，马棚院内始终有人看守，想要从马棚院子溜出去也并非易事。

杨宁心下寻思该如何靠近那排房子。

要想接近房子找到小蝶，势必要过老邢这一关，而老邢此刻大马金刀地坐在院子当中，自己只要进到院子，立刻就能被对方发现，对方只要叫喊一声，宅内的其他人必然会迅速赶过来。

宅内究竟有多少人，杨宁暂时并不清楚，一旦真的惊动宅内的人，自己还真未必能够出得去。

正自寻思间，却见老邢忽然从椅子上站起来，竟是往这边走过来。

杨宁立刻缩身到墙后，暗想总不至于是这家伙发现了自己？

等了片刻，却不见老邢出来，探头瞧过去，却见老邢正哼着小曲往回走，一边走一遍系裤子，顿时明白，这家伙只是在墙边小解。

老邢系好裤腰带，正往椅子那边走过去，忽听得身后传来一声叫唤，不由回头，皱眉问道："是谁？"

"老邢，你过来一下！"那声音又重复了一遍，距离不远，颇有些含糊不清，老邢一时也听不出是谁，只以为是自己同伴，也不疑这三更半夜会有人潜入宅内，大摇大摆走出门来，左右瞧了瞧，不见人影，皱眉道："是谁？"

他话声刚落，猛觉得后脑勺一阵沉重，一时间头昏脑胀，眼前一片昏花，一头便栽倒了下去。

杨宁拿着一块板砖在手，轻叹道："人高马大的，怎的一砖头也禁不住。"丢开砖头，拉着老邢的腿往里面拖，老邢身体沉重，杨宁拉起来竟颇有些吃力。

他虽然对前世当兵时候的格斗技巧记忆犹新，而且能够利用这具躯体很熟练地施展出来，但是奈何这具身体尚且稚嫩，气力并不算很大，灵魂虽然附在这具身体上，力气却也不能凭空生出来。

好不容易将老邢拖到院内墙根下，他又担心这家伙会突然醒过来，对着脑门子又是几拳，估摸着一时半刻老邢应该无法醒转。

他忽然瞥见老邢腰间挂着一串钥匙，眼珠子一转，伸手将钥匙串扯了下来，拿在手中，这才迅速往院内左角的那排屋子跑过去。

一排小屋共有四间，里面都是昏暗一片，杨宁跑到最靠外的那间屋子，屋门上了锁头，从门缝冲里面看了看，依稀瞧见里面东西很杂，隐隐发现似乎还有锣鼓乐器，并未瞧见一人。

杨宁闪身到了第二间屋前，也是铁将军把门，从门缝瞧进去，这一次倒依稀看到几个身影挤在屋内，却死一般寂静，并无一人发出声音来。

杨宁正要出声询问，耳边忽地隐隐传来抽泣之声，他轻步循着声音摸过去，那抽泣之声便是从隔壁屋内传来，到了门前，抽泣之声更为清晰，竟不止一人哭泣，杨宁凑着门缝往里瞧，见到屋内有不少身影围挤在一起。

"妹妹，你们都别哭了！"隐隐听到一个娇嫩的声音低声劝道，"你们在这里便是将眼泪流干，也不能出去的。等会儿要是被……要是被他们听到，还要拿鞭子抽你们的！"

"别哭了，既然到了这里，现在就别想着出去了。"又一个稚嫩的声音满是忧伤道，"我进来都三个月了，从没有离开这宅子一步，他们带我过来的时候，和我爹爹说好每个月可以出去看他两次，可是……可是现在我也不知道爹爹怎么样了。"

这姑娘本是要劝说别人不要再哭，可是这话说出来之后，自己却也哽咽了。

杨宁皱起眉头，也不犹豫，拿了钥匙，便去打开门锁，这种古式门锁与自己熟知的那些颇有些不同，更加上五把钥匙也不知哪把是这间的，只能一一尝试，窸窸窣窣之声传进去，里面的哭声迅速停了下来。

等杨宁打开门锁，推门进去之时，发现那群姑娘都已经缩到了墙角，显然心中都充满了惊恐。

杨宁进门之后，反手将屋门关上，这才轻声问道："小蝶姑娘可在这里？"

几个姑娘一开始还以为是外面的黑衣大汉听到抽泣声才进来，等依稀瞧见是个身形偏瘦的小儿郎，都有些错愕，惊恐之心消去不少，疑惑之心却是涌上来，一名年纪稍大的姑娘壮着胆子问道："你……你是谁？"

"你们不用怕，我不是宅子里的。"杨宁凑近一些，那些姑娘却还是充满戒备，在墙角挤成一团。

"那……那你是从外面偷偷进来的？"小姑娘道，"这宅子守卫森严，你……你怎么能进来？"

"你先别问我，我问你，小蝶姑娘是不是在这里？你们认不认识小蝶姑娘？"杨宁见到这些姑娘的处境，心下对小蝶更是担忧。

他此时已经明白，这花宅最大的蹊跷，便是囚禁了这些小姑娘，只是一时还不清楚花宅为何要将这群小姑娘幽禁在此。

"小蝶姐不在这里！"从后面传来一个怯生生的声音，杨宁瞧过去，见是个十一二岁的小姑娘，听她语气，显然是认识小蝶。杨宁凑近过去，问道："你认识小蝶？"

小姑娘脸上兀自满是惊恐，却还是点点头，道："小蝶姐……我和小蝶姐以前住在一起，她……她待我很好！"

杨宁听到小蝶的消息，微松了口气，问道："小蝶现在在哪里？"

"我……我不知道！"小姑娘低着头，"我好几天没有见着她了。"

"你找小蝶做什么？"那名年纪稍长的姑娘再一次问道，"你究竟是谁？"

杨宁犹豫了一下，才道："我是小蝶的朋友，唔，应该……应该算是她的兄长吧！"

"啊？"低着头的小姑娘猛地抬头，脸上满是惊喜之色，失声道，"你……你是小哥哥？"

那小姑娘忽然叫出"小哥哥"，而且看样子对自己似乎颇为熟悉，杨宁好奇道："你知道我吗？"

"嗯！"小姑娘点头兴奋道，"我知道，我知道，小蝶姐对我说起过你，她说……她说你是她唯一的亲人，小……小哥哥，你怎么到这里来了？"

　　杨宁将一根手指竖到嘴边，示意大家都不要太大声，姑娘们都是乖巧地点头，杨宁这才更加靠近一些，问道："你们为何都被关在这里？"

　　姑娘们互相瞧了瞧，还是那年长的姑娘道："我……我叫秀儿，我们……我们都是被骗到这里的。"

　　"被骗？"杨宁一怔。

　　"我和我爹娘几个月前逃难到这城里，有一个人找到我们，告诉我爹娘可以让我做丫鬟，管吃管住，每个月还能拿两钱银子。"秀儿低声解释道，"我们都已经活不下去，就没有拒绝。那人先将我带到了另外一家院子里，到的时候，里面已经有好几个和我一般的姐妹，在那里等了两三天，一天夜里我们就被叫上一辆马车，然后……然后就到了这里来，自那以后，便再也没有出去过，我爹娘也不知道我在这里。"

　　"原来如此。"杨宁皱起眉头，问道，"你可知道他们为何要将你们带到这里？"

　　小姑娘们都是茫然摇头，秀儿道："我们到了这里以后，便有人开始教习我们练习曲艺，并不让我们做其他事情，也不许我们多问。若是练得好，会待我们好一些，若是练得差了，就不能吃饭，还要挨鞭子！"

　　说到这里，秀儿眼圈已经泛红，声音更低："我听说以前有人因为没能练好，被……被活活打死。"

　　"如此说来，小蝶也是和你们一起唱曲练舞？"杨宁眉头皱起，低声问道。

　　秀儿点头道："小蝶比我们都来得早些，我们来的时候，她们那一批人已经练得很好。"

　　顿了顿，她才压低声音道："我听说练舞练得最好的，晚上可以到厨房做事。"

　　"厨房？"

　　"嗯，夫人有时候晚上要吃东西，所以会在厨房留两个人随时伺候。"秀儿道，"小蝶跳舞跳得好，所以有时候也可以去厨房那边。"

　　杨宁心下这才释然，暗想小蝶能够溜出宅子，很有可能是趁着在厨房做事的机会离开，那却也是相当冒险了。

"那小蝶今晚也在厨房那边？"

秀儿摇头道："以前就算她们晚上在厨房那边，白天我们也还能见到她们，可是这一次我已经好多天都没有见过她们，兴许……兴许她们已经走了。"

"走了？"杨宁皱眉道，"你是说她们不在这宅子里？对了，你说的她们又是谁？"

秀儿想了一下，才轻声道："我以前听她们说起过，这宅子里前前后后来了许多人，来一批走一批，学成了歌舞，都会被送离这里，而且谁也无法再找到她们。小蝶……小蝶她们来得早，歌舞也已经学了好久，这又好几天没有见到她们的踪影，所以……所以我猜想是不是她们已经被送走了。"

杨宁闻言，心下一沉，目中生寒。

他微一沉吟，才轻声问道："这里还有多少人？"

秀儿立刻道："本来有二十几个人，今天……"

她瞧了瞧边上几名姑娘："今天又送来四个，应该有三十多个了。"

杨宁微微点头，心想这个数目倒与之前花夫人所说的数目合上了，压低声音道："如果你们离开这里，可能找到自己的爹娘？"

"离开这里？"秀儿眼中显出欢喜之色，"你……你是说我们可以离开这里？"其他姑娘也都显出欢喜兴奋之色，此时对杨宁再无害怕之心，反倒觉得他是老天派来的救星，都禁不住围拢过来。

杨宁低声道："要离开这里，先要弄清楚这宅子里到底有多少打手，你们可清楚？"

姑娘们互相瞧了瞧，秀儿道："我见过四五个不一样的，都是凶恶得紧，不过我知道宅子正门那里日夜都有两个人守着，他们……他们手里还有刀。"

杨宁想了片刻，才将手中那串钥匙递给秀儿，轻声道："这是几个屋子的钥匙，你先让大家伙儿准备一下，千万不要发出太大的声音，我没有回来之前，不要轻举妄动，等我回来之后，再带你们离开。"

"那……那你如何带我们走出宅子？"秀儿担忧道，"大门那边有人守着，他们手里有刀，我们出不去。"

杨宁暗想原来她们并不知道后花园墙根下有个窟窿，也不立刻说出来，等那姑娘接过钥匙，这才迅速出门，先是往院中那案上拿了大刀在手，顺手抄过案上一只酒袋，随即跑到墙根处老邢边上，见他尚在昏迷之中，便将酒水向他脸上倒了下去。

老邢被酒水一激，便醒了过来，后脑勺疼痛得紧，睁开眼睛来，眼前出现一个蒙面人，正要喊出声来，忽地感觉咽喉处一阵冰凉，就听到一个冰冷的声音道："问一句，说一句，若不老实，立刻割了你的喉咙。"

说完，那刀刃还作势在他喉咙处抹了抹，老邢浑身一个冷颤，口中"嗯嗯"两声。

杨宁为了万无一失，之前特地撕了块麻布蒙住了半张脸，拿刀架着老邢的脖子，问道："为何在这里囚禁这么多姑娘？"

老邢正要张口，杨宁重复道："提醒你一句，但凡说错一个字，马上割喉。"

老邢道："这都……这都不是我干的，是……是萧头儿……萧头儿做的，我……我也是为了混碗饭吃，我……我是萧头儿手下的捕快！"

杨宁一怔，冷声道："那宅子里其他的黑衣人都是捕快？"

老邢道："我们都是衙门里的捕快，听从……听从萧头儿调派，宅子里加上我，一共有六名捕快在这里。"

杨宁倒吸了一口凉气。

他本以为这些黑衣人只是雇来的打手，卷入其中的衙差也无非是萧易水及其手下亲信冯捕快二人，可是现在才知道，宅内的打手，真实身份却都是县衙的捕快。

捕快维持一方秩序，保境安民，谁能知道，这些人却在幕后干下如此勾当。

"这些姑娘都是你们骗过来的？"

冰冷的寒刀架在咽喉，更加上杨宁那一双冷厉的眼神，老邢明显老实了许多："萧头儿专门安排人在难民之中找寻这类小姑娘，年纪要在……要在十五岁以下，长相俊俏，只要盯上，就会借口雇佣丫鬟骗……骗到手，先往其他地方待上几天，然后……然后再神不知鬼不觉地转送到这边来……"

"然后呢？"

"然后……然后交给……交给花夫人教授她们曲艺。"老邢道，"等她们有了些底子，便可以……便可以送出去了。"

"送出去？"杨宁最想知道的便是小蝶如今究竟去往何方，"送到哪里？"

老邢道："那……那我真的不知道……啊，别……别动手，我什么都说！"

他犹豫了一下，才苦着脸道："我只知道……我只知道时间一到，冯老二……唔，就是衙门里的冯捕快，他会用马车将人带走，据我所知，是要……是要送到京城！"

"京城？"杨宁一怔，皱眉道，"你是说冯捕快亲自将她们送到京城？"

老邢苦着脸道："冯老二……冯老二只要将人送出城，城外会有人接应，然后……然后就有人会送他们去京城，我只知道这么多，其他的我真的不知道。萧……萧易水做事周密，不该让我们知道的绝不会让我们知道太多，便是送到京城，也是……也是冯老二有一次喝醉失口说出来的。"

杨宁瞧他模样，倒不像是撒谎，沉声问道："你们往京城送了多少人？什么时候开始做这肮脏之事？"

"已经……已经有两年了。"老邢不敢动弹，"淮水之战打起来之后，就有许多流民逃窜，最开始过来的都是些富商贵人，带着金银珠宝逃到这里，然后再往南去。那时候……那时候萧易水开始利用丐帮弟子，在城中盯住那些富商贵人，偷取他们的钱财，得了许多的金银。后来富商都往南去，来这里的富商越来越少，越来越多的贫苦难民来到城里，萧易水便开始打那些难民的主意。"

"你说的就是这些姑娘？"

老邢道："是，都是他想出来的。从两年前开始，前前后后送到这宅子里的不下两百人，大多数人后来都被送走。"

"你既然是捕快，就该保一方百姓平安，为何还要与他狼狈为奸，做出此等天理不容的恶事？"杨宁目露寒光，声音冰冷。

老邢道："我们这些人都是因为他才能当上捕快，从当上捕快那天开始，就已经上了他的船，若是违抗他的命令，且不说一家老小的饭碗保不住，只怕连性命也保不住。萧易水心狠手辣，他……他明面上是捕头，可是黑白两道都有交情，会泽县内有几股土匪一直存在，就是因为与他关系交好，那几个匪首还与他结拜成弟兄……"

"这就是官匪一家了。"杨宁冷笑道，心下却知道萧易水不但在京城有靠山，在这会泽县境内，也编织出了一张恐怖的黑网。

老邢叹道："萧易水利用丐帮弟子盗取富商钱财，利用官差诱骗女子，这几年可是弄了不少银子。在这会泽县境内，他可算得上是一手遮天！"

他看着杨宁，道："小兄弟，我听你声音，好像年纪不大，今日所为，想来也是一时冲动。你要知道，若是惹上了萧易水，后果不堪设想，你先收了刀，尽管离去，我就当今夜的事情没发生。"

杨宁心想老子要是害怕也就不来了，问道："你既然不知那些姑娘具体的去向，那除了萧易水和那条疯狗，便没有其他人知晓？"

"花夫人应该知道。"老邢想了一下，才道，"花夫人早就和萧易水姘上，这些勾当，那骚娘们从头到尾都牵扯在其中，知道的绝不会少。小兄弟，该说的我都说了，你这刀子……劳烦你先收起来。"

"萧易水现在在哪儿？"杨宁不但没收刀，反而紧了紧，只要老邢说萧易水不在花宅，那必是撒谎，自己便要给这家伙放点血。

老邢忙道："他现在就在这宅子里，后院边上有单独的一处院子，门前有两棵芭蕉树，他到这里来，都住在那里。"

杨宁微皱眉头，慢慢收刀。

那刀锋离开老邢的脖子，老邢舒了口气，猛然之间，他双目一寒，右手一扬，一片尘土迎面往杨宁脸上打了过去。

原来他悄无声息之间，右手已经在地面抓了一把土，表面上对杨宁据实相告，暗中却已经做好了出手的准备。

杨宁虽然蒙面，可他却从杨宁声音判断出此人年纪尚轻，只以为杨宁经验浅薄，绝不会想到自己会趁机发难，若是能够抓住这半夜三更潜入宅子的家伙，少不得是大功一件。

灰土打出，老邢料定杨宁猝不及防之下必然慌乱，直待杨宁慌张之际，抬脚踢向杨宁，趁机躲开呼喊同伴。

孰知杨宁竟似乎早有准备一般，身体侧闪，轻松躲过那一把土，闪躲之间手臂一挥，老邢立时便觉得咽喉一阵刺痛，双目顿时突起，已经被杨宁割断了喉咙，喉头一股鲜血喷涌而出，月光之下，鲜红的血液妖艳而冷酷。

老邢双手捂住喉咙，鲜血汨汨直流，从指缝间溢出，喉咙里发出"嘎嘎"之声，想要叫喊，却根本喊不出声音来，身体抽搐扭动，渐渐静下去，直到再不动弹。

杨宁盯着老邢暴突且已经失去光彩的眼睛，缓缓站起身来，深吸一口气，轻步走出院子，夜色之下，如同暗夜幽灵一般，提着大刀向花夫人所住的院子迅速而去。

他记着老邢所言，萧易水住在后院边上的独院之内，院前有两棵芭蕉树，夜色之中，搜寻片刻，很快就瞧见不远处果真有两棵芭蕉树。

芭蕉树边还真有一处独院，杨宁摸了过去，院门关着，好在这内院的院墙不高，杨宁将刀挂在腰间，轻松爬上了院墙，瞧见里面一处房间的窗纸上显着灯火。他小心翼翼地跳到院内，心知不出意外的话，萧易水和花夫人便在那屋内。

他轻手轻脚摸到窗下，便听到从屋内传来让人面红耳赤的呻吟之声，花夫人浪声浪语清晰传来。杨宁心知那对男女现在正欢乐得紧，也确认里面的男人正是萧易水。

杨宁扫了院内一眼，瞧见园内有一棵大树，当下摸过去，就躲在大树之后。

他虽然胆子极大，却并不鲁莽。

萧易水身材高大，在这个时代，人们的身高普遍偏矮，萧易水的身高算得上是鹤立鸡群，而且此人既然身为会泽县的捕头，手底下的功夫绝对不会太弱。

杨宁虽然对自己的身手颇为自信，但是奈何受限于这具稚嫩的躯体，力道之上大有欠缺，若是正面与萧易水交手，还真未必是萧易水的敌手。

而且这宅内有好几名捕快，一旦惊动他们，后果不堪设想。

小蝶很显然已经被冯捕快送走，如今下落不明，前途未卜。莫说小蝶对杨宁有救命之恩，便是寻常之人，以杨宁的性情，那也是要将个中蹊跷弄个水落石出。

四下里十分安静，宅内其他的捕快显然知道萧易水和花夫人这档子事，所以并无人敢往这边过来。

杨宁倒并不在意等待下去。

当年受训的时候，趴在草丛之内几个小时动也不动，此时在树下等待，他也是耐心十足，并不着急。

九月深夜，月明星稀，天气已经有些微凉，杨宁身着单衣，觉得有些寒冷，却依旧是一动不动。

也不知道过了多久，屋内许久不曾有动静传过来，杨宁这才抬头望了望夜幕，月上中天，已是子夜时分。

杨宁轻轻放下手中刀，活动了一下微有些发麻的身体，然后将蒙在脸孔上的那块麻布紧了紧，这才重新将刀拿在手中。

他先是猫着腰摸到窗户之下，听到里面传来呼噜声，想来萧易水折腾了那妇人小半夜，正是体乏的时候，如今正在酣睡。

他移步到了正门前，这种屋门晚上自然是要挂上木门闩，不过这种门闩打开的方法十分的简单，杨宁将手中薄薄的刀刃塞进了门缝之中，朝上缓慢移动，很快便碰到了门闩。

他动作很轻，稍微用力一挑，门闩便被挑落，声音并不大，杨宁确定屋内呼噜声依旧，这才轻轻推开门，悄无声息地进到了屋内。

萧易水在左侧房间，杨宁等眼睛适应了屋内的昏暗才走过去，或许是因为正门已经拴上，并不觉得会有人能进来，所以这房门竟然是虚掩着的。

杨宁屏住呼吸，轻轻将房门一点一点推开，然后才踏着轻盈的步子进入房内。

房内充斥着一股奇怪的味道，既有汗味，亦有浓郁的香味，另有一种颇有些浓郁的腥味。

杨宁见到床榻边的锦帐已经放下，轻手轻脚凑近到床边，握紧了手中的刀，伸出一只手，轻轻将锦帐拉开了一道缝隙。

昏暗之中，杨宁看到萧易水赤身裸体横躺着，那花夫人丰满的身子面对萧易水侧躺着，一只手臂搭在萧易水胸口，一条大腿也压在萧易水身上，倒是一副如胶似漆的模样。

杨宁自然没有心思去观赏花夫人丰满诱人的躯体，目中生寒，握刀的手缓缓向前，刀刃向萧易水靠近过去。

刀刃尚未靠近萧易水，杨宁忽觉得事情有些不对劲，猛然间想到，萧易水本来是鼾声如雷，可是却不知什么时候已经没有了鼾声，也就在这时，萧易水双目猛然睁开，一条腿斜踢，将床上的锦被踢了过来。

杨宁暗叫糊涂，此时鱼死网破，也没有什么好犹豫的，轻喝一声，手中大刀斜劈，将那床锦被劈开，便在这短短时间，萧易水已经翻身而起，一条腿照着杨宁踢了过来。

杨宁知道碰上了硬钉子，如同自己所料，萧易水果真不是泛泛之辈。

只是他心知这种时候更要冷静，并不后退闪躲，反倒是身子一低，手中的大刀照着萧易水立足的那条腿横扫了过去。

萧易水一脚踢空，随即便感觉腿一阵剧痛，身子一沉，原来是杨宁一刀砍在了腿上。

杨宁手中这把刀委实锋利，刀光闪过，萧易水半条腿已经与身体分离，鲜血喷涌而出，萧易水小腿被砍断，下盘一空，整个人已经重重摔倒在床上。

杨宁一刀得手，并不犹豫，等萧易水摔倒在床上时，杨宁手中的大刀已经架在了他的脖子上。

所有一切都在须臾之间发生，此时花夫人才刚坐起身来，媚眼蒙眬，腻声道："怎么了？"随即显然感觉有些不对劲，仔细瞧了瞧，却看到一个蒙面人拿着刀架在萧易水的脖子上，惊骇之下，一时呆住，随即尖声叫起，杨宁厉声道："再叫一声，立刻杀死他！"

花夫人抬手捂住嘴，双眸之中满是惊恐之色，等瞧见枕头旁半条血淋淋的小腿，双眼上翻，身体便向后晕倒过去。

萧易水被砍掉半条腿，断腿处鲜血直流，他脸色苍白，额头冷汗直冒，全身发抖，但此人倒也算是硬汉，强撑着痛苦盯住杨宁眼睛，沉声问道："阁下……阁下要银子还是……还是要命？"

"银子也要，若是不老实，命也要！"

"好！"萧易水道："银子……银子在衣裳的钱袋里，桌上有扳指和头饰，你……你都可以拿走！"虽是强撑，但是断腿之痛还是让他的身体不由自主地抽搐。

他盯着杨宁的脸，杨宁戴着面巾，自然看不清面容，但是那双杀气森森的眼眸，却是让萧易水知道自己这一次是凶多吉少，不过在他看来，对方如果没有蒙面，不怕自己看见，那自己是非死不可，眼下既然蒙着面，兴许还有最后一丝希望。

"银子不急！"杨宁淡淡道，"人去了哪里？"

"人？"

"被你送走的那些姑娘。"杨宁压低声音，"她们都被你送到哪里去了？你若老实交代，我兴许可以饶你一命。"

"阁下……阁下是有亲人在其中？"萧易水道，"如果是这样，我……我向你道歉，也……也向你保证定会将她送还给你。"

"少废话。"杨宁冷冷道，"人在哪里？"

"她们的下落分散各处，阁下……阁下想要知道谁的下落？"萧易水指了指枕头，"下面有……有一个册子，是她们前往的归宿，我……我们可以在里面找到！"

"拿过来！"

萧易水抬手指了指脖子上的刀，杨宁微微松了一些，萧易水点头道："多……多谢！"微扭头，伸手往枕头下摸过去，等到萧易水的手抽出来，却听得萧易水一声低喝，一道寒光照着杨宁直飞过来。

那枕头下面自然不是什么册子，而是一把飞刀。

飞刀如电，速度奇快！

只是杨宁对萧易水一直存有戒心，时刻警觉。萧易水挥手之际，杨宁便察觉有异，身形早已经向边上闪躲，那飞刀飞速从杨宁脸颊边划过，若是反应稍微迟钝一下，那飞刀便正中面门。

萧易水本以为借着昏暗突然出手，几乎是十拿九稳，却不料飞刀失手，大惊失色，身体便要往里滚过去，杨宁反应极快，大刀照着萧易水的脖子狠狠砍了下去。

萧易水小腿被砍断，动作迟钝，"噗"的一声，脖颈上的动脉被杨宁一刀砍断，鲜血顿时喷涌而出，萧易水只觉得浑身的力量瞬间被抽空，连叫喊的力气也没有，抬手捂住自己被砍断的脖子，身体抽搐，双目暴突，在床上挣扎几下，便再不动弹。

杨宁并非嗜杀之人，今夜连杀两人，实际上他也是身体微微发抖，并不适应这样的杀戮。

但是这些人猪狗不如，所做之事丧尽天良，斩杀这种人，杨宁并无任何负罪之感。

他心里很清楚，这样的人若不除去，只会让更多的人受尽苦楚，有时候杀人便是救人。

稍微平静了一些，杨宁这才将萧易水从床上拖下。

昏暗之中，瞧见花夫人兀自昏迷不醒，杨宁转身从桌上拿了茶壶，对着壶嘴含了一口水，这才重新回到床上，拿刀架在花夫人脖子上，瞧见她白花花的身子就在眼前，丰满胸脯随着呼吸微微起伏，便即拉过枕头盖在她胸脯上，随即将口中的凉水喷在了花夫人的脸上。

他今夜的目的本不是为了除恶，而是为了找寻小蝶的下落，只是情势所迫，不得不出手杀人，如今萧易水已死，小蝶的下落，就只能从花夫人口中询问。

凉茶喷在花夫人脸上，被冷意一激，花夫人悠悠醒转过来，迷迷糊糊睁开眼睛，便感觉脖子上发寒，随即在昏暗之中瞧见了一双冷厉的眼睛，全身一颤，失声道："别……别杀我！"

"姑娘们被送到哪里？"杨宁冷冷道，"老实交代，也许可以活命！"

花夫人颤声道："不是我，都是萧……萧易水做的，好……好汉爷，求你饶……饶命，我……我是被逼的！"此时她花容失色，此前那妖魅诱人的风情早已荡然无存。

"人都去了哪里？"杨宁重复道，"再啰唆，一刀砍杀！"

萧易水的尸首就在旁边，花夫人自然知道对方不是开玩笑，此时一心想要活命，招供道："她们都被……都被送到了京城。"

"送到京城何处？"

"我……我确实不知道。"花夫人脸色惨白，"我听萧易水提及，冯正升从这里将人带走，送出城去，城外有人接应，然后直接送到京城。"

杨宁知道冯正升自然就是外号疯狗的冯捕快，冷声道："城外是何人接应？"

花夫人犹豫了一下，目光闪烁，杨宁冷哼一声，她不敢再犹豫，忙道："是……是镖局！"

"镖局？"杨宁一怔，不想连镖局也扯了进来，看来卷入这人口买卖之事的势力不在少数。

花夫人道："萧易水手下有人专门将这……将这些黄花闺女诱骗到手，然后……然后送到这里来训练。等到她们有了些底子，冯正升就会偷偷送出城。"

有心要讨好杨宁活命，花夫人解释道："萧易水说过，这些黄花小姑娘只要略微懂些歌舞，那价码就会高出一大截，他靠着这个，这两年得了不少银子。"

"你说的镖局，是哪家镖局？"杨宁问道，"可是这县城内的镖局？"

花夫人道："是大镖局，我也问过萧易水，他……他让我不要多问，只说那镖局在京城也是数一数二的大镖局。"

"京里的大镖局？他们怎会和你们同流合污做这种事？"杨宁冷笑道，"你是否在撒谎？"

"绝不敢！"花夫人变了脸色，"我是听……是听萧易水所说，他……他还说……"声音发颤，一时没敢说下去。

"他还说什么？"

"他……他还说那家镖局背后有大人物，那些姑娘被送到京城，都落在那大人物的手中。"花夫人颤声道，"大人物可以利用那些姑娘做许多的事情，他还说就算这事情真的被人……被人知道，那也无碍，有那大人物撑腰，谁也翻不起风浪来。"

"大人物？"杨宁心知所谓的大人物自然就是萧易水提及的靠山，冷笑道，"他没有告诉你那大人物是谁？"

花夫人道："他有许多事情都不会告诉我，还说……还说知道的越多，死的会越快……我知道的便只有这些，其他的真不知道了。"

"那你这里是否有一个叫小蝶的姑娘？"杨宁问道，"她如今也被送去了京城？"

花夫人想了一下，道："你说的是小……小蝶？是，她……她也被送走了。"

"什么时候被送走的？"

"已经有三天了。"花夫人道，"从这里往京城去，有十多天的路程，他们……他们应该还在半道上。"

杨宁微一沉吟，随即慢慢收刀，花夫人松了口气，杨宁却淡淡道："扭过头去！"

花夫人心下一紧，颤声道："好汉爷，你……"

"快些扭过头去。"杨宁冷声道，"休要废话！"

花夫人心惊胆战，但是寒刀之下，却也无可奈何，微转身扭过头去，杨宁已经倒转刀柄，狠狠敲在花夫人脑后，花夫人闷哼一声，便即晕厥过去。

杨宁虽然亦不耻花夫人所为，却也知道一个寡妇要生存下去并不容易，而且在萧易水这样的人物脚下，亦是身不由己，根本不可能违抗萧易水，虽然其行可恶，但罪不至死，是以并不轻易滥杀。

他心知花夫人最快也要三四个时辰之后才能醒转过来，当下轻手轻脚在屋内搜寻一番，萧易水还真是有一只钱袋子带过来，里面有不少碎银子，少说也有一二十两，除此之外，另有几片金叶子也在钱袋之中。

此外萧易水还有一枚扳指，另有花夫人的一些金银首饰，杨宁找到一只包裹将这些值钱的物事尽数包了起来，现银也有上百两之多。

他一手拿着包裹，一手拿刀，这才悄悄出了门，将房门和正门全都带上，轻手轻脚出了院子，又如同幽灵般返回了马棚院子。

院内一片死寂，杨宁轻步到了那排房屋中间，见得屋门虚掩，轻轻推开，屋内一阵骚动，杨宁扫了一眼，发现屋内此时已经多了不少身影，低声道："是我！"

姑娘们听到杨宁声音，顿时都放松下来，秀儿已经上前来，道："小哥哥，我已经打开了几间屋门，告诉了她们，她们都想离开，我让她们不要轻举妄动，等着你回来。"

秀儿又轻声问道："小哥哥，咱们……咱们当真可以逃离吗？"

杨宁心知在这些姑娘眼中，花宅便是铜墙铁壁般的魔窟，仅凭一个年轻小伙子就能救走这一大群姑娘，还真是有些匪夷所思，也难怪她们心中忐忑。

杨宁也不多做解释，低声道："还有两个时辰，天便要亮了。我现在就带你们离开，所有人都要小心一些，不要发出任何动静，若惊动了院子里的人，那可就麻烦了。"

他又道："你们是否知道自己爹娘在何处？"

秀儿道："这里一共有三十二个人，有二十三个是有爹娘在城里，还有几个在进城之前就已经与爹娘离失。"

杨宁皱眉道："那她们岂不是无处可去？"

秀儿低声道："我们已经商量好，没有爹娘的姐妹先跟着我们一起，我们互相照顾着。"

杨宁略感欣慰，轻声道："我带你们出了院子之后，你们不要全都集中在一起，分成几队离开，人多容易被人发现，只要找到你们在城里的爹娘，立刻将这里发生的事情传扬出去，提防还有人被骗上当。"

萧易水虽然已死，但是冯捕快却还活着，谁也不能保证冯捕快就此收手。

"小哥哥，我们该如何离开？"秀儿低声问道，"大门有人守着，我们出不去。"

杨宁轻声道："你现在就去让大家准备，咱们现在就离开。"当下也不多言，率先出门，到了马棚院门处，细心侦查了一番，确定四下无人，很快就见黑压压一群人轻手轻脚过来，杨宁轻声问道："是否都到齐了？"

"都到了！"

杨宁这才握着刀，在前开路，姑娘们则是如同长蛇一般跟在后面。

对这后宅的地形，杨宁已经十分熟悉，轻车熟路。

姑娘们大都是忐忑不安，却也都尽力屏住呼吸，只盼能够尽快逃离这非人之地。

杨宁一边带路，一边观察前面的动静，忽见得前面的花圃后陡然转出一道影子来，杨宁心下一凛，急忙抬手，示意身后众人停下脚步。

这一下十分突然，有些姑娘低头向前走，没看到前面同伴已经停下，一头撞上去，顿时便有几人"哎哟"叫出声来。

杨宁脸色微变，便听得前面传来声音道："是谁在那边？"

姑娘们此时俱脸色煞白，魂飞魄散，而杨宁却没有丝毫犹豫，整个人已经如同猎豹一样，猛地扑了过去。

杨宁很清楚，一旦对方叫出声响，后果必将不堪设想，即使自己能够趁乱逃离，但这群姑娘的下场必然十分凄惨。

萧易水和老邢都被杀死，消息一旦传开，对整个会泽县来说，那是惊天动地的大事。

萧易水这张网编织得很大，卷入其中的势力不在少数，他们也必定会不惜一切代价找到自己。

自己在这群人的眼中，如同蝼蚁一般，而这群姑娘也必然没有机会逃离花宅，甚至因为有人要将此事湮灭而陷入万劫不复之境。

杀死一个萧易水，或许不是太困难的事情，但是要将这股从上到下的势力连根拔起，杨宁自问绝无可能做到。

他快如猎豹，对面那人虽然察觉动静，却还没有看清楚究竟是什么状况，一手按着腰间刀柄，一面往这边过来，猛地发现一道影子向自己扑过来，大吃一惊，待要拔刀，却只觉得眼前一花，随即刀光一闪，喉头一阵剧痛。

杨宁一刀便割断了那人的喉咙，那人抬手捂住喉咙，眼中充满惊骇，喉咙里发出"咕叽咕叽"之声，好在已经无力叫喊，身形晃动，然后一头栽倒在地上。

跟在杨宁后面的姑娘见此情状，都是脸色惨白，捂住嘴，不敢发出丝毫声音。

杨宁一刀斩杀那人，夜风一吹，才感觉自己后背都是冷汗，深吸了一口气，将大刀丢在地上，拖住那人的一条腿，往花圃后面拉过去。

他此时身体有些乏力，那人身体十分壮硕，颇有些沉重，秀儿见状，也跑上前去，拉起尸首另一条腿，帮着杨宁一起将那人拉到了花圃后面。

杨宁重新捡起刀，又过去拎起自己放下的那只包裹，向后面招招手，领着姑娘们进入了竖着八角亭的后院之中，转到花圃后面，秀儿和几名姑娘跟上前去，就发现了墙根下的那处窟窿。

姑娘们顿时又惊又喜，谁也没有想到，这里竟然有一处出口。

杨宁做了个手势，示意众人从窟窿里出去。

对姑娘们来说，这宅子就宛若是人间炼狱，此时能够逃脱这里，莫说眼前只是一处显得有些肮脏的窟窿，便是刀山火海，那也要搏一搏了。

杨宁此时已经拿着大刀，站在院门处警戒，等了许久，直到后面再无动静，回头看时，瞧见已经没有人影，这才过去，见姑娘们都已经从窟窿出去，当下也屈身从窟窿钻了出去。

狭窄的巷内一片拥挤，姑娘们排成一排挤在巷内，等杨宁钻出窟窿，才发现所有人都在瞧着他。

杨宁站起身来，秀儿却已经率先跪倒在地，其他姑娘也不犹豫，纷纷跪下来，杨宁一怔，随即立刻拉起那姑娘，低声道："这里不宜久留，你们赶紧离开这里。"

今夜事情的发展，完全出乎他自己事先的设想，只是箭在弦上，却不得不发。

他很清楚，自己出手帮着这群姑娘逃离魔窟，很可能会改变其中许多人的命运。

"小哥哥，如果不是你，我们……"秀儿声音哽咽，"你是天上派下来的神仙，我们一辈子也记着你。"

杨宁笑着轻声道："仗已经打完了，你们很快也都能够返回家乡，以后好生过日子。"打开包裹，从里面取出了一只小袋子，将那大包裹递过去，"这里是些银钱，你给每人分发一点，银两不多，不过却也足够挺上一阵时日，那几个爹娘不在的，你就多分一些，大家好好照顾她们。"

萧易水手里的银子都是不义之财，这些姑娘都是流落至此的难民，将这些不义之财赠予这些姑娘，帮她们渡过难关，自然是最好的处理方式。

"小哥哥，这……"

杨宁摇头道："不要多说了，天快亮了，赶紧离开这里！"将包裹塞进秀儿怀中，又将那小钱袋揣入自己怀中，那把刀也丢进臭水沟内，这才挥手，示意姑娘们赶紧离开。

姑娘们都是面露感激之色，却也知道此地不宜久留，当下分两队向巷子两头过去，杨宁等她们出了巷子，这才整了一下衣衫，也摸出巷子，见到姑娘们在巷外，皱起眉头，有些着急地挥了挥手，姑娘们这才趁着夜色而去。

第四章

改道牛头岭

杨宁心知萧易水此人在会泽县境内人脉深厚，不但有白道的关系，连黑道也与他有瓜葛，等明天被人发现尸体，必定会是一场大风暴。

自己虽然趁夜出手，一时半会儿不会被人发现，但是萧易水的党羽最终还是会查到自己身上，如今的会泽城，对自己来说已经十分凶险。

他趁着夜色，迅速回到了土地庙。

还没进去，就看到老树皮和猴子坐在庙门口等候，见到杨宁回来，老树皮忙起身迎上来，低声问道："见着小蝶姑娘了？她现在怎么样？"

杨宁笑道："见着了，这几天她也生病，刚刚好一些，已经没什么大事了。"心中暗想，若是将今夜发生的事情告诉这两人，这两个家伙也不知道会是怎样一副表情。

老树皮松了口气，道："那便好。我这担心了一晚上，看你回来，那就好了。"

杨宁知道老树皮对自己的关心确实是出自真心，微微一笑，心下颇为感激。

猴子倒显得有些尴尬，讪讪道："那个……那个我瞧你半天也没出来，所以……所以就先回来等着！"

杨宁只是笑笑，也不多言，心中却知道这小子是怕被牵连，早早逃离是非之地，他自然没有心情与猴子计较。

杨宁回到庙里，见到其他几名乞丐睡得正香，就进了侧屋，老树皮跟着进来，杨宁在房门前往外面瞧了瞧，见猴子也已经一头躺下，看上去也是十分疲惫，这才转身到了草堆边，拉过老树皮的手，压低声音道："老树皮，你要离开这里了。"

老树皮一怔，杨宁已经拿出那只小钱袋，从里面将扳指拿出，又拿了一片金叶子，这才将钱袋塞进老树皮手中。

老树皮见杨宁又是扳指又是金叶子，已经呆住，等缓过神来，手中已经拿着钱袋，借着微弱的火光，瞧见钱袋里面是些碎银子，还有几片金叶子在其中，更是大吃一惊，失声道："这是……"还没说完，杨宁已经伸手捂住他嘴巴。

"你不要说话，先听我说完。"杨宁凑在老树皮耳边，压低声音道。

老树皮点了点头，杨宁这才松开手，低声道："萧易水和他手下那帮捕快贩卖人口，小蝶已经被送到了京城……"

老树皮身体一震，目中显出惊骇之色，随即握紧一只拳头。

"我也不能详细向你解释。"杨宁低声道，"萧易水已经被我杀了，不出意外，他手下那帮人很快就会查到我的头上，你一直和我在一起，他们查到我，定会牵连到你。"

老树皮全身一震，他当然知道杨宁这样做的后果，惊骇道："你……你杀了萧易水？"

杨宁微微颔首，神情严肃，轻声道："天快亮了，城门马上就会打开，我不能置小蝶不管，所以要去找寻小蝶。老树皮，你也不能继续留在这里，这些银钱你先拿着，如今战事已息，你找一个地方，置些薄产，再找个媳妇安生过日子……"

"小貂儿！"老树皮眼圈一红，"萧易水那狗杂碎，丧尽天良，多少人想杀死他，你……你这是为民除害。我和……"他本想说要跟随小貂儿一同去找小蝶，可是知道自己年老体衰，跟着小貂儿只能是拖累，嘴唇动了动，没有说下去。

杨宁却似乎知道他的意思，温和一笑，握住老树皮的手，柔声道："往京城去路途遥远，而且连我也不知道是否能找到小蝶。老树皮，你为人善良敦厚，如果不是你悉心照料，我只怕也活不下来，你这份恩情，我不会忘记。"

老树皮正要说话，杨宁摇头轻声道："时间不多了，萧易水的尸首一旦被发现，会泽城很可能就要被封锁。你可知道城门何时打开？"

老树皮立刻道："城门开关与季节有关，这个季节，卯时三刻就会打开城门！"

杨宁对于古今时辰的对应还是颇为熟悉，想了一下，才道："你现在就准备，往北城门方向去，只要城门打开，立刻出城，有多远走多远，再也不要回来。"

"那你？"

"我从南城门出城。"杨宁轻声道，"猴子他们对此事一无所知，此事一旦爆发，他们必受牵连，不能留在城里，天亮之后，我先带他们出城。"

老树皮低声道："现在不能告诉他们，万一他们害怕被牵连，背地里出卖你，那可就……"

"我明白。"杨宁含笑轻声道，"出城之后，我再让他们去逃命。"

老树皮见杨宁安排妥当，微微点头，他当然知道，杨宁只让自己单独离去，显然是担心若与猴子等人在一起，那几个家伙很可能会见财起意。

他将手中包裹放在地上，忽地抱住杨宁，杨宁被这老乞丐抱住，顿时有些不自在，但却也知道今日一别，可能永远再难相见，只能轻轻拍了拍老树皮背脊，低声道："你多多保重，若是缘分未尽，还有相见之日。事不宜迟，不能再耽搁，老树皮，你快些走吧！"

老树皮松开手，收好包裹，拿了木棍在手，抬步便走，到得门前，回头看了杨宁一眼，杨宁含笑挥手，老树皮强忍泪水，匆匆离去。

杨宁等老树皮离开小片刻，这才出门叫醒了猴子，猴子还没睡下多久，脸上一片茫然，含糊不清道："貂……貂老大，出了什么事？"

杨宁笑道："你们几个起来，我带你们去一个地方。"

猴子向门外瞧了一眼，外面还是黑乎乎一片，正要询问，杨宁已经道："你们不去定会后悔，去不去你们自己选。"

猴子大为疑惑，却还是起身叫醒了其他几人，几人都是茫然不解，杨宁并不耽搁，领着几人出了土地庙，令猴子带路赶往南城门。

猴子等人一路上很是奇怪，几次询问，杨宁只说到了自知，到了南城门不远处，几人便在一处墙根下坐了。

卯时三刻，天已经蒙蒙亮，城门处已经稀稀落落来了一些人，城门打开之后，杨宁立刻带着猴子等人出了城去。

会泽城入城时要严加搜查，出城若是赶着车辆，也会检查，不过杨宁等人一看就是叫花子，城门守兵倒是没有心思在这些乞丐身上花心思，几人十分顺畅地出了城门。

出城之后，杨宁也不多言，脚步轻快，一口气带着猴子等人走出了四五里地。

"貂老大，咱们这到底是要往哪里去？"猴子再也忍不住，停下脚步，"如今整个会泽县都算不得太平，说不准就要碰上盗匪，咱们还是回到城里安全。"

杨宁停下脚步，转过身来，淡淡道："伸手出来！"

猴子一怔，见杨宁神情肃然地盯着自己，犹豫了一下，还是伸手过去，杨宁将一枚扳指放在了猴子掌心，猴子一愣，不明所以。

"这枚扳指如果换银钱，少说也能值个几十两银子。"杨宁道，"猴子，你现在赶紧带着他们离开这里，有多远走多远，不出意外的话，几个时辰之内，便会有人搜找我们的下落。"

猴子和其他几人更是面面相觑，不明所以，不过猴子很快便将扳指握在手心中，笑道："貂老大，你这是发了大财？"他只以为杨宁昨夜往花宅偷了一笔，如今和大家分红。

"大财倒没有发，不过闯下了大祸。"杨宁十分痛快道，"萧易水被人杀了，他的党羽可能要将这笔债算在我的头上，你们与我同住在土地庙，这笔债同样也要算在你们身上，所以你们现在可以赶紧逃命。扳指换了银钱，可以保证你们的盘缠，我们就此别过，或许此生再也见不着了。"

他干脆利落，话一说完，也不耽搁，立刻向南边而去。

猴子等人愣了一下后，都是大惊失色，立刻追过去，惊骇道："貂……貂老大，是你杀了萧……萧易水？"

"是谁杀的已经不重要。"杨宁头也没回，脚步更快，"不过你们跟着我，危险会更大，他们可能已经追出来，何去何从，你们自己选择。"

猴子停下脚步，一时呆住，几人眼睁睁地看着杨宁没入黑暗之中，片刻之后，身后一人小心翼翼问道："猴子，咱们……咱们该怎么办？"

"还能怎么办？"猴子往地上吐了一口口水，"人肯定是这小子杀的，是咱们看走眼了，不想这小子竟然如此胆大包天，手段也这般厉害！"

"咱们和他在一起，定受牵连，什么也别说了，赶紧逃命，越早离开会泽县越好。"想到此前还曾与小貂儿作对，猴子打了个冷颤，心下一阵后怕，竟不敢跟着杨宁方向去，抬手往东边一指，"咱们往那边去，快跑！"

杨宁与猴子等人分道扬镳，重重舒了口气，凉风拂体，适意畅怀。

一夜之间，风云突变，杨宁此前又何曾料到刚刚穿越，自己会干下此等大事，更想不到转眼之间便要四处逃亡。

逃离会泽县势在必行，而且还要继续找寻小蝶的下落。

小蝶被送往京城，杨宁用屁股想也知道处境一定会十分悲惨，小蝶对他有救命之恩，他自然不能放下不管。

虽然他也很清楚自己目下势单力薄，未必真的能够找到小蝶甚至救出她，但即使如此，却也要尽力而为，如此才对得住自己的良心。

他现在倒也掌握了些许线索，至少知道小蝶和其他姑娘是被镖局带走，目的地是京城，而且离开已经有三天。

所以要找寻小蝶，先要找到那支镖队。

会泽城距离京城有大半个月的路途，所以那支镖队目今还在路上。

既然带着不少姑娘，镖队就不会太小，又是京城数一数二的大镖局，为了安全起见，他们自然不可能撇开这个旗号不用。

所谓镖局，并非武力有多厉害，而是人脉十分广阔，没有人脉的镖局，即使高手众多，要镖行天下也几无可能。

挂着旗号，一路畅通无阻，某些镖局甚至可以躲避沿途的盘查，这样的优势，当然不会弃之不用。

杨宁相信这样一支镖队一定会很显眼，那么自己沿途打听，未必不能获得消息。

此外虽然镖队比自己早上三天离开，但是沿途绝不可能日夜兼程，利用他们休息打尖的时间拉近距离，那也不是不可能的事情。

只要能追上镖队，就有机会接近小蝶，即使无法救出小蝶，但只要一路跟随，终有机会出手。

他边走边想，等缓过神来，天色已经大亮。

向前望去，这是一条颇为宽阔的官道。杨宁皱起眉头，自己这般堂而皇之地走在官道上，一旦萧易水党羽追来，很容易就会发现自己。他意识到自己还在逃亡之中，这种时候，还真不适宜大摇大摆地在官道上行走。

他拐到偏道，一路向南，一心想要追上镖队，所以途中根本没有怎么休息，饥渴之时，就在小溪中捧几口水喝，另找些野果充饥，到了次日黄昏时分，已经离会泽县城越来越远。

不知不觉中，杨宁顺着偏道而行，却再次拐到了官道上，瞧见岔口处有一座草棚，草棚外面竖着一根竹竿，上面挂着一面帘子，写着一个大大的"茶"字。

这里应该是一处道边茶棚。

杨宁此时还真觉得有些口渴，走了过去，只见茶棚前一张木椅上坐着一名四十出头的汉子，含笑道："大叔，你……"

他话没说完，那汉子眼睛一斜，挥手道："走开走开，这里可没有白吃的东西。"扭过身去，也不看杨宁。

杨宁一怔，心想这位老兄的素质可真不咋地，随即低头，醒悟自己这身衣衫还是叫花子模样，也难怪汉子见到便驱赶，自是以为有人过来乞讨。

"大叔，我想向你打听点事。"杨宁自然不会就此离开，反倒是上前两步，笑眯眯道，"这几天可有镖队从这里经过？这是往京城去的官道吧？"

"废话。"汉子扭过头来，没好气道，"你既然知道官道可以往京城去，又怎能没有车队过去？每天来来回回好些车队，难道我还要一一记着哪些是商队哪些是镖队？"

汉子脾气不好，杨宁也不以为意，含笑道："那能不能给口水喝？口渴得紧。"

"要喝水自然可以，不但有水，还有茶。"汉子斜睨杨宁，似笑非笑道，"只要身上有银钱，还可以给你拿点吃的。"

他话声刚落，就听一个女人的声音道："不就是一碗水吗？有什么舍不得，生意不好也别拿别人出气。"就从茶棚里走出来一个系着围裙的妇人，端了一碗水递给杨宁，杨宁急忙接过，仰首灌了下去。

汉子冷哼一声，却也没多说什么。

杨宁将茶碗递还给妇人，拱手道："多谢大婶。"

"是从北边过来的吧？"妇人见杨宁身上邋遢不堪，倒也不嫌弃，反是同情道，"真是可怜，年纪轻轻就流落在外。小伙子，要是饿了，我给你拿块麦饼。"

汉子瞪着眼睛道："拿什么饼，要都这样，咱们喝西北风啊？你这败家娘们儿。"

妇人根本不理会，进屋拿了一块麦饼出来，干巴巴的模样确实不好看，杨宁急忙道谢，接饼在手，问道："大婶，敢问一句，这几天可瞧见有镖队从这里经过？大概是两三天前。"

妇人想了一下，才摇头道："这里每天都有车队经过，还真没去注意。你要问镖队做什么？"

杨宁正要说话，忽听得远处传来马蹄声，正是自北传来。

汉子和妇人常年看到人来人往，也不在意，杨宁心中却是一紧，闪身到了茶棚边上，向北边遥望过去，夕阳之下，只瞧见五六匹快马正往这边飞奔而来。

快马如箭，片刻间便即驰到茶棚边上，竟清一色都是身着蓝衣的捕快，当先一人勒住马，扫了一眼，坐在椅子上的汉子早已经起身上前，陪笑道："几位差爷是要喝茶？快请进！"

领头捕快也不理会，从身上取了一张纸，抖了开来，对着那汉子问道："仔细看一看，可瞧见这人？"

那汉子细细瞧了几眼，皱起眉头，回转头去，却发现刚还站在茶棚边的杨宁已经没了踪迹，倒是那妇人上前来瞧了瞧画像，摇头道："这几天人来人往也见过不少人，没瞧过这画像中的人。"

那捕快神情冷峻，道："你们仔细再瞧瞧，未必长得一模一样。"

捕快盯住那汉子，沉声问道："你左顾右盼看什么？"

汉子忙道："没……没什么！"

捕快冷笑道："这是逃窜在外的杀人犯，犯的是死罪，要是你们知情不报，就是同犯，那是要砍脑袋的！给我仔细看着，到底见过没有？"回头使了个眼色，三名捕快翻身下马，拔出腰间佩刀，已经冲进茶棚之内。

捕快们冲进茶棚，汉子脸色剧变，他很快就听到里面传来噼里啪啦的响声，这对夫妇也不敢多言。

这茶棚也不大，几名捕快里里外外搜了一遍，这才回来，向那领头捕快道："里面没人。"

领头捕快四下里瞧了瞧，才将那张纸丢给汉子，冷声道："这是通缉令，就贴在你这茶棚外面，只要瞧见这小子，无论死活，送到官府，都会重重有赏。"也不多言，一抖马缰，领着几名捕快纵马而去。

等捕快离开，汉子才冲着妇人急道："那小乞丐是杀人犯，你可听见？为何不让我禀报？"妇人淡淡道："多一事不如少一事。"汉子颇有些气恼，也在茶棚内外找了一遍，松了口气，道："那小子走了？"

妇人见捕快去得远了，这才绕到茶棚后面，距离几步之遥有一个用篾竹围起的圈子，一看就知道是方便之所。

那汉子立时明白，果见到杨宁从里面窜了出来。

捕快虽然将茶棚里里外外搜了一遍，却偏偏没有搜寻这个地方。

"大叔，大婶，对不住。"杨宁拱手道，"我立刻离开，不会连累你们。"他虽然知道萧易水的党羽迟早会查到自己，可是万没有想到这帮人的办事效率竟然如此之高，不但已经确定了凶手，而且开始到处搜找。

汉子脸色青一阵白一阵，眼中多少还有些怀疑，问道："你……你真的杀了人？"

杨宁并不解释，取了身上那片金叶子，道："我身上没有碎银子，不知可否用这片金叶子换取一点碎银子。"

汉子见了那片金叶子，吃了一惊，立刻摆手道："我们没有那么多碎银子可以换，你……你赶快走吧！"眼睛却直盯着那片金叶子。

杨宁犹豫了一下，还是将那片金叶子塞进妇人手中，快步便走，妇人连叫几声，杨宁才停下步子，妇人上前问道："小伙子，你这是要往哪里去？那些官差都在抓你。"

杨宁含笑道："我要往京城去，找寻一支镖队，可是那镖队比我早走几日，也不知道能不能追上。"

"你说的镖队如果是沿着这条官道走，就算比你早走几日，也未必不能赶上。"那汉子凑过来，抬手向东南方向指过去，"你向那个方向走上一天，应该就能看到牛头岭，如果你能穿过牛头岭，比官道至少要少走两天的路途，说不定就能赶上。"

"牛头岭？"杨宁眼睛一亮。

妇人忙道："牛头岭是深山老林，小伙子，那里很是凶险，还是打消这个念头。"

汉子道："路我已经指了，敢不敢走就看你的胆量。你快些走吧，万一那些官差回头，可是要连累我们。"

杨宁心下微微振奋，拱了拱手，笑道："多谢两位。"那妇人要将金叶子还给杨宁，杨宁却早已经飞跑而去。

他顺着那汉子所指的方向一路前行，途中只是稍作歇息，到次日傍晚时分，便瞧见前方出现山脉轮廓，山脉连绵，两座山峰微高，乍一看过去，倒真的有点像牛儿的两只犄角。

傍晚时分，斜阳西下，落日余晖照在牛头岭，整座牛头岭却显得颇有些阴沉，虽然牛头岭看似就在眼前，但是真要走起来，到太阳落山，却还是有一些距离。

渐近牛头岭，忽听得身后传来马蹄声响，杨宁心下一紧，回头望过去，只见到又是数骑从后方呼啸而来。

他握紧拳头，暗想难不成是那几名捕快折回头，那茶铺汉子告诉了几人自己的行踪？

身处旷野，四下里还真没有躲藏之处，而且此刻那些人显然也发现了自己的身影，再要躲避已经来不及。

五匹快马如风般飞驰而来，杨宁神情冷峻，虽然知道势单力薄，却还是做好了奋力一搏的准备。

谁知那五匹快马却是从自己身边掠过，只当先一人瞥了自己一眼。

杨宁这才看清楚，这五人并非追拿自己的捕快，都是清一色紫衣在身，眉心似乎有什么印记，只是那几人速度太快，一时间也没看清楚。

杨宁微松了口气。那几匹快马跑出一小段路，忽地都停下，折返回来，到杨宁边上勒住马，马上那紫衣人上下打量杨宁一番，才冷冷问道："有没有看到一个穿灰色袍子的老头儿？"

杨宁摇头道："没瞧见！"心想原来这几人是在找寻一个老头儿，却不知那老头儿又是什么人。

便在此时，杨宁忽然听到一阵刺耳的声音从牛头岭方向传过来，抬头望过去，只见到一道星光从牛头岭深山之中一飞冲天，此时天色已经暗下来，那一道窜天而起的光芒看得十分清晰，而且带着刺耳的尖利之声。

紫衣人自然也瞧见那光芒，脸色微变，立时调转马头，向另外几名紫衣人道："就在山里，咱们快些过去！"

五名紫衣人纵马向牛头岭飞驰而去，杨宁看着那五骑渐行渐远，心下更是疑惑。

那几名紫衣人气势汹汹，一看就不是善类，却也不知道是何来历，而山岭之中窜出一道冲天星光，显然是信号，也便是说深山之中此时还有其他人。

杨宁寻思着是否该避开这些人，另觅他途，只是要追上镖队，只有这一条捷径，只微微想了一下，便继续向牛头岭行去。

走了小半个时辰，杨宁远远就瞧见几匹马正在山脚下，却不见那几名紫衣人。

杨宁心知山上不便行马，那几人定是将马匹丢在这里，徒步上山。

此时若是牵上一匹马悄悄离开，应该不会被人发现，若骑马顺着官道日夜追赶，想来也是能够追上镖队。

只是若在官道纵马，说不定就会碰上萧易水的党羽，他并没有忘记，萧易水的党羽已经在会泽县张开大网，正在各处搜寻自己，黑白两道耳目无数，自己还真要小心提防。

而且方才那些紫衣人的言行，也让杨宁心存好奇。

上山之后，道路越来越崎岖，山上都是茂密的树林，杨宁心知那几名紫衣人定是顺着方才光芒窜起之处而去，倒也记得大致的位置，一面注意四周的动静，一面穿梭在山林中向那个方向摸过去。

牛头岭，顾名思义，上下起伏，时高时低，倒也不是一直向上攀爬。

初月升起，月光幽冷，时当九月，天气本就开始转凉，在这山林之中，更是阴气极重，杨宁身上颇有些发凉。

山中时不时地传出狼嚎雀鸣，不知不觉之中，杨宁已经深入山岭之中，四下里也瞧不见一个人影，甚至连道路也瞧不见一条，眼前黑乎乎一片，阴森森颇有些可怖，杨宁虽然胆大，此刻却也感觉背脊有些发凉。

他正后悔闯入山中，忽听得左前方传来一阵呼喝声，杨宁立时警觉，只是那声音叫了几下，便再无声息。

杨宁等了片刻，听得再无动静，小心翼翼循着先前发出叫喊的方向摸索过去，这林中昏暗，前面的情景看得也不是十分真切，走了片刻，忽地脚下一绊，踩在一个软绵绵的东西上面，脚下一崴，差点摔倒，好在杨宁的反应极快，一只手抓住了旁边的一棵小树，稳住了身子。

幽幽月光从树枝的缝隙之间洒射下来，杨宁低头看了一眼，脸色骤变，差点叫出声来。

脚下横卧着一个人，一动不动，自己一只脚正踩在他小腹处，幽冷的月光下，杨宁瞧见此人脖子之上光秃秃的，竟然没有了首级。

一股浓郁的血腥味扑鼻而来，杨宁倒并不在意这股气味，可是看到这具无头尸首，心下却也是骇然。

从这人的衣衫可以看出，似乎就是此前自己所遇到的那几名紫衣人其中之一。

他抬手捂住鼻子，便在此时，又听到不远处传来一声惨叫，叫声凄厉，瞬间便消失，杨宁一颗心顿时跳得厉害，摸索着又往前走了十来步，见到前面一道人影站在那里，急忙闪身躲到一棵大树后面。

只是那边却没有丝毫动静，杨宁探头瞧了瞧，见那人影直着身子，脑袋和双臂都是低垂着，一动不动。

杨宁感觉有异，从树后走出，那人却兀自没有动静，杨宁靠近过去，轻轻"喂"了一声，忽地瞥见那人胸口鼓起，似乎有什么东西装在里面，此时那人毫无动静，杨宁也没有立刻靠近，绕到旁边，这才看清楚，此人身后有一根手臂粗细的树干，树干从那人的背脊没入身体内，胸口鼓起的地方，自然是因为树干贯穿了身体才隆起。

杨宁越看越心惊，所见的两具尸首，死亡方式都是触目惊心极为悲惨，却也不知道究竟是何人下手。

他凑到那尸首边上，微微低下身子瞧了瞧那人的面孔，一眼便认出，那人正是在山下询问过自己的紫衣人，此人眉心有一块刺青，形如蜘蛛。

山林之中，阴气森森，杨宁神情凝重，借着幽冷的月光，看到旁边地上有一摊湿湿的东西，蹲下身子，用手指头蘸了一下，凑近鼻尖，立时闻到一股浓郁的血腥味，知道地上是鲜血。

他向前瞅了瞅，只见鲜血洒在地上，蔓延到前方深处，微一沉吟，心知必然有人受伤之后，还是往深林之中去。

虽然知道十分凶险，但杨宁还是忍不住顺着血迹往深林摸索过去，行了片刻，忽见到前面横七竖八地躺着不少尸首，四下里一片死寂，杨宁陡然看到如此多的尸首，心里也是发毛。

他瞥见边上有一把钢刀，弯腰拿在手里，这才小心翼翼靠近过去，仔细瞧了瞧，四下里躺了八九具尸首，除了其中一人身首分离，其他尸体倒没有残缺，比自己先前看到的惨死的两人要正常许多。

这些人俱是紫衣在身，有几人仰面朝上，杨宁看见他们的眉心皆有蜘蛛刺青，心知这些人都是同伴。

地上不但躺着众多尸首，而且散落着诸般兵器，除了大刀，更有铁钩、短刺、铁链等，一看便知道这些人都是练家子。

这些尸首都是身形健硕，杨宁很难想象这么多人为何短短时间就全都丧命于此。

他正自疑惑，忽地听到附近传来一声响动，杨宁身体一紧，握紧手中刀，扭头看过去，只见边上有一堆凌乱藤蔓，那声响正是从藤蔓里发出来。

杨宁握刀一步步靠近过去，很快便听到藤蔓后面传来急促的呼吸声，随即便看到一人正背靠在藤蔓后面的一棵大树下。借着淡淡的月光，杨宁只见此人穿着一件灰色的袍子，头上系着一根灰色的带子，一头白发如同冬雪十分显眼，一双眼睛却是冷厉异常。

杨宁瞧见此人，立时想到之前紫衣人所说的灰袍老头子，如无意外，应该就是眼前这白发老者了。

那白发老者气息急促，却又十分虚弱，眼神本来十分冷厉，可是瞧见杨宁这身打扮，眸中寒光顿时闪过，问道："你……你是何人？"

他的声音显得十分虚弱，倒似乎受了伤。

杨宁却已经想到，既然紫衣人在找寻这老头，如今十多名紫衣人尽数死在山里，恐怕凶手便是这白发老者。

不过瞧这老头干巴巴的模样，还真是很难让人相信那么多壮硕汉子是死在他的手里。

"老……老先生，你这是怎么了？"杨宁心存戒备，"你是不是受了伤？"

白发老者冷声道："老夫问你，你是谁？为何会出现在这里？"

杨宁感觉从这老头身上散发出一阵寒意，还真不愿意继续留在这是非之地，往后退了两步，却见那老者手臂猛地一抖，一条藤蔓如同毒蛇般直窜出来。

杨宁脸色一沉，握紧手中刀，挥刀便砍过去，谁知那藤蔓却像活的一般，大刀还没碰到，藤蔓忽地一个侧卷，杨宁便觉得手腕子一紧，那藤蔓已经卷住了他的手腕。

杨宁大惊失色，想要挣脱，整条手臂却如同触电一般，顿时发麻，手中大刀脱手而落，而他整个身体也已经被那藤蔓扯了过去。

好奇心害死猫。

杨宁暗想千不该万不该上到这阴森森的山上来，这下子倒好，热闹没看到，反倒叫这老鬼害死。

"砰！"

杨宁被藤蔓扯过去，随即重重摔在地上，这一下摔得不轻，骨头都要散架，等杨宁挣扎着坐起身来，便发现那老头已经近在眼前，一双冰冷的眼睛正盯着自己，此时兀自靠在那棵大树下。

"你不是五毒宫的人？"老头上下打量杨宁一番，有气无力道，"你到底是什么人？若不老实招认，现在……现在便杀了你。"说到此处，他眉头紧了紧，全身抖了几下，似乎是打了几个冷摆子，随即扭头，"哇"的一声，吐出一口鲜血。

杨宁立时闻到一股腥臭味，极其难闻。

原来这老家伙真的受伤了。杨宁见此情状，立刻道："老……老先生，你误会了，我不是什么五……五毒宫的人，我是误打误撞进到山里的。"

他心中却是冷笑，暗想这老家伙身手了得，自己还真不是对手，此时只能虚与委蛇，找寻机会脱身。

这老头提到的五毒宫，杨宁却也不知道是什么所在。

"误打误撞？"老头冷笑道，"你一个毛孩子，这种时候，会误打误撞闯进山里？"他嘴角兀自带着鲜血，身体还在微微发抖，但语气森然，让人泛寒。

杨宁坐在地上，叹道："老先生，我是流浪的乞丐，和同伴失散，打听到他们从官道离开已经有好几天，所以想从这里抄近路追赶。"

"从这深山老林穿过去？"老头嘿嘿笑道，"你小子胆子倒不小，也不怕被这山里的虎豹吞了。"

"我也不知道山里这么凶险。"杨宁浑身疼痛，勉强站起身来，道，"老先生，你先休息，我不打扰你了，这就下山。"转身便要走，老头冷声道："站住！"

杨宁心知这老头绝不会轻易放过自己，只能转身苦笑道："老先生，我身无分文，贱命一条，只是不巧撞到这里，你放心，我今晚什么都没看见，也绝不会说出去。"

心里却想着：你们到底是个什么勾当，我根本不清楚，要说也不知从何说起。

"你就算说出去，那也无妨。"白发老头抬手指着前面，冷冷地问道："你可知道他们是些什么人？"

杨宁心想这些事情自己还是知道得越少越好，摇头道："不知道，老先生，我……我也不想知道太多。"

"老夫刚说过，他们是五毒宫的人，莫非你忘记了？"白发老头冷哼一声，"在老夫面前，千万不要耍小聪明！"说到这里，又是一阵咳嗽，身体更是颤抖不止。

这老家伙看来伤得很重。真要害我，大不了和他拼死一搏，杨宁心想。

他却还是带笑道："老先生误会了，其实……其实我也不知道什么五毒宫六毒宫，我就想快些穿过这座山，早些找到同伴。"

"你想穿过这座山？嘿嘿，看来你还不知道自己命在旦夕。"老头冷笑道，"五毒宫的人都是阴险狠辣的邪魔歪道，老夫打抱不平，因此得罪了他们，被他们一路追杀。虽然杀了这些人，但是……"

又是一阵剧烈咳嗽，等平复下来，老头才继续道："但是他们一定还有其他人正往这边赶来，若是瞧见你，也必会将你杀死。"

这老头真是不地道，人是你杀的，与我何干，何必危言耸听？

见杨宁沉默，老头还以为杨宁害怕，低声道："你对这山上的道路可熟悉？"

杨宁摇摇头，老头道："你不熟，老夫却很熟悉，你要想活命，就要听老夫的吩咐，老夫可以带你出山，否则你躲不过他们的追杀。"

你熟悉？若不是知道这老头武功了得，杨宁就已经准备"开喷"。

这牛头岭连绵起伏，深山老林几乎没有道路可循，这老头明显是为了躲避追杀误入山中，恐怕连这座山岭叫什么名字也不知道，此时大言不惭地说知道山中道路，吹牛皮不打草稿，这脸皮还真不是一般的厚。

杨宁心知肚明，却装作一副单纯模样道："老先生真的知道怎么走出这山岭？"

白发老头颔首道："不错，先不必多言，老夫受了点轻伤，行动不便，他们的人随时可能过来，此地不宜久留，你先背我离开这里。"

杨宁立时就明白，这老头靠在树下，定是无法行走，方才看他吐出一口鲜血，而且腥臭难闻，一定是受伤极重，他虽然杀死了五毒宫的众人，但自己显然也被对方所伤，此时还口口声声说自己只是受了轻伤，明显是满嘴胡言。

白发老头自称知道山中道路，要带杨宁走出山，这当然也是满嘴胡言，目的不过是希望杨宁先带他离开这里。

杨宁心知老头此时既然要利用自己，就不会对自己轻易下手，不过要想逃离，此时还真不是时候，惹恼了这老东西，自己定然讨不了好处，心里寻思着老头既然受了伤，等他伤势发作，自然有机会逃离。

白发老头见杨宁一时没有动作，冷哼一声，森然道："怎么？不想出山？"

杨宁忙笑道："老先生误会了，我是担心……担心背不动你。"

"你放心，老夫身体很轻。"白发老头道，"快些过来，再不走，等他们的人到了，想走也走不了。"

杨宁无可奈何，只能上前去背起了老头，说来也怪，这老头看起来也不瘦，但是背在身上，还真是轻飘飘的并无多少分量，只是越是靠近他身边，那股子腥臭味就越浓，此时背在身上，那老头儿呼吸微促，腥臭味更是熏得杨宁几欲呕吐。

"向那边走！"老头伏在杨宁背上，抬手往山林深处指了指，"老夫让你怎么做你就怎么做，自能安然无恙出山。"

老子要真是全听你的，只怕最后要被你这老家伙杀人灭口。杨宁心内嘟囔，口中却道："老先生，尊姓大名啊？如何称呼？"

"你叫我木老就好！"老头儿道，"快走快走，不要耽搁！"

第五章

险遇枯木手

　　杨宁背着木老穿梭在山林之中，木老伏在杨宁背上，时不时地指路，所指方向，却都是极为阴暗难行之处。杨宁心知这老家伙就是为了躲避仇家，才故意往杂乱阴暗之处深入，几次想要将这老东西从身后甩下去，不过想到这家伙一个人击杀了十几名五毒宫的大汉，心下还是十分忌惮，不敢轻举妄动。

　　老头虽然不重，但是隔一阵子便咳嗽片刻，每次咳嗽，那股带着血腥味道的臭味便扑鼻而来，让杨宁难受至极。

　　山路崎岖，越行越高，这一下子竟是走了两个时辰，此时已经进入到深山之中。杨宁累得有些吃不消，正要停下歇歇，忽听木老道："那边是不是一个山洞？"抬手往不远处指了指。

　　杨宁瞧过去，只见前面乱蓬蓬的一堆荆棘枯藤，倒似乎真有一个黑乎乎的山洞，凑近过去，木老道："就在这里先歇下来吧。"

　　杨宁疲累得紧，扒开枯藤，后面是一处颇为宽敞的洞穴，进到里面，黑乎乎一片，几乎什么也看不见，先将木老放下，自己这才一屁股坐了下去。

　　木老道："你在洞口守着，发现动静，立刻告诉老夫。"

杨宁心下冷笑："老子背你到这里，疲累不堪，现在又让我做看门的？等你伤势发作，看老子不整死你。"坐在洞穴前，此时口干舌燥，却也无可奈何。

片刻之后，只听到木老呼吸极轻，回头轻声叫道："老先生，你现在感觉如何？伤势无碍吧？"

木老却并无回答，似乎已经睡着。

杨宁又叫了一声，木老依然没有声息。杨宁这才冷笑，此时倒也适应了这昏暗中的光线，瞧见木老正蜷缩在洞内。他站起身来，缓步走过去，握起拳头，犹豫了一下，终是摇头，暗想这老家伙身受重伤，自己虽然吃了些苦，但他毕竟没有真正伤害自己，还真没有必要乘人之危。

不过这阴森森的老家伙着实让人厌恶，鬼也不信他会带着自己走出山林，反倒是这老家伙一旦恢复元气，还要给自己带来大麻烦。杨宁自然不想被这老家伙控制，见他一动不动已经睡着，正是离开的好时机。

牛头岭连绵起伏，木老又有伤在身，现在离开，木老根本不可能再找到自己。而且杨宁心里始终记挂着小蝶的安危，自然不能在此耽搁下去。

他转身轻手轻脚向洞外走，刚刚踏出洞口，便感觉一件东西打在自己的膝弯内，整条腿一麻，瞬间僵直，竟是再不能动弹。

他大吃一惊，却听身后传来木老阴森森的声音："你想走？"

"木老，你这可真的误会了。"杨宁反应极快，已经笑道，"我是见你老受伤，想要找些水给你喝，顺便再看看有没有野果采摘，给你补充一点营养，你现在是伤员，没有营养可不行。"

这老家伙刚才明显是在假寐，目的就是为了考验自己是否会丢下他不管，杨宁心下一阵后怕，方才如果自己真的趁势出手，只怕自己这条小命已经没了。

木老虽然受伤，但是就他刚刚这一手功夫，要取自己的性命还是易如反掌。

"原来是在为老夫着想？"木老黑嘿嘿笑道，"你这小子倒是挺孝顺，老夫还以为你是要丢下老夫不管，趁夜逃走呢。"

杨宁笑道："我与你老人家在这种偏僻的地方都能相遇，那是缘分，你现在有伤在身，我若丢下你，那也实在太不仗义了。老先生，你可把我想得太坏了。"

木老笑道："看来你小子还很讲义气？"手臂微抬，又一样东西打在杨宁腿弯处，杨宁感觉腿上那种僵直感立刻消失，本来无法动弹的右腿又能活动。木老道："你过来！"

"木老，你这功夫真是厉害，晚辈佩服得五体投地。"杨宁此时恨不得拿起一块石头将这老东西砸个稀巴烂，但面上还是笑眯眯的，到了木老身前，他蹲了下去，问道，"木老有何吩咐？"

木老一双眼睛盯着杨宁，杨宁本是个极为胆大之人，但是被这双眼睛盯着，浑身上下很是不自在，背脊甚至有些发凉。

"老夫看你小子如此仗义，就实话对你说，老夫先前被那帮家伙的五毒针所伤，如今中毒在身。"木老缓缓道，"不过这种分量的毒素，对老夫构不成任何威胁，老夫不用三天时间，就能将体内之毒清除得干干净净。"

原来老家伙是中了毒，难怪吐出的血带着那股腥臭味。

"怎的不把你毒死？"杨宁心中诅咒道，这老家伙信口开河还真是毫不变色，既说那毒素对他毫无威胁，又说要花三天时间才能将毒素清除干净，这明显是前后矛盾，也只有这种厚脸皮才能堂而皇之地说出来。

只是老家伙声称三天排毒，那么自己难不成要在这里等他三天？若是在这山里耽搁三天，再想追上镖队，那就根本没有可能。

杨宁心下焦急，但面不改色。

"你说的不错，老夫能与你相遇，确实很有缘分。"木老抬手在杨宁肩头拍了拍，露出古怪笑容，"你为人仗义，所以老夫便麻烦你这几天，帮老夫守门望风，此外帮老夫找寻饮水食物，三天一过，老夫自然会带你出山。"

杨宁心下一沉，面上却微显为难之色，道："木老，莫说几天，就是几年，晚辈也愿意跟在你身边多学学。可是我还有事在身，只怕不能在你身边聆听教诲，这样吧，明天我给你找水和食物，备足三五天的量，然后再去找我的同伴。你给我留个地址，等我想你了，我就去看你，你说怎么样？"

木老立时发出怪笑声，笑的杨宁身上直发毛。

他将手从杨宁肩头收回，一双眼睛却像观赏艺术品一样看着自己的这只右手，慢悠悠问道："对了，你叫什么名字？"

"我是个流浪儿，别人叫我小白兔。"杨宁很认真道。

木老依然看着自己的手，道："小白兔，那你可知道我这只手叫什么名字？"

杨宁心下有些恼火，暗想你这老不正经的是不是在调戏我，老子还没听说过一只手还能有名字，忍不住道："莫非是叫五姑娘？"

"什么？"木老一时没听清楚。

杨宁勉强笑道："晚辈不知，还请木老指教。"

木老淡淡道："许多人叫这只手为枯木手。"

"枯木手？"

"木手所过，万物皆枯。"木老慢悠悠道，"就像老夫刚才在你肩头拍那几下，你有数道筋脉已经受伤，从现在开始，那几道经脉就会慢慢萎缩，用不了几天，就会完全枯萎，小白兔，你可知道经脉枯萎之后，人会怎样？"

杨宁此时已经是脸色大变，他万万想不到木老在自己肩头轻轻拍几下，竟然已经对自己下手，恨不得扑上前去掐死这老东西，苦笑道："木老，你这是做什么？晚辈莫非有什么得罪之处？"

"经脉枯萎，如果是普通经脉，也只是瘫痪而已，不过老夫触动的经脉，是你体内的奇经八脉，一旦枯损……"木老嘿嘿一笑，并没有继续说下去。

奇经八脉，一听名字就不得了，杨宁长叹一声，道："木老，你……你这是恩将仇报。"他虽这样说，心下却还是有些怀疑，暗想就那么轻拍两下，当真就能伤了我的经脉？这老家伙有危言耸听吹牛皮的习惯，搞不好就是在故弄玄虚。

"你放心，我只是让你知道老夫的枯木手厉害无比。"木老咳嗽几声，才继续道，"老夫看你资质出众，准备伤好之后，收你为徒，传授你盖世武功，将你培养成一等一的高手，只要练成顶尖武学，这天下就没有你得不到的东西，小白兔，你可愿意？"

盖世武功？

杨宁真想喷一口唾沫到这老骗子脸上，你要真有盖世武功，怎能被五毒宫的人用暗器打中？

"这个……自然是愿意。"杨宁道，"不过我这经脉……"

"不必担心，这三天老夫每天都会为你推拿一次，三天之后便会安然无恙。"木老道，"不过这三天要是出现其他意外，又或者你在山里迷了路见不着老夫，那可就怪不得老夫了。"

话声刚落，木老的身体忽然一震，全身颤抖起来，抬手道："你……你到洞口守着！"

杨宁此时已经知道，木老身上中的毒是一阵一阵地发作，刚才木老看似安然无恙，只是毒性没有发作，此时显然是毒性发作起来。

他知道没有十足把握，绝不能轻易出手，否则不但干不掉这老骗子，自己只怕要将性命送出去。

木老此时已经盘膝而坐，双手手掌朝上，两掌指尖相对，横放在胸前。杨宁重新回到洞口，靠在洞口的石壁上，心中从木老前十八代就开始骂起，一直骂到后十八代。

或许是这几天连续奔波，再加上折腾这一宿，杨宁还真是筋疲力尽，于是便靠在石壁上迷迷糊糊地睡了过去。

睡梦中，一个十三四岁的小姑娘站在花丛中，正对着自己盈盈微笑，俏丽秀美，人比花娇，水灵灵的眼眸儿忽闪忽闪，就像夜空里的星辰那般美丽。

杨宁一觉醒来的时候，天色已经大亮，阳光从枝叶之间投射下来，点点光线斑驳参差，抬头望过去，却见到林荫茂盛，这山中景致却也是秀美得紧，与昨夜的阴森昏暗大不相同，清新的空气吸入口腔之中，更是沁人心脾。

"醒了？"身后传来木老的声音，"老夫口渴，你去找些野果充饥。"

杨宁回头瞧过去，虽然洞穴之内依然有些昏暗，但比昨夜清楚许多，木老盘膝坐在洞中，宛若老僧入定。

杨宁心里骂了一句，自己也有些口渴，笑呵呵道："老骗……哦，木老早，昨晚睡得可好？"

木老并不理会，杨宁讨了个没趣，起身来活动了一下四肢，昨夜这一觉，倒是让精力和体力得到了极大的恢复。

他抬步正要离开，木老在后面道："小白兔，你是个聪明人，千万不要自取祸端。"

杨宁知道他是担心自己逃跑，呵呵一笑，也不多言。

山中林木葱葱，枯藤荆棘遍处都是，要找寻野果，也并不容易。好在他年轻敏捷，在这山中穿行倒也迅捷。走出了四五里地，听得水声淙淙，循声过去，发现是一条山溪，他正感到口渴，到了溪边，见溪水清澈异常，先捧了点溪水洗了下脸。

这样天然无污染的水，杨宁自然是痛快地喝了个够，随眼扫过去，溪边不远处还真有几株野果树，上面结满了果子，只是认不出是什么品种，杨宁过去摘了几个，入口甘脆甜美，味道真是不差。

他心中盘算着是否趁此机会离开，这时候摆脱木老自然是绝佳的机会，可是想到木老的威胁，心中还是有些犹豫。

那老骗子虽然满口跑火车，声称已经用枯木手伤了自己的奇经八脉，但杨宁心下还是有些怀疑。

老家伙身受重伤，杨宁很怀疑他是否真的能够轻轻拍自己肩膀两下便伤了自己，更为重要的是，到目前为止，杨宁根本没有感觉到身体有任何的不适。

他眼珠子转了转，再不犹豫，继续向南而行，走了不到小半个时辰，猛地心口一紧，一阵刺疼感从心口一直蔓延到肩头。

杨宁一屁股坐在地上，额头冒汗，伸手按住心口，此时心脏急速跳动，那刺痛感让他几乎无法呼吸。

片刻之后，那刺痛感才慢慢减弱，等到消失，杨宁才深吸了两口气，目露寒光，握拳骂道："那个老杂碎，竟真的下了狠手。"此前他还在怀疑木老是不是危言耸听，此时再无怀疑。

想到自己竟然被那老东西胁迫，杨宁满腔恼恨，自责不该上山，但事到如今，却只能走一步算一步，相机行事。

他只能掉转头回去，到溪边摘了五六个果子，心情郁闷地回到洞穴，还没有进入洞内，便听到里面传来一阵怪叫，心下好奇，轻手轻脚走到洞口，向里面瞧过去，却见到木老在地上挣扎翻滚，一双手拼命捶打自己的胸口，如同疯魔一般。

杨宁吓了一跳，暗想难道这老家伙是毒性发作？

木老发出低声吼叫，却又似乎是在极力压制自己的声音，他先是在地上挣扎翻滚，忽地翻身而起，冲到洞内石壁边，双手撑在壁面，随即竟然用自己的脑袋向石壁上撞过去。

杨宁大惊失色，他倒不是不想木老一头撞死，可是这老家伙一旦撞死，自己身上的伤可就无人能解。

木老状若疯魔，撞了几下，额头上便鲜血淋漓，他却似乎根本不知道疼痛，杨宁跑上前去，叫道："木老，木老，你有什么想不开的，不能这样对自己啊！"

木老陡然转过头来，杨宁见他面色狰狞，一双眼睛此时竟然血红额头上的鲜血流淌下来，系在额头上的那条头带已经被鲜血染红。

"木老！"杨宁见那双眼睛如同野兽般盯着自己，脊背发毛，心想这毒药也太牛了吧，竟然能让木老这样的高手堕落成这副样子。

忽见木老猛地向前扑过来，杨宁早有准备，急忙后退。木老脚下一绊，整个人已经摔倒在地，随即又在地上翻滚挣扎，双手兀自捶打自己的胸口。杨宁看得惊心动魄，退到洞外，好半晌，木老才渐渐静了下去，随即一动不动，整个人躺在地上，就像死了一般。

杨宁等了小片刻，才轻步进去，见木老双目紧闭，牙关紧咬，额头鲜血兀自流淌，一张脸却是惨白可怖。

杨宁抬脚踢了几下，木老毫无反应。

"老家伙难道真的毒发身亡？"杨宁心下一沉，蹲下身子，伸手探木老鼻息，却发现他还有轻微的呼吸，这才微松口气，顺手在木老脸上打了几巴掌，忍不住骂道："你这老妖怪，自己要死谁也管不着，拖着老子做什么？"心下恨恨，又起身踢了几脚。

忽然之间，他目光定住，只见石壁脚下有一本书卷摊开放在那里，心下好奇，走过去拿起那书卷。

拿到手中，才发现是一幅画卷，有大半还没有摊开，这画卷手感十分光滑，质地明显不是普通的纸张，却也不知道是什么材质。

画卷有些发黄，一看就是很有些年头的古卷，杨宁仔细看了看，这画卷上每隔半指宽就画有一个赤裸人体，但是人体的姿势却略有不同，而且每个人体画像身上都有纵横交错的线条，杨宁一下子就识出那是人体经脉图。

他有些好奇，这画卷肯定是木老的东西，只是这老家伙身上带着这幅图做什么？

木老此时就如同死了一般一动不动。

这洞内昏暗，画卷上的图样杨宁一时也看得不是十分清楚，走到洞口，光线明亮，这时候才发现，赤裸人体的经脉详细至极，经脉线路大都是以黑色为主，可是每一幅人体图，却都有极为显眼的红色线条。

这幅画卷年代极久，卷面发黄，那红色的线条也有些黯淡，却还是能够清晰地分辨出来。

画卷自右向左打开，在画卷最右方，则是用古字从上到下写着四个大字，边上又有几列小字。

杨宁的古文功底其实不差，可是古字功底却是浅薄得很，不过这四个大写的古字，杨宁倒也勉强能够辨识出来——六合神功！

杨宁怔了一下，这名字倒是极为拉风，此时才知道，这幅画卷很有可能是武功秘籍，木老身上带着武功秘籍，倒也并不奇怪。

　　边上密密麻麻的小字，杨宁认识的还真是不多，勉强认出"六合者，上下四方，天地宇宙""聚六合，积沙成堆"等等，大多数却是认不出来。

　　杨宁前世受过特训，专门对人体骨骼经络有过严格的训练，所以此时看到人体密密麻麻的经络线条，还真有一种亲切之感。

　　第一幅图的红线从左手五指开始，指尖五道红线蔓延到手腕处的一处经脉汇集起来，五线合一，自手臂经脉一直向上延续到左腋下，尔后横至胸口正中一处穴道，红线便停止。

　　杨宁一眼便认出，那最终抵达胸口的穴道，正是人体最为关键的膻中穴。

　　自左手五指至胸口膻中穴，看似不算很曲折，但是中途却是经过了十多处穴道，每经一处穴道，那穴道就会微微加粗，显然是让人容易分辨出来。

　　实际上这一条道路上，遍布着三四十处穴道，却只有十几处穴道以红线相连接，杨宁对这十几处穴道十分熟悉，可一时间却也看不出这幅图如此标示究竟是有何用途。

　　他干脆将这幅画卷完全展开，平摊在地上，实际上这幅画卷并不长，从右到左，依次有十一幅图。

　　作画之人显然是个丹青高手，人体画得十分逼真，十一幅图的人体动作却有些不相同。就比如第一幅图，左臂微微抬起，右臂则是贴在身体上，而第二幅图却恰恰相反。这也是为了突出重点，第一幅图的红线在左臂之上，所以抬起左臂更显突出。

　　每一幅图都有显眼的红线经络，杨宁粗略扫了一眼，发现每一幅图虽然起点不同，但终点都是通往胸口膻中穴。

　　十一幅图的起点，分别是左手、右手、两肩、两脚、两只膝盖、脐下小腹、两眉之间以及背脊处，那背脊图是背对阅者。

　　每一幅图红线所经的经络完全不同，而且所经穴道的数量也多少不一，譬如距离最远的双足，从足下蔓延到膻中穴，途中经过数十处穴道，而距离膻中穴最近的双肩，所经穴道不过七八处而已。

虽然人体图形逼真，穴位也以黑点点出，不过上面却并没有标明穴道名称，不通穴位者，自是看得一头雾水。

不过杨宁也知道，这《六合神功》既然是武学秘籍，那么拥有者自然都是武道行家，习武者自然对周身穴位一清二楚，即使这图卷之上没有标明穴位名称，但是行家一眼便能看出图中红线所经过的每一处穴位。

木老躺在地上毫无动静，杨宁觉得不说别的，就刚才这老家伙拿脑袋往墙上撞，也够他睡上一阵子了。

此时要结果木老性命，还真是轻而易举，不过先前胸口刺疼，他只担心这老家伙真要死了，自己只怕也活不了，可是若等这老家伙恢复过来，恐怕自己也要面临极其危险的后果，心下还真是左右为难。

此外他本想抄近道追上镖队，也好找到小蝶下落，这下倒好，竟是被困在这山中，距离小蝶也是越来越远。

沉思片刻，终是重新将目光投向地上的画卷。

这画卷写着"六合神功"，可是杨宁实在看不出它神在哪里，也不知道这红线勾勒出来的到底是什么意思。

不过闲来无事，他拿着画卷，一幅图一幅图地仔细观看，辨识红线所经过的每一处穴道。

第一幅图前后经过十六处穴道，杨宁只花了小片刻时间，便将这十六处穴道一一弄清楚。他本就学过穴位辨识，只是有不少穴位位置相距极近，一个不好便会认错。杨宁记忆力本就十分惊人，确定这些穴位倒也没有耗费太长时间，甚至按照穴位一一用手去摸一摸。

等到将第六幅图的穴位也都一一确定清楚，忽听到身后发出一声低叫，杨宁立时警觉，回过头去，见木老身体动了动，立刻将画卷卷起，轻步进到里面，将画卷按照先前的样子放好，这才重新回到洞口。

没过多久，听到身后传来窸窸窣窣之声，杨宁再次回头，见木老已经坐起来，立时故作关心道："木老，你……你没事吧？"

木老显然已经清醒不少，盯着杨宁，表情古怪，问道："你为何不进来？"

杨宁忙道："我回来的时候，见你十分痛苦，本想过去帮忙，可是……可是你要打我，我不是你对手，就只能躲在外面，不敢进去。"

"你一直都不曾进来？"木老问道。

杨宁苦笑道："你老人家刚才毒性发作，十分怕人，我……我真的不敢进去。"

木老冷哼一声，也不多说，只是脸色惨白难看，沉声道："可采到野果？"

杨宁立刻将那几个果子送了过去，木老拿起来看了看，这才吃了两个野果。等他吃完，才向杨宁冷笑问道："你有机会离开，为何不走？"

明知故问，为何不走你还不知道吗？

杨宁脸上却是笑呵呵道："你老受伤晕倒在这里，其实我也想过离开，可是一想到丢下你一个人，就有些担心。"

"巧言令色。"木老淡淡道，"你的伤势是否发作了？"

杨宁苦笑道："木老，其实你不用这样，我尊老爱幼，不会丢下你不管。"

木老却不多言，抬起一掌，一掌拍在杨宁心口，他出掌速度极快，杨宁根本来不及做任何反应。

"木老，你！"

"不要害怕，我说过，连续三天帮你推拿，你的伤势自然痊愈。"木老淡淡道，"你可以出去了，没老夫吩咐，踏进洞中半步，必死无疑。"

这叫推拿？杨宁无奈摇头，他目光顺势扫过，瞧见那画卷已经消失不见，显然已经被木老收起。

杨宁再次到了洞穴外面，到了黄昏时分，忽听到洞里面传来木老极为焦躁的声音："到底是怎么回事？哪里错了，到底是哪里错了？"

杨宁有些错愕，探头往里面看了看，只见木老盘腿坐在地上，双手揪着自己的白发，低着头，看上去显得颇为痛苦，口中自言自语道："不可能，一定是哪里出错了，到底是怎么回事？难道……难道是我上了他们的当？不对，绝不可能上当，如果是假的，他们不会追寻来！"

他自言自语，明显是陷入沉思状态，甚至忘记杨宁就在洞口。

杨宁此时却大为诧异，不知道木老所言究竟是何意思。

此后木老并无声息发出，只是静静地盘腿坐在洞中，杨宁吃了两个果子，一直到半夜时分，木老都是呆呆坐着，如同石雕一般，不发一言。

杨宁本还担心五毒宫的人会在山中搜寻过来，好在自始至终，除了山中时不时地响起狼嚎雀鸣，倒并无人找过来，只是就这样陪着这个老家伙耗着，杨宁心下却颇有些焦躁。

半夜过后，杨宁坐在洞外迷迷糊糊地睡着，睡梦之中，脑中却盘旋着那红线经过的众多穴位，不是中府、灵墟、天府、紫宫，便是合谷、偏历、曲池，倒也未能完全入睡。

半睡半醒之中，一阵凄厉怪叫将他叫醒，他惊醒过来，只听到山洞里再一次传来木老的怪叫声。杨宁皱起眉头，探头瞧过去，洞中昏暗，却看到一道黑影跑来跑去，在洞里绕着圈子，疯疯癫癫，十分诡异恐怖。

木老口中发出野兽般的嘶叫，与深山之中的狼嚎互相呼应。

"这老家伙到底是怎么了？"杨宁越发狐疑，只觉得事情越发蹊跷。他心中暗想："看来这家伙并不只是中毒那么简单。"

好半晌，木老猛地扑倒在地上，又是动也不动。杨宁叫了两声，木老并无答应，他这才进到洞里，发现那幅画卷就在木老脚边，杨宁只以为木老这一睡又得好几个时辰，拿起画卷在手中，走到洞口，心里却已经寻思着："白天他发疯之时，画卷在他旁边，这一次发疯，画卷还在他身边，难道他疯疯癫癫，与这画卷有关？"

正自寻思其中蹊跷，猛地听到身后传来动静，他急忙回头，只见木老不知何时已经站起来，正一步步向洞口走过来，那一双眼睛宛若暗夜之中的野兽，充满了寒冷的杀意。

"拿过来！"木老盯住杨宁手中画卷，"你找死，它是我的，谁也拿不走！"厉喝一声，竟是向杨宁扑过来。

杨宁暗暗叫苦，万万想不到这短短时间木老竟然醒转过来，见对方杀意已起，知道这老怪物是真的要下杀手了，不做犹豫，转身便跑，舍命急奔。

木老厉声道："站住，老夫要杀了你！"

他不这样说还好，越是这样说，杨宁越不会停下。杨宁手拿画卷，拼了命地往前奔，他知道这老头擅长用藤蔓卷人，这一次那是铁了心要拉开距离，万不能被这老家伙抓住，否则以这老家伙现在的心态，自己是必死无疑。

好在他之前找寻野果，对附近的地形还是颇为熟悉，一时间倒也与木老拉开了一段距离，木老如同暗夜疯魔，跟在后面追赶。

只是这牛头岭方圆几十里，又是在深更半夜，杨宁跑了一阵子，便迷了路，四下里都是参天而起的巨木，听到身后木老追赶的声音越来越近，他脚下不敢放慢，此时已经是慌不择路，只管往林木深密之处钻去。

又奔出一阵子，双腿竟然有些发酸，而且身上多处都被荆棘树枝刮到，破开许多小口子。

忽听得前面水声轰隆响动，倒像是海浪奔腾之声，杨宁奔出一段，心下一凉，只见到前方不远处如同银河倒悬，一条瀑布从对面高崖直泻下来，自己前方却已经没有道路。

前面不到十步远，便是一处断崖，与对面悬崖遥遥相对，中间隔着一条宽阔的深渊。

"完蛋了！"杨宁背脊发凉，牛头岭山势起伏，连绵不绝，谁知慌不择路竟然跑到了悬崖边上。

他跑到断崖边，向下望去，黑夜之中，下面深不见底，不过从对面倾泻而下的瀑布倒可以猜到，悬崖下面应该是一条山中河流。

"哈哈哈！"身后传来一阵狂笑，杨宁转头过去，只见到木老已经追了上来，距离自己不过十余步之遥。木老身上的灰袍已经是破败不堪，自然是被林中枝叶荆棘扯破，头发也是披散开去，整个人就如同一个老疯子一般。

杨宁深吸一口气，暗叫自己冷静，见木老往这边逼近过来，沉声道："停下！"

木老并不理会，阴森森道："老夫本想让你多活几天，可是你自寻死路，老夫想让你活也活不成了。"

他伸出一只手："将它交给我！"

"老骗子，老子就知道你没安好心。"杨宁冷笑着骂道，"你现在就给老子停下，再往前一步……"

他忽地往后退了一步，站在悬崖边上，拿着画卷的左手伸出悬崖。木老见状，脸色大变，失声道："不要！"往前奔出两步，一只手伸出，却猛然止步。

杨宁心下立时明白，这画卷对木老显然是重要至极，顿时冷静了一下心神，笑道："木老，我知道你要杀死我轻而易举，可是你也看到了，我要将这画卷……不，我要将这《六合神功》丢下去，那也是轻而易举，这下面深不见底，真要丢下去，你恐怕是再也寻不见的。"

木老脸上肌肉抽搐，双眸阴寒，"小白兔，你究竟是什么人？"

"我不是告诉过你，我是一个落难的流民，与你无冤无仇。"杨宁恨声道，"老子救了你，你还恩将仇报，你说你都这么一大把年纪了，怎么这么忘恩负义没脸没皮？"

他晃了晃手中画卷："东西在我手里，你要杀我，我就和它同归于尽！"

"不对，你绝不是普通的流民。"木老目中闪光，"你……你识得上面的字，定然进过学堂。小白兔，你是不是故意装扮成这样，想要骗取老夫信任，趁机盗走《六合神功》？"

他目光如刀，森然道："是谁派你来的？"

这老头是不是有被害妄想症？

"废话少说，你这老贼害我受伤，现在还要杀我，这笔账咱们怎么算？"杨宁没好气道，时刻提防木老会突然出手。

木老一双眼睛死死盯着杨宁手中的画卷，沉默片刻，终于道："你交出画卷，老夫会替你将伤势治好，而且放你离开，老夫说话算话，绝不骗你。"

信你才有鬼。

"木老，这画卷你只怕在心里已经记得滚瓜烂熟，还要它做什么？"杨宁道，"难道这幅画卷你还没有参悟透？"

"你什么意思？"木老声音一寒。

"要是我没有猜错，你在洞里突然发疯，一定是和这幅画卷有关系。"杨宁冷笑，眼珠子转了转，"难道你是因为修炼六合神功走火入魔，想要从这画卷之中再找出破解的法门？"

他这也只是随口一说，谁知木老神色大变，失声道："你……你如何知道？"

他话说出口，便知失言，立刻冷笑道："老夫岂会走火入魔，你胡说八道些什么？！"

杨宁已经确定自己猜得没错，这样看来，这幅画卷对木老还真是极其重要，心中更是有了几分底气，摸着下巴道："我是不是胡说八道，你心里清楚得很。对了，你之前不能走动，应该不是因为中毒，也是因为走火入魔吧？"

木老深吸一口气，才道："小白兔，你可知道老夫是什么人？"

"不知道。"

木老冷笑道："你可听说过九天楼？"

"九天楼？"杨宁皱眉道，"那又是什么东西？"

木老有些恼怒，却还是耐住了性子，道："你没有听说过，那也不奇怪。老夫告诉你，九天楼是北汉第一楼，受北汉皇帝陛下直接统管，招贤纳士，高手如云，老夫是九天楼五行神君之一的木神君！"

"木神君？"杨宁笑道，"这个名字比木老这个称呼要威风得多了。对了，木……木神君，你是北汉人，跑到南楚的地面做什么？"

木老并不回答，阴森森道："只要你交出画卷，老夫不但可以放过你，还可以收你为徒，让你加入九天楼。九天楼的人，吃的都是官俸，不但可以衣食无忧，日后立功还可以加官进爵，光宗耀祖。"

他嘿嘿一笑："小白兔，老夫给你这机会，你可愿意跟随老夫？"

杨宁心知木老是在利诱，暗想这老怪物还真将自己当成孩子了，此时只希望以这画卷换得对方给自己疗伤，然后能活着逃脱这家伙的魔爪，正自寻思，木老向前踏出一步，沉声道："你还在犹豫什么？"

杨宁立刻往后退了一小步，道："你要画卷也可以，可是……"

他话没说完，感觉脚下一松，踏住的那块石头竟然松脱，整个人已经向下沉，杨宁大吃一惊，瞧见木老已经飞步奔来，而足下想要用力蹬出去，这不用力还好，一用力，岩边的石头倾泻而下，整个人也跟随着石头坠落下去。

第六章

偶习逍遥行

　　杨宁万万没有想到足下石头如此不牢固，身在半空，急速下坠，此时只盼能抓到什么活下性命，右手却还是抓着画卷，左手抓住一物，似乎是藤蔓，这就是救命稻草，杨宁自然不敢松手。

　　身体依然在下坠，耳边风声呼呼，手掌扯着藤蔓却是刺疼无比。

　　悬崖陡峭，倒并非垂直上下，而是略微还有些坡度，是以依托地势，好不容易下坠之势慢下来，杨宁使出吃奶的力气抓紧右手，身体终于吊在了半空中。

　　他喘着粗气，足下乱蹬，好不容易踩上了崖壁的陡石，这才微松了口气，夜风一吹，整个身体一阵冰凉，原来全身上下已经是冷汗淋漓。

　　隐隐听到上面传来木神君的叫声，似有若无，杨宁抬头望上去，只瞧见夜空星光闪耀，一时间竟是看不到崖顶，低头看去，下面亦是昏暗一片，心知自己正处在不上不下的地方，倒是崖壁上藤蔓遍布，一条条垂下来，也幸亏这些藤蔓，否则自己必死无疑。

　　他将手中画卷塞入了怀中，双手握住藤蔓，微微用力，感觉右手掌心剧痛钻心，瞧了一下，发现自己的右手已经是皮开肉绽，鲜血模糊，而全身上下此时也是火辣疼痛，身体却是被划开了无数道小口子。

杨宁苦笑摇头，本以为穿过牛头岭是一条近道，如今才发现非但不是近道，还差点变成了自己的绝路。

身体贴在山壁上，一时间倒还没有性命之忧，上面木老的声音时不时地传过来，杨宁自然不会应答。

那老鬼当然不会担心自己的生死，无非是担心六合神功画卷。

不过木老此时的心情一定是绝望至极，画卷跟随自己坠入山崖，那老家伙恐怕连死的心都有了。

许久之后，木老的声音再没有传下来，杨宁扯了扯一根藤蔓，确定牢固结实，这才忍着掌心的疼痛往上攀爬。

攀岩也是曾经的训练科目之一，杨宁并不陌生。

他此时倒没有想立刻爬上崖顶，只是试试是否可以往上爬，虽然木神君已经没有了声音，但杨宁绝不相信他会这般轻易就离开，很可能还在崖顶等候。

爬了一段，杨宁掌心疼痛不已，只能停下。忽然之间，他发现藤蔓之后似乎有些古怪，用手扒开藤蔓枯枝，却发现藤蔓后方竟然有一道裂缝。这是山壁上的天然裂缝，掩在藤蔓之后，若不细看，还真是难以发现。

裂缝并不宽，但是足以让一人轻易钻进去。

时刻吊在山壁上，自然是凶险得很，杨宁并没有犹豫，抓住藤蔓荡了过去，靠近裂缝边，立时抓住裂缝边的岩石，随即跳了进去。

他本以为这只是山壁间裂开的一条普通裂缝，跳进去之后才发现裂缝竟然极深，深入山体之内，前方黑漆漆一片，也不知道究竟有多长。

他弯腰在地上拾了一块石头握在手中，这才轻步向里面走去，走出十来步，四下里一片漆黑，什么也瞧不见，他一只手握石头，另一只手伸在前面摸索探路，渐行渐深，而且裂缝也越来越窄。

杨宁本以为很快便到头，谁知走了小半天，这条裂缝就像没有尽头，只是弯曲延伸，而且道路一直倾斜向下。

走了小半个时辰，本如同羊肠一般的小道忽然宽阔起来，随即就隐隐听到前面传来水流声。

杨宁加快步子，没过多久，前面忽然现出一丝光亮来，杨宁心情大震，小跑过去，很快前面出现一个更大的洞口，杨宁快步进去，里面虽然也颇有些昏暗，却已经不是之前那般漆黑一片。

这是一处十分空阔的石洞，三面环壁，而其中一面敞开着，一道水帘就在外面倾泻而下，挡住了外面的景色。

杨宁这才明白，方才听到的水流声，正是眼前那道倾泻而下的瀑布。

这瀑布比杨宁在崖顶看到的瀑布要弱上许多，不过却将那敞开的一面完全封住。

光芒正是透过瀑布水帘照射进来，此时能够看到外面已经蒙蒙亮。

杨宁长舒了一口气，倒没有想到这里竟有如此地方，此时他已经是精疲力尽，走到瀑布边上，伸手将手上的血迹洗了洗，捧水喝了几口，天然山泉入口甘美。然后他坐下，又扯下身上一片衣襟，包住了自己受伤的右手，这才向后躺倒，闭上眼睛。

这一夜惊心动魄，差点命丧深山，此时无论是体力还是脑力都已是疲倦至极，杨宁只感觉全身上下酸疼不已，他躺在地上，很快便沉沉睡去。

这一觉睡得甚酣，瀑布的响声根本影响不了他。待醒转过来，杨宁坐起身来，却见前面一片霞光，色彩斑斓。原来是瀑布处水雾映日，形成淡淡彩虹，美妙绝伦，光芒照射进来，倒也是明亮得很。

杨宁精力恢复不少，探头往下望去，只见瀑布倾泻而下，不过十多米处，便是水潭，瀑布砸入其中，激起浪花，甚是壮观。

"总算是逃了一条命。"杨宁嘀咕一声，站起身伸了个懒腰，这才转身。昨夜昏暗，再加上精力疲惫，只看了个大概，此时才发现这是一处十分宽阔的石室，石室中央摆了一张椭圆形的大石头，台面颇为光滑，但上面蒙着厚厚的积灰，就像一张桌子。那大石头边上，放着一张草席，不过已经腐烂不堪，而桌子上面，还摆放着一个扁扁的箱子。

除此之外，石室之内倒并无他物。

他目光扫动，猛地身体一震，脸色骤变，只见石室的一处角落，竟然有一具骷髅。

杨宁双拳条件反射般握起，缓步靠近，仔细打量，只见那骷髅生前显然是盘腿坐在地上，骷髅下面也有一张草席，不过如同石桌边的草席一样，也已经腐烂不堪，骷髅身上还挂着衣衫，不过大部分已经风化，破烂无比。

"原来这处石室早有主人。"杨宁暗想，"只是不知道他是怎的死在这里？尸首如今都已经变成一具白骨，看来这人已经死了很久。"

阳光照射在瀑布上，而瀑布反射出的光投射到石室内。石室内流光溢彩，杨宁目光已经从骷髅身上移开，盯住面前的那面石壁。

出乎意料的是，这面石壁竟然十分光滑，并没有凹凸不平的峭石，整面石壁光滑如镜，非但如此，其他两面石壁也皆是如此。

石壁光滑，也倒算不得有多新鲜，可是在三面石壁之上，却雕刻着诸多壁画，杂而不乱。

三面壁画似乎是演示了一支舞蹈，人形自腰部以上都是十分简略，也看不出是男是女，但是自腿部以下却描画得十分精细。他大概估算了一下，三面墙壁上的壁画，加起来竟有四五十幅之多，俱是手工雕刻。

杨宁瞥了那骷髅一眼，心知如果自己没有猜错，这石壁上的雕画，应该就是此人生前所刻，想来此人孤身在这山洞之中，寂寞枯燥，这才闲来无事在石壁上刻画。

不过这人到了这山洞，自然知道如何离开，无论是从那条裂缝走脱还是从瀑布那边跳下去，都很容易脱困，却不知他为何要留在此处？

这些壁画，绝非一朝一夕就能刻画出来，此人甚至至死都留在这石室之内，实在不知缘何如此。

杨宁对舞蹈并无任何兴趣，回到那石桌边，见箱子上已经覆盖着厚厚一层灰尘，边缘甚至结着密密麻麻的蜘蛛网，当下用衣袖拂去上面的积灰，这才发现这箱子是用黄铜所制，箱盖上雕刻着花纹，形似一朵莲花。箱子整体色泽铜黄，唯独那莲花似乎是涂上了黑漆，变成一朵黑莲花。

这箱子并没有上锁，杨宁打开之后，发现里面竟然堆放着笔墨纸砚，厚厚一沓纸已经颇有些枯黄。

"看来此人还是个文人。"杨宁还以为这箱子里装着什么宝贝，见到只是平凡的笔墨纸砚，不由失笑，在桌上抚出一块干净的地方，然后将箱子里面的东西一件件拿出来，除了两只毛笔、一方砚台、几块墨块和厚厚的一沓发黄的纸张外，箱子下面竟然还放着一把短刀。

杨宁拿起短刀，刀鞘看上去十分古朴，并无多少花样。他手上用力，拔出刀刃，光芒一闪，十分刺眼，随即迎面一阵寒气逼来。

杨宁忍不住打了个冷战。

这把短刀看似匕首，却又比普通的匕首长出一小截，只看锋刃，锐利之感尽显。

他伸出一根手指贴在刃面，就像摸在寒冰之上，冰冷刺骨，忍不住道："这玩意儿倒是邪门。"

他当然玩过刀，可是却从没有感受过如此冰冷的刀刃。

"难道墙壁上的刻画，是这把刀所刻？"杨宁忍不住想，只是这刀刃雪亮无比，无论是刀身还是刀刃，都无半点瑕疵。他拿着短刀走到石壁边，找了一个空白处，刀刃划过去，所过之处，便是一道深深的痕迹，锋利无匹，而短刃却没有丝毫的损伤。

"果然是件宝贝。"杨宁心下大喜，他的爱好之一便是刀具，而且特别偏爱这类短刀，前世就收藏了不少匕首。

普通人看不出刀具的优劣高低，但是行家却知道其中门道极多。

无论是从品相还是其锋利度，杨宁都可以断定，这把短刀实在是万里挑一的名器，若是放在后世，那绝对是有市无价。

杨宁收刀入鞘，将刀揣进怀里，这才回到桌边坐下，翻了翻那堆发黄的纸张，有半数写了文字，虽然古文看得不是很通，但杨宁可以看出此人的文字笔走龙蛇，洒脱豪放，颇有气势，纸间所写大都是些诗词歌赋。

杨宁忽瞥见到一张纸，乍看倒像是一封书信，他细细辨认，勉强认出上面写着：心有所疑，然半生情谊，难破此局，惟有隐匿尘世，且留当初。

隔了一段，下面又写道：尽诛所异，自断柱梁。未有再见时，然实力相距，难及其功，却有逍遥之行，亦难伤吾！杨宁看得丈二和尚摸不着头脑，也不知道这到底是什么意思。

他将笔墨纸砚重新收进铜箱之内，从怀中取出画卷，铺开在石桌之上，心想木神君对这画卷念念不忘，看来这六合神功还真是不简单。

他已经记住了十一幅图中的前六幅，此时闲来无聊，又开始观摩第七幅图，只盼以自己的聪明智慧能看出一些端倪来。

杨宁此时并无立刻离开的念头。

他十分肯定，木神君为了这幅画卷，绝不可能善罢甘休，很可能就在附近一带游荡，自己这时候出去，一旦遇见，必死无疑。

木神君或许不知道自己还活着，但是他绝不会如此轻易就放弃找寻画卷，不到黄河不死心，不可能见到自己摔下悬崖就撒手而去。

杨宁心知再想追上镖队找到小蝶的希望已经是越来越渺茫，可是自己危在旦夕，也只能是先保全自己再说。

若是自己贸然闯出去，真要遇上木神君，莫说营救小蝶，自己这条命都要立刻报销了，只有先活下去，才能有机会继续寻找小蝶，解救她于水火。

剩下的五幅图，杨宁花了半天时间就确定了红线所经的各处穴位，但十一幅图看完，杨宁也没能看出究竟神在哪里，不过各条红线的穴位走向，却已经大致记在了心中。

过了中午时分，腹中饥饿，杨宁看遍石室，也没能找到任何食物，心里奇怪那骷髅以前究竟是如何活下去的？难不成这人竟是活活饿死在这石室里？

他只能先去捧瀑布之水饮下去，灌了半肚子水，好在这水甘美清爽，暂解饥饿。

信步在石室绕了一圈，一幅图一幅图看过去，一圈转完，忽然发现，左边墙壁的第一幅图与右边墙面的最后一幅图竟然一模一样，左边第一幅图似乎是起势，一支舞蹈刻下来，最后一幅图又回到了起势原点。

看到最后一幅刻画，杨宁才发现在角落里竟然还刻着几排字，细细辨认，似乎是一首诗，写着"万里扬沙尘，大风今过林。乾坤寰宇内，独我逍遥行"。

"独我逍遥行？"杨宁轻念一句，立刻想到刚才黄纸上莫名其妙的那段话，心想难不成这刻画与那段话有关系？

这支舞蹈，难道就叫逍遥行？

在这里也确实并无它事，杨宁忍不住按照第一幅图的动作站住姿势，然后按照第二幅图动作移步，看了七八幅图，就发现这支舞蹈的步伐十分古怪，看似每一幅图的动作都非常清晰，可是之间的衔接却颇为反常，就譬如其中一个步子要转换成下一幅图的步子，竟然要转大半圈。

他一边看刻画，一边做动作，后面动作的衔接越来越别扭，有的要向前或者向后呈半弧形进退，有的则是斜而向左，又或者一个半旋向右，只看壁画或许不觉得，但是亲自做起来，便会觉得难度不小。

杨宁勉强一步步走起来，但是动作僵硬，与图上那种飘逸洒脱的感觉相去甚远，心里忍不住想这套刻画是不是偷工减料，省略了许多步骤？

按照刻画走了十来步，杨宁就有些焦躁，这倒不是他没有耐心，而是每走一步都显得十分别扭，连自己都感觉动作难看，完全走不出那种潇洒飘逸之感，这让杨宁的信心大受打击，便放弃不学，躺在地上睡了起来。

只是躺下后，脑中却不清静，一会儿是画卷中那些纷杂的穴位，一会儿又是刚才自己所走的步伐，寻思着如何才能让自己走起来能与壁画上一样飘逸。

躺不了一会儿，杨宁就爬起来重新练步子，练了一阵，就有些沮丧，停下不管，但隔上一阵子，又忍不住继续去练。这套舞蹈就似乎有魔力一样，那些步伐虽然古怪，却似乎具有某种吸引力，让人忍不住想要去琢磨练习。

其实这壁画上虽然有将近五十幅图，但归根结底，却也只是四五十步而已，只是这四五十步的步伐诡异，一套步子走下来，别别扭扭，弄得杨宁浑身上下都是汗水。

接下来两天里，杨宁反复练习刻画上的步子，从头到尾倒是走了无数遍，步子的路数也已经十分熟悉，只是一直走不出那种飘逸的韵味，好在比一开始已经娴熟了不少。

到了第三日黄昏，杨宁饿得实在受不了了，这几天他以瀑布之水充饥，可终究不是补充体力的食物，体力匮乏，再加上连续几天练习逍遥行，体力透支，这时候已经是饿得头晕眼花，他知道若是再继续待在这里，只怕真的要被饿死。

杨宁想着这都已经三天了，木神君再有耐心，也该离开了，这时候出去应该已经没有大碍。

出去的道路有两条，一条是顺着裂缝出去，到山壁攀着藤蔓爬到崖顶，另一条则干脆得很，直接从瀑布这边跳下去。

十几米的高度，自然十分危险，杨宁知道，如此高度跳下去，冲力十足，一个闪失，全身骨折甚至是摔死都有可能。

不过若从裂缝出去，就只能回到崖顶，那里终究不安全。

杨宁探头看了看洞口下面的崖壁，颇为陡峭，倒可以先攀着崖壁往下去，即使脱手摔下去，毕竟下面是水潭，总有生存之机。

说干就干，杨宁也不犹豫，从洞口小心翼翼爬下去，想到怀中还有锋利无匹的短刀，取了出来，插进峭壁上，还真是削铁如泥，十分轻松地没入崖壁，杨宁这才往下一点点移动，借着短刀倒也往下行了好几米。

等他再一次拔出短刀，正要插进峭壁，脚下一滑，整个人已经往下坠落，杨宁忙张开手，"扑通"一声，整个人随即落入下面水潭之中。落水一刹那，全身巨震，五脏六腑一阵翻滚，头昏眼花。

水潭极深，杨宁在水中缓了一下，这才拨动四肢，游动片刻，浮出水面，向岸边游了过去。他爬上岸，全身上下湿淋淋一片，刚才那一下巨震，身体还有些难受，不过却也并无受伤，更无性命之忧。

他环顾四周，发现这里已经是一处山谷，草木依依，四面都是参天而起的山岭。

腹中饿得慌，杨宁此时只想找寻一些野果充饥，瞧见前面不远处有一片树林，当下快步过去，进了林子，天色渐暗，找寻了片刻，倒真是找到了几株果树，也顾不得其他，摘了果子就坐在树下充饥。

连吃了六七个果子，这才缓解饥饿之感，起身来，伸了个懒腰，便在此时，听到身边一阵响动，扭头看过去，便见到一双如同刀锋一般的眼睛正盯着自己，一道身影就在自己身侧几步之遥，如同发现猎物的猛兽。

此人正是木神君！

杨宁几乎要哭出来。

怨天怨地怨命运，他本以为三天都过了，木神君应该早已经离开，即使还在山中，茫茫山岭，两个人遇见的几率也一定很低。

可是他万万没有想到，自己刚从石室出来不到一个时辰，这老妖怪就如同幽灵一样出现在自己身边，就像在自己身上安装了跟踪器一样。

木神君披头散发，衣衫破烂，双目赤红，状若疯子一般，那一双眼睛刀锋般盯在杨宁身上，声音已经嘶哑："老夫看你还能上天遁地？六合神功耗费了老夫两年时光才得手，岂能让你小子占了便宜。"低吼一声，已经探手向杨宁抓了过来。

杨宁大叫一声，转身就跑，木神君说追就追，半步不落，杨宁已经感觉到一阵劲风自后袭来，他知道命悬一线，便在这一瞬间，脑中灵光一现，身体忽然一个半旋，一个步子便滑开，正是逍遥行的步伐。

这几天他几乎无时无刻不在练习那套逍遥行，步伐已经了如指掌，此时可说是下意识地一个步子掠过去，却恰恰避过了木神君自后一抓。

木神君显出诧异之色，显然没有想到杨宁能够躲过这致命一抓，但心下却只以为杨宁身形如鬼魅不过是凑巧而已，枯木手再次向杨宁抓了过去。

杨宁躲过之后，脑中却是想着逍遥行的步伐，第一步踏出去，第二步便自然而然地走出来，木神君第一抓失手，本以为第二抓万无一失，谁知五指眼见就要抓在杨宁身上，杨宁的身形却如同鬼魅般忽地掠到了一旁。

木神君"啊"了一声，十分吃惊，等连续数次都不能碰到杨宁身体时，他脸上已经显出惊骇之色。

之前他其实已经探过杨宁身体，知道杨宁并无任何内功根基，只是一个平平无奇的普通小子。

可是此刻杨宁的步子却显然是高明玄奥，虽然看上去如同喝醉了酒一样东倒西歪，但是步伐的变化出人意料，让人很难捉到路数。

杨宁其实也不知道木神君究竟是什么路数，他只是闷头走步，感觉木神君在自己身边飘来荡去，心下其实紧张无比，身在其中，其实还并不知道自己的步伐已经让木神君惊骇万分，更不知道自己正是依靠逍遥行步伐躲过木神君十余招。

木神君心惊不已，可他毕竟不是泛泛之辈，却也看出杨宁虽然步伐玄妙，但似乎动作并不是那么利落，心下便知杨宁只怕是刚学不久，猛然厉喝一声，宛若雷鸣，那是动了内功。

他这一声厉喝，却让闷头走步的杨宁心下一惊，便是这一下子，动作便迟缓了一些，眼角瞥见木神君一只手抓过来，杨宁大惊失色，一下子竟然忘记接下来该走哪一步，只能随意踏出一步，竟是撞在了一棵树上。

等他再想走，肩头一紧，木神君一只手已经搭在了他肩头，冷笑道："哪里走？"

杨宁步伐一乱，木神君看出破绽，本可以瞬间将杨宁毙于掌下，可是他见杨宁步法玄奥，已经有了觊觎之心，心知这小子很可能是走了狗屎运，那是有心要将杨宁这套步法路数逼问出来。

杨宁心如死灰，刚刚死里逃生，想不到最终还是难逃这老妖怪魔手，苦笑道："木老，你好！"

"废话少说，你这套步法，从何而来？"木神君眼中显出贪婪之色，"老实招来，还能饶你一命。"

杨宁心想事到如今，自己必死无疑，死了也不能让这老妖怪还占了便宜去，想到自己穿越到新的世界，这才短短十天时间不到，心情沮丧，淡淡道："什么步法？你看走眼了，那是我自己胡乱走出来的。"

"你有这本事？"木神君眼中现出不屑之色，冷笑道，"看来你这小子是不见棺材不落泪，老夫就让你知道厉害。"搭在杨宁肩头的枯木手内力吐出，那是有心要让杨宁痛苦不堪，好从他口中逼问出步法路数。

木神君内力吐出，杨宁自然有感觉，肩头似乎压了千斤重担，随即便感觉到一股洪水般的力量从肩头冲进自己的体内，从肩头开始的血管经脉一时间就如同要膨胀爆炸一般，比那皮肉之痛还要难受十倍不止。

杨宁虽然韧性十足，但这样的痛楚，还是让他痛苦地叫出声，木神君神情冷峻，冷声道："说不说？"

经脉血管那种要撑裂的感觉，让杨宁几乎要失去意识。

他只觉得左肩头经脉里就像是充气一样，而且越来越膨胀，那股气如果不放出去，经脉和血管必然要爆炸。

可是肩头之上内力不绝，如同海浪般一浪一浪席卷进来，无法自上排出，下意识地，脑中便即想到六合神功中关于左肩红线那幅图，那幅图的起点穴道正是从肩头附近的缺盆穴开始，经中府，然后移至神藏穴，再蔓延到灵墟、神封二穴，最后自神封穴进入胸口的膻中穴。

此时他几乎要晕厥过去，但是脑中想到那条红线，而此时明显感受到缺盆穴有股内力在活动，想着要将缺盆穴那股内力移到中府穴，或可减轻经脉膨胀的痛苦。

说也奇怪，他闭着眼睛这样想，缺盆穴那股内力竟似乎真的开始在移动，就似乎自己可以调动那股内力一般，一开始那股内力似乎还在抗拒，但是只一瞬间，那股内力猛地倾泻而下，直往下面的中府穴灌入进去。

那股内力从缺盆穴冲到中府穴之后，肩头诸多经脉那种胀满欲裂的感觉立时消减不少，但是中府穴边上的经脉血管却似乎又开始膨胀起来。

杨宁感觉自己似乎能操控那股内力的走向，再不犹豫，立刻顺着六合神功关于肩头红线的走向，将那股内力从中府穴移至神藏穴，继而经过灵墟、神封，最后灌入膻中穴。

木神君显然还没发觉自己的内力已经被杨宁引入膻中穴，依旧往杨宁体内灌入内力，想着让杨宁撑不住求饶。

一开始听到杨宁痛苦的叫声，木神君脸上还是显出不屑之色，但是很快，杨宁的叫声停止下来，木神君心想难不成这小子支撑不住，已经晕厥过去，若说刚瞧见杨宁他恨不得一掌毙杀，但是看到杨宁的逍遥行步伐之后，他却已经改了念头，自然不想让杨宁死去。

此刻也不过是想给杨宁苦头吃，逼问杨宁逍遥行步法路数，倒没有想着立刻杀死他，见杨宁不吭声，只以为杨宁支撑不住，便即准备收了内力。

可是当他运功想要收回内力，却发现自己的内力就像决堤河水，非但无法收回，而且兀自不停地向外泄出。

木神君皱起眉头，想要收掌，可一下子竟然没有抬起手来，倾泻而出的那股内力，就像黏住了他的手掌，动弹不得。

木神君骤然色变。

他此时兀自不知道自己的内力已经按照杨宁所想打通了一条路，正源源不断地顺着那条经脉通道往杨宁的膻中穴注入进去。

实际上杨宁一开始调动肩头内力，所过之处十分困难，而且速度极慢。

杨宁没有任何内功根基，对于内功高手来说，他的经脉就像淤泥堵塞的河道，想要将这些经脉完全打通，杨宁非但要修炼内功，而且至少要积攒数年的功力。

可是今日木神君本意是要让杨宁吃些苦头，却不想他这股内力就如同澎湃汹涌的激流，灌入了堵塞的河道，给了杨宁天大的帮助。

而杨宁正是借助这股激流般的内力，引导至自己想要的道路，轻松地将这条道路上的经脉穴位完全打通。

如果说一开始内力还只是如同涓涓细流般缓缓流淌到他胸口膻中穴，等到这条经脉道路打通，顺畅无比，内力就像洪水一样涌入进来。

内力越流越快，木神君感觉自己的内力就像江河决堤一样往杨宁体内注入，他大惊失色，脸色惨白，几次想要抬手，可自己的手就像与杨宁的肩头连成一体，根本无法抽开，他虽然见多识广，在武学上的造诣不浅，可是目下这种情况，却是前所未见。

他知道，如果这般持续下去，自己的内力必将耗尽，虽然一时不知道究竟是怎么回事，但想着祸源定是杨宁，只要杀死杨宁，一切自然迎刃而解，当下目露寒光，厉喝一声，一股更为强大的内力猛地灌入杨宁体内。

此时保住自己要紧，也顾不得杨宁那套步法，按他想法，这股内力灌入进去，莫说杨宁这样的普通人，便是一般的内力高手也会经脉爆裂而死。

可是出乎他意料的是，这股内力冲入进去，杨宁非但没有任何惨叫声，而这股内力就如同石牛沉入大海，消失得无影无踪。

杨宁此时虽然没死，却并不好受。

木神君灌入他体内的内力，被他引入膻中穴，固然疏解了其他经脉的压力，可是大量的内力进入膻中穴之后，杨宁便觉得膻中穴内翻江倒海，如同烈火燃烧一般，内力注入越多，那种烈火焚烧的感觉就越明显。

这就像一个腹中空空的饥饿之人，看到一桌大餐，一开始吃的时候浑身通泰，可是到了后来强撑吃下去，每多吃一口，就难受一分，已经毫无舒适之感可言，此时的杨宁便是如此，他只盼木神君立刻收手，却不知道木神君此时虽然想收手，却也由不得他自己了。

杨宁的膻中穴内翻江倒海，木神君却感觉自己全身上下渐渐虚脱。

他毕竟武功精湛，此时却已经明白了一些什么，惨白的脸上显出震惊之色，失声道："你……你这是六合……六合神功？"此时他的声音已经是有气无力，充满惊惧。

杨宁落崖之后，木神君一开始倒真是十分绝望，但却不甘就此离开，杨宁的生死他自然不会在意，可是苦心得来的《六合神功》却不甘就此遗失。

最要紧的是，正如杨宁之前所料，木神君确实因为练习六合神功导致身体发生巨变，虽然尚未达到走火入魔的境地，却也距之不远。

木神君自然知道解铃还须系铃人，虽然脑中对于画卷之中十一幅图的经脉走向了如指掌，但却以为画卷绝不像表面看起来那么简单，只怕其中另藏玄妙，自己想要恢复正常，必须要从画卷之中找出法门。

他在这悬崖附近日夜搜寻，连日来不眠不休，虽然终究碰上了杨宁，但此时已经是精疲力尽，脑中甚至有些迷迷糊糊，内力被杨宁源源不断引入到膻中穴之后，木神君一开始根本没有想到其中蹊跷，反倒想催动更凌厉的内力击杀杨宁。

这样一来，却是适得其反。

如果一开始在杨宁那条经脉通路打通之前，木神君及时收手，便可轻易避免被杨宁吸走内力。

木神君虽然知道六合神功精妙绝伦，可事实上却如杨宁一样，并不知晓六合神功的真正奥义神在何处。

他若不是觊觎杨宁那套逍遥行步法，当时一掌拍在杨宁脑侧，杨宁绝无活命之理。

造成目下这种困境，却都是拜他自己所赐。

他那只手恰好搭在杨宁的肩头，而肩头正是六合神功修炼的十一处位置之一。

如果仅仅只是搭在肩头，那倒也罢了，可他偏偏为了逼问出逍遥行，以内力折磨杨宁，如果没有这股内力，杨宁便不可能借助那股内力打通经脉通道，也不至于让木神君的内力如同江河决堤奔涌而出。

此时他明白过来，知道这是六合神功所致，却已经为时已晚。

左手粘在杨宁肩头无法抽走，木神君此时想要抬起右手击杀杨宁，却感觉全身上下软绵绵的毫无力气，那右臂根本抬不起分毫。

他的内力都顺着左手被杨宁吸走，想要调动身体残存不多的内力至右手已不可得。

杨宁自然不知道木神君此时的感受，他只是为了缓解经脉的膨胀才将内力引导至膻中穴，只以为木神君是要以内力毙杀自己，却并不知道自己如今正在吸纳木神君的内力，膻中穴烈火灼烧般的痛楚，杨宁却也以为这是木神君所为。

杨宁此时头昏脑胀，只以为今次必然要死在木神君的手中，他双腿发软，整个人已经坐倒在地上，而木神君却也跟着软倒在地。

杨宁斜身靠在边上的大树上，只觉得这样身体才会稍微舒服一些，而木神君的手依然搭在他肩头，杨宁自以为再无幸免之理，更加上头昏脑胀，胸口憋闷难当，竟就此晕厥过去。

也不知过了多久，杨宁醒转过来，四下里幽静得很，淡淡的月光洒落下来，杨宁以为自己已经死去，可是左右看了看，才发现自己还在那片树林之中。他扭头往边上看了一眼，顿时变了脸色。

只见在自己的身后，木神君仰面躺在那里，但此时的木神君却已经不是杨宁所认识的木神君。

只看木神君一条手臂，竟然像一根枯枝一般，此前他肌肤虽然干瘪，却也不似现在这般，这时候的手臂已经是皮包骨头，似乎没有了血肉。

那张脸更是骇人。

就宛若只是一张人皮包在头骨之上，头骨棱角清晰可见，眼眶已经深陷下去，如同两个漆黑窟窿，木神君的整具身体，无论从哪个角度看，这时候就如同一具干尸无疑，如果不是那件破旧不堪的灰色袍子披在身上，杨宁都认不出这就是木神君。

这个样子，自然不可能活着，已经是死得不能再死。

杨宁倒吸一口凉气，稳了稳心神，回想一番，隐隐觉得，木神君变成现在这副干尸模样，似乎与自己有极大的干系。

他本就聪明，之前危急之下想不了太多，这时候静下心来，想到自己晕厥之前木神君叫出"六合神功"，暗想难道木神君落得这个下场，是六合神功起了作用？

他记得自己为了减轻痛楚，引导那股内力到了膻中穴，莫非就是因为这个原因，才让木神君变成如此模样？木神君的武功自然了得，杨宁本以为遇到他必死无疑，可是此刻看到木神君变成一具干尸躺在地上，而最终活下来的竟然是自己，却有一种在做梦的感觉，只觉得这个结果实在是有些匪夷所思。

想到之前膻中穴那种烈火焚烧的感觉，杨宁不禁伸手摸了摸那处穴道，此时倒并无不适之感，他便微微宽心。

木神君死得透透的，杨宁却并无兴奋之感，反倒是担心起来。

木神君伤过自己的奇经八脉，此后还发作过一次，按照这老鬼的说法，自己的奇经八脉如果不能及时得到治疗，便要渐渐枯萎，直至死去。

如今这老鬼已死，却不知自己身上的伤势该如何恢复。

不过这几天却一直没有再次发作，杨宁怀疑上次发作会不会只是疲累之下的一个偶然而已，又或者自己的伤势根本没有木神君所说的那般严重。

最大的威胁已除，杨宁多少还是感觉有些轻松，在这山中耽搁了多日，那支镖队应该已经带着小蝶去得远了。

不过不到最后一刻，杨宁自然不会放弃，毕竟那关乎小蝶一生的命运，只要有一丝希望，杨宁便要坚持。

虽说耽搁了一阵子，但小蝶离开会泽城，到如今也不过十天左右，按照路途，应该还在半路。自己若是徒步而行，当然没有任何希望追上，不过如果能找到一匹快马，却未必没有机会。

现在首先要做的，自然是先穿过这座山岭。

野外生存的科目杨宁自然不陌生，而且很轻松地制作了一个简单的指南针，辨明了方向，正要继续往南走，忽地想到什么，回到木神君的那具干尸边，伸手在他衣襟里摸了摸。

这老头身上东西并不多，除了一只装有些许碎银子的钱袋，便只有一块做工十分精致的椭圆形铜牌。

铜牌正面刻着"九天楼"三字，而背面则是刻了一个大大的"木"字，角落里又有"钦命"二字。

杨宁记得这老鬼提过九天楼，号称是由北汉皇帝统管，而且高手如云。

现在看来，木神君在这件事情上倒没有欺骗自己，这块铜牌倒是证明此人确实很有可能就是九天楼的木神君，而那"钦命"二字，或许真的与北汉朝廷有关联。

不过杨宁对于这莫名其妙的九天楼自然没有任何的兴趣，亦觉得这块牌子留在手中反倒是祸害，随手丢在了一边，只拿了那只钱袋子离开。

第七章

夺马出生天

　　杨宁一路往南，到了第三天正午时分，终是走出了牛头岭，刚刚下山，风云突变，乌云密布，只是片刻间，竟然下起了雨来。

　　杨宁暗叫倒霉，四周都是茫茫旷野，总不至于要回到山上躲雨，只能冒雨前行，这一场雨到了黄昏时分也不曾停下，杨宁被淋成落汤鸡，好在在细雨中行了半日，倒已经转上了官道。

　　天色渐暗，细雨纷纷。杨宁顺着官道往前走了一阵，忽瞧见前方的细雨之中，出现了一处房舍，想着可以过去避避雨，加快了步子。

　　靠近那房舍，才发现房舍前面停了四五辆马车，车上似乎装有货物，用雨布掩盖着，另有七八匹骏马被拴在房舍边上的拴马桩上。

　　那几辆马车的边角处，都竖着一根小旗子，不过细雨之中，旗子已经淋湿，垂成一团，也看不清楚上面写的什么。

　　杨宁心下顿时一紧。

　　他靠近其中一辆马车，扭头看了房子一眼，发现这里竟然是一处道边的临时酒铺，比自己上一次见到的简陋茶棚要大出许多，想来官道之上人来车往，这样的临时店铺应该不在少数。

"喂，那小叫花子，躲开！"杨宁正想伸手拉开那车上的旗子，瞧瞧上面写着什么，便听到一个粗猛的声音传过来，"那是你能动的？要是动了镖旗，便要砍了你那只手，想不想试一试？"

杨宁身体微震，他本有些怀疑，此时听那人所言，才确定这果然是一支镖队。

他心下顿时有些激动，但瞬间便冷静下来。

镖队固然是镖队，但这条官道上来往的镖队不在少数，而且按照时间计算，带走小蝶的那支镖队至少距离此处已经有三四天的路途，眼前这队镖车，只怕与带走小蝶的那支镖队没有什么关系。

而且这镖车上怎么看也不像是有人在上面。

他扭头看过去，只见一名身形魁梧的大汉正站在酒铺门前，手中拎着一根熟铜棍，冷冷瞧着自己。

杨宁故意笑了一笑，靠近过去，到了酒铺檐下，向那人问道："大叔，你们这是镖队啊？"

那大汉颇有些警觉地打量杨宁几眼，冷哼一声，并不言语，转身进了酒铺。杨宁讨了个没趣，也跟在那人身后进到了酒铺中。

一进酒铺，杨宁便觉得有些不对劲儿，感觉竟然有数道目光齐刷刷往自己身上投过来。杨宁故意弯着腰，笑呵呵扫了一圈，只见屋内五六张桌子全都坐了人，黑压压一片，靠近大门的两桌人都看向自己。

天色昏暗，屋内竟还没有点灯，所以一时间也看不清到底是个什么状况。

杨宁心知这酒铺中的应该大都是镖队中人，这些人瞧见进来的只是个衣衫褴褛的年轻小子，也不在意。

这里面大部分桌子都已经坐满了人，黑压压一片，少说也有一二十人，杨宁瞅见靠角落处有一桌倒是颇有些空，昏暗之中，只瞧见两人坐在那里，当下走了过去，一时也看不清那两人模样，拱手笑道："打扰了，没地方坐了，拼个桌子。"

那两人也没多说话，杨宁在板凳上坐下，他此时已经闻到其他桌子上散发出来的肉香味，这已经好多天没有正儿八经地吃上一顿，既然碰上了这家酒铺，自然要饱餐一顿。

他在木神君的身上得了碎银子，要应付一顿饭实在是绰绰有余。

外面的风雨没有止歇的迹象，杨宁倒是有些奇怪，这屋内已经昏暗无比，怎的还不点上灯，正在疑惑，听得声音响起："诸位大爷，灯火来了！"随即便见到从后面亮起火光，一个伙计手里拎着两盏油灯，一左一右挂在了酒铺的墙壁上。

酒铺顿时亮起来，借着火光，杨宁才看清楚与自己同桌的两人一老一少，坐在自己对面的是个身着灰褐色长袍的长者，年纪大约五十岁上下，额下一绺黑须，面容清瘦，气质看上去倒颇为儒雅，面色红润，并不显老，看样子平日里保养得极好。

坐在自己左边的是个十五六岁的年轻人，眉清目秀，那一双漆黑的眼眸子此时正盯着自己看，面带狐疑之色。

桌上放着三碟小菜，还有一碗卤肉，另有一壶酒，只那褐袍长者面前有一只酒盅，桌上的几样菜竟似乎没有动过。

杨宁见那年轻人面带狐疑盯着自己，笑道："自我介绍一下，我叫……小白兔，出门靠朋友，两位不要见怪。"

年轻人淡淡道："我们不是朋友！"也不多言，转过视线，杨宁看他满腹心事的模样，暗想年纪不大这心眼却不少。

他转头看到那店伙计就在边上，正用古怪的眼神瞧着自己，当下咳嗽一声，道："瞧什么？"

"我瞧你是来避雨的还是来喝酒的。"店伙计带着不屑之色，"要是避雨，门外屋檐下待着去，可别打扰了这两位。"

杨宁那身邋遢不堪的衣衫本就破旧得很，这几天折腾下来，此时若有人不觉得他是叫花子还真是见了鬼。

杨宁也不争执，伸手放了一块碎银子在桌子上，指着桌上那几道菜："这银子够不够买这几道菜？给我再来一份。"

店伙计嘿嘿笑道："你这银子是从哪里来的？可莫是偷来的吧？"

杨宁身侧那少年人却已经皱起眉头，淡淡道："任何人不要轻易给别人下定论，你没有证据，怎能轻易诬陷别人？"

杨宁想不到这少年人竟然会为自己说话，顿时对这少年生出一些好感，却听对面那褐袍长者咳嗽一声，已经端起酒盅在手里，眼角瞥了那少年人一眼，那少年听到咳嗽声，似乎发现什么不对，低下头去。

店伙计见那少年人发话，也不好多说，转身离开。

杨宁坐在板凳上，微微扭头向边上看过去，边上那桌坐了五六个人，都是劲衣短装，每个人的手边都放着兵器，大都是入鞘的大刀，桌上虽然有不少碗碟，却并无看到酒壶，这些人似乎并不饮酒。

想想也是，这些人既然是镖队，运镖途中，或许有许多忌讳，不可饮酒或许也是其中的忌讳之一。

外面一声惊雷，风雨没有减小的迹象，似乎还大了一些，听得邻桌一人道："卢老，看来这雨一时半会儿停不下来，咱们要不要继续赶路？"

他边上一名五十多岁的老者抚着颔下胡须，慢悠悠道："这趟要赶紧，途中不能耽搁。歇上小片刻，咱们还要继续赶路，总不能留在这里过夜。往前不过二十里地，有一处官驿，咱们到官驿再歇息不迟。"

"还是卢老了得。"边上有人笑道，"这各州府郡的道路，都是存在了卢老的脑子里，沿途的城池驿站，没有卢老不清楚的。"

另一人笑道："这条道上，要论人脉，卢老说第二，可没人敢说第一。你们两个先前没走这条线，不知道卢老在这条线上的道行。就说前面那处官驿，换作别人，那可停歇不了，是卢老走了这么多年镖，沿途都熟络了，与那官驿里有了交情，咱们过去，自然会有地方给咱们歇脚。"

那老者带着几分得意道："咱们走镖的，靠的就是人脉朋友，多个朋友多条路，若是到处结怨，武功再高，那也吃不了这碗饭。"

"卢老说的是。"几人纷纷道，"你是咱们的长辈，这里的学问，可要多教教咱们。"

卢老笑道："其实也没什么可教，记住多交朋友少结怨，多带笑脸少动刀便是。"

他忽地站起身来，道："大伙儿都准备一下，咱们再走二十里地，赶到前面的官驿歇脚，这荒郊野外，还是不宜久留。"

不少人立时纷纷起身，更有人取了不少蓑衣斗笠摆在门前，显然是早有准备。

已经有人上前开始披上蓑衣戴上斗笠，那卢老喝了一杯茶，正要起身，杨宁却见对面的那褐袍长者已经起身走到了卢老边上，轻声道："诸位这趟镖不知往哪里去？"

那卢老立时显出警觉之色，反问道："阁下是何人？"

杨宁一开始就觉得这一老一少似乎不是镖队一路人，此时听二人对话，便知道自己猜得没错。

褐袍长者手上一转，多了一块金子，塞到那卢老手中，此时镖队众人都在穿戴蓑衣斗笠，并无几人注意这边。

那卢老皱起眉头，正要说话，褐袍长者已经轻声道："我手中带了一件物事，准备进京，可是途中担心发生意外，所以想随你们一同走，路上也能得个照应。你们的目的地，应该也是去往京城吧？"

卢老有些犹豫，道："镖局的规矩，这走镖途中，不能带上陌生人，阁下这……"

"我明白。"褐袍长者笑道，"我也只是求个万无一失，你就当是临时挂镖，我们途中一切都按照贵镖局的规矩办，绝不会给你们惹麻烦。"

"我们？"卢老瞧了那少年人一眼，问道，"是否就你们两个？"

褐袍长者颔首道："不错，就我们两个。"

边上一人倒也看得清楚，低声道："卢老，不就是带上两个人吗？既然有所求，咱们也不必拒人千里之外。"

卢老瞥了那人一眼，咳嗽一声，目中带有一丝责备，显然是责怪那人多嘴多舌。

杨宁在旁也听得清楚，有些奇怪，暗想这一老一少既然要进京，为何还要跟随镖队？褐袍长者说自己带了一件东西，怕途中有失，若果真如此，那件东西想来十分珍贵，否则绝不会出手就是一块金子作为费用。

褐袍长者见卢老还在沉吟犹豫，轻声道："其实你们也只是举手之劳，莫非是嫌费用不足？若是如此，大可再加一些。"

卢老摇头道："不是这个道理。按照规矩，途中是不可再带陌生人，除非万不得已，不过看你们似乎很困难，跟着镖队一起走倒也无妨。只是丑话说在前头，沿途的一切，你们都要按照镖队的规矩来，咱们可以保证将你们二人平安带到京城，可要是你们坏了规矩，那也就怨不得我们了。"

褐袍长者含笑道："一切遵命就是，绝不会给你们多添麻烦。"

卢老叫了一声，"来，拿两件蓑衣来。"

褐袍长者回到桌边，弯腰从桌下取了一只包裹，乃是一件长形物事，用黑布包着，也不知道里面是何东西。

少年人和褐袍长者对视一眼，也站起身来。此时已经有人送了两套蓑衣斗笠过来，两人也不客气，披上了蓑衣，拿了斗笠在手中。

镖队已经有好几人出了门，卢老也穿上蓑衣，回头瞧了褐袍长者一眼，点了点头，褐袍长者笑了笑，手上拿着长形包裹，向少年使了个眼色，便要跟着出门。

只走出两步，忽听得"叭叭"两声响，酒铺一瞬间竟然黑了下来，那两盏挂在墙上的油灯竟是莫名其妙地熄灭。

熄灯的一刹那，杨宁瞧见那褐袍长者扯住那少年人手臂，将他拉到身后，动作快若闪电，反应也是灵敏至极，随即听到酒铺内一阵骚动。

杨宁心下一紧，一只手已经塞到怀中摸住那把锋利无比的短刀，全神戒备。

自从离开会泽城后，杨宁就处处小心，经过木神君一事，他更是敏感得紧，这两盏油灯突然熄灭，他立刻觉得大不正常。

若是其中一盏灯忽然熄灭，或许只是意外，可是两盏灯同一时间熄灭，必有蹊跷。

"都不要慌！"卢老的声音已经在黑暗之中响起，"大伙儿静下来，小心提防，没搞清楚状况谁都不要轻举妄动，陈六，你带人护住外面的镖车，谁身上有火折子，亮起火来！"

卢老惊而不乱，有条不紊，显然是个长跑江湖的老手，经验很足。

这时一道闪电划过，闪电破空而消逝，云墨雨笔，绘出苍穹冥冥，满是萧冷。

卢老给众人分派任务过后，杂乱很快消失，有不少身影奔出了酒铺，拔刀出门守卫镖车，亦有人开始在身上找寻火折子。

出门在外的老江湖，身上往往都会携带一些必需品，除了一些治疗皮肉之伤的伤药，火折子也是必备物件之一。

杨宁昏暗之中只见得店铺内外人影闪绰，一只手却死死抓住短刀，心想难道真的是有人要劫镖？

不过这支镖队上上下下有一二十人，实力可不算弱，要真是劫镖，对方的实力自然更不会差。

很快，屋内忽然亮起几道光芒，却是有几人已经燃起了火折子。杨宁借着火折子的火光扫了一眼，见到酒铺内已经少了不少人，众人大都拔出了佩刀，卢老手中握着一把钢刀，居中站立，神情凝重，目光正四下里扫动。

只是刚刚站在自己身边不远处的那一老一少却不在先前的位置，此时已经靠到墙边，褐袍长者右手提着那只长形包裹，左手微抬起，将那年轻人护在了自己的身后。

杨宁看不出两人究竟是什么关系，不过却能感受到那褐袍长者对少年人异常的关护。

那褐袍长者先前说带了一件贵重东西在身上，却不知道是不是就是手中包裹所包的物事。

"是暗器！"杨宁正想着包裹里会是怎样的东西，就听那边传来一个低沉声音，循声看去，只见一人正站在油灯边上，左手抬起，两根手指似乎夹了什么东西，"就是这东西打灭了油灯，手段倒是不差。"

挂在墙上的两盏油灯都已经残破，看来果真是被人用暗器打灭。

"快放下！"卢老扭头看过去，见到那人手中夹着暗器，变了脸色，"怎的这般糊涂，快放下，小心上面有毒！"

杨宁闻言，暗暗吃惊，心想这卢老的江湖经验确实了得，自己也没有想过暗器上会有毒，现在倒算是学了一招，不过那拿起暗器的汉子看来江湖经验还不深，又或者之前很少遇到这样的状况，所以才会犯这样的错误。

他正寻思，却听到几声惊呼响起，只见靠在油灯边上的那名大汉已经一头栽倒在地上，身体不停地抽搐。

果真有毒！

"不要碰他！"卢老脸色也是大变，厉声道，"大伙儿小心，点子很硬，保护镖车。"

所有人都是兵器在手，若说先前还只是疑惑，此时那人栽倒在地上抽搐不停，镖队的人立刻如临大敌，全都警觉起来，紧握手中兵器，眼眸四下里扫动，一时间酒铺之内倒是死一般寂静，只听得风声雨声在外连绵不止。

那人在地上只抽搐小片刻，便一动不动，也不知是死是活。

又一道闪电，耀目的光华之中，忽见得从窗口掠进几点黑影，冲进之后，便往窗边之人身上扑过去。

那人却也发现异常，暴喝一声，竟是顺手拎起身边的凳子，朝着那几点黑影砸了过去。

那几点黑影来得突然，凳子却还真是砸中了一点黑影，可另外两点黑影躲过，朝着那人的脸上扑了过去。

杨宁借着火折子的光芒，瞧那两点黑影似乎是什么鸟雀，心想这风雨交加的天气，怎会有鸟儿飞到酒铺之内？

那人急忙后退，可那黑影速度极快，一点黑影已经贴在了他的脸上，边上已经有人惊呼道："是……是蝙蝠！"

那物两翼震开，尖嘴凹腮，赫然竟是蝙蝠！

"这里，小心！那边，那边也有！"又有人惊声大叫起来，杨宁此时也已经看见，只这短短瞬间，竟然有几十只蝙蝠冒出来。

"不要被它们碰上！"卢老大叫一声，此时已经有一只蝙蝠冲着他飞过去，他手臂一挥，刀光闪动，竟已经将迎面而来的那只蝙蝠砍成两半，鲜血飙出，卢老却是向后退出一步，躲过了四溅而出的蝙蝠血。

分成两片的蝙蝠落在地上，两翼还在颤颤抖动，说不出的阴森恐怖。

其他人也都是纷纷挥刀砍杀蝙蝠，这些人的刀法有高有低，其中数人已经斩杀扑过来的蝙蝠，却没能像卢老那样及时后退，已经有人被蝙蝠血溅在了脸上。

此时酒铺外面，也传来马嘶人叫之声，显得异常杂乱。

杨宁见到蝙蝠在酒铺内四处乱飞，干脆利落地躲到了桌子下面。

他从桌子底下向边上瞧过去，忽见到有人抬手往自己的脸上抓去，发出凄厉的叫唤，随即滚倒在地，一路滚过去，一头撞在墙上，腿脚抽搐几下，再也不动。

杨宁看得惊心动魄，忽听到那褐袍长者声音叫道："这是东海血蝙蝠，不要让蝙蝠血沾身。"

卢老听到褐袍长者叫声，更是吃惊，他见多识广，也听说过东海有种血蝙蝠，一身血液带有剧毒，人的皮肤若是沾上血蝙蝠的血液，便会立刻溃烂。

只是他虽听说过，却从未见过，更没有想到东海血蝙蝠会出现在这荒郊野外的酒铺之内，而这血蝙蝠的毒血，似乎比传闻还要骇人。

杨宁此时也是奇怪，暗想这血蝙蝠既然出自东海，那应该适宜在海边生活，这里可是内陆地区，血蝙蝠绝不可能无缘无故飞到这种地方来，却不知这背后到底有什么蹊跷。

此时又有数人因为沾上蝙蝠血而倒地，翻滚抽搐一番，便随即毙命，见这血蝙蝠如此阴毒，杨宁心下却也是极为紧张，索性将短刀掏出来握在手中，直待有血蝙蝠靠近，便立刻斩杀。

众人知道血蝙蝠有毒，却也都小心起来。这些血蝙蝠主要是靠体内毒血伤人，只要毒血不沾身，威胁也算不太大。众人既然知道其中究竟，便各自谨慎，不让毒血沾身，有人早已经摘下身上的蓑衣或是斗笠，用蓑衣斗笠拍打蝙蝠，然后将它盖在蓑衣下面，如此一来，鲜血根本无法沾上身体。

虽然折损了四五人，但血蝙蝠也大都被清除干净。

杨宁在桌子底下瞅向那边的褐袍长者，只见那褐袍长者始终护在年轻人身前，虽有几只蝙蝠想要靠近，褐袍长者只是抬起手中包裹，便轻易将蝙蝠击飞开去，蝙蝠根本近不得身，杨宁看在眼里，心知这褐袍长者也是一位高手。

忽然之间，杨宁见那褐袍长者忽然抬头向屋顶瞧过去，正不知是何缘故，却听褐袍长者低吼一声，他手臂抬起，长形包裹如同风车般在头顶卷动，随即听到"噼里啪啦"一阵响，从屋顶之上竟然有如雨般的铁蒺藜打了下来，俱被那卷动的包裹打开。

杨宁心下一沉，已经猜知屋顶上有人。

果然那褐袍长者已经冲天而起，杨宁从桌底下探出脑袋向上瞧过去，昏暗之中，瞧见屋顶已经裂开数处窟窿，已经有数人由窟窿里从天而降，而褐袍长者腾身而起，形若灵猿，手中长形包裹挥动，已经打在一人身上，那人被包裹打飞出去，随即重重落在了地上。

镖队众人这时候才惊觉屋顶有人，而此刻从屋顶上连续不断地有人落下，这些人清一色都是黑衣在身，脸上戴着黑色的面具，只露出一双眼睛，而脑袋亦被黑巾蒙住，连一根头发也见不着。

他们双手也都戴着黑色的兽皮手套，从上到下，黑漆漆一片，除了一双眼睛，再也看不到一丝肌肤。

更为奇怪的是，这些人的背上都背着一只包裹，包裹似乎与衣服连在一起，腰间也都系着一条黑色的皮带子，若不细看，亦是难以看清。

他们手中的兵器，都是一把细长的弯刀，刀身比寻常的大刀要窄许多，而且也短一些，但是寒光闪闪，一看便知锻造技术极好，锋利异常。

只转眼间，竟然有十多名黑衣人先后落进酒铺之内，此时已经和镖队中人交上手。

杨宁瞳孔收缩，看来这些人果真是为劫镖而来，人数着实不少，而且准备得也十分充分，先灭灯火，再以血蝙蝠打先锋，然后从天而降，每一步都是部署周密。

他本来还打算找机会瞧瞧那些镖车之中是否藏了人，现在看来，这种可能性极小，这支镖队十之八九应该不是自己要找的镖队。

对方出动这么多人手，而且都不是泛泛之辈，绝不可能只是为了几个被拐卖的小姑娘出头。

而且他们利用血蝙蝠这样的阴毒之物，行踪更是鬼祟隐秘，一看也不像是什么善类，自然不会做什么维护正义的善举。

酒铺内外此时打斗声一片，镖队这些人虽然被打了个措手不及，但吃的都是镖局这碗饭，手底下的功夫其实也都不算弱，双方此时势均力敌，最为紧要的是那褐袍长者的武功当真了得，此时以一敌三，竟也完全处于上风，只是片刻间，手中包裹戳中一名黑衣人胸口，那黑衣人便被戳飞出去。

杨宁心想此地不宜久留，说不准就要牵累自己，想着找个机会趁机离开这酒铺，瞥见不远处就是柜台，柜台那边并无人，寻思还是先躲到柜台后面才安全。他瞅到空隙，从桌子底下钻出，猫腰便往柜台那边跑过去，只跑出两步，眼角余光便瞧见一道黑影直往自己扑过来，寒光闪闪，那人手中细长弯刀临空向自己斩下。

刀光如月，月在天，风雨在人间。

杨宁几乎是下意识地往后退了一步，而那人变刀的速度亦是奇快，化斩为斜劈，刀光赫赫，犀利非常。

杨宁退后一步，脚下自然而然地又踏出第二步，情急之下，再一次走出了逍遥行。

黑衣人第二刀再次斩空，面具下的冷眸更是凌厉，双手握刀，再次横斩，只是杨宁的逍遥行一旦走起，便变幻莫测，玄妙无常，那黑衣人连续砍出七八刀，每一次似乎都要砍在杨宁的身上，却每一次都被杨宁玄妙的身法所躲过。

此时褐袍长者已经连续击倒两名黑衣人，一手握着包裹，一手抓着年轻人的手臂，正往酒铺门前靠过去，显然是想在乱战之中冲出酒铺。

镖队众人与一众黑衣人力拼，本来势均力敌，甚至有几人在面对黑衣人时还占据明显的上风，可是这些黑衣人却十分阴毒，他们的袖中藏镖，一个不小心，袖中毒镖射出，立时取人性命，只片刻之间，便有两人丧命在这阴毒的偷袭之下。

亦有黑衣人在打斗之间，忽然扯开胸口衣襟，胸前便发出一道极为刺眼的光芒，当对方视线出现问题之际，黑衣人便趁机下出狠手，击杀对手。

镖队本来有二十人上下，四五人早早跑到外面看守镖车，酒铺之内本有十余人，但是血蝙蝠毒死四五人，又被黑衣人连续袭杀数人，此刻酒铺内只剩下五六名镖队之人。

这几人都是靠着江湖经验老练，才避过黑衣人的阴险袭杀，这些黑衣人的武功倒也不见得十分高明，但是出手诡异，阴险狠辣。

卢老年事虽高，但此刻以一敌二，却也是勉强支撑，拼杀之际，更是厉声高叫："我们是四海镖局，你们到底是哪路朋友？"

只是黑衣人却似乎定要将酒铺内外所有人赶尽杀绝，并无一人回答。

杨宁逍遥步行法神秘莫测，若说此前在山中躲避木神君的时候走起来还有些紧张僵硬，此时却比上一次要熟练许多，心情也更加镇定，不再是低着头只知一味躲闪，身形飘忽之间，亦能对敌手的步法路数了如指掌。

那黑衣人连续十几刀次次劈空，只以为自己是遇上了高手，眸中现出惊异之色，杨宁此时一步掠过，已经滑到那黑衣人身后，瞧见黑衣人背脊就在眼前，杨宁终是顿住步子，二话不说，手已抬起，短刀已经狠狠刺入了黑衣人的背脊。

这短刀锋利无匹，莫说血肉之躯，便是坚硬铁石也能轻易破击。

黑衣人招招下杀手，杨宁心知此种情况下，不是你死就是我亡，自然毫不客气。

那黑衣人背心一阵剧痛，还没来得及反应，杨宁又是连续在他背上刺了数刀，随即抬起一脚踢在黑衣人腰间，黑衣人立时向前扑倒，倒在地上抽搐几下便再也不动。

"老子不想惹事，这是你自找的。"杨宁心中嘀咕一声，瞧见旁边不远又有一名黑衣人发现这边状况，正要向自己扑过来，当下也不犹豫，抬步便往酒铺外面跑过去。

酒铺的形势杨宁扫一眼就明白，黑衣人有十数个之多，而镖队的人一个接一个倒下，等到镖队全灭，这帮黑衣人绝不会让自己活下去。

他虽然杀死一名黑衣人，也知道这是凭借逍遥行侥幸得手，若真要与这些黑衣人正面相对，自己绝非敌手，还不够这些黑衣人砍的。

三十六计，走为上策。

杨宁冲出门去，只见到门外也正厮杀成一团，地上已经躺了几具尸首，数名黑衣人正围着两名镖局中人厮杀。

那些拉着马车的马匹，此时都已经倒毙在地上，自然都是黑衣人出手所为。

风雨交加，杨宁在雨中跑到一辆镖车边上，用短刀划破雨布，掀了起来，瞧见车上摆着两只箱子，而且加了锁，此刻内外都是斗成一团，并无人注意他。

他又是横刀划过，短刀斩断了铁锁，打开箱子，发现箱子里却都是一些瓷器，琳琅满目，心知这些瓷器应该不是普通的瓷器，聘请这么多人护送，定然十分昂贵，不过他并不在意这些货物的价值，又打开另一只箱子，见到里面并无人，心知这支镖队确实不是自己要找的那支人贩子镖局。

扭头看到酒铺边上的拴马桩还拴着好几匹骏马，有几匹骏马已经倒毙在地上，也不知是否因为镖局的人出来太快，黑衣人来不及杀掉所有马匹，此时尚有两三匹骏马兀自在雨中长嘶，四蹄乱踩，焦躁不安。

杨宁心下大喜，他正愁无马可骑，这时候正好趁乱搞走一匹，也不耽搁，想到这里，便这里飞步往那边跑过去。

尚未靠近，却感觉身边有一道身影一闪，扭头看去，只见那褐袍长者脚下如飞，拉着那年轻人从自己身边闪过，也是往马匹那边过去。

靠近拴马桩，褐袍长者手中包裹狠狠敲在那拴马桩上，"咔嚓"一声，拴马桩立时被打断，真是简单粗暴。

褐袍长者已经单手提起年轻人，飞身掠到马上，便在此时，却听得一阵尖利的笑声响起，那笑声在这风雨声中竟异常清晰，杨宁循声看过去，只见从半空之中，一道黑影飞掠而来，宛若一只展翅苍鹰。

那黑影说来就来，双臂展开，黑翼如蝠，直往马上的褐袍长者扑过来，随即听到一声悲嘶，那匹马猛然间两只前蹄腾起，悲嘶声中已经轰然侧翻倒地，也就是在那一瞬间，褐袍长者提着年轻人腾空而起，轻飘飘落到一旁。

杨宁见此情景，也是大吃一惊。

虽说他看出今夜这帮人似乎是为劫镖而来，但是行事也实在太过歹毒，看样子不但要将镖车劫走，甚至还要将人和马杀得一个不留。

这一老一少和自己都不是镖队中人，但这帮人却依然出狠手，亦可见行事之毒辣。

这时候杨宁也终于看清楚从天而降那人，那人在半空之中的时候，看上去如同一只大鸟，这时候杨宁才知道是那人衣衫的缘故。

这人全身上下俱是黑色，但是两只手臂下的衣衫却如同蝙蝠翼一样，十分古怪，和其他黑衣人一样，这人的脸上也戴着一张黑色面具。

不过此人身形矮小，与那褐袍长者相比，要矮上一个头。

褐袍长者将年轻人护在身后，冷冷盯着那蝙蝠人，淡淡道："叶隐藏入地，飞蝉鸣天响。甲贺幻万象，伊贺水火养。听闻东瀛诸多密忍流派之中，叶隐、飞蝉、甲贺与伊贺四大流派，最为有名。"

蝙蝠人发出阴冷的怪笑声，声音嘶哑："你知道的实在不少。"

杨宁心下却是一惊，暗想难道这些黑衣人竟然是东瀛忍者？

他自然知道东瀛就是后世的日本，这个时代已经不同于自己所熟知的任何历史朝代，却不想原来依然有东瀛国存在。

可是东瀛远在海外，如果这帮人真的是东瀛忍者，怎可能跑到这荒郊野外来？

他自然也知道历史上有倭寇存在，倭寇之中便有许多日本浪人在沿海地区打家劫舍，但是这里距离海边路途遥远，这帮东瀛忍者怎可能跑到这里来劫持镖车？

"不过早在数十年前，飞蝉一派就已经被雾隐一族取代。"褐袍长者道，"飞蝉一族本来也是盛极一时，能够名列四大密忍，自然也不是徒有虚名。可是据我所知，飞蝉一族是一代不如一代，而且结怨叶隐和甲贺。几十年前，叶隐联合甲贺、雾隐等族，将飞蝉一族一举荡平，飞蝉一族自此没落，残余势力也只能像蝙蝠一样，躲在暗处不敢示人。"

杨宁听褐袍长者侃侃而谈，亦是惊讶，心想这褐袍长者竟然对东瀛之事也是如此了解，却也不知究竟是何方神圣。

"据我所知，飞蝉一族在东瀛无法存活下去，流落在东海诸多孤岛，如同丧家之犬。"褐袍长者淡淡笑道，"今日之飞蝉密忍，不过是不入流的流派而已，若是在东海寄人篱下，或许还能延续下去，可如今既然卷入进来，只怕自今而后，世上再无飞蝉之名。"

他话带嘲讽，似乎是有意要激怒对方。

杨宁此时越听越糊涂，他开始只以为这帮人趁雨袭酒铺，只是为了劫走镖车，目的是对付四海镖局，但是现在看来，事情并不是那么简单。

有一点他可以肯定，眼前这个诡异的蝙蝠人，应该就是这群黑衣人的首领，而这蝙蝠人却似乎是冲着褐袍长者而来。

难道是说，今夜对方出手的目标，并不是镖队，而是这一老一少？

如果是这样，那么自己和这支镖队，便是受了这一老一少的牵累。

飞蝉密忍出动这么多人手，专门为了这一老一少而来，那么这两人又到底是何方神圣，对方不惜远道而来袭杀？

蝙蝠人目中寒光森森，褐袍长者单手提着长形包裹，两人正面相对，却都没有轻举妄动，风助雨势，大雨倾落下来，几人身上早已被大雨淋湿。

杨宁心知此地不宜久留，轻步向马匹那边移动过去。

虽然蝙蝠人又毙杀一匹骏马，不过还有两匹马依然活蹦乱跳，杨宁轻手轻脚地往那边移动，那是铁了心要弄走一匹马。

此时镖车边上守卫的两名镖队中人也已经被杀死，临死前却也击杀了一名黑衣人，剩下的黑衣人则都是围拢上前，手握弯刀，站在蝙蝠人身后。

"你错了。"蝙蝠人终于道，"今日若能完成任务，飞蝉之名不但不会消逝，而且只会越来越壮大。"阴冷一笑，忽然间手腕一翻，从腰间抽出一条黑色的带子，风雨之中，已然出手。

他出手时，双膝微蹲，只是一撑，整个人就如弩箭般射了出去，刹那之间，已经扑到了褐袍长者的面前。

"走！"褐袍长者一声低喝，已经抓着年轻人急退，一退就是数步之遥。

如果说蝙蝠人是犀利的弩箭，那么褐袍长者就如同飘逸的轻风。

弩箭射空，蝙蝠人一顿一陷，身体好像要没入土地的时候，再次爆发了出去，这一次，他攻得更急，也更猛更犀利。

这本是他的绝招，停顿是为了更好的蓄力，只要三次蓄力之后，他相信褐袍长者就算是闪电也躲不过自己的出招。

只是褐袍长者这次并没有再退。

他似乎知道蝙蝠人蓄力三次之后更难对付，这一次反倒是身形前欺，手中的包裹挺直而出，直向蝙蝠人戳过去。

蝙蝠人妖异的眼中划过冷厉，手中的黑带一展，这一次却是不进反退，然后尖喝一声，挥出了手中的黑带。

黑色的带子竟然是一把刀。

一把软刀，软如绸，硬如钢。

蝙蝠人以退为进，他退这一步，拉开了最能发挥软刀刀法的距离，然后迅疾出刀。

刀光如墨，肃杀清冷。

也便在此时，忽听得一声马嘶响起，蝙蝠人身后不远处的几名黑衣人抬眼望过去，只见到一人已经骑马调转马头，正要离开。

骑马离开的自然是杨宁。

杨宁偷偷摸摸到了马匹边上，用短刀割断拴在拴马桩上的马缰绳，悄无声息翻身上马，调转马头拍马便走。

一众黑衣人早已飞奔而上，数人手臂连抖，十数只暗器纷纷向马匹打了过去，也在这个时候，褐袍长者向前的身形突然间顿住，瞬间便变进为退，他向前的攻势本如离弦之箭，看似没有回退的余地，但骤然后退，却如飞矢化烟，烟消云散。

但就算是飞烟，看起来也躲不过蝙蝠人如墨的刀光。

褐袍长者竟似乎没有抵挡软刀的意思，他的长形包裹横出，化作一片光影，只听到"噼里啪啦"一阵响，竟将那些打向骏马和杨宁的暗器纷纷挡下，回手抓住身后少年人，厉喝一声，手臂一抬，那年轻人的身体竟然轻飘飘地飞起来，直往杨宁那匹马飞过去。

杨宁正要催马而行，猛地身后一颤，已经感觉有人落在了自己身后的马背上，大吃一惊，握刀便要向后刺过去，却听到那褐袍长者厉声道："带他走！"

闪电划过，墨色软刀也已经砍在了褐袍长者的肩头。

褐袍长者拿长形包裹一拨，在那软刀深入骨肉之际，已经将其撩开，只是此刻他脸色微微有些苍白，肩头有血，衣衫绽裂。

他终究还是没有避开蝙蝠人的软刀，不但被软刀绞碎了衣裳，还被刀锋割破了肩头，虽然并未深入骨肉，却也是在今夜首次受挫。

为了挡住那些暗器，他竟不惜挨上蝙蝠人一刀。

杨宁扭头之时，眼角余光已经瞥见落在自己背后的正是那年轻人，又听褐袍长者厉喝"带他走"，也不犹豫，催马便行，骏马长嘶一声，如飞般冲入夜雨之中。

一众黑衣人毫不犹豫地向骏马离开的方向追过去，却听得一阵清鸣，褐袍长者手中的包裹瞬间碎裂开来，露出里面乌黑的剑鞘，而褐袍长者右手横拔，一道清光乍泄，隐隐带着低沉的龙吟之声。

包裹之中卷着的是一把古朴的宝剑，而宝剑此刻已经出鞘！

清光骤起，宝剑闪动，冲在最前面的一名黑衣人已然被剑光分成两段，另外几名黑衣人眼眸中显出惊骇之色。蝙蝠人却已经飞掠而起，如同蝙蝠般飞在半空中，手中软刀再次向褐袍长者袭来。

也就在此时，从酒铺之中又有数名黑衣人飞奔而来，身形如魅，将褐袍长者围在当中。

"追！"蝙蝠人尖叫一声，数名黑衣人已经飞奔入雨中，向杨宁消失的方向追过去。

第八章

祠堂救萧光

杨宁此时连抖马缰，胯下骏马速度其实不慢，他还觉得不够快，风雨之中，骏马如飞，杨宁被风雨打在脸上连眼睛都睁不开，也不知骏马究竟是往哪里跑。

更恼人的是，身后的年轻人在骏马飞驰之中，显然是为了稳住身体，抓住了自己的衣衫，衣衫本就破旧，这样在马上一颠簸，裂口越撕越大，杨宁心想照这样搞下去，自己很快就要光着屁股走天下了。

骏马不知飞奔了多久，却听到身后那年轻人叫道："快停下，快停下！"

杨宁还以为出了什么事情，心想也跑了很长一段路途，身后那帮人就算追赶，一时间只怕也追不上来，立刻勒住马缰绳，听得骏马长嘶一声，猛地扬起前蹄，杨宁马术还真不怎么高明，重心不稳，双腿也来不及夹住马腹，"哎哟"叫了一声，和那年轻人一同摔落下马。

"你喊什么？"杨宁翻身爬起来，好在摔得不重，抬手指着还躺在地上的年轻人骂道，"咱们这么快的速度，突然勒马，能不出问题吗？"

他其实心里也知道，摔落下马的责任完全在自己，如果自己不是突然勒马，也不会如此。

那年轻人坐在地上，浑身上下湿漉漉一片，抬头看了杨宁一眼，脸上沾着污泥，也是怒道："你马术低劣，还将责任怪在我的头上？"

"哟呵，你还不服气？"杨宁这时候可不怕年轻人，没好气地道，"那你说，你突然喊停下，到底想怎样？"

"我们不能就这样走了。"年轻人从地上爬起来，身上满是泥泞，"我们要回去救他，不能丢下他不管。"

"救谁？"杨宁冷笑道，"那个老头子？得了吧，你觉得还能救得了他？你没有看见对方有多少人，你能够逃出来就已经是造化，还想救他？"

年轻人倔强道："我必须回去，你把马给我，我用不着你，自己回去救。"他目光坚毅，似乎不容多说。

杨宁虽然觉得这年轻人不知天高地厚，但却也欣赏此人讲义气，而且之前在酒铺的时候，这年轻人还为自己说过一句话，内心里倒也不厌恶此人，语气微缓一些，摇头道："这匹马是我自己得到的，我带你出来，还是看你为我说过一句话，给你点面子。现在好了，我带你出来了，两不相欠，你要去哪里我管不着，不过你要想这匹马，趁早打消念头，我还有用呢。"

他要追上带走小蝶的镖队，只有这匹马在手中，才有最后一丝希望。

年轻人愤怒道："不行，你必须将它交给我，这本就是我的马。"

他伸手道："拿来！"

杨宁笑道："你要和我来硬的？小兄弟，你可打错算盘了，我什么都怕，就不怕硬的，你要有本事，尽管抢过去。"

这年轻人十五六岁年纪，与杨宁这具躯体的年纪相仿，只是杨宁的心理年纪要大过对方不少，这话说出来，老气横秋，倒显得这年轻人要比他小了许多。

年轻人握紧双拳，猛地一脚踏出，一拳向杨宁打过来，杨宁往后退了一步，正要探手去抓年轻人手腕，孰知年轻人划拳为爪，竟然向杨宁探过来的手反扣过去。

"哟呵，功夫还不赖。"杨宁见状，心知这年轻人看似文弱，但是手底下还真有点功夫，便立刻收手，脚下猛地一扫，直往年轻人的下盘扫过去。

　　那年轻人一条腿抬起，迎向杨宁扫过去的那条腿，照着杨宁的膝盖踹过来，动作娴熟，速度也不慢。

　　杨宁擅长格斗功夫，本以为三两下便可以将这年轻人撂倒，谁知这年轻人手底下的功夫远超自己所想，两人拳来腿往，转眼间竟也交手了十来个回合，杨宁固然格斗功夫不弱，但是对方的擒拿功夫也是十分纯熟，一时间倒是不相上下。

　　忽见那年轻人身形晃了晃，杨宁这次横腿扫过去，年轻人闪躲不及，被扫中一条腿，身形一晃，便要倒下去，杨宁正自得意，却感觉脚下一紧，年轻人一条腿也勾住了他腿弯，猛力一拉，两人同时摔倒在地。

　　杨宁若是走出逍遥行，这年轻人自然不是敌手，可是在这般状况下，杨宁脸皮再厚，也不好意思用逍遥行投机取巧，这一下倒好，两人同时倒地，地上泥泞不堪，瞬间都成了泥猴儿，便是脸上也都沾满了污泥。

　　"你手底下倒也有些功夫。"年轻人坐起身来，指着杨宁道，"你到底叫什么名字？"

　　杨宁双手后摊按在地上，身体往后仰，笑道："你不记得我的名字？我好像告诉过你，我叫小白兔。"

　　"小白兔？"年轻人冷笑一声，道，"你当我是傻子吗？这可不是你的名字。"

　　杨宁笑道："你爱信不信，我是个流浪儿，没有名姓也没什么好奇怪。对了，你这武功好像也不错，是跟那个老头儿学的？你叫什么名字？"

　　听杨宁提及褐袍长者，年轻人立刻爬起身来，道："你这匹马先给我，我向你保证，日后十倍百倍还给你。"

　　不等杨宁说话，他接着道："这匹马本就是我拴在酒铺外面的，被你趁乱抢来，如今你也安全了，自然物归原主。"

　　"你这话我可就不爱听了。"杨宁也爬起身来，"什么抢不抢的？你没瞧见，这匹马留在那里，一定会变成死马，是我救了它，而且我也算是救了你的命。且不说你没有证据证明这匹马就是你的，就算真的是你的，难道救了你的命还抵不过一匹马？"

"那好，就算我找你借的。"年轻人似乎知道与杨宁继续争执下去也没什么结果，干脆道，"回头我自然会百倍还你。"

杨宁抱着胳膊，笑道："大话谁都会说，你把我的马骑跑了，谁还知道能不能再见到你？而且现在对我来说，这匹马千金不换，我要用它做大事，我看你还是打消了念头吧。"

他劝道："我说小兄弟……"

"我不是你小兄弟。"年轻人怒道。

杨宁哈哈笑道："那我该怎么叫你？总不能叫你泥人吧？"他看年轻人全身上下都是污泥，心下好笑，却不知自己也好不了多少。

年轻人犹豫一下，才道："我叫萧光！"

"这肯定也不是你的真名。"杨宁道，"不过总比没有名字好，对了，我劝你还是不要回去的好。那帮人的手段你也看到了，你觉得你回去有用？镖局的那些人你都看到了吧，没有点儿功夫，他们也吃不了镖局的饭，可就算是他们，也几乎全军覆没，我很难想象你回去之后是怎样一个结果，是自投罗网，还是飞蛾扑火？"

年轻人想了一想，也不多言，转身便走，竟是连马匹也不要了。

"你真要回去啊？"杨宁在后面叫道，"可莫怪我没劝你，你这样子回去，那是自己找死。那个老人拼了性命保你离开，如果你现在回去，他所付出的代价就会付诸东流。我说兄弟，你看起来也不像笨人，这个道理难道不明白？"

年轻人萧光陡然停下了步子。

雨夜之中，凄冷萧索，风势似乎稍微小了一些，但连绵不绝的秋雨却并没有停下来的迹象。

杨宁见萧光停下步子不说话，又道："那人是你什么人？他对你十分关护，我看他武功不错，未必真的会被那帮人杀死。他单枪匹马，没有了顾虑，或许还能死里逃生，如果你赶回去，只怕还要让他分心。更何况咱们已经走了这么远，无论生死，那边应该都有了结果，如果他死了或者逃了，你觉得你一人能对付那么多人？"

杨宁拉过马缰绳，翻身上马，回头道："再说他既然拼死让你出来，便说明在他心中，你的性命比他重要得多，你要是死了，我实在不知道他心里会怎样想。"

萧光也不回头，只是怔怔地站在那边，任由风雨吹打在身上。

杨宁摇摇头，想着也算是将这人带了出来，接下来的事情自己也管不着，而且他也不想卷入其中，一抖马缰绳，正要催马而行，忍不住还是回头瞧了一眼，却只见萧光身形摇摇晃晃，忽然间往前栽倒在地。

杨宁吃了一惊，翻身下马，跑了过去，见到萧光扑倒在泥泞之中，已经动也不动，急忙抱住翻过身来，皱眉叫道："喂，萧光，你醒醒，这又是怎么了？难道是我的话太直接，刺激到你了？"

雨水打在萧光脸上，杨宁将萧光脸上的污泥抹去一些，只见他脸色苍白，牙关紧咬，双目紧闭，身体更是瑟瑟发抖。

杨宁伸手在萧光额头探了探，着手处火烧一般烫手，他吃了一惊，这才知道这年轻人竟然是在发烧。

杨宁一时头大，他本想继续往京城方向去追赶镖队，有一分希望就努力一分，可是眼下这小子竟然发烧，而且额头如火烧，显然十分严重。

这时候若是丢下萧光，且不说后面那帮飞蝉密忍随时都有可能追上来，即使他们没有追赶上来，这萧光也很有可能死在这里。

他本就发烧严重，再在雨中继续受淋，必死无疑。

杨宁苦笑摇头，抱起萧光，放到马背上，自己翻身上马，从后面抱住萧光，这才四下里看了看，雨夜之中，四野茫茫，模糊一片，根本辨不清楚方向。

杨宁心知即使找不到大夫，目下也要尽快找寻一个避雨的处所，否则继续让萧光烧下去，就回天无力了。

这时候也管不了多少，只能一催骏马，能往哪里去就往哪里去。

他心下也是觉得这萧光的体质还真是孱弱，看这家伙颇有些武功底子，既然练过武术，体质就不会太弱，可这才淋了一场雨，便发烧严重成这个样子。

马儿在雨中奔行，杨宁也没了方向，任它自己驰骋，感觉萧光身体抖得厉害，心中忍不住祈祷："这家伙看起来也不像坏人，若是让雨淋了一场就死了，那真是划不来。菩萨保佑，怎么着也不要让他死在我面前。"

也不知过了多久，杨宁感觉雨势似乎小了一些，抬头一看，才发现不知不觉中这马儿竟然跑到了一处竹林中。

竹林十分茂密，挡住了雨势，一阵阵青竹的香味飘进鼻中，沁人心脾。

只是四周并无躲雨之处，先前萧光身体还在发抖，这一刻却不再动弹，杨宁探手摸他额头，竟然发凉，心下一沉，暗想总不成是死了，探他鼻息，好在还有呼吸。

马儿进了竹林，便放缓了马速，杨宁左右环顾，只见竹林半空中还悬浮着一层雾气，雾气霭霭，宛若云烟。

走了片刻，马儿出了竹林，杨宁向前瞧过去，却是心下振奋，只见前面不远竟然有一处房舍，靠近过去，才发现房舍残破不堪，院墙倒塌，却是一处荒废的小院落。

虽是如此，终究还是找寻到了一处避雨的地方，杨宁下了马来，小心翼翼地抱着萧光到了屋前，只见这处屋子屋檐很深，上面却结满了蜘蛛网，屋门早已不见，敞开的大门却是被错综复杂的蜘蛛网封住。

杨宁抬头看那门头上还有半边残破的匾额，也是被厚厚的蜘蛛网挡住，再加上夜色昏暗，瞧不清楚上面写着什么。

他先放下萧光，找了一根废木，将拦住大门的蜘蛛网扫开，这才抱着萧光进了屋里，刚一进屋，一股发霉的味道扑鼻而至，只是这时候自然也无法计较，屋内昏暗一片，一时间也看不清楚，摸索着找到一处，先将萧光放了下去。

他知道此刻萧光全身上下湿淋淋一片，若是一直这般，发烧只会加重，犹豫一下，便在昏暗中摸索着将萧光的衣裳褪下，只留了一条裈裤，想着这时候要是有稻草能生一把火可就太好了。

野外生存最基本的技能便是生火，利用石头生火，杨宁倒也干过，虽然很耗时间，但目下也是唯一的方法。可是生火必须要有稻草，若无干燥的稻草，即使有石头也是无法生火。

他猫着腰在这屋里转悠，四下里模糊不清，看得十分不真切，摸索之中，却是感觉到屋里似乎到处都是残垣断瓦，而且有不少横七竖八的横木。兴许是时来运转，摸到一个角落，杨宁入手便摸到一处干草堆，依稀看到这里堆积了不少干草，大为欣喜，立时喜笑颜开。

找到石头，倒也耗费了不少时间才将火点着，杨宁暂时也顾不了其他，先用干草引着火，然后用短刀削了那些干枯的横木搭起来，片刻间便搭了一堆篝火，立时感觉温暖起来，这才长舒一口气，再去看萧光，只见萧光此时蜷缩在地上，只有一条亵裤，正瑟瑟发抖。

杨宁见屋角干草极多，迅速用干草在篝火边上不远铺了一个简易的草铺，这才将萧光放到草铺上，然后在他身上堆了一些干草用以取暖，见得萧光细皮嫩肉，肌肤白皙，心想这小子还真是娇生惯养，却也不知道究竟是何人。

想着为了这样一个陌生人，竟然耽误了自己的宝贵时间，而且让自己忙前忙后，心里觉得简直亏大了。

他心下忍不住想，回头若是这小子醒过来，定要找他拿些服务费，看这小子家境应该不错，要点银子估计不成问题。

见萧光依然瑟瑟发抖，杨宁探手过去在他额头摸了摸，感觉他额头又火热起来，这忽冷忽热的，身体自是难受至极，只是杨宁不是大夫，更何况自己就算是大夫，现在也没有任何药物。

他寻思一般人发烧过后，最好是多喝热水，这样才容易退烧，虽然这时候有些不愿意动弹，但见这年轻人眉头紧锁脸色苍白，看起来十分痛苦，想着既然做了好人，还是不要半途而废，只能起来为萧光烧些热水，心中寻思着等他醒了，该让他给自己多少银子。

火光之中，杨宁才看清楚这里竟然是一处残破的祠堂，看来当年在这附近应该住了不少人，后来却不知怎的荒废掉了。

祠堂里原本供奉的雕像已经从座台上倒了下来，断成数截，蒙上了厚厚的灰尘和蜘蛛网，也看不清楚到底是哪路祖先。

　　不过这座台颇高，竟在杨宁胸口以上，以石块垒成，想来当年建造祠堂的时候，也是花了心血。

　　手中没有锅碗，杨宁找了片刻，才在废墟中找到一只香炉，应该是祭祀所用，香炉肮脏不堪，杨宁到了外面用雨水细细洗了一遍，依旧不是十分干净，也只能将就，接了半炉子雨水，拿回去架在火堆上烧了起来。

　　他又过去拿了萧光的衣裳放在火堆边，也好烘干，心里想着老子对你也算是仁至义尽了，若非遇上我这天字第一号好人，你这条小命可就没了。

　　忽地想到那匹马还在外面，先前急切，先将萧光抱了进来，折腾这小半天，竟然忘记那匹马还没有拴好。

　　他急忙跑出去，心下一沉，那匹马果然已经没了踪影。杨宁在祠堂前后找了一圈，也没发现那匹马的踪迹，心中大是恼怒，暗恼自己怎能有如此疏忽。他想要找回马匹，可是这雨夜茫茫，又能往哪里去找。憋了一肚子火回到祠堂内，见萧光静静躺着，杨宁心想："若不是为了救你，老子也不会丢了马！"念及此便恨不得将萧光拉起来揍一顿。

　　等到那香炉里的水热起来，杨宁才将香炉拿开，晾了片刻，试试水温，这才扶起萧光，将温水凑近到他的口边，萧光眼睛半睁未睁，倒也是张开嘴，喝了几口，便轻轻摇头。杨宁放他躺下，又从萧光的湿衣衫上扯了一块下来，将香炉里剩下的热水倒上去，随即敷在了萧光额头。

　　屋外的风雨声已经小了不少，此时也不知道是什么时辰，杨宁亦感觉有些疲惫，正要在火堆边躺下歇息片刻，陡然之间却感觉心口一阵刺疼，随即心脏急跳起来，胸前的经脉似乎在抖动抽搐。

　　杨宁捂住胸口，那股刺疼随着经脉的抽搐强一阵弱一阵，杨宁额头很快冒出冷汗，心中却是惊骇："难不成是那伤势发作？"

　　木神君以枯木手伤了杨宁经脉，也曾发作过一次，不过此后杨宁并没有感受到不适。

当日木神君被吸干内力枯死之后，杨宁也曾一度担心自己的伤势无人可解，只是这两日下来，体内经脉也没有任何变化，杨宁几乎都忘记自己有伤在身。

此刻心口经脉再一次刺疼，杨宁立时便想到了木神君。

这一次的疼痛比第一次显然要强烈许多，杨宁疼得死去活来，头晕眼花，全身酸软无力，他在地上翻滚，希望藉此减弱一丝疼痛。

呼吸变得艰难，杨宁眼前渐渐模糊起来，脑中一片空白。

等到再次醒过神来，他才发现自己躺在地上，四下里幽静一片，坐起身来，发现身边的篝火已经黯淡许多，这才知道自己竟然疼晕过去，火堆里的木头都快烧干净了。

杨宁抬手摸了摸自己胸口，那股刺疼感荡然无存。

他随手拿了几块枯木丢到火堆上，此时也发现，自己身上本来湿淋淋的衣衫，在这火堆边烘烤半天，却已经干了不少。

忽听得萧光那边传来呓语之声："先生，快走……快走！"

杨宁瞅过去，见到萧光蜷缩在干草之中，不过脸色与先前的苍白相比，似乎已经红润不少。杨宁移身过去将他额头的布巾拿开，探了探体温，比之前的温度倒是降了不少，不过却依然有些烫手。

"先生，不必……不必管我！"萧光身体微微抖动，口中断断续续道，"你……你自己先走！"

杨宁心想你这小子倒还真是讲义气，睡梦之中还记挂着别人。

他觉得萧光口中的"先生"，很有可能就是褐袍长者，萧光称他为先生，这让杨宁更是奇怪，弄不清楚两人到底是什么关系。

猛听得"啊"的一声惊叫，萧光竟霍然坐起身来，火光之下，只见到萧光脸色煞白，满头大汗，眼眸中满是惊骇之色。

杨宁心知他是被噩梦惊醒，坐在火堆边盯着萧光，也不说话。

萧光惊醒过来，先是瞧见眼前的火堆，抬手抹了抹脸上的冷汗，他的眼皮子耷拉着，看起来迷迷糊糊，含糊不清道："这……这是哪里？"刚说完，身体便再次躺倒下去，杨宁还没说话，这小子眼睛已经闭起来。

外面的风雨虽然小了一些，但还是淅淅沥沥下个不停。

杨宁靠在身后的石台上，伸手到怀中摸了摸，取出了六合神功画卷，折腾了这许久，画卷竟然破损了几处，不过画卷得以基本保全已经十分难得。

毕竟这一路下来，又是落进水潭，又是在风雨中折腾，甚至和萧光在泥泞中打了一架，画卷大部分还是完好的，这制作画卷的材质确实不差。

他将画卷从头到尾再扫了一遍，十一处红线经络他已经是牢记脑中。

当日木神君死得莫名其妙，杨宁也没有多想，但是如今细细想来，心里隐隐约约地明白，木神君之死，应该就与六合神功大有关系。

木神君武功极高，自己与他相比，就像一只绵羊和一头老虎，最后老虎死在绵羊手中，看似匪夷所思，但这其中必有缘故，而唯一的可能，也就只能是六合神功。

他心里也记起来，木神君以内力侵入自己体内之时，自己在万般无奈之下，顺着肩头那条红线将内力引入丹田和膻中穴，而这很有可能就是导致木神君毙命的根源，也便是说，自己当时稀里糊涂中已经使出了六合神功。

他还记得木神君当日疯癫之时曾怀疑六合神功是假的，而且后来还自称是花了两年的时间才得到这幅画卷。

从后来的端倪来猜测，这幅画卷很有可能是出自五毒宫，木神君不知以何种手段从五毒宫那里得到了六合神功，这才被五毒宫的人尾随追杀。

只是木神君习练六合神功之后，身体似乎发生了意外的变化。

杨宁心里疑惑的却是木神君既然修炼过六合神功，难道不知道六合神功的玄妙？又怎会轻易死在六合神功之下？

自己只是记住了画卷上红线经络的流向，但在危急时刻，却又怎会那般容易便使出了六合神功？难不成自己模模糊糊之中引导内力顺着经络进入丹田和膻中穴，便是六合神功的法门？

他心中诸多疑问，一时间却也难以解开，但他也知道，自己手中这六合神功画卷恐怕是个祸害。

五毒宫这名字一听就不是什么好鸟，他们既然能够不惜一切代价追拿木神君找回六合神功，那么就不会轻易放弃，这幅画卷留在自己手里，也难免不会被人看到，反正自己已经将其中的经脉流向记得滚瓜烂熟，也没有必要再留在手中生出祸端。

正要抬手将画卷丢入火堆之中，却又想到木神君不惜一切代价也要从自己手中夺回画卷，按理说木神君对画卷上的经络走向也一定是了如指掌，却还要拿回画卷，难道是因为这画卷之中另有蹊跷？

杨宁忍不住仔仔细细反反复复又检查了几遍，实在看不出还有什么蹊跷，又想着木神君是因为练功走火入魔，所以才要从画卷之中找出解救方法，自己并没有修炼这六合神功，自然不会走火入魔。

反倒是留下这画卷，万一被自己看出什么名堂，修炼起来，也像木神君那样疯疯癫癫可就了不得了。

既然是祸源，还是早了早好，将之消灭在萌芽状态。

他本就是个洒脱之人，便将画卷丢入了火堆，很快，整幅画卷便在火焰之中化为灰烬。

画卷被焚，杨宁倒是觉得浑身上下一阵轻松，暗想只有木神君知道画卷在自己手中，不过唯一知情人如今也已经死去，再加上画卷被焚，自己手中没了此物，天下便再也不会有其他人知道自己与六合神功有过接触。

靠着石台合上眼睛，迷迷糊糊睡了一阵子，等再睁开眼睛的时候，杨宁发现天已经亮了起来，向萧光看过去，这小子脸色红润不少，看上去睡得倒是很踏实。

杨宁站起身来，到了门口伸了个懒腰，不远处就是那片青葱竹林，风雨已经停歇，雨后的竹林上空雾霭氤氲，宛若缥缈仙境，当真是美妙无比，随风而来的竹香混合着雨后泥土的气息，却也是让人浑身通泰。

杨宁心情顿时大好，随即想到马匹走失，又只能徒步向京城方向去，有些丧气，回到祠堂内，火堆早已经熄灭，杨宁在萧光身边蹲下，见他依然闭着眼睛，轻声道："姓萧的，我也只能帮你到这里，算是仁至义尽。我还有别的事情要做，不能留在这里耽搁，不管如何，接下来要靠你自己，只盼你能够转危为安。"

他叹了口气，自语道："本想找这小子要些酬劳，看来也是不成了。"

他站起身，正要离开，却听萧光有些虚弱的声音响起："你要去哪里？"萧光竟然已经醒过来了。

杨宁一怔，低头看了一眼，立刻笑道："你小子醒过来了？我还当你再也活不过来。"

"我若是死了，你不就白忙活了？"萧光有气无力，已经微睁开眼睛，"是你救了我？"

"废话。"杨宁翻了个白眼，"我说萧光，你可要好好谢谢我，如果不是我，你小子必死无疑。这样吧，看在大家相熟的份上，你随便给个几百两银子，要是没有现银，可以用什么珠宝饰品抵偿，这总没话说吧？你该不会告诉我你身上什么都没有吧？要真是那样，咱们连朋友都没得做了。"

萧光勉强坐起身来，打量杨宁两眼，才道："你觉得咱们是朋友？"

杨宁干脆在萧光对面坐下，语重心长道："这要看你怎么做了，你要是讲义气重感情，知道知恩图报，我自然将你当朋友，可是你要过河拆桥，那我对你的人品还是很怀疑的，这朋友还是不做为好。"

萧光露出一丝笑容，道："如此说来，要和你做朋友，还……还不容易？"一阵咳嗽，抬手挡住了嘴。

"容不容易就看你了。"杨宁笑道，"你也能坐起来，看来性命无忧，我不能耽搁了，给不给银子，给个痛快话。"

杨宁很清楚，接下来追寻小蝶，身上少不得一些银子，否则这一路定然十分困难。

他杀死萧易水得到的银子，分发一空，虽然从木神君身上也得了一只钱袋子，但这老家伙也不富裕，撑不了多久。

他还想着实在不成在途中买一匹马，虽然不知道一匹马要多少银子，但知道楚国似乎缺马，买一匹马绝对便宜不了。

无论是萧易水还是木神君，杨宁杀的人都是在计划之外，他可不想真的成为一个杀人抢银的强盗。

杨宁本以为萧光一定会找借口，却不想萧光微微点头，道："你救了我的命，我给你一些报酬，这也是理所当然。"

"好兄弟！"杨宁眉开眼笑，拍手笑道，"我一看就知道你是个讲究人。"

萧光道："不过你要几百两银子……"他话没说完，杨宁只以为他是嫌多，忙道："如果你觉得太多，咱们也可以商量，你既然好说话，我也通情达理。"

"你误会了。"萧光摇头道，"我的意思是说，几百两银子根本不足以报答你的救命之恩，莫非我的性命只值几百两银子？"

杨宁一怔，大是意外，暗想这年头还有这样的冤大头，尽量让自己的语气温和："那你的意思是？"

"至少这个数！"萧光抬起一只手，张开五指，"五百两黄金！"

杨宁激动起来，叫道："好兄弟，讲义气，萧光，我没看错人，你……"

说到这里，杨宁忽地停住，狐疑地上下打量萧光几眼，脸色难看起来，冷笑道："姓萧的，老子倒要看看，你这五百两黄金从哪里摸出来？"

五百两黄金，那当然不是一个小数目，瞧萧光这样子，就是把亵裤脱了也拿不出五百两金子。

萧光皱眉道："你说话客气点，五百两金子并非什么大数目，我既然说给你，自然不会少你一文钱。"

杨宁心想你吹牛皮还真是面不改色，五百两黄金还不是什么大数目，这牛吹得可以给一百分，但见他神情严肃，却不像有假，往前凑了凑，兀自怀疑道："你真有五百两金子？我这人也不贪，你给我一百两金子就好。"

"言出如山，我说话绝不会出尔反尔。"萧光抬手按了按头，看上去还是十分虚弱，"五百两金子，不会少你一文，到了京城，自然会给你。"

杨宁这才明白过来，没好气道："你说的金子，要到京城里去拿？"

萧光道："难道你觉得我现在能拿得出？"

"拿不出还那么多废话。"杨宁拉长了脸，道："我说萧光啊，你年纪不大，这吹牛皮的功夫可不错，比我还胜过三分。这上下嘴皮子一碰，就吐出五百两金子，还要让我去京城里拿？你当我傻啊，你的心思，我是一眼就看穿。"

"哦？"萧光倒是显得很淡定，"什么心思？"

"你小子要进京，可是孤身一人又害怕，想要让我护着你送到京城，是不是？你觉着我为了五百两金子，就会毫不犹豫跟你到京城去取，这一路上就给你当免费保镖。"杨宁指着萧光鼻子冷哼一声，指了指自己的脸，"你看我这张脸，哪有一分贪财的模样？"

萧光伸出一根手指将杨宁指着自己鼻子的手指拨开，没有反驳，反倒是点头道："你说得不错，我确实想让你跟着我进京。"

"趁早打消你这念头。"原来五百两黄金是空中楼阁，这让杨宁心中大是不满，"算老子倒霉，不过吃一堑长一智，我占别人便宜好说，别人占我便宜休想。"

他起身来，转身就走："你走你的阳关道，我走我的独木桥，井水不犯河水，就此告别，再也不见。"

这萧光一看就是个麻烦货，昨天实在是看他的命危在旦夕，杨宁不忍看他死在道上，这才出手相救，如今这小子看来已经度过生死关，还想拉着自己，那是万万不能。

杨宁可没有忘记来自东海的那些诡异的飞蝉密忍，谁知道那帮人是不是还在找寻萧光，若真是被那群人找上，自己可就要被牵连进去。

萧光想要站起身来，可是勉强站到一半，身体摇摇晃晃，抬手按着自己的太阳穴，软倒下去，杨宁已经走出几步，听到声音，回头瞧了一眼，皱起眉头。

"你……你先等一等！"萧光道，"你说你还有急事要办，到底是什么事情？"

杨宁冷哼一声，道："告诉你又怎样？难道你还能帮我不成？"

"那可说不准。"萧光定了定神，"我有不少厉害的……厉害的朋友，你若有什么难事，我就算帮不了你，他们也许可以。"

杨宁心中想着这小子要往京城去，难道他是住在京城？看他细皮嫩肉，显然是养尊处优出自豪富之家，说不定还真有些人脉。

自己已经落后镖队好几天的路，这左一耽搁右一耽搁，若那镖队走得快，只怕都已经要到京城了。

如果在路上追赶不上，就只能往京城去寻觅，可是他也知道，既然是京城，那可就小不了，在偌大的京城去找一个人，如果只靠自己，那无疑是大海捞针，难度极高，而且时不我待，要找到小蝶是越快越好，时间若是长了，小蝶的处境只能是愈发的艰难。

不过杨宁也知道，就算真的可以依靠萧光的人脉在京城找人，那也不能显露自己有这样的需求。

"我自己的事情，我自然会做好。"杨宁故作潇洒道，"你这人说话我信不过。"

萧光显出怒色，道："我自小到大，从来说一不二，你……你敢说我言而无信？"

"这天下言而无信的人可多了。"杨宁摇头叹道，"你现在落难的时候，需要人帮忙，说什么都行。等你真的到了京城，瞧我是一个叫花子，只怕离我远远的，什么金子啊银子啊，我是一文钱也得不着。"

萧光冷哼一声，道："你是叫花子吗？你的武功好得很，与我打成平手，总不会是丐帮的人吧？"

杨宁暗想你的武功底子虽然比一般人要好一些，但实在算不得高手，至少比起木神君还有那褐袍长者，差出了一大截，不过这小子一下子猜出自己是丐帮弟子，看来对江湖之事也是有些了解，反问道："你知道丐帮？"

萧光淡淡道："丐帮弟子遍布天下，而且分为南北两派，我又如何不知？"

"南北两派？"杨宁一怔，他虽然对丐帮也有了一些了解，还真不知道丐帮竟然还有南北之分。

"你该不会不知道丐帮早就分成南北两派吧？"萧光察言观色，忽然笑起来，"看来你在丐帮也只是个小叫花子。"

杨宁没好气道："你自己说我是丐帮弟子，我可没说，而且丐帮之事，与我何干？"

还是忍不住问道："你说的南北两派，又是什么名堂？"

"究竟是怎么回事，我知道的也不是很清楚，好像几十年前为了选新帮主，丐帮才分裂……"萧光笑了一笑，"看来你对丐帮的事情真的不清楚，你这么年轻，武功也不错，要真是丐帮弟子，也不该被埋没才对。"

杨宁忍不住笑道："便是再好，也只是个乞丐，哪有什么出息？"

"你不想做乞丐？"萧光反问道，"听说丐帮有什么舵主、帮主，你要是有朝一日做了舵主甚至是帮主，那也威风得很。"

"威风个毛线。"杨宁忍不住爆粗口，"丐帮弟子听说有好几十万，想当舵主的大有人在，想当帮主的更是海了去了，先不说能不能轮上，就算真的当了舵主或者帮主，领着一大群叫花子又有什么好威风的？再说当了帮主，每天还要提防着手下人暗算，多少人想取而代之，一个不小心只怕连性命也没有。"

他嘿嘿笑道："其实站得越高就越危险，反不如在底下过自己的日子快活。"

萧光一怔，沉默一阵，才颔首道："你这话说得倒不差。"语气倒有些老气横秋。

正在此时，忽听得外面传来一个声音叫道："大人，这里好像是一处祠堂，可以先在这里歇息片刻。"

这一声来得特别突然，杨宁和萧光同时色变，萧光挣扎着要起身，可是身体绵软无力，一时却没能起来。

杨宁上前扶起萧光，四下看了看，也只有座台后面能躲人，扶着萧光轻手轻脚到了座台后边，这时候又听一个苍老声音道："大家先在这里歇息，他们一时还追不上来，等天黑之后再走。"声音已经距离大门不远。

杨宁扶着萧光在座台后面坐下，忽地想到昨夜的篝火堆，立刻过去，看到篝火堆的余烬清晰可见，立时将铺在地上的干草拉到灰烬上盖住。听到脚步声近，他又顺手放了两根横木在上面，这才闪身躲到座台后面。

第九章

柳暗又花明

杨宁和萧光坐在座台后面，听到已经有人进了祠堂，两人的第一反应都是对头追了上来，却不知是不是那些飞蝉密忍。

杨宁从怀里摸出了短刀，握在手中。萧光瞧了一眼，见短刀寒光闪闪，他一眼便看出这短刀实是可遇不可求的好东西，有些诧异，想不到杨宁形如叫花子，手里却有这等好兵器，听到已经有人进屋，也摸了一块石头在手中。

只听得脚步声杂乱，人数倒像不少，听得一个声音恭敬道："大人，这里看起来荒废多年，并无人迹，应该不会有人追来。"

先前那苍老声音道："这里还是南楚的界面，一日过不了淮水，一日便要小心提防。他们必然不会轻易放弃，一切都要谨慎。"

又听他吩咐道："派两个人出去警戒，可不能被人追上来还没有准备。"

当下听得分派，随即便有两人出了门去。

"大人，喝口水。"杨宁二人在座台后面又听声音道，"咱们这一路兜圈子，甩开了他们，但干粮也已经不多了。"

"大家再挺一挺。"苍老声音道，"一路往北，最多再有三五天时间，应该就可以赶到淮水，咱们一路上故布迷阵，应该引开了他们不少人。"

又道："将他先放出来，给他喝点水，可别死在这里。"

杨宁和萧光都是有些疑惑，只是此刻也不敢探头去看，以免被对方发现。

很快，就听得一阵窸窸窣窣之声传来，有人已经道："大人，这小子昏过去了。"

"探探鼻息，可还活着？"那苍老声音急道，"可不能就这般死了，否则咱们所做的一切就付诸东流了。"

"大人放心，还有气。"有人道，"只是一路上捂在袋子里面，可能是憋晕了过去，不会有性命之忧。"

苍老声音"嗯"了一声，随即才道："这要是活的带回去，黄金万两，可要是死了，一文不值。"

"大人，这小子当真那么值钱？"一人略有些狐疑问道，"看他样子只是个傻子而已，一个傻子值得大人费此心血？"

"傻子？"苍老声音冷哼一声，"就算是傻子，也要看他的出身。若是一般人，即使再聪明，对咱们也无用处，可就是这个傻子，却偏偏比黄金还要贵重。你们若是知道他的出身，就不会这般说了。"

杨宁更是诧异，听这几人的对话，这帮家伙似乎绑架了一个人，想要用此人换取巨额报酬，而且被绑架之人倒似乎是个傻子。

不过这帮人却又似乎不是普通的强盗绑匪，他们称呼那发出苍老之音的人为大人，而且口口声声说要渡过淮水往北汉去，看来身份倒是不简单。

他瞥了萧光一眼，只见萧光一对剑眉紧皱，神情显得十分冷峻。

"大人，这小子到底是何方神圣？"有人忍不住问道。

苍老声音沉声道："怎么，规矩都忘了？这是你能问的？"

"卑职失言，请大人降罪！"问话之人立刻道。

那苍老声音叹了口气，道："这些年来，大伙儿身在异乡，十分辛苦，我知道大伙儿思乡心切，而且记挂着家中的老小，如果不冒险干这一桩，恐怕再有个三五年咱们也未必能够回到故土。"

众人都是一阵沉默。

"行动之前，我已经告诉过你们，只要此事成功，咱们不但可以回到故土与家人相伴，而且侯爷也绝不会亏待咱们。"苍老声音轻声道，"在场的诸位，是否加官进爵，我不敢保证，可是荣华富贵，那绝对少不了。"

杨宁极是聪明，听话听音，立时便想到，难道这些人本就是北汉人，却一直隐藏在南楚？

若果真如此，那倒也不是什么稀奇事。

他知道楚汉南北对峙，双方刚刚结束了连续数年的战事，在这样水火不容的局面下，互相往对方境内派遣密探潜伏，那也是理所当然之事。

这些人应该就是潜伏在南楚境内的眼线，但他们似乎已经厌倦这种背井离乡的生活，所以才想了法子要回到北汉。

而他们的方法，似乎就是绑架一个傻子。

"大人，咱们跟了你这些年，你对咱们照顾有加。"有人感激道，"我们既然答应干这一桩，无论成功失败，都会跟在大人身边。"

有人叹道："加官进爵倒是无所谓，如果真的能够和家人在一起，便心满意足了。我以前还以为此生再也回不去，见不到家中父母妻小。"

苍老声音笑道："大家就不要多想了，再有几天，只要带着这小子过了淮水，咱们就立下奇功，日后自会以富贵相见。"

又吩咐道："连日赶路，大家也都辛苦了，磨刀不误砍柴工，大家先在这里好好歇息一番，等天黑之后，咱们再继续赶路。"

"是！"

"大人，这里有些干草，正好铺在地上歇息。"有人道，"兄弟们，这里干草足够，先给大人铺个地方。"话声之中，便有人往干草堆这边过来。

杨宁握紧了刀，忽地感觉手腕上一紧，扭头看过去，却是萧光不知不觉中抓住了自己的手腕，看他表情颇有些紧张。杨宁对着萧光轻轻一笑，可是这心里却笑不出来。

他本以为是那帮飞蝉密忍追踪而来，等发现不是那帮人，心里本放松一些，可是一番话听下来，却知道这帮家伙也不是什么好菜。

他们既然是潜伏在南楚的北汉探子，自然不是泛泛之辈，否则也没有资格被派到南楚来。

如今绑架着人想要离开南楚，却又来到这偏僻之地，想来一路上自然是遮掩形迹，担心被人发现。

既是如此，一旦他们发现这祠堂还有别人，为了隐匿行迹，自然会杀人灭口。

杨宁感觉自己的运气似乎真的背到极点，像是带了杀星，所碰到的人，无论有意无意，似乎都想要取了自己性命。

便在此时，忽听到"咦"的一声，一人道："大人，这里……有问题！"

杨宁听声音就在边上发出，心下一凛，心知很有可能是这帮人搬动干草，将自己掩饰的那堆篝火显露出来。

果听得"锵锵"声响，那人一说有问题，便有人拔刀出鞘。

"这应该是昨天晚上燃起的篝火。"那人道，"应该是两三个时辰之前才熄灭，这祠堂之前有人住过。"

又道："大人，他们应该是天亮的时候离开，兴许是昨夜大风大雨，在这里躲避风雨过夜。"

"这里偏僻得紧，什么人会在这里过夜？"苍老声音森然道，"你说他们天亮的时候已经离开，我看倒未必。"

"大人，您的意思是？"

"将这祠堂里里外外给我搜个干净。"苍老声音厉声道，"无论是谁，立刻斩杀！"

杨宁手上一紧，萧光也是微微变色，听得脚步声响，正在此时，忽听得一个惊恐声音从祠堂外面传过来："大人，大人，不好了，有人……有人追上来了！"

本来已经准备搜找祠堂的众人纷纷迎上去，那苍老声音已经沉声道："大家不要慌，大猛，将那小子收起来……"

杨宁心知发生变故，暗想那些追兵倒是来得及时，若是晚上那么片刻，自己和萧光必然会被发现。

脚步声听起来有些杂乱，苍老声音道："大家不要怕，人质还在咱们手中，他们不敢胡来。"

又吩咐道："没我吩咐，都不要轻举妄动。"

杨宁忍不住探头瞧过去，只见到门前果然聚着一堆人，竟有七八个之多，此时都已经是兵刃在手，站在最后面的却是一个身形高大的汉子，比别人高出半截，宛若铁塔巨人一般，此时他手中拎着一个大麻袋，袋子鼓鼓的，杨宁心知里面定然就是他们抓来的人质。

猛地听到一声惨叫，聚在门前的众人都是惊呼出声，纷纷散开，躲到墙壁之后。

"这帮狗贼，说动手就动手。"有人大声骂道，"大人，咱们怎么办？"

杨宁见到门前已经有一人倒在地上，正在挣扎，躲到边上的同伴正将那受伤之人拉过去，只见到那人胸口竖着一根箭矢，是被一箭射中。

那苍老之声也是恼怒道："咱们一路隐秘，布下那么多迷阵，他们怎的这么快就追上？"

杨宁见说话那人一身灰色长袍，戴着布帽，身形微胖，乍一看去，倒像是个寻常的富家翁。

胖子话声刚落，就听到"嗖嗖嗖"之声连续不断响起，箭矢如飞蝗般密密麻麻从外面射入进来，又听一人"哎哟"叫了一声，显然也是被乱箭射中。

杨宁看箭矢众多，心知追赶而来的对手不在少数，心想这帮家伙还真是惹了大麻烦，自己又被无缘无故连累进去，也不知道是否还能走出这座祠堂。

"外面的人听着！"灰袍胖子扯着嗓子大声叫道，"你们要的人在我们手里，立刻停止射箭，否则我们立刻杀死了他，大家同归于尽。"

灰袍胖子显然以为这样一喊，定能威胁外面停止放箭，只是他却没有料到，这般一叫喊，箭矢射得更凶。

门窗外俱是飞箭袭来，众人被箭矢压制得连头都抬不起来。

杨宁大是奇怪，心想外面那群人应该就是为了追拿这些北汉探子而来，目的当然是被他们绑架的人质。

按理来说，人质在探子手中，外面那帮人多少应该有些投鼠忌器，不会逼迫太甚，但此刻那帮人竟似乎不在意人质的生死，依旧猛攻。

灰袍胖子大是恼怒，厉声喝道："你们再不停手，老子就一刀砍死他。"

他话声刚落，却听到"砰"的一声，窗口处一道身影窜进来，身法敏捷，照着窗下躲藏之人挥刀便砍，随即又听连续数声响，祠堂残破坍塌的洞口连续有人窜进来，都是二话不说，看人便砍。

如蝗的箭矢倒是停了下来，外面那帮人却是借着箭矢压制之机，冲进了祠堂之内。

祠堂内一干北汉探子也都挥刀迎战，一时间双方杀成一团。

杨宁心下吃惊，却感觉萧光扯了扯自己衣襟，扭头看过去，只见萧光抬起手，冲着前面指了指。杨宁顺着他所指方向看过去，只见不远处的墙角下，残垣断砖，竟隐隐现出一个窟窿来。

杨宁立刻明白了萧光的意思。

这祠堂内双方杀成一团，他们二人躲在这座台后面迟早要被发现，两帮人无论哪一帮都不好惹，此时最好的选择，自然是趁他们还没发现趁乱离开。

惨叫声连续传来，呼喝声亦是不绝于耳。

事不宜迟，杨宁本就是说干便干的性子，冲着萧光使了个眼色，趴在地上，向角落处爬了过去，萧光见杨宁趴在地上，怔了一下，皱起眉头，却也知道这个法子最是避人耳目，也趴在地上，学着杨宁往那边爬过去。

只听那灰袍胖子沉声道："你们到底是谁？难道不要他性命了？"

此时双方厮杀正酣，却没人理会他，灰袍胖子手下本有七八人，此时已经连续被杀三四人，对方也被斩杀了两人。

杨宁爬到角落处，伸手将挡在窟窿前的残砖拿开，萧光也一起帮忙，等到可以容纳一人出去，杨宁示意萧光先爬出去，萧光也不客气，先从窟窿里爬出，杨宁跟在了后面。

一出窟窿，外面一阵空阔，只见祠堂后面是一片开阔地，不远处是一片树林，两人也顾不得祠堂内战况的激烈，都是起身向那片树林飞奔过去。

"噗！"

随即听到萧光"哎哟"叫了一声，杨宁回头看去，只见到萧光已经翻倒在地，腿上竟然中了一箭。

杨宁吃了一惊，抬头看过去，见到就在斜后方，忽然间便冒出四五个人来，其中两人手拿弓箭，另外三人则是手拿大刀，正向这边追赶过来。

"你……快走！"萧光抬头看向杨宁，脸色苍白，"不必……不必管我！"

杨宁二话不说，上前去背起萧光，骂道："姓萧的，你真是扫把星，老子跟着你，一路上被人追杀，真他娘的倒了八辈子霉。"口中骂着，却还是背着萧光往林子那边跑过去。

身后又是几箭射过来，杨宁不跑直线跑曲线，也不知是他身法灵活还是那两名箭手的箭术不算高明，几箭也都被杨宁躲过。

"不好！"身后的萧光叫了一声，"小心前面！"

杨宁本是背着萧光低头往前跑，听到萧光叫声，抬头看过去，却见迎面的道路被三名持刀汉子拦住，他心下一凉，停下步子，回头看去，只见身后那几人也已经追上来，这时候当真是前无去路后有追兵陷入绝境。

杨宁深吸一口气，萧光此时神情反倒没有了紧张之色，双眸之中经充满了愤怒。

"姓萧的，我明白了！"杨宁苦笑道，"这帮人不是为了追拿那些北汉人，而是……而是为了追杀你。"

"看来确实如此。"萧光咬牙道，"那些北汉人只是碰巧倒霉而已，对了，你到底叫什么名字，别到死了我都不知道你叫什么。"

杨宁没好气道："别那么多废话，你要记着，欠我五百两黄金，就是死了，你也不能赖账。"

此时前后数人已经飞奔上来，迎面一人挥刀照着杨宁便砍了下来，下手干脆利落，简单实用。

杨宁心知此时根本没有其他的方法可以应对，唯一指望的就只有逍遥行。

逍遥行步法一旦走起来，鬼神莫测，便是木神君这样的高手，也是难以摸到步法的规律，可是杨宁也知道，若是面对一人甚至是两人，逍遥行或许真的可以轻巧躲避对手的出招，可是此刻前后已经有七八人围了上来，实难对付。

那人一刀砍来，杨宁也不多想，循着逍遥行的步法踏出了第一步，避过了对方犀利一刀，也不管对方是否还有第二刀砍来，紧跟着便踏出了第二步。

此刻身后亦有一人挥刀砍来，也被杨宁轻巧避过。

五名刀手环绕四周，将杨宁二人围在当中，亦都是毫不犹豫便出刀，这几人出刀也都是凶狠至极，根本不留半丝余地，那是要置人于死地。

萧光本以为难逃一死，却不料对方连续几刀砍来，杨宁的身法就像鬼魅一般，忽左忽右，忽前忽后，对方大刀似乎就要砍到，却偏偏被杨宁古怪的身法躲过，有时候甚至就贴着刀手擦过。

"小心！"瞥见一左一右两刀同时砍过来，萧光惊呼一声，杨宁身形却是往后一退，堪堪躲过，那两把刀"锵"的一声，却是互相砍在了一起，火星四溅。

不远处，两名弓箭手弯弓搭箭，对着杨宁这边，可是杨宁忽左忽右的鬼魅身形，两名箭手一时间根本找不到准头，弓箭也是忽左忽右，却始终不敢射出来，以免伤到了自己同伴。

几名刀手互相交错，连续出刀，但每次都是差之毫厘，一时间显得十分狼狈，几人眼中既有诧异之色，更多的却是恼怒。

杨宁虽然连续躲过对手的招数，但自始至终都是按照逍遥行步法从头到尾走出来，并不敢有丝毫的变化，也正因如此，固然让刀手们碰不到分毫，可自己却也走不脱对方包围的圈子，而这几名刀手的身法却也是极其灵活，刀法亦是了得，每一次失手过后，几人位置互相交错，都能在瞬间将杨宁二人重新围在中间。

杨宁习练逍遥行时间尚短，虽然对这套步法已经十分熟悉，但目下也还只是掌握其形，没有完全领悟其神。

他虽然颇为熟练地走出逍遥行，但是动作看上去却极其难看，完全没有潇洒飘逸的味道，更加上还背着萧光，看上去也颇为狼狈。

忽见到又有不少人从祠堂那边跑过来，这些人或大刀在手，或弓箭在手，竟有十余人之多，并不急着上前，而是在不远处瞧着，见到五名刀手围着杨宁正在砍杀，这群人竟是饶有兴趣地观看。

萧光看在眼里，神情愈加严峻。

他心中很清楚，这帮人显然是成竹在胸，而事实也确实如此，虽说杨宁依靠着诡异的步子暂时能在数人的砍杀之中游刃有余，但始终只在小圈子里转悠，对方现在有二十多人围在四周，以杨宁的体力，这样绕圈子根本支撑不了多久。

等到杨宁精疲力尽，对方再下手，便如砍瓜切菜一般。

正如萧光所想，杨宁此时也是一样的心思，他走了半天，可是始终感觉身边人影闪绰，刀光更是赫赫，心知这样走下去，不用对方砍杀，自己便要活活累死。

等到一套步法走完，回到了原点，杨宁顿了一下，待要再起步，却感觉眼前刀光刺眼，一刀迎头砍过来。

杨宁吃了一惊，条件反射般向后退了一步，可是这一步退过后，与逍遥行起步式便大不相同，待要找到节奏，身侧又是一刀砍过来，萧光亦是感觉有异，失声道："小心，左边来了！"

杨宁心下恼火，暗想你叫唤个屁，搞得老子越来越乱，勉强闪躲过去，斜后方又是一刀砍过来。

突然之间，先是听到"崩"的一声响，随即又是"嗖"的一声，紧跟着就是两声惨叫，杨宁尚没搞清楚什么状况，便听到不远处传来惊呼之声。

他眼角余光却是看到，自己身侧的两名刀手竟然同时倒地。

　　杨宁先是一惊，随即大喜，趁机往那边避过去，瞬间找到节奏，又踏出了逍遥行的步子，只是这一次却并没有刀光跟过来，趁机往边上躲开一些距离。

　　他拉开距离，却发现那几名刀手并没有跟过来，有些奇怪，心下又想那两名刀手为何无缘无故倒下，瞥了一眼，才发现那两人的脖子上竟然都插着一根羽箭，羽箭却都是从后脑射入，一箭毙命。

　　杨宁拉出一步，停下步子扫了一眼，只见一众刀手箭手的目光都望向一个方向，杨宁顺着这些人的目光瞧过去，竟发现距离自己不过几步之遥的地方，一人一马立在不远，有如幽灵一样，不知道什么时候出现。

　　那人骑在马上，但身材却依旧显得魁梧强壮，浓密的胡子从腮边延伸到嘴部四周，虬髯浓密，竟然遮住了半张脸庞。

　　他胡子虽然浓密，可是让人一眼看过去，却还是心下一凛，那人距离杨宁不远，杨宁目力不差，惊讶发现，那人的眼珠子十分古怪，竟似乎是生着重瞳。

　　重瞳就是一个眼睛里有两个瞳孔，怪异非常。杨宁前世倒也曾听人说起过这种怪事，极其罕见，据说历史上的大舜、项羽皆为重瞳。

　　那人手握长弓，竟然比那些箭手手中的弓要长出一倍，重瞳冷然，看了杨宁这边一眼，目光扫向那群刀手箭手。

　　死一般的沉寂只是片刻，便见一人挥手做了个简单的手势，十多名刀手立刻上前，形成半弧形，而弓箭手则是列成一排，弯弓搭箭，这一次却是对准了那重瞳大汉。

　　那人嘴边的胡须动了动，目光凌厉，只是瞬间，连人带马已经横移了一丈多远，杨宁看在眼里，显出吃惊之色，暗想这人的骑术当真厉害，人和马竟似乎合成一体，而那匹马也是健硕无比，比普通的骏马要大出一圈，鬃毛油亮，全身纯黑。

　　也几乎在同时，众箭手已经同时放箭，重瞳大汉胯下骏马看似沉重，但行动起来却异常迅速，轻松躲过箭矢。

　　大汉伸手反抄，竟然从背后弓囊中抓出两支箭来，扣住弓弦，只是一拉，又是"嘣"的一声响，紧接着厉啸声音发出，极为尖锐，简直要穿透耳膜。

双箭齐出，快若闪电，便听得两声惨叫，两名箭手俱是弓箭脱手，捂住咽喉，身体后倒，被射穿了咽喉毙命。

空气顿时凝固起来。

杨宁心下却是狂震，看到重瞳大汉一射双箭，双箭齐中，简直是难以置信。

虽然这几天下来，看过了木神君和褐袍长者那般的武功高手，但却远不及看到这重瞳大汉的箭术让他震惊。

他知道，这帮刀手箭手都是久经训练的好手，但是面对这重瞳大汉，短短时间之内，便有四人瞬间毙命。

他目中顿时显出钦佩之色，暗想这家伙长相古怪，还真是奇人异能，这本事当真了得。

随即心下又是一紧，暗想这重瞳大汉也不知道是敌是友，他方才射杀刀手，解了自己的危急，似乎是拔刀相助，可又想自己的运气不会这般好，这人不会无缘无故出现在这里，此事必有蹊跷。

杨宁这时候才意识到萧光还在自己背上，便先将他放了下去。萧光坐在地上，杨宁见他腿上还插着那根羽箭，问道："要不要先拔出来？"

萧光摇摇头，杨宁这才低声道："咱们的运气不错，看来是有高人来救咱们，只盼是友非敌，否则咱们可要完蛋了。"

萧光神色已经平和下来，望着那重瞳大汉，露出一丝笑容，轻声道："我认识他！"

"啊？"杨宁一怔，忙问道，"他是谁？箭术可真了得。"

萧光竟似乎忘记腿上的伤，含笑道："不用担心，他不是敌人，他在这里，咱们定然会安然无恙。"

杨宁问道："难道他是你的朋友？"

萧光想了一下，才道："算不得朋友，不过应该不会伤害我们……"

"应该？"杨宁没好气道，"连你自己也不肯定？"忽地一怔，却是发现，就在不远处，那帮刀手箭手的后方，如同幽灵般又出现了三骑，也不知是从哪里钻出来的，三匹大马上各自骑着一人，个个身形魁梧，都是一身黑色皮革劲衣，腰挂大刀，手握长弓，背负箭囊。

他们腰间的佩刀刀鞘漆黑如墨，与一般刀鞘大不相同。

忽然之间，剩下的几名箭手猛然间将弓箭对向萧光这边，毫不犹豫地拉动弓弦，数支羽箭流星般飞掠而来，竟似乎是知道那重瞳大汉不好对付，先要解决萧光再说。

杨宁心知不妙，暗想那重瞳大汉就算厉害，这时候距离颇远，也无法分身相救，于是立刻抓住萧光手臂，向边上扯过去。

听得"喀喀喀"几声响，杨宁瞧过去，却见到射来的那几支箭到了半途却纷纷转了方向，心下疑惑，但很快便看清楚，也不是那几支箭长了眼睛，而是另有箭矢射在那几支箭上面，改变了箭矢的方向。

更让他吃惊的是，不远处那三名腰悬黑刀的骑士都是手握长弓，那几支箭显然是被这几人打开。

此时那些刀手才发现身后有人，看起来都显得十分吃惊，但却还没有乱。

三名骑士一箭过后，继续伸手从箭囊取箭，连珠炮般一箭箭射出，中间那群人连声惨叫，转眼间又是数人中箭毙命。

方才还威风凛凛的众刀手，此刻却如同被猎人盯住的猎物，他们虽然人数众多，但此刻却不堪一击。

听得呼喝声响，几名刀手反身向那几名骑士冲过去，那三名骑士这一次并无射箭，反倒是挂弓拔刀，胯下骏马已经迎上前来，所有动作干脆利落，一气呵成，没有丝毫拖泥带水。

双方距离不远，说到就到，几名刀手见到骏马冲过来，都是足下一点，腾空而起，挥刀往马上的骑士砍了过去。

刀光闪动，甚至没有听到大刀相击之声，杨宁就看到那几名刀手如同死鱼一样摔落下来，三匹骏马一闪而过，将那几人摔在后面，那几名刀手在地上抽搐几下，便都不再动弹。

杨宁深吸一口气，那重瞳大汉无论骑术还是箭术都堪称一流，可是这三名骑士却也不弱，虽然比不上那重瞳大汉，但是气势凛然，动作干脆，刀法了得。

转眼间，三骑已经冲到人群，刀光闪动，剩下十多人被三匹骏马一冲，已经散乱开来，俱挥刀迎战。

"那……那三个人你也认识？"杨宁瞥了萧光一眼，"萧光，你真的认识这些人，日后可以介绍我认识，我可以拜他们为师。"

他这倒不是虚言，无论箭术还是马术，杨宁对这几人已经生出了敬仰之心，想着若是自己也能有这样的本事，无论付出怎样的辛苦那也不亏。

萧光还没说话，杨宁听到身后马蹄声响，回头看过去，只见那重瞳大汉骑马而来，已经近在咫尺。

那大汉到了近处，翻身下马来。

方才离得有些距离，而且骑在马上，杨宁便觉得此人身材魁梧，此时近在咫尺，站在自己面前，这才发觉此人比自己所想还要高大，自己不过到他胸口处，这人浑身上下肌肉结实，黝黑似铁，宛若一座钢铁所铸的铁塔一般。

杨宁正要拱手说话，那大汉却伸手将杨宁扒开，很不客气。

杨宁只感觉此人手臂也如同铜皮铁骨，力量十足，被他轻巧扒到一边，正要发火，却见大汉已经将萧光横抱起来，转身将萧光小心翼翼地放到了马背上。

萧光坐在马上，这才抬手指着杨宁道："他是我朋友，要带他一起走！"

重瞳大汉却已经翻身上马，坐在萧光身后，一手抱住萧光，一手拉住马缰绳，也不看杨宁，淡淡道："他不会死！"竟是一抖马缰绳，催马便走。

杨宁呆了一下，随即恼道："有什么了不起，你懂不懂礼貌？"

萧光却已经转过头来，大声道："小白兔，你去京城找我，一定要去找我！"那骏马速度奇快，只是眨眼间，就已经奔出老远。

杨宁追了几步，终是停下步子，对着背影叫道："姓萧的，你欠老子的黄金不要忘了，走到天涯海角，也要欠债还钱。"眼睁睁地看着那匹马越走越远，很快就看不见了。

"真他娘的没义气。"杨宁嘟囔道，"长得高就能没礼貌？怎么说也该谢一声才对，就这样跑了，这年头就是不能做好人，差点连命都送了，什么好处都没有。"心里只觉得憋气，忽听得又是马蹄声响，扭头看过去，只见那三名骑士也已经飞马从自己身边掠过，看也不看自己，向着重瞳大汉离去的方向而去。

那片空地上，尸首横七竖八地躺着，竟然再无一个活口。

杨宁心下发毛，暗想那几个人怪不得眼睛都长到头顶上去，手底下的功夫确实不是吹的，这才片刻之间，竟然杀得鸡犬不留。

不过这几人出手冷酷无情，而且功夫了得，也不知道是何方神圣。这些人倒似乎是专门为了营救萧光而来，也不知萧光到底是何人，竟能劳动这般高手前来救援。

祠堂那边，此时也是寂无声息，杨宁回到祠堂边上，从残破之处向里面瞧过去，屋里毫无声息，倒是地上躺了不少尸首。

他将短刀握在手中，轻手轻脚进到祠堂里，才发现包括那灰袍胖子在内，那帮北汉探子竟都已经死在祠堂内，祠堂内亦有三名黑衣刀手，自然是与北汉探子搏杀之时被杀。

忽地瞥见那个叫做大猛的巨人靠坐在座台下，脑袋歪着，脖子上被拉开了一条大口子，血肉模糊，自是被砍断了喉咙而死。

在他手边，那个大麻袋被一具尸首压住，两根羽箭插在麻袋上，显然是被乱箭射中。

杨宁暗想你们这帮家伙运气倒真是差，想要抓个人质回到北汉立功受赏，可却因为有人追杀萧光，阴差阳错全都死在这里，只怕死后都是冤魂。

他凑过去将大麻袋上的尸首拉开，伸手在麻袋上拍了拍，里面果真是一个人，此时一动不动，麻袋上那两根箭显然也射中了里面的人质，却不知道是死是活，不过看这样子，应该是凶多吉少。

杨宁心中倒是奇怪这麻袋里究竟是什么人，听那灰袍胖子说是一个傻子，却又能依靠这个傻子回到北汉立功受赏，想来即使是个傻子，那来历也不一般。

杨宁用短刀轻松将麻袋划破，里面便显露出一个人来，其中一箭射在这人心口，另一箭则在这人的脖子上，只瞧这两箭射中的地方，活命的几率就小得可怜。

他伸手往这人鼻尖探了一下，鼻尖冰冷，毫无气息，已经是死得不能再死了。

"你这家伙可真是霉运冲天。"杨宁不禁嘟囔一句，被裹在麻袋里，偏偏被射中两箭，而两箭却偏偏都射中要害，这份霉运也算是相当了得。

杨宁确定此人已死，才仔细看了看，只见这人身材倒和自己差不多，微微有些瘦削，不过身上的衣衫倒是不差，一摸料子就知道是上等货，腰间甚至还系着一条紫色腰带，一看就知道是富贵子弟。

这人眼睛上蒙着一条布巾，看上去和自己的年纪也是相仿。

杨宁用短刀轻轻挑断布巾，那人一张脸便显露出来，看到那张脸，杨宁"啊"地叫了一声，脸上显出吃惊之色。

这张脸看上去也是颇为秀气，五官精致，肤色有些苍白，双目紧闭，可杨宁一眼便发现此人竟是异常的熟悉。

忽然间，杨宁收刀进怀，双手摸了摸自己的脸庞，瞳孔之中满是惊讶之色。

眼前这已死的年轻人，容貌竟然与自己十分相似，也难怪会如此熟悉。

杨宁对自己这具皮囊的容貌自然记得十分清楚，毕竟穿越过后，改头换面，灵魂附在一个新的身体上，自然不可能不好奇。

他万万没有想到，眼前这人质竟然会与自己长得如此相像，乍一看就已经十分酷似，越看之下，便越觉得相似。

此事当真是诡异。

他沉默片刻，这才在祠堂内找到了那只香炉，出了门去，在竹林边上的小水潭里灌满了水，回到祠堂，将香炉放在地上，随即看一眼那人质尸首，又在香炉的水面上照一下自己的脸庞。

无论是五官还是脸型，竟然一模一样，就像一个模子里刻出来的，唯一的区别，便是两人的肤色略有不同，这富家子弟明显是娇生惯养，皮肤有些白，而自己的肌肤颜色则深了一些。

杨宁一屁股坐在地上，只觉得此事当真匪夷所思。

若说有人相貌酷似，那也是稀松平常的事情，这世间相貌相近之人并不在少数。

可是这般相似，那却是少见，宛若一对双胞胎。

但是这两具身体自然不可能有任何交集，一个是富贵之家的子弟，一个则是战乱流亡的乞儿，地位背景相去十万八千里。

只能说这世间之大，无奇不有，恰好被自己碰上而已。

四下里都是尸首，血腥味在空气中飘浮，杨宁虽然胆大包天，但心里却还是瘆得慌。

他知道这里地处偏僻，这座祠堂荒废多年，附近自然常年无人前来，这一次祠堂内外多了几十具尸首，短时间内肯定也无人察觉。

附近少不得蛇虫鼠蚁，用不了多久，这些尸首便会成为累累白骨。

看到一个与自己长相几乎一模一样的年轻人此时冷冰冰地躺在自己面前，杨宁心下还是很不舒服。

"咱们虽然无亲无故，可是长得一模一样，我也不能就这样撒手不管。"杨宁叹了口气，"你小子也真是倒霉，糊里糊涂死在这里，总不能连尸首也要被野兽吃了。"想了一下，这才抱起那人尸首，跑到了祠堂前面不远处的竹林之中。

放下尸首，杨宁回到祠堂内，又拿了两把刀，这才重新回到竹林尸首边上，自言自语道："这里景色不错，而且十分宁静，看你可怜，不让你暴尸荒郊，给你葬在这里。我这也算是积德，你要是有灵，可别把你的霉运传给我，多保佑我一点。对了，保佑我找到小蝶，让她安然无恙。"

他拿了刀，就在竹林之中挖了一个坑，正要将尸首放进坑内，想了一下，又放下尸首，双手合十念叨："小兄弟，我给你下葬，算是给了你一份人情，你也不能没有任何表示。你看看我全身上下，破衣烂衫，这样走出去实在不成，你既然入土为安，这些身外之物也就没必要带走，对你是无用的东西，对我可是大大有用。"

顿了顿，又道："你的衣裳我先借来穿穿，等以后我要是发达了，一定会回来给你修个漂亮的墓碑。"

他身上衣衫本就破旧，这几天折腾，早已经是破败不堪，身上多处地方的肌肤都显露出来，再不换身衣裳，连自己也受不了。

虽说尸首众多，随便扒下来都是一套衣衫，可是那些人的衣衫都大了不少，只看那些人的身形，杨宁便知道就算穿上他们的衣衫，也一定肥胖宽大，定然不合身，走了出去，反倒是让人注意。

倒是这家伙身上的衣衫虽然华贵，不过身着锦衣的富贵子弟多如牛毛，自己穿上这身衣衫，不但合身，而且也不会特别引人注意。

他将人质身上的外衣脱了下来，又将他身上的中衣脱下，料子都是极好，不过因为胸口中了一箭，外衫中衣都有一个箭孔，即使如此，却也比自己一身破衣要强出不少，杨宁并不介怀。

至如贴身里衣，毕竟是死人之物，自然不好穿他贴身衣衫，而且也不能光着身子将他埋下去。

将那人埋在竹林之后，杨宁这才拿着两把刀到了竹林边上的水潭边，在里面将浑身的泥污洗了个干净，这才换上了那一身衣衫，对着水潭照了照，所谓人靠衣衫马靠鞍，这一身锦衣穿在身上，倒也是玉树临风。

不过头发凌乱，杨宁扯了根衣带将头发挽在了后面，将那两把刀丢入水潭，四下里瞧了瞧，昨夜风雨交加，也不知道方向，此时还真不知身处何地，想到刚才那重瞳大汉带着萧光往东边去，也不犹豫，亦是往东边走去。

一身锦衣在身，比先前的破衣烂衫要舒适得多。

虽说今日不似昨天那般风雨交加，可是也并没有云开雾散，浓云一直在天幕浮动，天色阴沉，也不知是否还会下雨。

行了不到两个时辰，前面不远处出现了一条小道，依旧是荒无人烟，杨宁想要寻到那条通往京城的官道，但昨夜马匹乱窜无法辨识方向，此时还真不知道官道究竟在哪个方向，只能顺着小道前行。

杨宁行了小半日，忽听得前方响起马蹄声，抬头望过去，只见到迎面几骑飞驰过来，速度极快。

在这条道上走了这小半日，不见半个人影，此时见到迎面来骑，杨宁这才感觉到一丝生气，暗想也不知是什么人，若是方便，倒可以向他们问问路，又寻思该不会是又碰上一些来历不明之人，牵累自己。

他这几日遇上之人，都是稀奇古怪，但无一例外都让自己置身险地，正自寻思是否要找这几人问路，那几骑快马已经近在咫尺。

来骑共有六骑，衣衫不一，但大都是短衣劲装，当先一人身着黑色短装，腰间佩刀，容貌颇为凶悍，满脸横肉。

杨宁见状，总觉得不是什么好人，干脆闪到路边，让他们过去。

孰知那人靠近过来，已经勒住马，身后几骑纷纷勒马，当先那人一双眼睛盯着杨宁，脸上表情变得异常古怪。

杨宁心下一沉，暗想果然不是好人，看来这几个家伙见自己身着锦衣，又孤身一人，而且年少，定是在打自己主意，肯定是觉得自己身上有银钱，要抢夺过去。

杨宁心下冷笑，却忽见那人翻身下马，快步向自己走过来。

娘的，这是要动手了。

杨宁伸手入怀，抓住了短刀，心想对方是六名大汉，正面相对，自己肯定不是对手，既然不能力敌，只能智取。

这满脸横肉大汉率先往自己靠过来，正是大好机会，此人见自己年轻，一定不会防备，自己大可以趁机先制住此人，只要控制住此人，以此胁迫，其他人便不敢轻举妄动，自己大可以从他们手中抢了一匹马离开。

主意已定，直待那大汉再靠近一些就动手。

那大汉身材高大，此时看得清楚，只见他左脸颊上有一块刀疤，本就满脸横肉，再加上这块刀疤，看起来更是凶神恶煞一般。

却见那大汉距离自己不过两步之遥，杨宁正要出手，忽见那大汉已经单膝跪倒在地，声音恭敬："世子爷！"

身后那几人也已经快步上前来，在大汉身后齐齐单膝跪倒在地，齐声道："世子爷！"

杨宁一时呆住，脑中一片空白。

疤脸大汉抬头见杨宁发呆，却也不以为意，不等杨宁说话，柔声道："世子爷，我等营救来迟，让您受苦，罪该万死，还请世子爷责罚。"

杨宁眨了眨眼睛，只觉得匪夷所思，半晌才支支吾吾道："你们……你们说什么？我……"一时间还真不知道该怎么说。

第十章

错认世子爷

疤脸大汉却已经起身，回头道："世子爷定然是饿了，快些拿干粮和水来。"

又想到了什么，问杨宁道："世子爷可要饮酒？"

杨宁缓了一下神，脑中一转，已经明白了事情的缘由。

毫无疑问，这帮人定然是认错了人，如果自己没有猜错，真正的世子爷，正是被自己埋到竹林的那个人质。

自己的容貌与那人质几乎一模一样，再加上自己又穿了这身衣衫，也难怪会被错认是那位世子。

"原来那小子竟然是位世子。"杨宁心中暗道。

他前世对历史倒也颇感兴趣，读过不少书，对"世子"这个称谓还是十分熟悉的。

世子是古代天子、诸侯的嫡长子或者继承帝位或爵位之人，不过天子的继承人，大都称为太子，而诸侯的继承者，便是称为世子。

杨宁虽然知道那人质出身豪门，却想不到竟然是一位世子，不过又一想，恐怕也只有达到世子这样的分量，才能让那几个北汉探子相信能够立功受赏。

"世子爷？"大汉的声音打断了杨宁思绪，他抬起头，"啊"了一声，疤脸大汉面带敬色，似乎是个子太高，居高临下会让杨宁感到压迫，微弯身子，笑容和蔼，"世子爷要不要饮酒？"

他虽然带着笑脸，但是疤脸横肉，实在是比哭还难看。

杨宁笑了笑，问道："有……有酒？"心里却寻思着，这帮人将自己错认成了那位世子爷，自己现在如果告诉他们错认了人，这帮人必定要追根寻源找到那具尸首，那自己也必然无法走脱，必会被他们逼迫带路。

若是带他们找到埋在竹林的尸首，这帮人又怎会相信那位世子的死与自己无关？

毕竟自己穿着那位世子的衣裳，磨破嘴皮子，他们也不可能相信自己的话，更要命的是，事发现场的那些人，几乎都死绝了，除了自己之外，唯一知道有人被绑架的就只有萧光，可是萧光不知去向，自己就是浑身上下长满了嘴那也是说不清楚。

这种时候，自己当然不能告诉他们真相，只能见机行事。

而且自己对那位世子的背景甚至是性情都是一无所知，若是一个不小心便要露馅，后果不堪设想。

此种情况下，自己最好是谨言慎行，越少说话越好。

对那位世子爷唯一知道的，便是灰袍胖子曾经提及他似乎是个傻子，可是究竟傻成什么样子，依然是一无所知。

不过杨宁相信那位世子爷绝不会是真的是个白痴，或许只是反应慢半拍而已，否则一个白痴又如何能够成为世子？

眼前这几个人，不出意外的话，都是那位世子爷的下人，看疤脸大汉温言，亦可知晓那位世子爷还是有言语能力，似乎还喜欢饮酒，否则这疤脸大汉不可能上来就询问是否要饮酒。

听杨宁询问是否有酒，疤脸大汉眉开眼笑道："有酒有酒。"

回头叫道："齐峰，快拿酒来，对了，世子爷定然累了，赶紧拿坐垫过来。"

几人顿时忙开，有的拿食物，有的拿酒水，更有人从马背上扯下坐垫，放在地上垫好，这才请杨宁落座。

杨宁穿越至今，何曾受过如此待遇，只觉得异常受用。

几匹马上的垫子几乎都抽了下来，除了两只摆在地上放酒食，其他的都放在了杨宁屁股底下。

杨宁坐下之后，食物和酒水已经摆上来，除了一些干粮，竟有两只烧鸡和一大包牛肉，不过早已经凉了，上面覆盖一层冻油。

杨宁穿越过后，到现在还没吃上肉，此时看到，哪里还管冻油不冻油，抓了一只烧鸡在手，就狼吞虎咽起来。

几人都是围在杨宁边上，看杨宁狼吞虎咽，脸上却都带着兴奋之色，疤脸大汉瞅了边上一名瘦高个一眼，笑道："齐峰，你瞧，世子爷是真的饿了。"

他拿起酒袋，打开塞子，双手捧着递给杨宁："世子爷，慢慢吃，多得是，别噎着，来，喝口酒。"

杨宁接过酒袋子，饮了一口，入口有些烈，不过酒香也浓，到也不是劣酒，放下酒袋子，嘴里塞了一只鸡腿，含糊不清道："你们……你们也会享受，出门带着烧鸡和酒！"

他本是随口一说，几人却都是脸色微变，疤脸汉子急忙道："世子爷，我们……我们得知世子爷被人抓走之后，立刻分派人手追寻，这日夜不敢有丝毫的怠慢，沿途找寻线索，那是拼了性命也要找到世子爷，保护世子爷周全！"

杨宁心想周全个屁，你们的世子爷如今已经入土了，就你们这帮草包，等你们找到，尸首都化成白骨了。

疤脸汉子依然解释道："咱们这一路发现了线索，知道世子爷可能被带到这一带，所以日夜找寻，不过……不过为了保持体力和精力，这才在道上买了这些，其实……其实也是为了找到世子爷之后，能让世子爷饱餐一顿！"

边上那名叫做齐峰的立刻道："世子爷，段二哥没说谎，离开京城后，咱们日夜马不停蹄，无日无夜不在找寻世子爷的下落，段二哥经常以泪洗面，说要是找不到世子爷，他就不回京城！"

杨宁听"以泪洗面"四个字，正在饮酒，酒还在口中，一口喷出，全都喷在了疤脸汉子的脸上。

众人都是一愣，疤脸汉子抬手抹去脸上酒水，云淡风轻，扭头拍了拍齐峰肩膀，轻叹道："这些就不要和世子爷说了，如今找到了世子爷，比什么都好。"

齐峰慨然道："段二哥，我说的都是事实，难道你日夜担心世子爷，我们连说都不能说？你对世子爷忠心耿耿，试问在场的弟兄谁人不知？世子爷，段二哥买的这些东西，其实都是为了给我们补充体力，他自己……他自己已经好多天都没吃东西了。"他口沫横飞，慷慨激昂。

杨宁显出狐疑之色，看疤脸汉子精神抖擞，也不像日夜不眠，更不像多日没有吃东西。

疤脸汉子伸手抓住齐峰的手，眼圈顿时泛红："齐峰兄弟，你……我什么也不说了，此生我与你生死与共！"

齐峰立刻堆起笑脸，道："段二哥，你欠我的十两银子，回到京城能不能……"

疤脸汉子立刻打断，沉声道："赵无伤，你带两个人在这附近找一找，看看还有没有其他人，小心戒备。"

一名冷脸汉子拱手称是，带人往四下里巡查。

"你姓段？"杨宁片刻间已经解决了大半只烧鸡，饮了口酒，盯着疤脸汉子问道。

疤脸汉子显然没有想到杨宁会有此一问，怔了一下，郁闷道："世子爷，您……您难道忘了卑职不成？"

杨宁抬手指着自己脑子："我这几天脑子昏昏沉沉，记不清许多事情了，看你眼熟，可是想不起你名字。"

疤脸汉子忙道："卑职段沧海，在府里已经多年，世子爷可想起来了？"

"段沧海？"杨宁念了一句，咧嘴笑道，"这名字好。"

"多谢世子爷夸赞。"疤脸汉子笑道，"这名字还是将军在的时候亲自为卑职所取，卑职也觉得十分好听。"

"将军？"杨宁疑惑道，"哪个将军？"

疤脸汉子段沧海笑容僵住，显得有些尴尬："世子爷，您……您该不会连卫将军都忘记了吧？那……那可是您的父亲。"

这次倒是杨宁呆了一下，心想原来那位世子爷的父亲竟然是位将军，"哦"了一声，道："我父亲原来姓卫！"

段沧海露出哭笑不得的表情，解释道："世子爷记错了，将军不姓卫，姓齐，卫将军是三公将军之一，除了一品大将军，骠骑将军、车骑将军和卫将军都是二品三公将军，卫将军是您父亲的封号！"

杨宁这才明白过来，心下尴尬，却也吃惊，暗想原来那位世子爷的父亲竟然是二品卫将军，看来还真是背景深厚。

段沧海见杨宁一副思考的模样，忍不住探手指着边上的齐峰问道："世子爷，你可记得他？知道他叫什么？"

杨宁道："他不是齐峰吗？"

"世子爷英明！"段沧海松了口气，"原来世子爷还记得他。"

杨宁道："你刚才不是叫他齐峰吗？"

段沧海一愣，更是尴尬，齐峰却已经扯了扯他衣袖，使了个眼色，段沧海领会其意，向杨宁道："世子爷慢慢吃，不急！"起身跟着齐峰走到一旁，杨宁一边大吃大喝，一边竖起耳朵听。

齐峰压低声音道："段二哥，你不是不知道，但凡事情复杂一些，世子爷脑子就会糊涂，越说越乱，咱们还是不要多说的好。我看世子爷这些时日定是吃了不少苦头，也受了不少惊吓，所以脑子一时乱了。"

"也难怪世子爷连我也认不得了。"段沧海微微颔首，"既然找到了世子爷，咱们就放心了，尽早赶回去，免得太夫人和三夫人担心。"

他忽地皱起眉头，往杨宁这边斜睨了一眼，见杨宁似乎将心思都放在吃喝上，压低声音道："齐峰，你说世子爷是怎么逃出来的？他怎么孤身一人出现在这里？"

段沧海想了一下，这才回转身来，在杨宁身边蹲下，笑容可亲地问道："世子爷，可还合你口味？"

杨宁含糊不清地点点头，心想这家伙定然要问自己是如何脱身，果听段沧海问道："世子爷，抓你的那帮绑匪，如今在哪里？"

"绑匪？"杨宁此时已经将一只烧鸡解决，他吃得快，此时还真是有些撑得慌，打了个嗝。段沧海立刻道："齐峰，拿毛巾来。"

齐峰急忙拿了一只擦手的布巾，杨宁接过，将手里的冻油擦干净，这才道："你是问那些绑匪去哪里了？"

"正是。"段沧海道，"世子爷是怎么逃出来的？咱们回头，总要给府里一个交代。"

杨宁道："死了，都死了！"

"死了？"段沧海一愣，"世子爷，你……你是说，绑架你的那些人都死了？"

杨宁点点头，齐峰忍不住在旁问道："世子爷，他们是怎么死的？总不会……总不会是世子爷杀了他们。"

杨宁笑道："他们有许多人，我怎能杀死他们？是被别人杀死的。"

段沧海和齐峰对视一眼，都有些疑惑，小心翼翼问道："世子爷，你说的别人，又是哪些人？难道是……难道是有人救了你？"

杨宁心知这帮人既然是出来营救自己，回去之后，自然要有个交代，自己为何脱险，来龙去脉自然是要弄清楚的。

"我醒来的时候，他们就死了。"杨宁早就做好准备，"你们要去看死人吗？"

段沧海更是愕然，犹豫一下，点头道："世子爷，你还记得那些人死在哪里吗？咱们总要弄清楚究竟是些什么人绑了你，以后我们也好多加提防。"

杨宁知道若是不带他们去看尸首，只怕他们不会就这样罢休，而且自己也没有理由拒绝他们，想着自己将那世子爷的尸首埋在竹林，若是带他们前往，可别被他们不小心发现，正自犹豫，听得马蹄声响，刚派出巡视的几人都回来了。

"世子爷，你若吃好了，咱们就过去瞧瞧。"段沧海小心翼翼道。

杨宁犹豫了一下，终是点头，当下众人也不耽搁，收拾一番，段沧海专门让人给杨宁腾出了一匹马。

杨宁心知这些人应该不至于怀疑自己的真假，只是想要弄清楚自己脱险的来龙去脉而已，段沧海既然让人专门给自己腾了一匹马，那就说明那位世子爷自然会骑马，也不客气，翻身上马，在前带路。

他心中却也是盘算好，自己尽可能让这帮人避免去那竹林，可是若真的被这帮人发现竹林里埋着人，自己定要在他们发现那位世子爷尸首之前，找机会脱身。

这些马都是好马，杨宁记着道路，用了不多时便回到了祠堂后面，远远就瞧见了祠堂后面空地上的那些尸首。

段沧海等人见状，早已经拔出了身上的佩刀，到得近处，段沧海沉声道："保护世子爷！"神情冷峻，与之前对杨宁的谦恭表情大不相同。

众人下得马来，齐峰和两名大汉护在段沧海身边，其他几人则是跟着段沧海上前去。

段沧海蹲下身子，连续翻看了几具尸首，这才回头向杨宁问道："世子爷，这些人可是绑架你的绑匪？"

"我也不知道，等我醒来的时候，这些都是死人。"杨宁摇头，指了指祠堂那边，"那里还有好多死人。"

段沧海微微颔首，那名叫赵无伤的汉子问道："段二哥，可瞧出这些人的来路？"

段沧海神情冷峻，摇头道："这些人的来路看不出来，可是他们死在何人之手，倒是有些线索。"

杨宁此时也已经靠上前来，听段沧海这般说，正欲询问，但终是憋住，好在赵无伤已经问道："是谁？"

段沧海指着尸首脖子上的刀痕，沉声道："你看他们的伤口，这些人几乎都是一刀致命，而且几乎都是直取脖子，再看刀口……"

赵无伤伸手在伤口摸了一下，皱眉道："刀口很薄，比我们的刀应该要薄出不少。"

"不错。"段沧海道，"如果我没有猜错，很可能是黑刀营的人杀了他们。"

"黑刀营？"此时不但赵无伤，便是其他几人也都变了颜色，齐峰失声道："段二哥，你是说黑刀营的人到了这里？"

赵无伤也是一脸惊讶，"二哥，有没有看错？黑刀营怎可能到这里来？"

杨宁看他们表情，心下十分疑惑，这几人似乎对黑刀营十分忌惮，脑中却已经想到救走萧光的那几人，记得他似乎就是腰佩黑鞘快刀，看来段沧海猜测的并没有错。

他之前见段沧海对自己恭恭敬敬，一群人颇有些谄媚姿态，心里小瞧了几分，此时见他竟然一下子就看出刀口来历，这才知道段沧海深藏不露，倒不可小觑。

"黑刀营既然派了人手出来，就不会是小事。"段沧海沉思道，"难道是为了帮着我们援救世子爷？"

但他立刻摇头："绝不会这么简单，黑刀营绝不会为了世子爷出手。你看这些刀口，都是一刀毙命，出手又狠又准，而且直取咽喉，再加上这薄刀口，都是黑刀营的做派！"

其他几人都是面面相觑，也不言语。

段沧海站起身，快步往祠堂那边过去，几人都跟在后面，齐峰和另外两人始终护在杨宁身边，全神戒备。

进到祠堂内，看到满地尸首，众人也都是微微变色，段沧海和两人上前去查看一番，回头道："这不是一伙人，应该是有人劫持世子爷到了这里，却被一伙人偷袭，偏偏黑刀营又出现在这里。"

"段二哥，这些人也都是黑刀营的人所杀？"齐峰问道。

段沧海摇头道："不是，这是两伙人在交手，黑刀营的人应该没有进祠堂。"

他看向杨宁，问道："世子爷，你对这里的事情是否一无所知？"

杨宁左看右看，指着被自己割破的麻袋道："他们将我包在那里面，我醒来的时候，就从那里面爬出来，看到都是尸首，就自己跑了，然后在路上遇到了你们。"

段沧海拿起麻袋，看到上面刀口，道："看来是有人割破了这麻袋，想要放世子爷离开。"随即在几具尸首身上摸了摸，并无找到任何东西，最后在那灰袍胖子身上摸索了一番，忽然拿出一块椭圆形的铜牌，杨宁看在眼里，心下一紧，那铜牌他竟然认得。

木神君死后，杨宁在他身上不但搜到一只小钱袋子，而且也搜到了一块椭圆形铜牌，与眼前这块铜牌一模一样。

"九天楼？"段沧海瞧了一眼铜牌，冷笑道，"原来绑架世子爷的是九天楼的人，也难怪他们一路北逃，这是想要将世子爷带回北汉啊。"

"他娘的，原来是九天楼的人。"齐峰啐了一口，骂道，"这帮狗杂碎，定是潜伏在暗处，一直找寻机会对世子爷下手。老天保佑，也幸亏跑出另外一伙人来，否则世子爷若是真被他们带到北汉，后果不堪设想。"

"为何会有另一伙人突然出现？"一张脸长得像所有人欠他钱一般冰冷的赵无伤皱眉道，"这伙人为何会与九天楼的探子厮杀起来？"

"黑刀营既然卷进来，事情就不会小，我们知道是九天楼的人绑架了世子爷就好，其他的事情，我们不能追究太深，以免将我们也卷入进去。"段沧海神情冷峻，看了杨宁一眼，神色微松，"不管怎样，世子爷安然无恙，那比什么都好，我们对府里也能有个交代。"

齐峰也点头道："段二哥说的是，有些事情不该我们深究，我们的职责是救回世子爷，如今世子爷安然无恙，其他事情不要插手。"

赵无伤犹豫了一下，终究没有多说什么。

"这里地处偏僻，人迹罕至，尸首应该不会被轻易发现。"段沧海道，"黑刀营既然不在乎这些人的尸首晾在外面，没有掩埋，咱们也不用多生事端，地方上若是能够发现，让他们自己去查，不过也肯定查不出什么，若是无人发现，也便这样了。"

他站起身来，道："此地不宜久留，咱们现在就离开。"

杨宁本来还担心这帮家伙要在附近搜找，说不定还要往竹林去，此时听段沧海说要立刻离开，这才松了口气。

这帮人做事倒也不拖拉，既说要走，也不耽搁，出了祠堂，上马便走。

杨宁问道："段……段沧海，咱们要往哪里去？"

"世子爷莫非还要往其他地方去？"段沧海先前本来神色凝重，此时却又显出笑容，"若是世子爷想到什么地方去转转，日后自有机会。不过世子爷被绑架已经十几天，府中上下都是焦急得很，太夫人和三夫人定是日夜担心，咱们还是先回京城，让她们安心为好，世子爷意下如何？"

杨宁心想自己要在途中追上镖队找到小蝶已经不现实，既是如此，干脆直接去往京城也好。

自己冒充的这个世子爷，父亲是二品卫将军，身份非同小可，想来在京城的势力自然也是极大，既然如此，大可以借助这个新的身份在京城搜找小蝶，远比自己单枪匹马大海捞针要强得多。

江水东逝，远望群山秀丽多姿，云雾缭绕，景色之美，让人叹为观止。

长江之水天上来，汇千流为大江，从西一路上穿过无数的高山险地，奔腾怒吼，可是到了鸡笼山之时，却被山脉所阻，浩瀚大江激流如故，却变阔为窄，无限风光在险峰，山水一体，浑然天成，壮美非凡。

钟山龙蟠，石头虎踞，都城建邺北依覆舟山、鸡笼山和玄武湖，东凭钟山，西临石头山，临江控水，江水奔腾，不舍昼夜。

一路之上，段沧海等人无论是在吃住还是行程上，都是安排得妥善有加，伺候得十分得体，这让杨宁深感作为一个贵族子弟的舒坦。

沿途杨宁不多说话，其他人也就不敢多问，渡过长江，快马加鞭不到一日，便是都城建邺。

建邺城的恢弘气势，便是见过世面的杨宁也大为惊叹，那种厚重沉凝远非他在前世所能见。

山峦如聚，望之若阙，淮水中出，徘徊入都，群山秀水环绕之中，便是那一座壮阔厚朴的大城，是为南楚第一城，楚都建邺。

建邺城有里十三、外十八之说，是说里里外外大大小小总共有数十处城门，而外城大大小小有十八处城门，由此亦可见这座都城的宏阔。

进得城来，杨宁立时便感受到了这座古城的恢弘大气。

城中的道路纵横交错，却又极是宽阔，商铺林立，鳞次栉比，街道之上熙熙攘攘，车水马龙，十分热闹。置身于这座都城之中，只能感受到帝国的繁华与兴盛，很难让人再去想那些颠沛流离无家可归的苦难百姓。

建邺城就似乎是帝国的仙境，无论什么人置身其中，都会忘记帝国存在的危机，都会被京城的繁华和热闹所感染，以为天下安康，四海升平。

京城的十八处外城门，就似乎是将大楚国分为了两个世界，一个是城外的世界，一个是城内的世界，人们鲜衣怒马，衣冠齐整，相见时带着笑，商铺内琳琅满目的货物，彰显着帝国财富的庞大，与杨宁在会泽城所见的情景宛若两个世界。

建邺城庞大无比，而皇城居于京城正中，如果京城是大楚国的皇冠，那么皇城就是皇冠之上的一颗璀璨明珠。

京城的百姓们，可以看到明珠的璀璨，却无法感受到皇城内的奢华贵气。

杨宁初入这座宏伟的古都，左顾右盼，目不暇接，不知不觉中随着段沧海等人穿过一条又一条街巷。

"咦，那……那是什么河？"忽见得前方不远处有一条涓涓河流，河流之上拱桥如玉，杨宁忍不住问道。

段沧海等人先是一愣，齐峰已经笑道："世子爷出门才十多天，忘记这条河了吗？这是秦淮河。"

"秦淮河？"

"秦淮河伸入城内，到武定门分成两股，一股为干流，成为外秦淮，绕城经中华门、水西门和定淮门，由三汊河注入长江。"齐峰堆着笑脸解释道，"另外一股就是内秦淮，由通济门东水关入城，在淮清桥又分为南北两支，南支经夫子庙、文德桥至水西门西水关出城。北支就是从古运渎经内桥至张公桥出涵洞口入干流！"

他指着那座桥道："那就是张公桥了。"

段沧海瞥了齐峰一眼，心想咱们这位主子脑子不好使，但凡事情复杂一点就要发蒙，你啰嗦这么半天，他还能记得个屁。

杨宁"哦"了一声，也不多言。

又穿过几条街巷，段沧海忽然"咦"了一声，众人瞧过去，只见前面的一条街道上，两边房舍前都挂起了白巾。

"这是哪位大人去世了？"齐峰催马上前，疑惑道。

杨宁自然也瞧见沿街挂起的白布，问道："是有人死了？"

段沧海心想世子爷果然是直来直去，说话太过直接，解释道："世子爷，应该是有哪位大人过世了，这附近的街道为了表示哀悼，会主动挂出白布，这可不是什么人都能享受的待遇，过世的定是一个受百姓爱戴的大人。"

他翻身下马，沉声道："大伙儿都下马！"

几人都下马来，杨宁心知这很可能是一种礼节，也跟着下马。

这条街巷并非商铺，所以行人不多。几人走在街上，颇有些冷清，往前走了一阵，忽见得边上有人冲着这边指指点点，窃窃私语一些什么，段沧海等人皱起眉头来，穿过长街，拐到另一条巷子里，走到巷子尽头，前面便出现一条更为宽阔的大街。

"世子爷，这是琵琶街，你不会忘记吧？"段沧海道，"咱们到家了。"

走到街道上，杨宁才发现这条琵琶街不但宽阔而且很长，街道干净无比，整整齐齐地铺着青石板，每隔一段距离，便会有一座府邸，每座府邸前面都蹲着一对大石狮子，几十个石狮子在琵琶街两边排开，蹲在自家的门前，百无聊赖地瞪着双眼，等着从街上走过的车与人。

杨宁一边走一边向两边看，这一条似乎没有尽头的长街，坐落着十多处府邸，都是高官显贵，"尚书府""将军府""侯府"连续不断地映入眼帘，而每一座府邸的门头，都悬挂着一条白色的布巾。

许多府邸前都有兵士守卫，瞧见从长街过去的段沧海一行人，便有不少护卫交头议论。

段沧海看在眼中，神情愈加凝重，加快步子，很快就见到前面一座府邸门头一片素白，站在门前的护卫也都是浑身素白。

段沧海陡然站住了步子，其他人也都是大惊失色，只见段沧海身体晃了晃，猛地加快步子走过去，其他人也都是一脸凝重。

杨宁见几人神色古怪，心想总不成就是你们府上死了人吧？

段沧海等人快步到了那府邸门前，守在门前的护卫瞧见，早有人抢上前来，失声痛哭："段……段二哥，你们可回来了！"两句话没说完，已经是泣不成声。

"到底是怎么回事？"段沧海脸色惨白，"难道……难道是太夫人？"

杨宁一怔，心想真的是你们府上，这可真是太巧了，老子第一天进京城，就碰上丧事？

"不是！"护卫颤声道："是……是将军！"

此时所有人都立时变色，段沧海神情变得森然可怖，揪住那人衣领，怒喝道："你他娘的胡说八道什么，将军在前线，怎会……快说，到底是谁？"

此时又有一名护卫上前来，抽泣道："段二哥，是……是将军，将军……将军过世了！"

段沧海和齐峰等人脸色煞白，却见到段沧海往前走出一步，忽地腿下一软，瘫了下去，边上有人急忙扶住，段沧海眼圈瞬间发红，猛地咆哮一声，七尺高的大汉，竟然瞬间泪水滚落，齐峰等人也都已经嚎啕大哭起来，捶胸顿足，如同死了亲爹一般。

杨宁一时呆住，心想他们说的将军，总不会就是世子爷的亲爹吧？

儿子刚刚死在外面，这老子也死了？

"快，告诉……告诉三夫人，世子爷……世子爷回来了！"段沧海大哭之中，忽地扯过杨宁，"世子爷，将军……将军过世了！"

杨宁从没有见过那位将军，更没有丝毫感情，呆了一呆，心想总不会让老子现在就哭出来吧？

他抬起头来，看向朱红色大门上面的匾额，只见到那块匾额颇为巨大，上面龙飞凤舞写着"锦衣侯府"四个大字，烫金大字熠熠生辉。

早有人进府去禀报，段沧海拉着杨宁手臂，也进到府内，一进府里，素白一片，听到前面堂内传出一片撕心裂肺的哭声，白幡如云，边上有不少人，看样子似乎都是府里的丫鬟仆从，也都是穿着白衣。

杨宁脑子有些发蒙，被段沧海牵着呆呆往前走，两边众人看到杨宁，不少人显出惊愕之色，亦有人显出欢喜之色，俱跪了下来，便听得前面传来一个清脆悦耳的声音："是宁儿吗？宁儿回来了吗？"

杨宁听到声音，暗想这女人的声音当真好听，就像春铃一般，又想她怎么也叫"宁儿"，难道知道自己的名字？

忽见到前面已经过来一群人，俱是披麻戴孝，当先一人却是一个二十六七岁的少妇，身姿婀娜，丰韵娉婷，琼鼻凤目明艳动人，她的肤色如同白玉一样白净无瑕，看样子并没有施妆，却更显得纯美清净。

一身素白，更显得她眉目如画，就像是仕女图中的美人儿，正身姿娉婷地向自己走过来。

"卑职见过三夫人！"段沧海已经跪倒在地，齐峰等人也跟着跪倒，脸上的泪水兀自直流。

美少妇三夫人已经抓住齐宁的手腕，刚一接触，杨宁便觉得这美少妇的手儿温润光滑，如同瓷器一般。

"你们辛苦了。"三夫人眼圈泛红，"将军……将军过世，你们能及时将世子带回来，将军泉下有知，也会心安……你们都快起来，不要跪着了！"说到这里，声音哽咽，杨宁见她美眸之中滚下晶莹泪水，这时候更是美若天仙，特别是那右眉内侧有一点殷红粉痣，更添娇美。

"三夫人，为什么会这样？"段沧海站起身来，双手握拳，"战事已了，将军……将军怎还会？"

三夫人道："这些回头再说。"看向杨宁，道："宁儿，快换上衣裳，随我进灵堂！"

第十一章
齐宁闹灵堂

杨宁知道那位世子爷的父亲是南楚二品卫将军，却不知道锦衣侯又是何人？这丧事既然是在锦衣侯府，那么锦衣侯自然也在其中。

更让他奇怪的却是美貌的三夫人，却不知是否就是那位将军的妾侍，如果是这样，自己目下的身份是世子，是那位将军的儿子，也便是说，眼前这美丽的少妇，竟是自己的庶母？

不过这三夫人竟然没有认出自己是假冒货，看来这一关倒是过了，不过接下来却又不知该如何应对？

又想这位世子爷本就是脑筋糊涂之辈，有些自己难以应付的，大不了装傻充愣就是。

被人伺候着换上了一身孝服，杨宁心道真他娘的晦气，随即就被三夫人带着进了灵堂。

灵堂布置得十分阔气，一道白幔将灵堂隔断为两半，杨宁心想灵柩应该就在白幔后面，此时在灵堂上，摆祭着各色果品糕点，中间竖着一只极大的灵位，上面写着"大楚锦衣侯卫将军齐讳景之位"。

杨宁顿时明白，原来卫将军便是锦衣侯，锦衣侯便是卫将军，这本就是一个人，而此人叫做齐景，若果真如此，莫非世子的名字叫做齐宁？倒是与自己的名字一样。

灵堂边上，此时却有不少人，在那灵堂边上，亦是跪着一人，披麻戴孝，杨宁进来之时，那人也陡然抬头，杨宁见那人和自己年纪相差不大，也是十五六岁年纪，长相倒也清秀，只是那人看到自己的一刹那，脸色剧变，就像见到鬼一样。

杨宁心想老子有这么吓人吗？左右瞧了瞧，只见两边加起来也有二三十人，这灵堂极大，人在里面非但丝毫不显拥挤，而且十分开阔，最显眼的便是上首竟然有一人坐着，看上去也有六十多岁，满头白发，身上穿一身黑，只是在手臂上系了一条白巾。

老者本来正与身边一人说话，见到杨宁进来，也是一愣。

在老者边上，是个年近五旬的胖子，矮矮胖胖，不过细皮嫩肉，留着八字须，颔下一绺黑须，身上裹了白装，瞧见杨宁进来，也是吃了一惊，但瞬间就迎上来，一副悲伤至极的模样："世子，您……您可回来了！"

杨宁心想你又是何方神圣，但是他对锦衣侯府一无所知，眼前这些人更是不认识，只能含糊不清地"嗯"了一声。

"拜祭你父亲。"三夫人拉着杨宁上前。

杨宁心中郁闷，可是事已至此，众目睽睽之下，自己既然是这位锦衣侯的儿子，父亲死了，做儿子的自然不能不拜，只能跪下去拜了几拜，这才起身来。

三夫人瞥了跪在灵边的那年轻人一眼，淡淡道："齐玉，你起来，宁儿回来了，那是他的位置！"

三夫人话声刚落，边上就传出一声冷笑，随即一个妇人从人群中走出来。

杨宁见这妇人也不过三十出头年纪，倒也颇有些姿色，只是嘴唇偏薄，眉宇间带着一丝恼意，走到三夫人面前，冷笑道："你让玉儿让位置？他在那边已经跪了数日，你一句话就能让他离开？"

三夫人花容并无丝毫表情，淡淡道："宁儿回来了，那自然是宁儿尽孝子本

172

分，宁儿不在那里，又有谁能在那里？"

那妇人尖着嗓子道："大伙儿看看，老爷一走，她就无法无天了，看来她是准备在侯府一手遮天了。"

她抬手指着三夫人："顾清菡，你可别忘了，这里姓齐，可不是姓顾，以前你逞威风我管不着，到了今时今日，你还要在这里逞威风吗？"

三夫人顾清菡凤目一寒，冷笑道："琼姨娘，这里是灵堂，不是你大呼小叫的地方。宁儿是将军的嫡长子，自然由他戴孝，于情于理都无话可说，还有什么好争执的？前几日不过是宁儿被人绑走，所以才让齐玉代替尽孝，如今宁儿回来了，也自然不用齐玉了。"

"玉儿，你就在那里，看谁敢动你一根手指头。"琼姨娘冷笑道，"你是老爷的儿子，也是齐家的种，我看看谁敢动你。"

三夫人并不与琼姨娘争执，向那老者盈盈一礼，道："三老太爷在这里，还请三老太爷决断。"

那老者抚须道："清菡呐，你也别太着急，这事儿咱们从长计议。"

"别太急？"顾清菡露出一丝笑容，"三老太爷，现在急的不是我，而且这种事情，恐怕也无法从长计议吧？"

"怎么，你是说我说话不周？"三老太爷脸色一沉，随即叹了口气，脸色微缓，道，"清菡，如今府里出了这么大的事情，很多事情还是要多听听大家的意见，总不能什么事情都乾纲独断。"

他瞥了齐玉一眼，道："其实有些话也不是没有道理，这些时日都是齐玉在这里守着，总不能宁儿一回来，就将玉儿赶走，这不是过河拆桥吗？"

边上顿时有一人道："顾清菡，你在侯府一手遮天，这是谁都知道的事情，如今大哥去了，你还想让侯府鸡犬不宁吗？"

杨宁瞥了一眼，见说话的是个年过三十的男子，身形瘦弱，眼睛无神，一看就是个酒色过度之辈。

"五爷这话是什么意思？"顾清菡凤目一紧，冷笑道，"鸡犬不宁？不知五爷哪只眼睛看到侯府鸡犬不宁？若说一手遮天，我一介女流，还真没有那个能耐，如果不是太夫人和将军吩咐，我也不会插手府里任何一桩事儿。"

"你这女人就是当面一套背后一套。"又一名男子叫道，"当着太夫人温顺贤良，背后却是凶蛮无礼，你现在又将太夫人抬出来，怎么，又使这些老花招，想要用太夫人来压我们？"

他冷哼一声："那你大可以去请太夫人出来，当面论理。"

顾清菡依然显得十分镇静，淡淡道："世子失踪，将军过世，太夫人年事已高，身体本就不好，这两桩事情接连发生，你觉得她老人家还能起来和你们论理？六爷，这话你本就不该说出来。"

那六爷身形肥胖，比长着八字须的胖子还要胖出一圈，眼睛上翻，指着顾清菡道："什么不能说？六爷我想说什么，还轮得着你来指手画脚？今儿有一说一，有二说二，总不能让你在这里胡搅蛮缠。"

杨宁此时却有些糊涂。

这一帮子人，显然都是齐家的人，可是杨宁一时间也闹不清楚这些人的关系，但老老少少似乎对顾清菡都是不满，而且此刻都是冲着顾清菡发飙。

顾清菡显然是要为自己争得孝子之位，看起来也没什么大不了的，却偏偏引得这些人群起而攻之。

他心想这种事情不争就不争，争得那个位子，自己还要跪在那里，既然有人愿意，干脆让他跪着就是。

可是见这些人矛头都对向顾清菡，杨宁心下却颇有些不满。

"诸位，三夫人也是为了大局着想，你们！"此时却见段沧海忽然站在门前，他和齐峰一干人进府之后，跟随杨宁和三夫人来到灵堂，却没有进屋，都是在外面跪着，此时显然是看不惯众人对三夫人群起而攻之，所以挺身出来劝说。

他话没说完，那瘦瘦的五爷已经厉声道："段沧海，你他娘的是个什么东西？不过是侯府的一条狗，你有什么资格在这里说话？"

"你要是不想吃这碗饭，现在就滚。"六爷就像被踩着尾巴一样，也大叫起来，"顾清菡，你自己看看，侯府还有规矩吗？一个狗一样的东西，也能在这里叫唤，这是你定的规矩？刚还说侯府不是鸡犬不宁，现在可瞧见了？"

六爷高举双手，大声道："大伙儿都看好了，锦衣侯府出了天大的怪事，一个看门护院的，竟然在灵堂里指手画脚，还说什么顾全大局，这事儿要传扬出去，咱们齐家还有没有脸？"

段沧海脸色铁青，嘴唇动了动，欲言又止，只是低下头，双拳紧握，青筋暴突，身体更是颤抖。

"还握拳头？"五爷冷笑道，"怎么，还想对我们动手？"

五爷往前走过去，站在段沧海面前，冲着段沧海吼道："五爷我现在就在这里，老子知道你当年冲锋陷阵，从死人堆里爬出来，一身武功也不错，你现在就动手，一拳打死了五爷，要是不敢动手，你他娘的就是孬种。"

顾清菡此时已经道："沧海，你先下去！"

段沧海低着头，拱了拱手，五爷忽然抬起一脚，踹在段沧海腹间，骂了一句"狗东西"，段沧海显然没有料到五爷会突然出脚，被踹中小腹，身体向后退了两步，好在他身强体壮，只是退了两步，并无摔倒。

"哟，还沧海沧海地叫着。"琼姨娘见众人都为她说话，底气顿时壮起来，似笑非笑道，"顾清菡，他急着跑出来护着你，又是为何？平日里他和你走的近，难不成……"

她还没说完，就听"啪"的一声脆响，顾清菡抬手对着她的脸就是一巴掌，这一巴掌清脆无比，灵堂内一时静下来，众人都显出吃惊之色。

琼姨娘捂着被打的脸，呆了一下，眼中划过一丝恐惧，但很快就现出恼怒之色，尖声道："你……你敢打我？"

她伸手照着顾清菡脸上抓去，骂道："你这贱人，敢打我，老娘和你拼了！"

琼姨娘指甲颇长，这要是抓在顾清菡脸上，那张漂亮无瑕的雪白脸蛋必然会破花，杨宁正准备出手阻挡，却见顾清菡轻轻一闪，琼姨娘扑得猛，被三夫人顾清菡这样一闪，便扑了个空，跟跟跄跄往前蹿出几步，随即摔倒在地。

一直跪在灵位边冷眼旁观的齐玉终于站起身来，厉声喝道："贱人，你敢欺负我娘？老子弄死你。"左右看了看，竟是抓起案上的一只香炉，照着顾清菡便砸了过来。这小子力气不小，香炉呼呼飞过来，顾清菡花容失色。眼见得香炉便要砸在顾清菡身上，却见一条腿忽地抬起，一个漂亮的反踢，正踢在香炉之上，那香炉立时倒飞回去。

这一手谁都没有想到，齐玉也是呆住，直到那香炉砸在他胸口，他才"哎哟"叫了一声，坐倒在地，手捂着胸口，一时喘不过气来。

包括顾清菡在内，所有人都怔住，却见到杨宁一只腿高高抬起，此时才缓缓放下去。

"他！"六爷张了张嘴，只吐出一个字，却没能说下去。

却见杨宁四下里瞧了瞧，忽然憨憨一笑，众人这才回过神来。

杨宁心想你们都以为那世子爷是傻子，自己也不能太聪明，该装傻充愣的时候也可以做一做，憨笑一下也未尝不可。

他自然知道好歹，虽然并不愿意抢着去做那孝子，可却也看出顾清菡是在维护自己，不瞧在顾清菡漂亮的容貌上，便是她维护自己的这份情谊，自己也不能让人欺负了她。

琼姨娘本来坐在地上哭起来，可是瞧见齐玉被香炉打中摔倒在地，急忙爬起身跑过去，紧张道："玉儿，你怎样？有没有伤在哪里？"

三老太爷此时站起身来，怒道："成何体统！成何体统！"

他指着顾清菡道："你们……你们还有没有规矩？灵堂之地，竟然大打出手，顾清菡，你好威风！"

顾清菡眼圈泛红，却还是道："三老太爷，你也看清楚了，有人无凭无据污我清白，难道你们都听不见？我好歹还是齐家的媳妇，将这碗污水泼到我身上，就是泼在齐家身上，你们难道不管不顾？"说到这里，终是忍不住，眼角泪水沁出。

"污你清白？"六爷冷哼道，"身正不怕影子歪，若是平日里检点一些，也不会有人说这些。"

"你！"顾清菡凤目竖起，目生寒意。

三老太爷指着杨宁道："你竟然出手殴打自己兄弟，那等重器，若是打在头上，后果如何？都说你是个傻子，果然如此，你这副模样，又如何守灵？"

他沉声道："过几日吊孝上门，都是王公贵族，若是看你这副模样，齐家的脸面都要丢光，再也抬不起头来。锦衣侯府好歹也是大楚四大侯府之一，断容不得丢了脸面，老夫做主，就由玉儿守灵戴孝，后面的事情，老夫会帮忙处理，你们两个就不必插手了。"

瘦瘦的五爷叫道："不错，你们看这傻子，自己的父亲死了，连一滴眼泪都没流出来，这还了得？这样的人如何迎客？"

杨宁却并不理会，缓步走到灵位边上，指了指齐玉，又往边上指了指，那意思是让齐玉走开。

齐玉此时顺过气来，站起身，眼中满是怨毒之色，冷笑道："该走的是你，你这个傻子，难道就凭你，还要继承锦衣侯爵位？"

杨宁抬起一只手，五指摊开，众人不知道这傻子到底要搞什么鬼，却只见杨宁一根手指一根手指贴下去，到了第三根手指，忽地伸出另一只手抓住了齐玉的衣领，不等齐玉反应过来，重重一扯，齐玉整个人就被甩出去，跟跟跄跄几步，滚倒在地。

琼姨娘惊呼一声，其他人也都是大吃一惊。

"无法无天，无法无天！"三老太爷怒不可遏，"齐宁，你要做什么？"

杨宁心想世子果真是叫齐宁，看来自己以后还要用这个名字，看向三老太爷，反问道："你以为我要做什么？"

"大胆！"五爷在旁怒道，"你怎敢在长辈面前放肆？"

杨宁指了指齐玉，又指了指顾清菡，问道："齐玉以下犯上，你们为什么不管？"

三老太爷脸色一青，沉声道："顾清菡不知自重，让我如何为她做主？"

"你为老不尊，我又如何对你心存敬意？"杨宁一出口便石破天惊，"齐玉对三夫人以下犯上你们不但不管，还在狡辩，我当然也可以对你以下犯上，这都是你教的。"

三老太爷一时呆住，便是顾清菡也怔了一下，急道："宁儿！"

杨宁却已经抬起手，止住顾清菡话头，继续道："我是谁？我是锦衣侯的嫡长子。"指着齐玉："他是谁？他是庶子，你们既然在这里大呼小叫，说什么要维护规矩，不知道哪条规矩告诉你们庶子比嫡长子还要尊贵？"

杨宁此时自然已经搞清楚，自己这个世子爷，那是锦衣侯正大光明的嫡长子，而齐玉是琼姨娘所出，琼姨娘既然是姨娘，其子当然只是庶子。

其实杨宁对嫡子庶子本来没有什么偏见，毕竟他不是这个时代的人，没有这么多的教条规矩，甚至反对因为嫡庶之分而将人分为三六九等，可是见到这帮人盛气凌人，一个个嚣张跋扈，心下实在不爽，他也不知道自己这个世子爷还能做上几天，既然现如今有这个身份，大可以让自己爽一爽。

别人让他不痛快，他总是会让对方更不痛快。

五爷的眼睛几乎要吃人，怒道："齐宁，你真是无法无天，你！"

"你哪位？"杨宁瞥了他一眼，淡淡道，"你们是不是就会无法无天这一句啊？对了，你是五爷吧？"

"老子是你五叔。"五爷冷声道，"你这个不成器的东西，这里容不得你说话。"

杨宁笑道："这是锦衣侯府，我不能说话，还有谁能说话？"四下里扫了扫，见诸人都是用一种奇怪的眼睛瞅着自己。

他心里很清楚，那位世子爷平日里傻不愣登，这帮人自然是早已经知晓，可是此刻自己条理清晰，句句反击要害，这帮人自然是惊讶不已。

顾清菡如秋水般迷人的眼眸里亦是显出惊讶之色。

"你们担心我在这里会让人笑话。"杨宁笑道，"可是到时候宾客们看到戴孝的是一个庶子，不知他们心里会怎样想？会不会笑话锦衣侯后继无人？"

他左一个"庶子"右一个"庶子"地叫着，齐玉脸色已经铁青，双手握拳，眼睛如同刀子般死死盯在杨宁身上。

杨宁瞥了一眼，淡淡道："父亲已经过世了，所谓长兄为父，我既然是你的长兄，也算是你的父亲，你在我面前嚣张跋扈，这是锦衣侯府的规矩？"

他瞧了顾清菡一眼，问道："三……三夫人，咱们锦衣侯府有没有家法？"

顾清菡此时美眸中满是震惊之色，万万想不到杨宁会挺身而出说出这番话来，一时间不知该如何回答。

"家法？"三老太爷冷笑道，"你一个黄毛孺子，也在这里谈什么家法？老夫如今是齐家的家主，要说家法，也是老夫来做主。杨宁，你目无尊长，咆哮灵堂，老夫绝不容你如此放肆，定要家法伺候。"

三老太爷沉声道："来人啊，将这忤逆的畜生拿下，家法伺候！"

杨宁心下既是气愤也是疑惑，心想这老头子怎的一味地维护庶出的齐玉，总不会真是因为齐宁脑子不灵光的缘故，只怕其中大有猫腻。

三老太爷一声令下，已经有几人冲上前来，顾清菡凤目如冰，冷声道："宁儿是世子，谁敢动手？"

冲上来的几人顿时一怔，胖胖的六爷冷笑一声，窜上前来，一只手已经向杨宁的脖子上抓过去。

杨宁轻松一闪，顺手搭在六爷的伸出来的手臂上，用力一带，六爷顿时收不住脚，跌跌撞撞往前冲过去，前面就是设灵的灵案。惊呼声中，六爷肥胖的身躯已经撞在了灵案上，烛台顿时倒下去，果盘散乱一团，一片狼藉。

那烛台倒在白幔上，立时着火，众人都是骇然变色，有人已经惊呼出声，顾清菡花容失色，惊叫道："快救火，快救火！"

火势蔓延很快，腾腾而上，外面早有人拎着水桶进来，迅速将火势熄灭，只是灵堂此刻却已经一片狼藉。

杨宁瞅见那肥胖的六爷已经爬起身来，正要往外跑，忽地冲上前去，一脚踹在六爷的背后，六爷"哎哟"叫了一声，栽倒在地，杨宁立刻坐在他身上，掀去他的帽子，抓住他头发，大声叫道："你……你竟敢破坏灵堂？我和你拼了，你赔我灵堂赔我灵堂！"提起拳头对着六爷脑袋便砸了下去。

六爷杀猪般大叫起来，此时灵堂内乱作一团，火起之后，三老太爷立刻被人扶出了灵堂，那五爷本已经走出门外，回头看到杨宁骑在六爷身上抡着拳头劈头一顿打，大叫道："齐宁，你这个忤逆的畜生，连自己的叔叔也敢打！"大义凛然冲进来，抬脚便往杨宁身上踢过来。

杨宁早有准备，探手出去，后发先至，抓住了五爷的脚踝，猛力一扯，就听"咔嚓"一声响，五爷惨叫一声，翻倒在地。

杨宁一招便弄断了五爷的腿骨，更是将六爷头上打出血来，这才起身整理了一下孝服，出了门来。

灵堂内兀自传来两人的叫唤声，三老太爷急道："快进去看看。"

边上有人冲进去，很快就冲着外面叫道："了不得了，五爷的腿被打折了，六爷……六爷也不好了。"

三老太爷又气又急，吹着胡子叫道："还不快抬他们去瞧大夫，快，不要耽搁！"

几人冲进灵堂内，先是抬了五爷出来，又有人扶着六爷出来，见到六爷额头上已经往下流血，三老太爷又急又怒："是谁动手的？"他方才急着跑出来，并无看到杨宁动手。

杨宁在旁已经道："是我！"

"你？"三老太爷脸色铁青，指着杨宁道，"就是你老子在世，也不敢如此胡作非为，齐宁，你这是自绝于齐家。"

杨宁翻着白眼道："他们要破坏灵堂，家父过世，尚未下葬，怎容得他们在遗体前胡作非为？别说是他们，就是辈分更高的人在这里闹事，我也绝不甘休。"

他这话更是直接，只差指名道姓。

"好……好！" 三老太爷身体发抖，转过身去，大声道，"咱们走，这事儿……这事儿咱们不管了！"话罢便气呼呼地领着一干人离开。

这帮人一走，院子里顿时静了下来，杨宁冷笑一声，忽听背后顾清菡幽幽叹了口气，道："宁儿，虽说他们不对，可是……哎，三老太爷毕竟是长辈，你也不该这样冲他说话。"

"为老不尊。"杨宁啐了一口，"这帮家伙根本不是来帮忙的，是来惹事的，三夫人，你难道看不出来？他们想要欺负你，那是做白日梦，只要我在，谁也不能欺负你。"转头过去，见顾清菡就在自己身旁，显然是听到了自己的话，顾清菡漂亮的眼眸里显出一丝欣慰之色，随即蹙眉道："你这孩子，刚才叫我什么？"

"啊？"杨宁一怔，心想这下子可惹事了，这"三夫人"应该是府中仆人们对顾清菡的称呼，自己既然是世子，应该是另一个称呼。

可是他此时却实在不知道顾清菡在锦衣侯府的位置，虽然能看出来她是锦衣侯府举足轻重的人物，却无法判断她是否就是锦衣侯齐景的妾侍。

琼姨娘必然是齐景的妾侍，若顾清菡也是齐景的妾侍，被众人称为"三夫人"，那就很有可能比琼姨娘还要晚入门，在府里的地位应该还在琼姨娘之下，可是看刚才的场面，顾清菡在琼姨娘面前丝毫没有卑下之态，无论是气势还是言辞，让人感觉她的身份明显比琼姨娘要高出不少，如果都是妾侍，正常情况下顾清菡断不敢如此待琼姨娘。

杨宁后悔在进京途中没有多问问。

他对齐宁的性情不了解，只知道这位世子爷脑子不灵光，若是自己的路上询问过多，担心会惹起段沧海等人的怀疑。

杨宁现在对段沧海可没有丝毫轻视之心，此人在祠堂那边，轻易判断出当时发生的一切，甚至判断出黑刀营的来历，这些除了眼力，自然少不了见识和经验。

顾清菡见杨宁发愣，只以为又犯病，忙道："可别胡思乱想，你爱叫什么就叫什么，三娘都由着你。"

杨宁心想原来是叫她"三娘"，他虽然身躯只有十六七岁，可是这内心灵魂可不比顾清菡年轻，这"三娘"的称呼还真是叫不出口。

"三夫人，世子，我已经让人重新收拾。"边上传来一个谦恭声音，"琼姨娘那边，我也已经劝说他们先回去。"

杨宁扭头看过去，见说话的正是长着八字须的胖子，自己进灵堂时，这人叫过自己一声，后来争论之间，站在一边却是一句话也没说。

"不会出门几天，连邱总管也忘记了吧？"顾清菡拉过杨宁的手，往不远处瞧了一眼，只见齐玉此时正扶着琼姨娘，两人都是用极为怨毒的目光瞧着这边，随即转身离去。

杨宁也不去理会那两人，打量邱总管几眼，直接问道："你是邱总管？刚才他们欺负三……三娘，你怎么一个屁也不放？"

他说话直来直去，那邱总管听在耳中，却想着这世子果然又犯傻，陪着笑脸道："世子爷，我虽然是锦衣侯府的总管，可是在……在他们面前，也只是个下人，那种场合，哪里能轮到着我说话。"

"段沧海不是说话了吗？"杨宁没好气道，"你是总管，在府里地位比段沧海还要高，就不敢出头？"

邱总管神色尴尬，顾清菡已经道："邱总管，灵堂这边先安排人收拾一下，三老太爷那边，你还是亲自去一趟，毕竟这样的大事，他们不会真的不管。我一个妇道人家，不好过去，世子回来了，太夫人那边还不知道，我先带世子过去见太夫人。"

邱总管立刻道："三夫人放心，一切我自会处置妥当。"

顾清菡这才向杨宁道："宁儿，咱们去见太夫人！"

顾清菡的玉手肤白似雪，软若无骨，却又光滑如同瓷器一般，手感极好，若是四下无人，杨宁还真愿意一直牵着这只柔荑，可是府中仆从众多，他总觉得这样被一个女人牵着走有些不合适，轻轻挣了挣手。顾清菡一愣，但她冰雪聪明，立刻明白过来，嫣然一笑，娇美无比，轻声道："宁儿长大了，知道害羞了？"

杨宁心想我脸皮厚得紧，若是四下里无人，便是抱着你狂亲狂啃那也是毫无羞臊之心，就怕到时候你脸皮薄，不过这府里那么多人，老子好歹是个男人，被你牵着走来走去，实在煞威风。

顾清菡也不多言，在前带路，杨宁跟在后面，此时夕阳尚在天边，阳光从枝叶间透射下来，留下斑驳的光影。

杨宁跟在顾清菡身后，看着眼前的倩影，愈发觉得这三夫人娇艳动人。

那丰腴的娇躯并没有因为穿上孝衣就遮掩了风采，玲珑有致，走动间更是摇曳生姿，使得原本就动人无比的线条平添了一份魅力，真是荡人心魄，犹如夕阳之下一朵娇美的桃花。

一阵风过，一股淡淡的幽香从顾清菡身上散发出来，钻入鼻中，沁人心脾，让人心荡。杨宁知道，这种时候顾清菡连妆容也没怎么收拾，更不可能在身上涂香，八成是她身体自带的体香，美人就是美人，连体香也是那般让人陶醉。

杨宁自问不是什么正人君子，而且他也没有什么好忌讳的，毕竟他是个冒牌货，与锦衣侯府并无半毛钱关系，与眼前这个美貌少妇也没有任何血亲关系，可就算如此，却也不好一直盯着人家屁股看，毕竟边上时不时地就有家仆出现，被别人瞧见世子爷盯着三夫人的屁股不眨眼，总是不好。

他四下张望，看看这侯府的格局。

锦衣侯府不愧是贵族府邸，宏阔宽敞，亭台楼阁都是十分精美，假山边上小桥流水，长长的走廊似乎没有尽头，便是府中每一道门，都是各有讲究，或是弧形拱门，或是六角棱门，又或是一个大圆门，杨宁心里盘算着整座府邸少说也占地数千平方米，这要是自己的那个时代，这座府邸就是一座金矿，不过整座府邸到处都是白色，一片肃穆。

穿过几座院子，又经过一条长廊，前面便出现一个四四方方的小院子，四下里幽静异常。顾清菡推门而入，回头看了杨宁一眼，轻声道："宁儿，见着太夫人，不要多说话，她老人家如今正伤心，莫惹她难过。"

"三娘放心，我不乱说话。"杨宁对着眼前美人儿嘻嘻一笑。顾清菡微微点头，两人到了院内，杨宁见到院子当中有两棵金丝菩提树，墙边则是绕了一圈藤蔓，微风拂动，丝绦般的垂蔓随风微微荡漾，一股淡香混合着顾清菡身上的幽香飘荡而来，让人心旷神怡。

推门进到屋内，杨宁立刻闻到一股檀香味。屋内颇为昏暗，杨宁一眼便瞧见屋子中间供奉着一尊佛像，一个佝偻的背影正对大门。顾清菡走过去，回头做了个动作，示意杨宁关上门，杨宁转身关门，这才听顾清菡已经柔声道："太夫人，世子回来了！"

杨宁看那佝偻身影几乎缩成一团，心想原来这就是锦衣侯府的太夫人，见顾清菡向自己招手，他走过去站在那背影身后，看清对方果然是个老妇人，身上披了一件黑纱，如同雕像一样，一动不动。

屋内先是一片死寂，片刻之后，才听到一个苍老的妇人道："脱下上衣！"

杨宁和顾清菡都是一怔，对视一眼，顾清菡凑近太夫人轻声道："太夫人，是世子，世子回来了！"

"脱下上衣！"那老妇人重复一句。

杨宁皱起眉头，心想你这老太婆还真是古怪，自己的亲孙子回来了，不说欢喜异常，最起码也该拉着自己的手絮叨几句，这下子倒好，一句话没说，进屋就让脱衣服，这葫芦里又卖的什么药？

顾清菡秀眉微蹙，犹豫了一下，还是向杨宁道："宁儿，听太夫人的话，把上衣脱了。"莲步轻移，走过去要帮着杨宁脱下外衣。

"你出去，让他自己留在这里。"太夫人又道，这老太婆也没有回头，但就像后脑勺长了眼睛一样，对身后发生的事情一清二楚。

顾清菡美眸之中显出一丝诧异之色，却还是恭敬道："是！"冲着杨宁眨了眨眼睛，她本是提醒杨宁乖巧一些，可是看在杨宁眼中，这美妇人却颇有些俏皮可爱，于是也对她微微一笑。等顾清菡出了门去，杨宁才先将孝衣脱去，然后褪掉了上衣。

"跪下！"太夫人言简意赅。

　　杨宁听到老太婆的声音苍老又冰冷，心下大是不爽，暗暗咒骂一声，也不知道这老太婆要搞什么鬼，在她边上跪下。

　　太夫人等杨宁跪下，这才慢慢转过身来，杨宁看到她那张脸，微微吃了一惊，只见这老太婆满脸褶皱，苍老无比，看模样倒像已经七八十岁，皮肤干瘪，这些倒不会让杨宁吃惊，让杨宁吃惊的是这太夫人的眼睛。

　　太夫人眼睛微微张开，可是却看不见瞳孔，两只眼睛里一片泛白。杨宁立刻便知道，这锦衣侯府的太夫人，竟然是个瞎子。

　　太夫人此时已经抬起一只干瘪的手，向杨宁脸上摸过来，杨宁见这老太婆的手干瘦无比，如同鸡爪般皮包骨头，感觉有些恶心。

　　那只干瘪的手在杨宁脸上摸了摸，随即慢慢向下，顺着脸颊往杨宁左肩摸过去。

　　杨宁只感觉这老太婆的手似乎没有温度，颇有些冰冷，浑身上下汗毛直竖。

　　太夫人的手在杨宁肩头停下，忽然道："转过身去！"

　　杨宁心下憋火，不知道这老太婆究竟想要做什么，但也知道这老太婆在锦衣侯府地位超然，若是惹怒了她，自己定要惹来大麻烦，想着转身还不必看这张有些苍老可怖的脸，当下转了个身，太夫人那只手再次摸到杨宁左肩，然后往背后慢慢摸了下去。

　　很快，太夫人的手便在一处地方停住，轻轻抚摸，杨宁忽然间有种异样的感觉，他竟感觉到自己背上似乎有一处疤痕。

　　太夫人此时所抚摸之处，正是那处疤痕所在。

　　此时杨宁终于明白这老太婆为何要自己脱了衣裳，又为何会在自己的肩头摸下去，如果猜想不错，应该就是为了自己左肩下方的那块疤。

　　此时他心下大是惊骇。

　　杨宁对自己这具身体倒是颇有些了解，不过主要是关注这具躯体的容貌甚至身高，其实对自己身上的疤痕倒是并没有在意。

　　左肩下面的那块疤，如果不是太夫人此时摸到，杨宁甚至没有察觉。

太夫人如果真是为了在自己身上找到这块疤，为何连自己都没注意到的疤太夫人却能知道？难道说那位已经死去的世子，左肩之下也有这块疤？

若果真如此，那就实在是太不可思议了。

两人虽然相貌几近相同，但身份地位毕竟有天壤之别，身体绝不可能一模一样，莫说肌肤的粗细大有不同，便是手指的长短，那也定然不同。

若说这样两个人，身上同一个地方竟有同样的疤痕，那简直是天方夜谭，大大令人匪夷所思了。

他心下震惊不已，此时那太夫人已经收回干枯的手，声音柔和些许，轻声道："你父亲过世，他是齐家的好子孙，没有辱没齐家的声誉，更没有辱没锦衣侯的名声，从今以后，你也要保护锦衣侯这个名字。"

"我……"杨宁张了张嘴，却没有说下去。

"去吧，回来就好，先办完你父亲的丧事。"太夫人干瘪衰老的脸庞看不出表情，转身朝向佛像，双手合十，手中挂了一串小念珠，再不说话。

杨宁心中又是惊骇又是后怕。

他是聪明人，刚才太夫人的动作，他已经心知肚明，这老太婆眼睛虽瞎，但心里一定明白，她抚摸自己的脸庞，当然是在核对脸型，世子齐宁既然是她的亲孙子，她对齐宁的脸型自然是十分熟悉。

好在两人脸型一模一样，太夫人自然不会怀疑，虽说肌肤粗细有区别，但世子出门多日，太夫人自然以为饱经风霜，也不会太过在意。

自己的肤色比齐宁要深一些，今日在灵堂，府中老少俱在，却无人怀疑，显然在他们看来皮肤黑了一些也是在外所致。

太夫人最后摸到那块疤便收手，这必定是最重要的确认方式，杨宁肯定自己背后这道疤必然有蹊跷，他后怕如果自己左肩下面没有这块疤，那后果当真是不堪设想。

锦衣侯乃是二品卫将军，在南楚国当然是了不得的人物，连段沧海那等厉害角色也只是府中的一介护卫，若是冒充世子的真相被这老太婆揭穿，杨宁很怀疑自己是否还能活着走出侯府。

这老太婆眼瞎心明，杨宁迅速穿好衣服，赶紧离开这个是非之地，这佛堂本就有些诡异，更加上这个干枯骇人的老太婆，杨宁实在不愿意在这里面多留半秒钟。

他出了门，顾清菡正在院内的金丝菩提树下等候。她婀娜多姿，正痴痴地看着院墙上垂下来的藤蔓。

听到动静，顾清菡转过身，见杨宁正走过来，迎上前去，压低声音道："宁儿，没有惹太夫人生气吧？"

杨宁摇了摇头，却有心想要知道自己的判断，故意道："太夫人……奶奶……"他故意装成茫然之态，心里想着自己该叫那老太婆什么，顾清菡见杨宁磕磕巴巴，只以为杨宁被太夫人吓着，轻声道："你祖母一直都是如此，她心里疼着你，你不要多想。"

杨宁忙道："祖母看了我肩膀。"

"哦？那是看你肩后的那朵花吧？"顾清菡眼儿微转，柔声道，"祖母是想你，想要好好亲近，没有什么意思。宁儿，三娘还要进去和太夫人说话，你自己先回到灵堂，在那边守着，好不好？"

杨宁心想顾清菡果真知道肩下有疤的事情，听顾清菡的意思，那块疤似乎是花儿的形状，也不知道究竟是什么花，但这也证明自己的猜测没错，太夫人确实是在验证自己身上是否有疤。

如此一来，他心下更是悚然，原来自己这具身体真的与死去的世子一样，在同一处地方都有一道疤，甚至疤的形状都一模一样，否则但有丝毫不同，太夫人立刻就能察觉出来，自己也不会轻松过关。

先前只是猜测，此刻确定这桩奇闻就发生在自己身上，杨宁一时脑中发蒙，难以想透其中关窍。

顾清菡见杨宁呆呆发怔，却似乎习以为常，俏颜凑近过来，柔声道："宁儿，在想什么？"

杨宁这才回过神来，只见到顾清菡美丽的脸庞近在咫尺，正一脸关爱地看着自己，此时更是看清楚顾清菡五官精致，肌肤雪嫩，那漂亮的嘴唇并无点朱，却依旧是粉润诱人，如同熟透了的小樱桃，让人忍不住都想咬上一口。

杨宁心神一荡，却也知道这只小樱桃是万万不能咬上去的，摇头道："没……没想什么。"

"那你去灵堂那边。"顾清菡轻声道，"我去见太夫人。"轻柔一笑，婀娜多姿地往那屋里过去。

她对杨宁一直都是温柔关护，与她在灵堂面对其他人之时的面若寒霜大不相同。

杨宁出了院子，循着先前过来的道路往回走，脑中却一直在寻思着肩后疤痕的事情，着急地想要找到一面镜子，看看自己背上究竟是什么东西。

他忽地又想到小蝶，暗想自己已经进京，小蝶必然早已经进京，如今却不知身在何处，要找到小蝶，自然先要查到究竟是哪支镖局将她带进京，自己如今假冒锦衣侯世子，也不知道是否能够利用锦衣侯府的势力对此进行调查。

那支镖局做的是贩卖人口的卑鄙丑事，幕后还有靠山，这种事即使是王公贵族做靠山，那也不敢光明正大地摆在台面上，亲自经手此事的镖局也会竭力掩盖真相，不会轻易露出破绽，就算真的利用了锦衣侯府的势力，也未必能够迅速查出来。

杨宁确信一点，这锦衣侯不但是侯爵，而且还是二品卫将军，如此身份，锦衣侯府无论是在台面上还是台面下的势力，都不会小。

只是自己如今所看到的应该只是锦衣侯府的冰山一角，究竟有哪些势力可以利用，也并非一时半会儿就能搞清楚。

第十二章
守灵锦衣府

　　杨宁边走边想，不知不觉转到一处池子边上，侯府内的亭台楼阁不少，清池水潭亦多，这处池子在府中算是个较大的水池，池边还有一座假山，只见到段沧海此时正坐在假山边上的一块石头上，背靠假山，手中竟然拿着一只酒袋子。

　　杨宁走近过去，便觉得酒气扑鼻，段沧海那张脸更是通红一片，一看就是饮酒所致。

　　"这家伙今日在灵堂被辱，心里定不痛快，七尺高的汉子，又无处发泄，只能躲在这里喝酒解愁。"杨宁心中叹了口气，今日灵堂之内，三老太爷率众对顾清菡发难，那位邱总管一言不发，倒是段沧海挺身而出，足可见此人倒也是条血性汉子。

　　段沧海靠着假山，眼睛似闭未闭，口中迷迷糊糊地嘀咕着什么。杨宁上前去，用脚尖轻轻踢了踢段沧海一条腿，段沧海抬手一挥，骂道："滚开，谁也别惹我，老子……老子不是好惹的！"

　　"段沧海，你干什么呢？"杨宁咳嗽一声，"你让谁滚开？"

　　段沧海听到声音，打了个激灵，睁大眼睛，看到杨宁正站在自己面前，急忙站起身来，有些摇晃："世子……世子爷，原来是您，我……"

他又发现自己手里还拿着酒袋子，苦笑道："我就是……就是随便喝两口……"

此时天色已经有些昏暗，杨宁抬头看了一眼天色，才在边上一块光滑的小石礅上一屁股坐下，问道："是不是今天受气了，所以在这里借酒消愁啊？你莫非不知，抽刀断水水更流，借酒消愁愁更愁？"

段沧海先是一怔，似乎是诧异杨宁竟然能说出这样有文采的话来，随即摇头道："世子爷误会了，莫说挨那一脚，便是挨了一刀，我也没什么好责怪的。"

他缓缓坐下，抬头仰望已经有些昏暗的天幕，喃喃道："我是在想念将军，将军他不该……他不该就这么去了，他是一等一的英雄好汉，老天不该如此不公！"说到这里，眼泪已经滚落出来。

杨宁知道男儿有泪不轻弹，段沧海算是条硬汉子，这样的人不到伤心处那是绝对不会流下一滴眼泪的。

段沧海和齐峰等人对于锦衣侯齐景的过世显然是肝肠寸断，亦可见那位锦衣侯在这些人心中确实有着无与伦比的威望。

杨宁心想自己对锦衣侯府知之甚少，要想在侯府以假乱真，只能是知道得越多越好，此时这段沧海半醉半醒，若是能从他口中知道一些消息，大有好处，伸手轻轻拍了拍段沧海手臂，以示抚慰。

段沧海看着杨宁，道："世子爷，您……您今天和以前有些不同！"

杨宁心下一紧，但面不改色，问道："怎么……怎么不同？"

"世子爷以前……"段沧海犹豫了一下，摇头道，"只怕是将军英魂护佑，世子爷能够安然脱身，如今又……又懂了事情，将军知道，定然欢喜。"

杨宁笑了笑，知道是今日自己在灵堂的表现让这些人吃惊。

"我父亲……我父亲到底是怎么了？"杨宁想了一下，才问道，"他怎么就走了？"

段沧海神情黯然，叹了口气，道："刚才我已经询问过，将军是伤势发作，突然过世。"

"伤势发作？"

"这许多年来，将军一直在前线镇守，淮水前线几乎每年都会遭受北汉人的骚扰，虽然在淮水大战前两边没打什么大仗，不过局部厮杀却是从来没有停止过。"段沧海顿了一下，瞧了杨宁一眼，摇头道，"罢了，世子爷不爱听这些，我不啰唆了。"

"谁说我不爱听？"杨宁笑道，"段……段二叔，我今天忽然很想知道父亲以前的事情，你大可以将你知道的告诉我。"

段沧海略显意外之色，道："往日里一说起将军的往事，世子爷可是睬也不睬，今日怎的有此雅兴？"

"今时不同往日。"杨宁叹了口气，神色故作黯然，"父亲去了，我……我想多知道一些。"

段沧海微微颔首，只以为齐景之死对这位世子爷也是大有刺激，心下颇有些欣慰，道："世子爷自然知道，锦衣侯的爵位，是从老侯爷那辈传下来的。老侯爷当年乃是大楚第一武将，跟着先帝征战沙场，这才打下了我大楚一片大好河山。"

杨宁心想原来这锦衣侯还是世袭下来的，那位老侯爷，当然是齐景的父亲，亦是真正世子的祖父。

"老侯爷当年渡过淮水，打下了汝南和寿春两郡！"段沧海顿了一下，似乎觉得这些地名即使说出来世子爷也不会懂，干脆简洁道，"老侯爷打下了北汉的两个郡，刀子一样扎进去，自那以后，北汉人日夜想着夺回去，但就是不能得逞。"

"看来……祖父很会打仗。"杨宁道。

段沧海脸上显出敬畏之色，道："那是自然，虎父无犬子，那时候将军就跟随着老侯爷征战沙场，等老侯爷去世之后，北汉人趁机要夺下两郡，当时情势危急，是将军坐镇前方，硬是击退了北汉人，名动天下。"说到这里，他脸上满是傲然之色，显然觉得那是无上的荣耀。

"后来如何？"杨宁问道。

段沧海道："后来圣上就让将军坐镇淮水，北汉人打了无数次，每一次都是铩羽而归。"

"看来北汉人当真是没什么鸟用。"杨宁笑道，"顶在自己心窝上的刀子硬是夺不走。"

段沧海立刻肃然道："世子爷，虽说将军勇猛，我大楚将士能征善战，可是却也绝不能小觑了北汉人。"

他眸中现出一丝异色："北汉长陵侯麾下当年有血兰军，那也是……也算是骁勇难敌的军队。"

"长陵侯？"杨宁好奇道，"此人很厉害吗？那血兰军又是什么军队？"

段沧海神情严肃，道："将军当年坐镇淮水，放眼天下，能与将军一决雌雄的就只有北汉的长陵侯。"

他轻叹道："长陵侯北堂庆是北汉数一数二的人物，此人文武双全，最厉害的就是训练出了一支强大的军队，这支军队的战甲上都镶刻有一朵红色的兰花，如同血染，所以被称为血兰军。"

"血兰军？"杨宁笑道，"这名字听起来有些像女人一样。"

段沧海苦笑道："听起来像女人，可是杀起人来，那比野兽还凶猛。我大楚控有汝南和寿春两郡，那一次将军正在汝南，北汉人忽然攻打寿春，寿春告急，将军当即亲率黑麟营前往救援，却万万没有想到北堂庆竟然调动了他的血兰军埋伏阻击！"段沧海并没有接着说下去，而是神情变得黯然，双拳也握了起来。

杨宁忍不住问道："黑麟营是否很厉害？"

"世子爷，咱们之前看到过祠堂外的那些尸首，我说过那很有可能是黑刀营的人所为，你还记不记得？"段沧海问道。

杨宁点头道："我看你们对黑刀营好像很忌惮。"

"我大楚最强的两支兵马，便是黑刀营和黑麟营。"段沧海缓缓道，"想当年这两支兵马在我大楚不相上下，每一名军人都以能够被编入这两支军营为最高的荣耀。"

段沧海顿了顿，沉吟片刻，才道："黑麟营是老侯爷一手打造出来的，乃是真正的铁血之军，虽然这两营人马编制都不多，但都是威震天下。"

"那黑麟营如今也在前线？"杨宁问道。

"前线？"段沧海苦笑道，"黑麟营已经不存在，当年黑麟营与血兰军对上，打了三天两夜，黑麟营几乎是全军覆没，而血兰军也是伤亡惨重！"

他长叹一声，道："三爷也正是在那一次战死沙场。"

"三爷？"杨宁一怔，"那是……那是我三叔？"

段沧海颔首道："已经有十年了，那时候世子爷还小，也许记得不是太清楚。三爷是黑麟营的统领，是将军的左膀右臂，亦是我大楚的栋梁！"

他眼圈泛红，叹道："三爷正当盛年，却为国捐躯战死疆场，留下了三夫人……"

杨宁惊道："你是说，三娘她是……她是三叔的……"他没有继续说下去，但是此刻却终于知道，顾清菡并非锦衣侯齐景的妾侍，而是齐家三爷明媒正娶的夫人，心中疑云顿解，这也难怪顾清菡在琼姨娘面前毫不显身份低微。

"说起来三夫人的命运也……"段沧海声音压低，或许是多喝了些酒，话也多了一些，"这些年来，侯府全靠三夫人打理，如果不是三夫人，侯府也不会像如今这般井然有序。"

"世子爷，这些年也是三夫人照顾着你，你以后可要好好待三夫人。"段沧海又觉得自己不该这样对杨宁说话，尴尬笑道，"世子爷莫怪，我……我多喝了些，就在这里胡言乱语了。"

杨宁此时自然不会怪段沧海多言，反是疑惑道："那我……那我娘亲……"

他心下其实一直都在奇怪，自己既然是锦衣侯嫡出长子，那么世子的母亲自然是侯爷夫人，可是侯府具体理事的似乎是三夫人顾清菡，入府之后，竟然始终没有看到侯爷夫人，如果侯爷夫人在府中，顾清菡带自己见过太夫人之后，不会不领着自己去看侯爷夫人。

府中就似乎没有这人一样。

段沧海眼中划过一丝怪异之色，显然知道杨宁想要问什么，却没有回答，而是站起身，道："世子爷，咱们……咱们该去灵堂那边了，那边已经收拾好，咱们陪着将军去。"

"你先坐下。"杨宁拉着段沧海衣袖，让他重新坐下，皱眉道，"怎么我一问我娘亲，你就要走？"

段沧海神色古怪，四下里瞧了瞧，才压低声音道："世子爷，这事儿……这事儿等你日后有空，再去问太夫人。府里有规矩，谁也不能提及大夫人，其实……其实我对大夫人也是一无所知，你问我我也不清楚的。"

杨宁万万没有想到段沧海竟然是这样的回答。

他一时大为惊讶，不明白锦衣侯府为何会有这种古怪的规矩，大夫人既然是锦衣侯的妻子，在这侯府的地位自然是举足轻重，肯定比顾清菡还要高，却不明白为何在府中不能提及。

这事儿还真是大有蹊跷。

"你在这府里多少年了？"杨宁问道，"你怎会对娘亲的事情一无所知？"

段沧海抬手摸了摸脑门子，轻声道："黑麟营覆灭之后，将军便将我和齐峰还有赵无伤调回了京城，派了侯府当差，如今已经很有些年头了。"

"黑麟营覆灭之后？"杨宁一怔，"你们几个和黑麟营又是什么关系？"

段沧海看着杨宁，一字一句道："我们三个，都是出自黑麟营，我跟随三爷身边，是他身边的副将！"他目光中既有伤感，却又有难以掩饰的傲然之色。

杨宁知道段沧海出身行伍，这人身上那一股军人的气息确实很明显，包括齐峰和赵无伤，杨宁也能从他们身上发现军人的影子。

只是他没有想到这三人却都是出自黑麟营，而且都是三爷麾下的兵。

"三爷与将军都是老侯爷所出，所以三爷年纪轻轻的时候，就和将军一样，跟随老侯爷征战沙场。"段沧海感慨道，"若非那次……哎，今日的三爷，也定是名动天下的一代名将。"

杨宁听到这里，对锦衣侯府的关系已经粗略有了了解，问道："你们几个是在那次战事之后，回到了京城？"

"黑麟营与血兰军一战之后，所剩不过几十人而已。"段沧海苦笑道，"但是将军行事素来周全，我们黑麟营伤亡殆尽之时，后援也跟了上来，血兰军那时候也已经是山穷水尽，无力再战，逃脱而去，我们这些人才能活下性命来。"

杨宁道："你们黑麟营虽然几乎全军覆没，可是一战过后，北汉血兰军也已经没有了战力，所以淮水以北的两郡才保住。"

段沧海显出一丝诧异之色，随即颔首道："世子爷不愧是将门虎子，这其中关窍，立刻就明白了。"

他微仰脖子，道："世子爷说得不错，虽然黑麟营从此消失，但是长陵侯苦心经营出来的血兰军也已经元气大伤，再也无力对我们形成威胁。"

顿了顿，他才继续道："将军上奏朝廷，为我们这些活下来的黑麟营官兵请封，大部分人都被封官各处，我们几个却还是留了下来。"

"哦？"杨宁奇道，"那又是为何？有官不当，非要留在这里做护卫？"

段沧海正色道："我们跟随三爷征战疆场，多少次都是三爷将我们从死人堆里救出来，我们那时候就发誓，此生誓死追随三爷，绝无其他想法。"

他叹道："三爷死后，我们本想追随三爷而去，却被将军劝阻，他说我们既然无心仕途，可以到侯府担任护卫，不但可以保护侯府，而且可以保护三夫人。"

杨宁微微颔首，心想这几人有官不做，却来侯府做护卫，也都是重情义的好汉，他们愿意在侯府为仆，应该是看在齐三爷面子比锦衣侯更多，毕竟三爷遗孀还在人世，他们留在侯府，大概是想好生护卫三夫人，作为对齐三爷的报答。

也难怪三夫人在侯府独当一面，她既是齐三爷的正房妻子，在侯府的地位自然不一般，只可惜这样一个娇美的佳人，却做了多年的俏寡妇。

段沧海显然是酒意过后，谈兴大发，更何况杨宁询问的是他既荣耀又感伤的往事，他便如倾诉一般，将当年之事一股脑儿倒了出来。

夕阳落山，天色已经完全暗了下来，侯府各处都已经点起了贴有"奠"字的白色灯笼。

"你刚才说我父亲是因伤去世，这又是怎么回事？"杨宁问道，"他伤势很重吗？"

"将军征战沙场多年，身上的伤口极多。锦衣侯一系从来都是靠真本事在沙场上获得荣耀，老侯爷如此，将军如此，三爷亦是如此，所以满身伤痕也是齐家男人的荣耀。本来将军已经回到京城休养，可是三年前北汉人聚集十几万兵马突然杀过来，将军只能离京赴边，这一打就是三年，将军在前线硬是撑了三年！"段沧海眼圈泛红，"我们心里其实都清楚，将军的身体每况愈下，一日不如一日，而且老伤新伤加在一起，痛苦不堪，可将军知道他一旦倒下，大楚必将危矣，所以一直隐瞒自己的伤情……"

杨宁神情也微显敬意，暗想齐景也是铁打的汉子。

"就在几个月前，两边终是达成了和议，北汉人退兵休战。"段沧海苦笑道，"其实北汉人为何会退兵，双方到底达成怎样的和议，我也不清楚，本来还在想着战事一歇，将军便可返京休养，慢慢恢复，可是……"

他摇头道："可是谁能想到会是这样，将军是为了大楚，活活累死的。"

杨宁心想原来锦衣侯还是个劳模式的英雄，却见段沧海已经站起身来："世子爷，天黑了，咱们还是先过去吧。你已经回来，三夫人今日为了你，也是与三老太爷他们力争，你可万不能辜负了三夫人的心意。"

杨宁知道在这里听段沧海说了半天，确实耽搁了不少时间，自己既然是世子，父亲过世，面子上也还是要做到位。

两人一边往灵堂去，杨宁一边问道："段二叔，这京城里镖局多吗？"

"镖局？"段沧海没想到杨宁会突然问起镖局，有些纳闷，"世子爷为何要问镖局？"

杨宁早就想好了说辞，道："我被那伙人带走之后，有一次在麻袋里听他们说起镖局。"

段沧海停下脚步，神情立刻变得严峻起来，四下里看了看，才低声问道："世子爷听他们提及镖局？是否还有九天楼的人潜伏在某个镖局里？"

杨宁道："具体是怎么回事我也不清楚，当时他们声音不大，我听他们提及镖局，还说是京城数一数二的大镖局，段二叔，这京城数一数二的镖局又是哪些？"

"京城镖局不少，不过要说数一数二的，有三家镖局倒是不相上下。"段沧海想了一下，才道，"长平镖局、四海镖局和旭日镖局是京城最有实力的镖局，世子爷可听那些人提及过这三家镖局？"

杨宁摇了摇头，心下却有些兴奋，暗想这段沧海果然不是吃素的，对京城的情况倒是了如指掌。

四海镖局他其实已经遇见过，当时在那家酒铺的就是四海镖局的车队，亦是在那里遇见了被飞蝉密忍追杀的萧光。

"在镖局中潜伏探子，倒是一个手段。"段沧海摸着粗须自言自语，想了一想，才道，"不过这事儿我们侯府不好出手，回头向神侯府知会一声，让神侯府的人去调查便好，那三家镖局都不是好相与的，而且咱们暂时也没有精力去多管，交给神侯府就对了。"

"神侯府？"杨宁奇道，"那又是什么所在？"

段沧海神色有些尴尬，这位世子爷，要说他糊涂，他今日说话却是条理清晰，完全看不出糊涂样子，可要说他聪明起来，却也不像是那么回事儿。

他正要解释一番，却听到一个声音传过来："段兄弟，你在这里？可瞧见三夫人？"

杨宁循声看去，却是胖胖的邱总管正往这边过来。

"邱总管！"段沧海道，"你在找寻三夫人？"

"是啊。"邱总管走过来，白白胖胖的脸上一片和蔼笑容，小眼睛看了杨宁一眼，道，"世子辛苦了，等再晚一点，世子可以离开灵堂先好好歇息，我已经和琼姨娘那边商量过，这晚上就让齐玉守着，只要天亮，就交给世子。"

"哦？"杨宁虽然对邱总管还摸不清底细，但是不知为何，见到此人，便心生反感，笑道，"是齐玉还要和我抢吗？"

杨宁知道，段沧海武人出身，虽然也细心，但性情颇为耿直，倒容易应付，可这位邱总管一看就是心术不正之辈，绝不好应付，在他面前，还是要谨言慎行，免得被此人看出什么破绽来，给自己带来大麻烦。

杨宁相信到目前为止，府中上下应该还不至于有人怀疑自己的身份，但是如果自己不小心，破绽多起来，难免会让人怀疑。

"世子说笑了。"邱总管笑呵呵地道，"您是侯府的世子，齐玉怎敢与您争夺什么？不过他虽然是庶出，但毕竟也还是侯爷的血脉，白天不让他见人，这晚上也该让他尽尽孝，最为紧要的是可以替世子晚上守灵，让世子能够养精蓄锐。后面的事儿还很多，如果世子日夜不眠，精力肯定是跟不上的。"

杨宁其实对那争做孝子并无什么太大的兴趣，今日在灵堂发威，也是因为看不惯一群人抱着团针对顾清菡，如果齐玉晚上替自己守在灵堂，他还真没有意见。

"段兄弟，今天的事情，你也别往心里去。"邱总管看向段沧海，笑道，"五爷的性子，你我都了解，就是那样，今日或许是太过急躁了些，刚才我找了过去，三老太爷还说五爷不该对你那样。"

段沧海淡淡道："邱总管多心了，我并不在意，而且咱们都是做下人的，自然也不会和主子计较。"

邱总管呵呵笑道："这就有些气话了。不过我了解段兄弟你，心胸宽阔，这事儿到了明天早上，你也就忘得一干二净。"

他又道："段兄弟，老哥哥作为侯府的总管，许多事情都是要从大局着想。世子守灵，天经地义，自然是无话可说，只是咱们还是要顾全大局，三老太爷那边，咱们也总不能毫不在意。等眼前的事儿过了，一切都好说，不过目下还是要维护齐家的和气，你说是不是这个理儿？"

段沧海道："邱总管，段某一介武夫，只知道护着侯府，其他的事情不该我多问，其实我也不懂。不过三夫人说什么，那自然不会有错，如何顾全大局，邱总管和三夫人商量着办就好，要用得着我的地方，三夫人一句话就是了。"

"谁说你不知道顾全大局？"一个清脆悦耳的声音从杨宁背后传过来，"你在灵堂忍气吞声，没有犯糊涂，那不就是顾全大局了？"

杨宁回头瞧过去，只见顾清菡正如一片白色的云彩般往这边飘过来，轻盈娇美，风韵动人。

邱总管看到顾清菡，本来笑容和蔼的表情瞬间变得谦恭起来，几乎是小跑迎上去，恭敬道："三夫人，正有事要向您禀报。"

"三老太爷那边你去过了？"顾清菡此时表情从容淡定，并无丝毫笑容，那张漂亮的脸蛋一旦没有了笑容，不但庄重典雅，而且自有一股威仪。

邱总管忙道："去过了，我在那边劝说了许久，三老太爷现在气倒也顺了不少。不过……"

"不过什么？"顾清菡秀眸中划过一丝冷笑，"不过还要让齐玉继续守灵？"

邱总管为难道："三夫人，我也知道世子既然回来了，再让齐玉守灵便不合规矩。不过三老太爷说齐玉就算不是嫡子，也是侯爷的血脉，总不能侯爷死了，齐玉连守灵的资格也没有。"

他往这边看了杨宁一眼，才稍微压低声音道："三老太爷的意思，这白天嘛，以后就让世子守灵，不过晚上大可以让齐玉代劳，这样一来，灵堂始终不缺孝子，而且世子也能有时间休息。"

顾清菡淡淡道："邱总管，他们的意思，别人不明白，你心里应该清楚。你在侯府快二十年了，将军在世的时候，对你如何，你心里也很清楚。"

她顿了顿，轻轻眨了一下眼睛，长长睫毛闪动："该怎么做，不该怎么做，咱们自然是要顺着将军当初的心思去办。"

邱总管笑道："三夫人说的极是，我自然是马首是瞻。"

他顿了顿，才小心翼翼地道："那我回头去回禀三老太爷，告诉他这法子不成？"

顾清菡秀眉微蹙，稍微思索了一下，才道："这样吧，齐玉晚上守灵也不是不可以，不过但凡有客，都要由宁儿出面，齐玉必须退回后堂。"

"是。"邱总管躬身道。

顾清菡这才袅袅往杨宁这边走过来，美丽的脸上此时露出一丝笑容，明艳绝俗。

"宁儿，让你去灵堂，怎的还在这里？又贪玩了不是？"她话虽略带责怪，但语气却十分柔和，全无责怪的意思。

邱总管却跟在顾清菡身边，并无离开，顾清菡察觉到，停下步子，问道："邱总管还有事情？"

邱总管犹豫了一下，才道："是有一桩要紧事儿要和三夫人商量。"

"何事？"

邱总管看了杨宁一眼，欲言又止，杨宁心下窝火，直白道："看我做什么？你要说的我不能听？"

邱总管忙道："世子误会了，我……我绝无此意。"

"绝无此意还不快说？"杨宁翻了个白眼，他最反感邱总管一副鬼鬼祟祟的模样，弄得似乎满世界都有秘密一样。

顾清菡瞪了杨宁一眼，眉眼间越发娇俏，微转过头看向邱总管，才道："邱总管，到底是什么事？"

"这个……"邱总管犹豫一下，终是道，"三夫人，府库里……府库里的银钱已经所剩无几，只怕撑不了多久。"

顾清菡俏容顿时严肃起来，问道："前几天不是还看过，怎的这么快就没了？"

邱总管苦笑道："这几天前来祭奠的王公贵族各部官员甚多，也都是留在府里用饭，咱们侯府要维持体面，寒酸不得，花销不少。此外还有诸多杂项，本以为能省就省一些，好歹撑到宫里或是江陵那边的银子补上来，可是……可是真要办起来，花销都不小，府库里的银子每日都如流水般出去。"

他把一本账册双手呈递过来："三夫人请看，这花销桩桩件件，上面都有明细。"

顾清菡摇头道："邱总管既然这样说，总不会错就是。"并不去接那账册。

杨宁看在眼里，心中暗赞顾清菡办事老练，如今正是非常之时，顾清菡虽然总管大局，但毕竟是一介女流，侯府诸事的具体操办者，应该还是这位邱总管，如果接了账册，就等于是对邱总管很不信任，必然引出嫌隙，目下这种情况，当然不能让邱总管难堪。

"这个月，府里的月钱只怕一时发不出来，还有书院那边，前日卓先生过来的时候，虽然没有明说，但那意思已经很明显了，似乎是在责怪我们迟迟没有将书院的银子送过去。"邱总管摇头叹道，"三夫人，这样下去可了不得，按礼法，将军还有五日才能出殡，这往后几日，花销只多不少，而且将军的事儿，乃是一等一的大事，自然不能有丝毫的马虎，太夫人说过要体面，咱们自然不能失了分寸。"

顾清菡眸中已经出现烦恼之色，那一对细若柳叶的眉儿微挤在一起："两个铺子里的现银都挪过来没有？"

"已经按照您的吩咐，早已经补进来。"邱总管道，"药铺那头要办药材，半个月前拨了一批银子出去采办，所以现银不是很多。"

杨宁已经听出味儿来，他本以为这样的豪门贵族，根本不可能为了银子而发愁，但现在看来，银子倒是成了侯府当下最困难的问题。

见顾清菡柳眉紧蹙，邱总管道："宫里到现在也没有个话，很是反常。三夫人，要不要派人往宫里打听一下，看看到底是怎么回事儿？我在宫里有熟识的公公，应该能打探点情况。"

"万万不可。"顾清菡立刻道，"这种事儿，圣上没有旨意，咱们就只能等着，绝不能先往宫里去说。"

她想了一想，才道："江陵那边的银子，按道理十天前就该送过来了，怎的到现在还迟迟没有动静？那边可有人过来禀报过？"

邱总管摇头道："暂时还没有人过来，我看应该是因为什么事情耽误了。这事儿以前也是发生过，偶有耽搁，最长的一次也耽搁了大半个月，不过后来也都有安全送来。如果没有意外，应该这几天便能送到。"

顾清菡微微点头，道："江陵的银子送过来，所有问题也就迎刃而解了。"

"不过目下手上却有些紧。"邱总管为难道，"府库里不能没有现银，每日里大小花销少不了银钱，这当口最是要紧，可不能因为缺银子失了侯府的体面。三夫人，你看咱们是不是……是不是先找人借些银子？"

顾清菡问道："大概还需要多少银子？"

"如果能借个两三千两银子填到府库里，应该就不成问题了。"邱总管自信道。

杨宁本还以为侯府在账目上缺了多大的窟窿，一听不过几千两银子，看来数目也不算太大，这等豪门大族，因为几千两银子为难起来，倒是出乎杨宁的预料。

"这种时候向外借银子，总是不好。"顾清菡想了想，"我手头还有些细软，不如……"

"三夫人，万万不可。"邱总管倒也机灵，立刻知道顾清菡的意思，"这种事儿也是我的疏忽，没有及时让江陵的银子送过来，怎能让三夫人拿细软出去当？这要是传扬出去，只怕有人背后会说是非。再说咱们自家也有当铺，总不能开当的去当货？其实事情也好解决，当铺那边这几日定然有人赎当，每日里多少还能有些银子回来，药铺的生意也是极好，只要撑过这几日，一切都能好转过来。咱们借点银子应个急，并不是难事，而且我定会做得周全，不让此事张扬出去。"

顾清菡想了想，才道："那就按你的法子去办，先去借个三千两银子，等侯府的银子一到，立刻归还。"

"三夫人，你也知道，侯爷在世的时候，不让咱们和其他人有太多的银钱往来。"邱总管道，"咱们这一次要借三千两银子，虽然不是难事，但总要拿些东西作为抵押，这也都是规矩。"

"这个我自然知道。"顾清菡道，"你先去打探一下，该以什么做抵押，咱们再商量。"

邱总管道："要不这样，咱们就用当铺做抵押，咱们家当铺信誉极好，生意一向不错，只要用当铺做抵押，三千两银子立刻就能支取过来。"

"当铺？"顾清菡微有些犹豫。

邱总管忙道："药铺是老侯爷时候就传下来的，是我们侯府的命脉，那是万不能动的。而且咱们也不过暂用几日而已，用不了几天，银子就能偿还回去，就算是抵押当铺，也不会累及当铺的生意。"

"既然你觉得可以这么办，那就先这样办吧。"顾清菡沉吟片刻，点了点头，"你告诉人家，我们很快就会将银子还过去，该算的利钱，也不会少一文。"

邱总管笑道："如此一来，府里的事情就不会出问题了。三夫人，我这就去办。"退了下去。

等邱总管离开，杨宁才好奇问道："三娘，咱们府里没有银子？"

"不当家不知道柴米贵。"顾清菡轻叹道，"侯府里里外外的开销本就不少，再加上将军的丧事……"

她的美眸盯着杨宁："你怎的对这些事儿也感兴趣了？平时你可从没想过银子是如何来的。"

杨宁笑道："我看三娘为银子发愁，所以才问的。"

"哟，我家宁儿也知道关心人了。"顾清菡笑道，"不过这些事儿你就不用操心了，烦心事让三娘来操心就好，等你真正当家作主，再来愁烦这些事儿。"

她看向一边的段沧海，见他脸色还有些红，蹙眉道："又喝酒了？"

段沧海有些尴尬，摸着后脑勺道："就是……就是随便喝了两口……"

顾清菡叹道："我知道你心里不好受，不过许多事情咱们还要做下去，而且这些天府里的事情杂多，你也要帮着不少事儿。"

"我知道。"段沧海忙道，"三夫人放心，我这几天再不饮酒了。"

随即也皱起眉头，轻声问道："三夫人，宫里对将军过世，没有一点说法？"

顾清菡轻轻点头，疑惑道："我也奇怪，按理说宫里早该来旨意了，可是到现在为止，不但宫里没有一点音信，就是忠义侯府那头，忠义侯也没有亲自过来，我总觉着这里面有些古怪。"

段沧海惊讶道："忠义侯没有过来？"

顾清菡摇摇头，道："将军在世的时候，我们侯府与忠义侯府素来交好，我本以为知道将军过世的消息，忠义侯会立刻过来，可是……到现在为止，忠义侯府也只随便来了个人祭奠一番便去了，此后再无人过来。"

杨宁在旁问道："忠义侯是不是见父亲过世，我们锦衣侯府没有了……没有了大山，所以……"

"宁儿，不可胡说。"顾清菡瞪了杨宁一眼，不过眸中却显出一丝诧异，"你为何会这样想？"

杨宁也是随口而言，见顾清菡怨责，道："我……我是瞎说的，我不说了。"心想齐家最强的两个人都已经过世，留下来的这帮人，一眼扫过去，没有一个真正能够独当一面的男丁，锦衣侯府衰弱似乎已经难以避免，这种情况，只怕许多人都是心知肚明，若是因此而小瞧齐家甚至拉开距离，也不是没有可能。

段沧海神情严肃，摇头道："说忠义侯势利眼，应该没有这个可能。不管他心里怎么想，但是场面上的事，他素来不会让人挑刺。"

他顿了顿，压低声音："三夫人，有没有可能是……是宫里出了事儿？"

"宫中出事？"顾清菡一怔，随即眼眸儿一转，轻声道，"你这样说，倒也有些巧。将军遗体被秘密送到京里来的时候，此事已经往宫里禀报过，但宫中一直没有派人过来，忠义侯也恰在这种时候没有上门，难道……"她蹙起柳眉，并没有继续说下去。

宫里的事情，顾清菡和段沧海也没有多说，毕竟这种事儿，不宜在背后议论。

杨宁在这侯府待了半天，前前后后接收到了许多消息，心下对锦衣侯府也已经有了个大概的了解。

毫无疑问，锦衣侯府曾经风光无限，甚至一度曾是大楚军中柱梁，但是随着锦衣侯齐景的过世，形势已经发生了极为微妙的变化。

而且这锦衣侯府看上去也没有自己想象中的那种一掷千金的豪阔，竟为了几千两银子犯愁，而且借银子甚至还要拿出当铺作为抵押。

不过从他们口中，杨宁倒也听出侯府的收入来源也不少，只是闹不明白江陵为何有银子要往侯府送过来。

他知道有些事情急不得，只能慢慢了解，偶尔装作随口问一句了解一些信息倒不打紧，可如果紧盯着询问许多事情，定然会让府中上下感觉反常，自己目下还要借助侯府的势力找到小蝶，倒不想太早让侯府的人看破。

他们几次提到宫中，自然是大楚皇城之内的皇宫。

杨宁心里清楚，以齐景在大楚的地位以及对大楚的贡献，他为国而死，皇帝不可能没有任何的表示。

如此重臣过世，皇帝即使不会亲自前来祭奠，也一定会派个皇子或者皇室中人前来悼念，再不济也定会派个太监来宣个旨，褒扬一番，悼念一番，这是必不可少的环节，而且皇帝应该还会赐下一笔赏赐。

如今皇宫迟迟没有派人来，这自然很是反常。

不过杨宁目下对这些事情还真不是太在意，心里盘算着接下来如何让段沧海帮忙自己打探那几家镖局。

想要有所得，必然要有付出。

杨宁回到灵堂，理所当然地充当起孝子的身份，不过想着这位锦衣侯也是大楚一代名将，属于人中龙凤，自己跪一跪他也无伤大雅。

夜里自然也没有什么人过来祭拜，灵堂内外也都有人，段沧海等人刚刚回府，所以这一夜几人也就陪着杨宁一起守灵。

夜里守灵，自然不会一直跪着，而且有人送来宵夜，到了后半夜，齐玉才来到灵堂，杨宁也不和他多说，留他在灵堂，自己自去休息。

接下来两日，前来祭奠的人不在少数，都是京中的官员，锦衣侯过世的消息，也并无大肆张扬，对外地的官员，也只是通知了一些锦衣侯生前交好的少数人，这些人一路辛苦赶到京城，吃住却也都是由侯府安排。

一切都按照顾清菡的安排，齐玉并无资格与前来祭拜的官员相见，但凡有人前来，都是杨宁出面，好在杨宁也不用多说话，邱总管总是在旁边照应着，前来的官员，杨宁自然都不熟悉，邱总管偶尔介绍，杨宁也是很快就忘记了。

齐家的族人，每日倒也依然过来帮衬，三老太爷倒也出现过两次，不过并不进灵堂，看也不看杨宁，显然对杨宁余怒未消。而五爷和六爷那两位，却都没有出现过。

第十三章

镖局露端倪

眼看出殡之日临近，宫中却一直都没有派人过来，就似乎忘记了这位为帝国立下赫赫功勋的卫将军。

这日午后，杨宁坐在灵堂里，百无聊赖，忽见段沧海进到灵堂内，凑到自己身边，低声道："世子爷，你还记得那天你说起的镖局？"

杨宁精神一振，暗赞段沧海这家伙眼力很好，自己一直没有找到借口让他去打听镖局的情况，不想上次提过那一回，他却已经去调查，看来此人还真是体察上意，大有前途，忙问道："你去打听消息了？"

段沧海摇头道："不用打听，齐峰在外面听人说起，镖局出事了。"

"出事？"杨宁问道，"出了什么事？"

段沧海压低声音道："世子自然记得京城有三大镖局。"

"四海、长平和旭日三大镖局。"杨宁记忆力本就了得，更加上他对镖局特别上心，上次段沧海说起三大镖局，他已经牢记在心。

段沧海点头道："不错，这一次事情出得不小，四海和旭日两大镖局都是镖毁人亡。"

"镖毁人亡？"杨宁心下一紧，急问道，"到底是怎么回事？"

"镖毁人亡，就是镖车都没了，护送的人马也都死了。"段沧海沉声道，"这可是很少发生的事情，而且出事的都是北边的线。"

杨宁眉头皱起，心中明白，那夜在酒铺被飞蝉密忍袭击，四海镖局定然遭殃，自己离开的时候镖局还有几人撑着，现在看来最后应该是全军覆没。

段沧海只以为杨宁听不明白，解释道："京城这三大镖局，长平镖局主要是往南边走，四海镖局则是往西走，旭日镖局往北走，不过这两年和北汉人在淮水厮杀，北边一直不太平，所以四海镖局也会跑北线。"

"段二叔，那个旭日镖局比之四海镖局如何？"杨宁问道，"这两家镖局哪个更强？"

其实他心里已经有了推测，既然长平镖局一直走的是南线，那么应该可以排除在外，带走小蝶的就只能是旭日或者四海两大镖局。

虽说自己在途中见过四海镖局的镖队，并无发现小蝶的踪迹，嫌疑的可能性小了不少，但却不能保证并非四海镖局所为，既然是在京城都数一数二的镖局，那么镖队就不可能只有一支。

"要说哪家强，还真不好说。"段沧海想了一下，才道，"这两家镖局都与京城的王公贵族有些牵扯，四海镖局的镖师大都是江湖出身，武功都不差，旭日镖局倒有不少镖师从前在军中待过，也都有些手段。如果说往西边去，四海镖局人脉更广，黑白两道更给面子，比旭日镖局自然占了上风，反之往北线，旭日镖局更吃得开。"

杨宁微微点头，心里其实在寻思，如果说旭日镖局在北线的人脉更广，那么它的嫌疑自然也就更大。

"两家镖局都有一支镖队在半路被劫杀。"段沧海道，"听说四海镖局是在官道边上的一家酒铺被劫，镖车全都消失，但是所有镖师和趟子手都死在酒铺，整个酒铺鸡犬不留，被人发现的时候，连一个活口也没有。"

"没有留下任何线索吗？"杨宁问道，心里其实很清楚，出手的既然是飞蝉密忍，那帮人行事诡异，自然不会留下任何线索。

果见段沧海摇头道："具体是怎么回事，我也不大清楚。不过劫镖的事情每年都有发生，可连人也都杀了，这可很少见。镖队的人都有分寸，若是能够护镖，定会全力以赴，但是如果对手太硬，明知不敌，镖队也不会硬拼，先保住人，回头再找镖。像这样将人全都杀死，倒不像是劫镖，反倒是像是寻仇。"

杨宁心想那还真不是寻仇，只不过是被某人连累而已，如果不是萧光，四海镖局也不会天降大灾。

一想到萧光，杨宁便想到那小子还欠自己五百两黄金，若当真能拿到那五百两黄金，只怕顾清菡也不用发愁了。

不过又想那臭小子虽然让自己到京城找他，可是连个地址也没有，又让自己如何在这大海一般的京城里去找一个人？

只是他也明白，就算真的拿到那五百两金子，也不能送给顾清菡，毕竟自己冒充的这位世子在此前也不是什么厉害角色，又能从哪里弄到五百两黄金？真要拿出来，顾清菡定要追根寻源，事情反而不妙。而且萧光一旦出现，必然会认出自己，那么自己假冒世子的事很有可能就会败露。杨宁心想在找到小蝶之前，还是不要遇见那臭小子为好。

"那旭日镖局又是怎么回事？"杨宁问道。

段沧海道："旭日镖局虽然也是镖毁人亡，但与四海镖局又有些不同。"

"如何不同？"

段沧海道："旭日镖局虽然人都死了，但是镖车却都还在，不过车里的货物不翼而飞，什么也都没有留下。"

"货物没了？"杨宁双眉一紧，轻声道，"这就奇怪了，如果是要将货物劫走，直接将车子拉走就是，为何还会留下镖车？难道是将货物换到他们自己的车子上？如果要劫镖，自然是速战速决，越快越好，要将货物重新搬运，耗时不少，那帮劫匪难道脑子进水了不成？"

"哦哦，世子，脑子进水是什么意思？"段沧海感觉这句话很是新鲜，立刻虚心请教。

杨宁瞥了他一眼，道："脑子里都是脑浆，进水之后，脑浆和水混在一起就糊了，泡久了，就没脑子了，这你都听不明白？"

段沧海心下赞叹，暗道世子爷这个比喻当真是新奇有趣，心下却有些奇怪，暗想世子爷的脑子以前并不灵光，可是今次却是一针见血，瞬间就能发现其中关窍，这脑子可比平常人要好用得多。

自打世子回到府里之后，比从前已经是大不相同，暗想是不是因为世子被绑架过一次，受到刺激，反倒是让世子爷变得聪明起来？如果真是如此，那还真是因祸得福，坏事变成了好事，冥冥之中，或许是锦衣侯和齐家的祖上在保佑这位世子。

"世子说得对，这就是问题所在。"段沧海道，"镖车尚在，货物却都不见了，这还真是蹊跷得很。齐峰听人议论，不少人还在怀疑这两支镖队是同一伙人所劫，不过我看应该不可能。"

杨宁点头道："作案手法不同，而且这种大案，一旦干完一桩，想到的就是立刻隐藏起来，很少还会想着继续干第二桩。"杨宁心想，四海镖局遇难，只是命不好，那帮飞蝉密忍并不是真的要劫镖，此后镖车失踪，自然是飞蝉密忍善后处理而已，他们是要追杀萧光，自然不可能去找旭日镖局的麻烦。

记得自己离开的时候，那灰袍长者还在与飞蝉密忍厮杀，却也不知道是死是活。

"世子爷一针见血。"段沧海竖起拇指，"如今真是怪事连连，竟然死了那么多人。这两家镖局虽然实力雄厚，可这一次也要大出血了。"

杨宁想着"货物不翼而飞"那句话，脑中光芒一闪，眼角微微跳动。

劫镖却将货物调车，这当然不符合逻辑，在杨宁看来，就只有两种可能，要么劫镖那伙人担心赶着镖车会被人追到线索，所以将货物调车，而且前提还是货物容易搬运，并不会耽搁太长时间。

不过即使换车，稍微聪明一些的劫匪也绝不可能在事发现场耽搁，定会将镖车拉到远离事发现场之处再行换车。

除了这种可能之外，还有一种可能，便真如段沧海所言，货物自己会飞。

如果只是平常货物，当然没有这个可能，可是如果货物是活的，当然可以自己走动。

想到此处，杨宁身体微微一震。

如果真是这样，那旭日镖局就很有可能是与萧易水联系的镖局，小蝶也是被旭日镖局从会泽城外带走。

那么货物飞走，也就有了可能。

杨宁心跳得厉害，他希望自己的判断没有出错，照这样说来，小蝶她们很有可能并没有被送到京城，而是半道已经走脱。

他既是欢喜又是担心，如果说是有人半道杀了镖局的人，将小蝶那群姑娘救走，自然是最好的结果。可如果只是黑吃黑，小蝶刚离虎口又入狼窝，那么处境依然是凶险至极，反倒不如被镖局带到京城。

镖局将小蝶带到京城，自己借助侯府的势力，暗中打听，未必不能查到小蝶的下落，毕竟这短短时间就已经查到旭日镖局，再细查小蝶应该也不会太困难。

可小蝶如果落入另一伙人手中，再想找到，可就真的不容易了。

"世子爷，你怎么了？"见到杨宁表情阴晴不定，神情怪异，段沧海自然不知道杨宁所思，担心起来。

杨宁回过神来，道："没事，就是想今天还有没有人过来。"

段沧海道："这些日子该来的也都来了，再有人来，也只是外地的，等到将军出殡，人会多起来。"

杨宁点点头，问道："邱总管去哪里了？半天没见着人影，对了，他借到银子了吗？"

"用当铺做抵押，要从钱庄借几千两银子并非难事。"

杨宁"哦"了一声："是从钱庄借银子？段二叔，你说咱们侯府这么大，也算是大楚一等一的豪门，怎的连银子也不够使？就算一时不凑手，也用不着拿当铺做抵押去借债吧？"

段沧海道："这些事儿，我懂得也不多，不过钱庄的规矩，便是一两银子，也要有东西抵押，莫说几千两银子了。"

"咱们侯府就不认识有钱人？"杨宁道，"京城是最繁华的地方，王公贵族那么多，咱们……咱们好歹也认识些人吧？"

段沧海摇头道："京中与咱们侯府有交情的自然不在少数，可是老侯爷立下过规矩，绝不能与任何官员有金钱往来。"

"啊？"杨宁奇道，"还有这样的规矩？"

"世子以前不管这些事，所以不知道。"段沧海正色道，"老侯爷为人正直，即使被封爵，也是清正廉洁，按照老侯爷当年的说法，但凡与任何人有了金钱往来，便有了利益关系，做起事来就不方便。将军在世的时候，也是严守老侯爷立下的规矩，并不与王公贵族有金钱往来。"

杨宁叹道："如此说来，即使有人送银子孝敬侯府，那也是不能拿了？"

"那是自然。"段沧海肃然道，"不但如此，将军在前线征战，朝廷一旦有赏赐，将军也都赏给部下将士，从不留下一文钱。不过将军是千户侯，从老侯爷开始，就赐有三千户封邑，而且还有数百顷良田，平日里倒也能够衣食无忧。"

杨宁忍不住道："三千户封邑，数百顷良田，就只能是衣食无忧？段二叔，你开什么玩笑。"

他之前见锦衣侯府为了几千两银子犯愁，心下疑惑，只以为侯府当真贫穷，此时才知道这侯府的经济来源实在不弱。

三千户封邑，每年收入必然不菲，再加上数百顷良田，侯府虽然老老小小有上百人，但要养活这些人实在是易如反掌。

"没有开玩笑。"段沧海知道世子对银钱一无所知，耐心解释道，"咱们侯府的进项虽然不少，可是花销也是极大。"

"花销？"杨宁道，"我也瞧不出能有什么花销能将那么多银子全都使了。"

段沧海苦笑道："世子有所不知，三千户封邑，数百顷良田，听着似乎不少，可是那些进项进入侯府的却微乎其微。"

"这是什么意思？"杨宁皱眉道，"难道还有人横刀夺银？"

"那倒不是。"段沧海压低声音，"侯府的封邑在江陵，那是齐家的祖地，老侯爷就是从江陵出来的。封邑在故土，老侯爷每年收缴的赋税就很少，所以这一项进项远比不了其他王侯。而且封邑的赋税，老侯爷在世的时候就立下了规矩，其中五百户的收入给了三老太爷那一房。"

杨宁此时才恍然大悟，难怪顾清菡和邱总管提到江陵的银子，原来那是封邑收入。

只是他没有想到，三千户封邑，竟然还有五百户转到了三老太爷那一房，原来三老太爷那一房竟然是侯府养活。

"就算是这样，银子也不可能不够用吧？"

段沧海轻声道："老侯爷和将军都是重情重义的仁善之人，他们征战沙场，待手下将士如手足。将士在前线阵亡，朝廷的抚恤向来也不是太多，留下的孤儿寡母自然凄惨，老侯爷在世的时候就开了先例，不少跟着他战死沙场的将士，家中太过贫困，留下孤老弱小难以生活，侯府每年都要拨出银子接济，虽然不是太多，但总能让他们活下去。将军也是继承了老侯爷的法子，世子你自己算算，这样一来，侯府还能有多少进项？"

杨宁怔了一怔，倒没有想到还有这样一出。

跟随锦衣侯两代人征战沙场的将士不在少数，就算只有一小部分需要接济，对侯府来说也是一项极大的花销。

"那个……这淮水之战打了三年，死伤无数，这几年死的人还没算进去吧？"杨宁道，"总不会以后还要接济这些人的家眷吧？"

"要是那样，再有三千户封邑也是不够。"段沧海摇头道，"而且人数若是太多，咱们侯府一一接济，恐怕有人会说咱们侯府收买人心，反倒不妙。之前接济的人不算太多，朝廷已经有人在背后说过将军，好在圣上对将军信任有加，知道这是老侯爷重情义，睁一只眼闭一只眼而已。"

他压低声音："这一次将军过世，宫里没有任何旨意过来，只怕也无人再想到那些战死将士的家眷了。"

杨宁这才明白为何侯府收入不薄，但是府银却捉襟见肘，中间却原来是这么一档子事。

不过由此亦可见，锦衣侯两代人深得人心，将士愿意跟他们出生入死，却也不是偶然。

便在此时，却听得外面传来声音："武乡侯前来祭拜！"

声音之中，只见邱总管忽然冒出来，匆匆到了杨宁边上，低声道："世子，武乡侯到了，这是他第二次过来，只怕也是为了来瞧你。"

"瞧我？"杨宁皱眉道，"我有什么好瞧的？"

邱总管道："武乡侯是世子未来的岳父，您是他未来的女婿，知道你安然回府，前来看望也是理所当然。"

杨宁还在诧异，便见到有人已经引着一人进了灵堂，此人不过三十多岁，锦衣玉袍，容貌倒也十分俊朗，只是脸色有些苍白，走路之时，杨宁见他步伐虚浮，而且目光无神，全无精神，便知道此人身体极为虚弱。

武乡侯进到灵堂内，瞥了跪在边上的杨宁一眼，摘下冠帽，只是上前拱了拱手，随即转身向边上的邱总管问道："太夫人可能见客？"

"回武乡侯，太夫人身体不适，一直没能见客。"邱总管恭敬道，"请侯爷到雅厅喝茶。"回头看了杨宁一眼，招了招手，示意杨宁跟过来。

武乡侯背负双手，咳嗽一声，这才在邱总管的引带下出了灵堂。

"这是武乡侯？"杨宁回过神，向身后的段沧海问道，"我们与他有婚约？"

段沧海点头道："武乡侯与我们锦衣侯一样，是大楚四大侯爵之一，世袭罔替，这门亲事，是老侯爷和武乡老侯爷在世的时候就定下的。"

"如此说来，武乡老侯爷也已经不在人世？"杨宁问道。

他见眼前这武乡侯不过三十出头年纪，既然已经继承了侯爵之位，那么武乡老侯爷自然已经过世。

段沧海道："是，武乡老侯爷也过世多年了，比咱们的老侯爷只晚了两年。两位老侯爷生前乃是生死之交。"

杨宁还要再问，段沧海急道："世子爷，不能耽搁了，武乡侯去了雅厅，他必是来见你，你快些过去，只怕他还有话要和你说。"

杨宁心下烦恼，不想横空蹦出一个岳父来，只能起身。出了门，见邱总管正引着武乡侯在前面不远处，时不时地往这边看，见杨宁跟来，邱总管才轻松下来。

杨宁进到雅厅之时，武乡侯已经在椅子上大马金刀地坐着，邱总管让人上了茶，站在边上，又向杨宁招了招手，示意杨宁过去。

杨宁只能上前，武乡侯靠坐在椅子上，也没有看杨宁，手中多了一只白玉雕成的貔貅，美玉圆润，色泽纯净，一看就是上等花色。武乡侯一面把玩手中貔貅，一面头也不抬地问道："怎么回来的？听说出去乱窜，被人抓走了？"

杨宁听他说话声音中气虚弱，更加肯定此人的身体极差，他虽然知道像这类贵族世家的规矩很多，却也不知道究竟有什么规矩。正寻思是不是要回答，邱总管在旁已经赔笑道："侯爷明鉴，世子回来已经有几天，吉人天相，有惊无险。"

"吉人天相？"武乡侯抬了抬眼皮子，瞅了杨宁一眼，冷笑道，"我怎的看不出来他到底哪里是吉人？还天相，你看他一脸丧气，天相要是这般，这老天也太过窝囊。"

邱总管一怔，显然没有想到武乡侯会口出此言。

虽然杨宁是晚辈，而且还是未来女婿，但眼下的情势，杨宁继承锦衣侯爵位只是时间问题，无论如何，武乡侯也不该如此当面奚落。

"侯爷说得没有错，家父过世，如果我一脸喜气洋洋，那才见了鬼。"杨宁心下有些恼，微仰头，也不看武乡侯，"至若吉人衰人，有时候从面相上还真的能够看出端倪来。"

他口中这般说，心里却想着，你这家伙一脸衰相，与吉人才是真正沾不上边。

武乡侯一怔，自然也没有想到杨宁会这般回话，抬头看了看杨宁，冷笑道："这还有些脾气。"

此时又有人上来倒茶，武乡侯端起茶杯，只抿了一口，便吐出来骂道："这是什么茶？是给人饮的？"将手中茶杯往旁边案几上重重一放，茶水四溅，茶几上打湿一片。

邱总管急忙对下人道："还不收拾？"

他又向武乡侯陪笑道："侯爷，这是您最平日里最喜欢饮的云雾茶，今日只怕是不对口味。"

"什么云雾茶。"武乡侯没好气道，"云雾茶要用无根雨水来泡，你这是用的什么水？说起来也是侯爵世家，这些小规矩也不懂？我说邱总管，你们府里的这些人，从上到下都是没规矩，也是齐景没有眼力，尽挑一些土里土气的玩意儿，这样能办什么事儿？连个茶都不会沏，实在不成，回头从我府里给你们送几个会沏茶的。"

邱总管依然赔笑道："是小人调教不周，以后定当用心。"

杨宁本想出口反驳几句，但想想和他争执一杯茶也没有什么必要，勉强忍住。

武乡侯继续把玩手中貔貅，问道："太夫人究竟什么病？可要紧？本侯今日过来，是想见见她老人家。"

"侯爷有心，可是太夫人已经说过，无论是谁，暂不见客。"邱总管道，"侯爷要见太夫人，只怕要等些日子。"

"那你们侯府现在谁在当家作主？该不会还是你们那位三夫人吧？堂堂侯府，要靠一个女人主持大局，这要传扬出去，岂不让人笑掉大牙？"武乡侯扭动了一下身体，让自己坐得舒服些，看着邱总管，"你们齐家就没有一个能担当得起来的男人？"

杨宁听到这里，便已经有些忍耐不住。

杨宁也见识过齐家的老老少少，知道放眼齐家，如今还真没有能够独当一面的真正男人。

如果武乡侯只是鄙夷齐家男丁，杨宁非但不会反感，反倒要生出所见略同之感，可是听武乡侯话里充满对顾清菡的鄙夷，便有些恼火。

他知道顾清菡如今的处境十分艰难，一介女子之身，却要撑起一个侯府，实在有些不容易。这武乡侯站着说话不腰疼，实在让人反感，虽然不好直接反驳，却还是冷笑一声。

他这一声冷笑故意让武乡侯听见，武乡侯自然不会听不见，立刻瞥了杨宁一眼，冷笑道："你小子冷笑什么？是觉得本侯说的不对？"

杨宁也不看他，更不理会。

"果然没错。"武乡侯脸上已经有几分恼怒，"都说齐家养了一个没脑子的蠢货，看来到如今也没什么长进。"

他冷哼一声，问邱总管道："对了，宫里可派人过来？你们锦衣侯过世，圣上总不会没有一点旨意。"

邱总管尴尬道："回侯爷，到现在……到现在为止，宫里还没有人过来。"

"这再有几天就出殡了，还没派人来？"武乡侯眼眸子微微转动，"忠义侯和金刀侯可来过？"

"金刀侯在设灵当日就过来了。"邱总管道，"忠义侯……忠义侯府也派人过来。"

"派人？"武乡侯抬起一只手摸着下巴胡须，"你是说忠义侯本人并没有过来？"

邱总管道："忠义侯并没有亲自过来，也许……也许是有什么事情耽搁了。"

"耽搁了？"武乡侯淡淡笑道，"这灵堂已经设下了十多日，忠义侯府离这里又不是十万八千里，能有什么事情耽搁？"

他坐正身子，收起手中貔貅，咳嗽两声，才道："邱总管，太夫人既然不在，本侯也没有时间三天两头往这里跑，你就给本侯向太夫人带个话吧。"

"侯爷有什么吩咐，请尽管示下！"

武乡侯道："也不是别的什么事情，就是为了咱们两家的婚约。"

"哦？"邱总管忙道，"侯爷，恕小人直言，将军尚未出殡，这一时半会儿，应该……应该还不适宜说这些事情。"

武乡侯道："本侯自然知道不适合说，不过有些事情宜早不宜晚，真要是拖拖拉拉耽搁下去，反而不妙。"

邱总管微微点头："世子的年龄，也确实到了成亲的时候，太夫人心中应该已经在准备此事了。"

"你误会了。"武乡侯抬手道，"你们锦衣侯刚刚过世，还成什么亲？哪有老子过世不久，就准备给儿子成亲的？"

"侯爷说的是，那侯爷的意思是？"

武乡侯干咳两声，张了张嘴，欲言又止，表情看上去有些不自在，稍微犹豫了一下，终于还是道："本侯以为，咱们之前约定的婚约，要从长计议。"

"从长计议？"邱总管一怔，显然没明白过来，小心翼翼问道，"侯爷，您的意思……您的意思小人还没弄清楚，是不是成亲之事因为将军过世之故，要往后拖一拖？"

"邱总管，你也是老人了，难道不知道，父母过世，守孝三年，从现在开始，你们这位世子在三年内可不能成亲。"武乡侯道，"还不明白本侯的意思？"

"侯爷是准备解除婚约？"忽地从门外传来一个声音，随即便见到顾清菡已经轻步走进门来。

武乡侯扭头看了一眼，并不说话。

"三夫人！"邱总管迎上前去，正要说话，顾清菡抬手止住，轻移莲步，脸上露出一丝笑容："刚听说侯爷到了，送上的茶不合侯爷的口味，所以过来想请教侯爷，什么样的茶才能入您尊口。"

武乡侯咳嗽一声，才道："茶不茶的本侯已经不计较了，这次过来，也不是为了饮你们的茶。"

"侯爷不计较，我们却不能不小心。"顾清菡依然带着笑容，"以前侯爷每次过府的时候，都是用这云雾茶招待，其实我们侯府饮这种茶的不多，留着也是为了招待侯爷这样的贵客，今日侯爷忽然转了口味，若是不问明白，以后我们却不知该如何招待了。"

　　顾清菡对武乡侯显然没有太多的敬意，武乡侯眉宇间有几分恼怒，却似乎对顾清菡也有些忌惮，道："本侯是来见太夫人，准备商议婚约，太夫人既然不能见客，就只能由你们代转几句话了。"

　　"侯爷方才的话，我已经听见，不知我是否误解了侯爷的意思。"顾清菡淡淡道，"你我两家的婚约，是在两府老侯爷还在世的时候就定下来的，如果不出意外，两家明年开春就应该准备将这十多年前就定下的婚事操办了。"

　　"操办？"武乡侯冷笑道，"现在齐景已经……已经过世了，齐宁守孝三年，要成亲，自然也要等到三年之后。"

　　"我们可以等。"顾清菡道，"既然是老侯爷定下的亲事，我们早已经将紫萱当作我们锦衣侯府的世子夫人，三年过后，孝期一满，自然会八抬大轿将紫萱迎进门来。"

　　武乡侯抬手道："且慢。你说三年就三年？你们可以等，便以为我们也可以等得？"

　　"哦？"顾清菡唇边带笑，"侯爷的意思是说，三年时间太长，你们等不得？"

　　武乡侯起身来，背负双手，道："话说到这份上，本侯也就痛快直说吧。当年的婚约，是老侯爷们定下的，我并不赞同，但是老人们的情谊在那里，本侯也不好直接反对。"

　　"原来侯爷并不赞同这门亲事。"顾清菡淡淡笑道，"前两年侯爷就多次向将军提及这门婚事，说要早日将两个孩子的事情办了，我们还一直以为侯爷对此事并不反对。"

　　武乡侯神色有些尴尬，却还是道："那还不是希望事情早了早好，免得成日里挂念这件事情，徒增烦恼。"

　　顿了顿，他才又道："知道本侯的人都清楚，本侯是个怕麻烦的人，如今一个天大的麻烦在本侯眼前，本侯不得不尽快解决。"

"侯爷的解决方法是什么？"

"我刚才也说过，解除婚约。既然齐宁要守孝，我们这边也耐不住性子等下去，还不如双方解除了婚约，这对大家都有好处。"武乡侯瞥了杨宁一眼，淡淡道，"说句实话，你们家这位世子，并不适合我们紫萱。"

"侯爷这话我们可就听不懂了。"顾清菡美丽的脸庞严肃起来，"这门婚事，是两位老侯爷在世的时候定下来的，我们锦衣侯府自始至终没有生出其他的心思，也不敢违背老侯爷当年的意思，无论老侯爷还是武乡老侯爷，都是一言九鼎，言出如山，我实在不明白，这板上钉钉的婚约，为何会生出变故？"

"此一时彼一时，即使是老侯爷们定下的亲事，也不是一成不变。"武乡侯看了杨宁一眼，冷笑道，"我们家老爷子当年定下这门亲事的时候，可没想到你们锦衣侯府竟然养出这样一个东西，若是老爷子知道，也定不会应允这门亲事。"

顾清菡凤目上扬，冷冷道："侯爷也是身份尊贵之人，这般出言不逊，是否与你的身份不符？宁儿单纯朴实，却不知又哪里不中侯爷的意？"

"单纯朴实？你当本侯对他一无所知吗？"武乡侯发出古怪的笑声，抬手指着杨宁，冷声问道，"有人说你总和一帮纨绔子弟流连忘返于秦淮河上，可有此事？本侯还听说你在外面出尽了洋相，整个京城都知道齐家有你这样一个贻笑大方的蠢货，难道不是真的？"

顾清菡怒道："侯爷请自重。宁儿不过是轻信于人，他秉性并不坏，你……"

"不用解释了。"武乡侯打断道，"京城许多人都知道你我两家有婚约，就是因为此事，我们武乡侯府也是被人在背后嘲笑，就因为……"

他往前走了两步，手指几乎就要戳在杨宁的鼻子上："就因为这个臭小子，害得我武乡侯府的声誉也被人污蔑。如今还没成亲，就已经牵累我侯府，这真要将紫萱许配给他，我们武乡侯府还要不要在京城混下去？"

顾清菡冷笑道："武乡侯，当年你们老侯爷遇到危难之时，我们锦衣老侯爷可没有想过被拖累，而是挺身相助，正因在苦难之时不离不弃，你我两家才结成这门亲事。如今只不过是一些无良之辈造谣生事，你武乡侯就要断然斩断这门婚约，若是两位老侯爷泉下有知，不知该如何想。"

"我这是为了我们苏家的前程。"武乡侯淡淡道，"这么多年，我还没有听说有哪位世子被人稀里糊涂绑走了，如此无能之辈，如果紫萱真要嫁给他，本侯还真担心紫萱哪天会成了寡妇！"

"住口！"顾清菡娇声叱道，"武乡侯，你太过分了。"

武乡侯顿时有些尴尬，显然也觉得自己所言确实太过分，干咳两声，道："反正武乡侯府由本侯做主，紫萱是本侯的掌上明珠，她的婚事，自有本侯做主，本侯不答应，这门婚事就成不了。"

杨宁自始至终都只是在一旁冷冷听着，没有吭声，他见这武乡侯虽然贵为侯爵，可除了衣冠华贵一些，言谈举止却没有一丝贵族风范，而且出言不逊、口不择言，如果换一身衣衫，倒像一个撒泼耍赖的流氓一般。

邱总管此时垂手在旁，默不作声。顾清菡虽然还在竭力控制自己的情绪，但明显气恼不过，呼吸微促，饱满胸脯随着呼吸上下起伏。她柳眉舒展，冷笑道："武乡侯，你既然已经把话说到这个份上，我有句话也想对你直言。"

武乡侯微仰着脖子道："今日过来，就是为了将话说得清清楚楚，你们有什么话，也尽管说出来。"

"好。"顾清菡颔首道，"武乡侯，你应该清楚，两位老侯爷当年订下婚约，不仅仅是为了交情，他们深思熟虑才会做出这样的决定，我只想请教武乡侯，你准备解除婚约，可是深思熟虑？"

"那是自然。"武乡侯毫不犹豫地道。

顾清菡神色平静下来，道："既然如此，我也不多说什么。不过是否解除婚约，还要请太夫人的意思，如果太夫人同意，这门婚事，我们自然不会强求。"

武乡侯道："本侯可以给你们几天时间考虑，其实我看也没有考虑的必要，本侯既然决定解除婚约，你们也没有必要再坚持下去，免得到最后两家面子都不好看。"

"武乡侯放心，我们齐家从来都不强求于人。"顾清菡淡淡道，"邱总管，送客！"

武乡侯怔了一下，不过看到顾清菡俏脸冷冰冰的，不由冷哼一声，一甩衣袖，出门而去。

邱总管跟在武乡侯身后，送出门去，等武乡侯离开，顾清菡这才冲着武乡侯背影冷笑道："愚不可及！"

杨宁走到顾清菡身边，轻声道："三娘，咱们与他们家有婚约？"

"宁儿，你也不用担心，好姑娘多得是，没了他苏家的姑娘，三娘也会给你找一个更好的。"顾清菡显然有些余怒未消，"听说他们家那位苏大小姐刁蛮任性，也不是好相与的，只是老侯爷定下的亲事，咱们不能违抗，今日他武乡侯亲自来解除婚约，未必是什么坏事。"

"这位武乡侯在父亲还没出殡的时候就登门解除婚约，也实在太过分。"杨宁皱眉道，"他这是根本不将咱们锦衣侯府放在眼里。"

顾清菡转身看着杨宁，柔声道："宁儿，体不体面，不在乎别人怎么想，只要自己争气，体面也就来了。老侯爷和你父亲在世的时候，都是大楚的栋梁，没有人小瞧咱们锦衣侯府，只要你以后也有他们那般作为，锦衣侯府依然不会被人小觑。"

杨宁点了点头，心中却想着你们锦衣侯府是否能体面，还真不是我该考虑的，我这假冒的世子说不定哪天就偷偷溜了。

不过心里却也知道，如今的锦衣侯府，也可算得上是内忧外患。

齐景一死，锦衣侯府的脊梁就等于断折，齐家三老太爷那一房明显是偏向庶子齐玉，府内争斗一目了然。

如今武乡侯更是亲自登门解除婚约，这当然不是一个独立的事件。

第十四章

出殡葬忠陵

顾清菡正若有所思，正在此时，却见两人匆匆而来，当先一人正是段沧海，神情凝重，身后则是跟着齐峰。

"三夫人，京里有变故。"段沧海还没有进门，就已经沉声道。

顾清菡蹙眉道："怎么了？"

齐峰上前来，拱了拱手，神情肃然："三夫人、世子爷，京中城防正在换防，驻扎在石头城的黑刀营就在昨夜忽然被调入了京城，而且换防皇城诸门，原本驻防的皇家羽林营被调出京城，如今就驻扎在城北十五里地。"

"什么？"顾清菡花容失色，"黑刀营入京？"

段沧海神情凝重："如今皇城已经被封锁，何人都不得进出，齐峰刚才在街上看到，京都府的衙差们已经开始巡城，几乎是倾巢出动，大街小巷都能看到京都府差的身影。三夫人，看来……看来宫里只怕真的出事了。"

顾清菡秀眉蹙起，想了一下，才压低声音道："沧海，从现在开始，严令府里的人不得随意出门，若有需要采买的东西，出门时也要小心谨慎。"

她又向齐峰道："齐峰，你在京都府里有熟人，打听一下，到底发生何事。"

两人拱手称是。齐峰道："三夫人，如果真是宫里出了事儿，京都府的衙差们也只是奉命巡街，究竟为何如此，想必也不会知道。"

"齐峰说得不错。"段沧海道，"皇城调来黑刀营，而且换防皇城，这就表明宫里是有意要封锁消息，目下我们很难打听到宫里究竟发生了什么。"

顾清菡微一沉吟，才问道："京城可封锁了？"

"暂时还没有。"齐峰道，"不过瞧这阵势，今夜很有可能开始全城戒严，一旦城中戒严，封锁京城无可避免。"

"可是将军再有两日便要出殡，一旦京城封锁起来，我们如何出城？"顾清菡忧心道，"出殡之日是按照礼数来办，但有差错，不但风水会受影响，而且还会违背礼制，说不定会有人借此生事。"

段沧海道："三夫人放心，京门还在虎神营的手中，虎神营统领是将军的老部下，我回头就去找他，问他究竟是什么情况，无论如何，也要保证将军顺利出殡。"

顾清菡轻拍胸脯，露出一丝浅笑："你看我一急就糊涂了，薛统领还是虎神营统领，有他在，将军出殡应该不会有问题。"

随即眉宇间带有忧虑之色："难怪宫里迟迟不曾派人过来，果然出了乱子……"

杨宁在旁并不说话，听得几人交谈，已经清楚这京城如今也不太平。

"对了，三夫人，我们过来的时候，见武乡侯刚刚离开，他脸色不大好看，而且……而且口里嘟囔着……"段沧海欲言又止，终是轻声道，"他似乎对您颇为不满，是不是出了什么事儿？"

顾清菡美眸中显出鄙夷之色，冷笑道："你当他来能有什么好事情？都说虎父无犬子，这话放在武乡侯身上，还真不灵验。"想到杨宁就在身边，似乎不好多说什么，向杨宁道："宁儿，你不要管其他事情，先办好将军的丧事，其他事情等过了再说。"

杨宁微微点头，知道这事儿一桩接一桩地涌过来，顾清菡现在只怕也是心烦意乱。

京中发生变故，顾清菡少不得要去向太夫人禀报，等顾清菡离开之后，段沧海吩咐齐峰几句，齐峰也迅速离去。

"世子爷，武乡侯若是说了什么不中听的，你也不必放在心里。"段沧海见杨宁脸色也不是很好看，只以为在武乡侯面前受了委屈，劝慰道，"武乡侯素来不拘小节，说话有时候太过……太过直率。"

杨宁怪异一笑，道："他今天是来解除婚约的。"

"那也是……"段沧海正要顺嘴劝说，猛地身躯一震，失声道，"什么？解除婚约？世子爷，你……你莫不是在开玩笑？"

杨宁耸耸肩，道："你看我像是在开玩笑？"

"这怎么可能？"段沧海惊骇道，"这门婚事，是两位老侯爷在世的时候就定下来的，无论锦衣侯还是武乡侯，都是大楚世袭侯爵，门第尊贵，订下的婚约，莫说是我们这样的门第，就算……就算是普通人家，那也绝不至于轻易撕毁。"

杨宁笑道："你不是说，那位武乡侯不拘小节吗？你说的还真没有错，他说要解除婚约，就像撕掉一张废纸一样。"

段沧海虎目显出愤怒之色，双手握拳，怒声道："将军尚未出殡，他……他便背信弃义，我们锦衣侯府在他眼中算什么？"

杨宁摸着下巴道："他说咱们齐家没有一个独当一面的男人，还说我这样的傻子，愚蠢无能，根本配不上他们家的千金。"

段沧海深吸一口气，声音带着掩饰不住的愤怒："苏祯这是落井下石，他！"一语未尽，竟是气得浑身发抖，一时说不出话来。

杨宁抬手拍了拍他手臂，笑道："其实也没什么，有其父必有其女，这样一个言而无信的父亲，只怕也生不出什么好女儿来。"

顿了顿，他压低声音，贼兮兮地笑道："段二叔，你可见过他们家的那位千金，长得怎么样？"

"那倒没有见过，可是武乡侯……苏祯长相不差，武乡侯夫人当年也是有名的美人，他们的女儿长相应该也不会差。"段沧海沉声道，"世子爷，他要解除婚约，你可答应了？"

"三娘说还要禀报祖母。"杨宁虽然对武乡侯的所作所为十分鄙夷，不过对这门婚事倒也并不在意，"回头看看祖母怎么说。"

段沧海怒气未消，冷笑道："苏祯虽然做事轻浮，却没有想到这样的大事他也敢说翻就翻，果然是人心难测，想当年……"说到这里，犹豫一下，终是没有说下去。

杨宁笑道："段二叔对苏祯很了解吗？我对这位岳父大人却知之甚少。"

段沧海知道这位世子爷从前浑浑噩噩，虽然不至于白痴，但脑子也确实不大灵光，如今似乎是受刺激聪明起来，开始知晓人情世故，犹豫了一下，才解释道："苏祯年轻的时候，就是京城有名的纨绔子弟，成日里流连于风月之所，醉生梦死，武乡侯常年在外，疏于管教……"

杨宁心中忍不住骂了一句，先前苏祯还一副正人君子的模样责骂齐宁流连于秦淮河上，现在看来，他自己倒是风月上的前辈。

"当年三爷大婚，苏祯来参加婚宴，还……"段沧海握起拳头，随即摇头道，"都是过去的事了，不提也罢。"

杨宁却已经被引出了好奇心，问道："段二叔，到底发生何事？总不会是在三叔大婚的时候，苏祯还会闹事吧？"

段沧海冷笑道："世子爷还真说中了，那次大婚，苏祯和几名纨绔子弟竟然偷偷摸到了洞房，说什么要闹洞房，举止轻浮，等三爷带人赶到的时候……"

说到这里，段沧海脸上显出怪异笑容："三爷赶到的时候，苏祯浑身是血，当时就已经晕死过去。"

"啊？"杨宁更是来了兴趣，听到苏祯倒了霉，心下颇为兴奋，"到底怎么回事？"

段沧海左右看了看，才压低声音道："世子爷知道就好，可别到处说，虽然不少人都知道，但现如今也都不敢挂在口上。"

顿了顿，才笑道："虽然没有看到，不过我们都猜到，定是苏祯浮浪性子不改，想要借闹洞房之名调戏三夫人，却被三夫人用剪刀刺中了他的大腿。苏祯虽然是苏老侯爷的嫡长子，可惜没有遗传苏老侯爷的勇武，当场就吓昏过去。"

杨宁忍不住大笑起来，此时才明白，为何先前武乡侯苏祯见到顾清菡的时候，颇有几分忌惮，原来当年还有这么一档子事。

想到顾清菡长相娇美，出手却是凶狠得紧，杨宁不由得为之莞尔。

"虽说苏祯做事荒唐，但擅自解除婚约，我是万万没有想到。此人急功近利，想当年苏老侯爷何等英雄，那也是一言九鼎之人，却想不到……"段沧海冷笑着摇了摇头，"武乡侯这爵位自从被苏祯继承之后，威名早已经是一落千丈，人们提及四大侯爵之时，不少人暗地都在嘲笑武乡侯根本无法与其他三大侯爵相提并论，可将军也并未嫌弃，依然是遵守当年的婚约。"

"段二叔，苏祯上门解除婚约，自然是因为父亲过世的缘故。"杨宁缓缓道，"他只以为锦衣侯府自此没落，所以不想与我们结亲，听你提及此人往日的作为，有这样的行为，也不算什么怪事。"

顿了一下，杨宁才继续说道："我现在只奇怪，他为何偏偏挑在这个日子过来解除婚约，父亲还未出殡，这时候过来提及此事，他自然知道这是与我们锦衣侯府撕破脸，但凡有一丝脑筋，也不会如此糊涂。"

段沧海皱眉道："世子爷这样说起来，也确实奇怪。苏祯虽然为人轻浪，但却也不是一个愚笨之人，按理来说，即使要解除婚约，也该等上一段时日，却偏偏在将军出殡前夕过来，还真有些蹊跷。"

杨宁眼珠子转了转，压低声音凑近段沧海，问道："段二叔，你说这背后还有没有其他的原因？我总觉得解除婚约不仅仅是苏祯临时起意。"

段沧海想了一下，才道："这种事情，咱们也不好猜度。"

随即皱眉道："可是如果婚约真的解除，我们锦衣侯府的声誉可就大大扫地。"

"这是他们撕毁婚约，声誉扫地的只能是他们。"杨宁冷笑一声，"言而无信，武乡侯这块招牌日后可就臭了。"

"世子爷，你不明白。"段沧海苦笑道，"咱们锦衣侯府目下处在困境之中，不少人正在观望，苏家解除婚约，虽然对他们的声誉大有损伤，可咱们锦衣侯府的声誉也必然受挫。你想想看，苏家主动解除婚约，在不明真相的外人看来，只以为连苏家都瞧不上咱们，都会觉得咱们锦衣侯府没落了，如此一来，恐怕会有更多人落井下石。"

他压低声音道："婚约一旦解除，苏家丢的是面子，我们锦衣侯府，丢掉的很可能是里子。"

"原来如此！"杨宁眯起眼睛，若有所思。

京城建邺的形势正如段沧海所猜测，黑刀营入京调防皇城，原本护卫皇城的羽林营却被调出京城，往城北十五里地驻防。

当夜城中便开始戒严。

即使是边城，不到紧张时刻，也不会轻易戒严，更莫说一个帝国的都城。戒严便预示着将有惊天动地的大事发生。

黑刀营护卫皇城，而建邺外城诸门则是由虎神营守卫，此外虎神营更是拨出一部分兵力，协同京都府衙役巡视京城大街小巷。

对建邺城来说，这样的凝重氛围已经是多年不曾出现。

锦衣侯齐景出殡之日，城中戒严依旧，前来送行的京中官员并不多，倒是所过街道的百姓自发地在道路两边默默哀送。

依照锦衣侯齐景的地位以及对帝国的功勋，送葬队伍的场面就显得寒酸了一些。

齐景的安葬之地位于京城以东的钟山之畔，这里有一片广阔的陵地，被称为"忠陵"。大楚开国之君专门令人修建了这片"忠陵"，用以安葬为帝国做出巨大贡献的忠臣良将，能够在死后被送入"忠陵"安葬，乃是无上的荣耀。

齐景是大楚的柱梁，在忠陵自然也有一席之地。

从京城出发，要走上一天才能抵达忠陵，落葬前前后后至少要三天的时间，杨宁作为齐景的嫡长子，此番自然是不可避免地要带领丧队前往。

三老太爷这一次倒也随队前往，不过五爷和六爷却都没有出现。

队伍自锦衣侯府出发的时候，人数倒不算太多，不过两百人左右，但是一路往东门去，随在队伍后面的人却多了起来，大都是些对齐景心存敬意的京城百姓，抵达东门之时，队伍已经有近千人，如同一条长龙逶迤而行。

虽说京城戒严，各门都是紧闭，但队伍来到东门时，东门立刻敞开，两边每隔几步便是一名手持长矛肃然而立的甲胄兵士，队伍经过时，两边的兵士俱持矛而跪，以示对这位帝国名将的哀悼。

杨宁看在眼里，心下更是知道齐景在楚国军人的心中确实有着非比寻常的地位。

东门就在前方不远，杨宁瞧见门下黑压压聚集了一大群人，等队伍靠近之时，一大群人已经迅速迎过来。

当先一人一身黑色甲胄，身材高大，不到四十岁年纪，行走之时，龙行虎步，威风凛凛，端的是一条好汉子。

邱总管抬起手，示意队伍停下，只见那黑甲人快步上前来，猛然间跪倒在地，摘下头盔，身后一干兵将也都齐刷刷地跪倒在地，同时摘下头盔，将头盔放在边上之后，随着那身着黑甲之人一起对着齐景的灵柩连连叩头。

邱总管此时已经凑近到杨宁身边，低声道："世子，这位是虎神营统领薛翎风薛统领，是将军的老部下。"

出殡之前，顾清菡已经对途中要遭遇到的诸般礼节细细教授给杨宁，杨宁记在心中，知道这时候自己应该上前回礼。

他在邱总管的陪同下，上前去，却只见薛翎风神情凝重，眼圈微微泛红，叩头不止，此时额头竟然已经裂开，鲜血流淌出来。

"薛统领，快请起，快请起！"邱总管上前扶住薛翎风，"统领的心意，将军泉下有知，必然安慰。"

杨宁此时已经向薛翎风和一众将士回了礼，薛翎风起身来，也不看邱总管，走到杨宁面前。他身材高大，比杨宁高出不少，居高临下看着杨宁，微一沉吟，才道："世子，我曾是将军的部下，将军对我的恩情，此生都不会忘记，以后若有为难之处，尽管来找我，只要力所能及，绝不敢推辞！"

杨宁拱手道："薛……薛叔叔，家父……家父过世，以后劳烦薛叔叔的地方应该不少，小侄在这里先谢过！"

薛翎风眼中微显诧异之色，似乎惊讶杨宁亦能如此得体，眸中显出一丝欣慰之色，微微点头，也不多言，闪身到一旁，让开了道路，沉声道："送将军！"再一次单膝跪在边上，城边所有将士俱单膝而归，显得凝重肃穆。

邱总管正欲让队伍重新起行，却听到后方传来声音："且慢！"声音响亮，随即听到马蹄声响，众人纷纷回头，只见到后方的人群已经闪开一条道路，很快便有几骑飞奔而来。杨宁瞧过去，只见当先一人一身浅黄色的锦袍，头戴冠帽，颌下长须飘飘，到了近处便翻身下马来。

"是淮南王！"邱总管失声道，"世子，快……快去迎接淮南王。"

杨宁一怔，他虽然对楚国体制还不清楚，却知道王爵远高于侯爵，不想这当口忽然冒出来一个淮南王。

淮南王也就四十出头年纪，气质华贵，下马之后，已经往拉着灵柩的大马车快步抢过去，到得灵柩边上，忽地伏在灵柩上，眼泪瞬间流出，凄声道："天道不公，你锦衣侯英雄半生，在沙场之上所向披靡，如今……如今却魂归九泉，我大楚柱梁崩塌，本王心如刀绞！"

送葬队伍本就伤心，此时淮南王大哭出声，不少人也顿时大哭起来，便是两边跪着的兵将，此时也是抬手抹眼泪。

杨宁呆了一下，暗想这淮南王到底是何方神圣，看他情真意切，似乎是真的痛心齐景过世，感染力也是极强，只是为何顾清菡一直不曾提到这位淮南王，而且也没见过淮南王前往锦衣侯府祭拜。

淮南王一脸哀伤，忽地后退两步，便要跪下，邱总管此时已经在他边上，急忙拉住，道："王爷，王爷，使不得，使不得，这……这于礼不合！"

淮南王道："如何使不得？难道就因为本王是个王爵，就不能跪拜锦衣侯？锦衣侯为我大楚立下汗马功劳，我大楚国泰民安，都是锦衣侯带着无数将士以鲜血换来的，莫说这一跪，便是用本王的性命去换锦衣侯，本王也绝无二话。"推开邱总管，竟真的跪了下去。

此时便听得四周一阵窃窃私语，许多人脸上都显出钦佩之色。

淮南王连续叩了几个头，这才被扶起来，转头看到杨宁站在一边，走了过来，伸手拉住杨宁的手，温和道："这位自然是锦衣侯世子了？"

邱总管忙道："正是！"向杨宁使了个眼色，杨宁这才道："齐宁见过王爷！"作势要跪，淮南王却是拉住，道："不必了，本王只是过来送锦衣侯最后一程，不能让他走得冷冷清清。"

他这话听似并无不妥，可是杨宁却隐隐觉得话中有话，暗想今日送葬的人数也不算少，沿途不少百姓在路边祭拜，虽然说不上极其热闹，但要说冷清其实也还不至于。

这淮南王却说不让锦衣侯走得冷冷清清，这话中自有蹊跷。

正在此时，却又听到马蹄声响，随即又听到一个尖细的声音道："等一等，等一等！圣上有旨，圣上有旨！"

只见几匹快马飞驰而来，杨宁见状，心想这帮人真是会挑时候，锦衣侯府停灵的时候，无论是淮南王还是宫里，都不见人影，如今丧队都要出城，这淮南王和皇帝的旨意却前脚赶后脚。

"咦，那是宫里的范公公！"邱总管见到来人，忙向杨宁道，"世子，范公公是司礼监总管。"

范公公年近五十，身形微胖，但面相和善，眼睛看上去如同眯起来，等他靠近，杨宁才发现这范公公天生一对小眼睛。

范公公身后，则是跟着四五名侍从太监，瞧见淮南王在旁边，范公公顿时显出笑容，躬身上前："见过王爷！"

淮南王淡淡道："范公公来得及时，若是再迟片刻，锦衣侯就已经出城了，能在最后一刻赶上圣上的旨意，锦衣侯泉下有知，也会安心了。"

杨宁听他语气充满了嘲讽，心下有些惊讶，暗想这淮南王的胆子还真是不小，竟然当着司礼监总管太监的面嘲讽皇帝，却也不知他是本就对皇帝有怨气，还是要为锦衣侯抱不平。

范公公依然堆着笑，道："锦衣侯是大楚功臣，圣上绝不会忘记锦衣侯。"

咳嗽一声，才尖着嗓子道："圣上有旨，锦衣侯世子接旨！"

杨宁从未见过这样的场面，而且顾清菡事先也没有料到皇帝的旨意会在这个时候颁下来，所以杨宁一时还真不知道接旨又有什么样的规矩。

见杨宁有些发怔，范公公笑道："世子不用多想，这不是府里，不用麻烦，直接跪下接旨就好。"

杨宁心下窝火，暗想在这个时代混还真不容易，自己如今冒充的世子也算是身份尊贵了，可是这才没多久，三天两头跪来跪去，连膝盖都有些受不住，但此时众目睽睽之下，又无可奈何。

不过又想到这次圣旨来了，应该少不得一些赏赐，锦衣侯府在银钱方面正有些捉襟见肘，江陵那边的税银迟迟没有送到，顾清菡这两天还在为银钱之事烦恼，这时候如果宫里赏赐下来，倒也算是及时雨，可以解决锦衣侯府当务之急。

范公公尚未宣读圣旨，便听到马蹄声响，杨宁这才发现，淮南王却已经带着手下人骑马离去。

"奉天承运……"范公公张开圣旨，宣读起来。杨宁对那些华丽辞藻并不在意，却是集中精神，想要知道这宫里到底能给多少赏赐，只听范公公像和尚念经一般，啰唆小半天，先是对齐景的功绩大加赞颂一番，随后又是对齐景过世表示天地同悲，叽里呱啦半日，等范公公合上圣旨，也没听到一句赏赐之言。

"世子，你节哀顺变，锦衣侯过世，举国同悲，你也要保重身体。"范公公卷起圣旨送过来，杨宁顺手接过，这才起身来，心里暗骂道："悲，悲，我悲你妈个头，这么大一个朝廷，这么大的功臣良将过世，一张圣旨全都是屁话，没一点实在的东西，这才是真正的悲哀。"

他心下恼火，却也不能表现出来，正要谢恩，忽地发现范公公身后一双眼睛正盯在自己脸上，顺眼瞧过去，只见范公公身后其他几名太监都是垂手低头，唯有一名太监微微抬头，一双眼睛正在自己脸上扫动。

杨宁正想这死太监怎么这么不懂规矩，等看到那人的脸庞，先是一怔，随即心下一凉。

本来那太监如果也垂手低头，杨宁定不会察觉他，可是那人眼睛在杨宁脸上扫过，杨宁顺眼瞧去，只见那太监面白无须，双目却炯炯有神、目光犀利，乍看之下，便有些熟悉，等仔细看清楚，杨宁立刻认出来，这太监的样貌，竟然与在酒铺所见的灰袍长者几乎是一模一样。

当日杨宁带着萧光逃离酒铺，那灰袍长者却被飞蝉密忍所困，杨宁后来也曾想过，不知道那灰袍长者是生是死，只觉得凶多吉少。

这几日在锦衣侯府混迹，却几乎已经忘记了那灰袍长者，实在料想不到此人竟然会在这种场合突然出现。

虽然眼前这人与灰袍长者相比，已经没有了胡须，而且衣衫也全然不同，但是杨宁却依然确定此人就是那灰袍长者。

如果仅仅是容貌相似，杨宁倒不会如此肯定，毕竟他与锦衣侯世子长相几乎一模一样这种邪门的事儿都能遇上。

可是对方的眼睛，却让杨宁确信不疑。

灰袍长者的眼神极有特点，深沉而犀利，眼前这太监的眼睛与灰袍长者并无二致。

他心下虽然吃惊，但神色却并不变。

在最危险的时刻保持足够的冷静，这本就是杨宁接受训练时最重要的科目之一，长期以来的训练，让他有足够的能力在这种情况下保持不动声色。

面上虽然淡定，可杨宁心下却翻江倒海。

他实在不知道，此人为何会以太监的身份出现在这里，上次在酒铺相见，此人身着长衫，胡须飘飘，倒像一个儒雅的文士，今日却摇身一变，成了一个白面无须的太监，这样的身份变化，让杨宁措手不及。

他现在都无法肯定，这人究竟是假扮成太监，又或者本身就是太监？

"世子，世子？"耳边传来邱总管叫声，杨宁迅速回过神，"啊"了一声，却听范公公道："咱家就不耽搁了，这就回宫复命！"向杨宁微微点头，转身便走，杨宁拱了拱手，再去看那扮作太监的灰袍长者，只见那人也已经转身跟在范公公后面离去，并不回头。

杨宁松了口气。

他刚刚最担心的就是那人当众揭穿自己的身份，若当真如此，后果真是不堪设想。

对方在自己脸上扫了几遍，显然也是在确认自己的身份，杨宁不知道那灰袍长者是否真的认出了自己。

记得那天阴雨绵绵，酒铺之中本就昏暗，虽然自己记住了对方的容貌，他却不肯定对方是否记住了自己的容貌。

今日对方打量自己，也许是对方依稀觉得颇为熟悉而已，自己如今毕竟是锦衣侯世子，对方如果没有确凿的证据，恐怕也不敢轻易揭穿。

杨宁此时已经感觉背脊有些发凉，心里却想着，这世子的身份现在看来已经有些凶险了。那人看样子竟似乎是宫里的人，虽然他未必确定自己是假冒世子，但既然已经起了疑心，那么自己就已经十分危险。

齐景身死，锦衣侯府眼见便要衰微，内忧外患麻烦一堆，如今又遇上那个老家伙，杨宁心中顿时盘算是不是要找机会离开。

"世子，咱们要动身了！"邱总管在边上打断了杨宁的思考，"离忠陵有整整一天的路途，咱们要在天黑之前赶到那里，途中不能耽搁，以免误了时辰。"

　　杨宁也知道这种贵族世家在婚娶丧嫁上有太多的规矩，点了点头。队伍当下出了城去，只是京城戒严，跟随队伍的百姓却不能一起出城，薛翎风带领一些将士送出一里来地，便目送队伍离去，随即返城关上了城门。

　　一路上吹吹打打，锣鼓不绝，白幡飘动，黄纸纷飞，到天黑时分，倒也是顺利赶到了钟山脚下。

　　忠陵距离钟山不到十里地，在钟山山脚，朝廷专门修建了一处别院，特地作为停灵之所，但凡落葬忠陵之前，队伍都会先在别院停上一夜，一来也是为了显示皇恩浩荡，二来也是为了让送葬队伍能够稍作休整。

　　灵柩就停在别院的正院正堂，这里有礼部吏员打理，除了少数人，送葬队伍大部分人并不能轻易进入别院之内。

　　三老太爷和杨宁都是属于齐家族人，而且都与齐景有直接血亲，自然是可以进入，而邱总管是锦衣侯府的大总管，也有资格进入，此外齐玉此番也是跟随队伍送葬，不过由于是庶子出身，几乎没有任何话语权，沿途只能跟在队伍当中，不显山不露水。

　　不过到了忠陵这边，他虽然只是庶子，但体内终究还是流着齐景的血脉，也是能够进入别院。

　　对于忠陵别院，锦衣侯府自然知道它的用途，也知道并非人人都有资格进入，所以事先也是做了充足的准备，送葬而来的人们都是在别院之外搭建帐篷歇息，陪葬的诸多用品，则是派人看守。

　　段沧海和齐峰则是率领锦衣侯府的侍卫们负责警戒。

　　一天折腾下来，杨宁颇为疲倦，他是锦衣侯世子，被安排在东边独立的房间，虽然住进了别院之中，杨宁却并不能轻松下来。

　　从踏入别院那一刻起，杨宁心中竟是生出一种极为奇怪的感觉，他感觉到暗中似乎有人在注视着他。

　　这种感觉其实很奇怪。

　　其实杨宁本身就是一个十分机警的人，但机警并不等于神经过敏，每当有危险来临的时候，杨宁便有说不清道不明的感觉出现。这种感觉其实在穿越之前就有存在，但是并不算明显，反倒是穿越之后，就似乎激活了自己的第六感一样，感觉强烈不少。

但是仔细观察，却发现四周根本无人注视自己。

天色早已经黑下来，别院之内停灵，自然是幽静异常，杨宁心想或许是今日看到了那化作太监的长者，所以让自己心神不宁，有些疑神疑鬼。

一想到那古怪的太监，杨宁眉头就锁了起来。

那古怪的太监虽然只是打量自己两眼，一句话也没有说，可正因如此，反倒让杨宁心中没有底。

如今锦衣侯府上下将自己当成了世子，便是段沧海等人也都是唯命是从。可是杨宁知晓，一旦自己真实身份被揭破，锦衣侯府上下便会立刻将自己当成不共戴天的仇敌，他们要寻根追底找到真正的世子，在没有任何人证的情况下，自己这个假冒世子当然是第一嫌疑人。

虽说齐景之死导致锦衣侯府看似要走向衰落，但无论如何，锦衣侯也是大楚四大世袭罔替的侯爵之一。自己面对这样一股势力，一旦结仇，绝对讨不了一丝一毫的便宜，只有亡命天涯躲避追杀。

如果只是亡命天涯，杨宁倒也不惧怕，可是他心中最挂念的小蝶至今却杳无音信，连下落也不清楚，这却是他放不下的。

虽然旭日镖局是最大的怀疑对象，杨宁甚至怀疑小蝶已经被人救走，但这也都只是自己一厢情愿的猜测，具体究竟如何，没有任何证据表明小蝶安然无恙，在没有确定小蝶安全之前，杨宁很难放下小蝶不顾。

夜色幽幽，杨宁正自盘算，听到敲门声响，外面传来声音："世子，准备了一些点心和茶水，小人特地送过来！"

"进来吧！"

房门并没有上栓，一名青衣仆人走了进来，端上一个托盘，托盘上摆了两碟点心，一个茶壶，另有一只茶杯。

忠陵别院自有别院的奴仆下人，杨宁之前进别院之时，倒也瞧见十多名身着这身打扮的别院仆从。

杨宁此时见到点心，倒还真觉得肚子有些饥饿，走到桌边，那青衣仆从放下托盘，弓着身子低头恭敬道："世子，若是还有什么需要，尽管吩咐，别院内吃住用度都准备得十分齐全。"

杨宁微笑道："多谢！"

青衣仆从拿起茶壶，为杨宁倒了一杯茶，放在杨宁面前，道："世子请用茶，小人先告退！"也不多言，转身便要退下。

杨宁端起茶杯，正要一饮而尽，忽地眉角微跳："你等一下！"

青衣仆从已经到了门前，停下步子，转身问道："世子还有何吩咐？"

"你在这里待了多少年？"杨宁问道，"这别院里都是些什么人照顾？"

青衣仆从解释道："忠陵别院隶属于礼部，小人是礼部的人，在这里已经五六年了，户部每年都会专门拨银子给别院支给。"

"这些年来，你在这里都是端茶倒水？没有想过换份差事？"杨宁笑着招手道，"你过来，长夜漫漫，本世子无聊得很，你陪本世子说说话，若是机灵，本世子可以帮忙给你找份更好的差使。"

青衣仆从喜道："多谢世子，多谢世子！"

他上前来，道："小人在这里就是端茶倒水，若是承蒙世子器重，赴汤蹈火，在所不辞。"

杨宁含笑道："赴汤蹈火？你难道练过武功？"

"武功？"青衣仆从摇头道，"小人是礼部的吏员，属于文吏，并不懂武功，不过读了些书，认识几个字。"

杨宁放下手中茶杯，伸手握住青衣仆从一只手，含笑道："你既然是文吏，为何拇指和食指的侧面有老茧？"

他脸色一寒："这可不是端茶倒水的手。"

第十五章

别院遇刺客

青衣仆从脸色骤变，双目生寒，手腕子一个反扣，搭上了杨宁的手腕。

杨宁冷笑一声，他与青衣仆从互相扣住对方手腕，另一只手却已经握成拳头，照着青衣仆从的面门打了过来。

孰知那青衣仆从的身手着实了得，身体后仰，躲过杨宁拳头，杨宁正要顺势往下去抓他面门，却感觉掌心一疼，就像是被蜜蜂蜇了一下，心知不妙，也就这一瞬间，那青衣仆从已经绕到杨宁身后。

杨宁料想不到此人的武功如此了得，正要一个后摆腿踢过去，却感觉眼前光芒一闪，竟是一根极细的铁丝往自己的脖子上拉扯过来。

电光石火之间，杨宁右手向前横在咽喉处，另一只手臂已经利用后肘向后面狠狠撞击过去。

虽然只是这片刻之间，但是杨宁却已经知道，这青衣仆从定是接受过极为严格的训练，动作干脆利落，而且反应敏捷，出手更是致人死命的招数，行家一出手，就知有没有，杨宁本身就是武警出身，所学也都是简单实用的手段，这青衣仆从的手法，竟与他十分相似。

容不得杨宁多想，那人已经扯着一根极细的铁丝往杨宁脖子上扣紧，杨宁一只手横在咽喉处，令那铁丝不至于勒住咽喉，但手掌却在瞬间被铁丝勒出一道血痕，而且越收越紧，杨宁喉咙被自己的掌背卡住，一时间竟是难以呼吸。

杨宁后肘虽然重重撞击在那人的腰侧，但那人意志却十分坚韧，只轻哼一声，随即右腿膝盖顶在杨宁腰间，双手扯住交错的铁丝，上身后仰，全身力气都集中在两手之中，自是想要用铁丝将杨宁活活勒死。

杨宁只觉得呼吸越来越困难，胸口一片憋闷，铁丝已经深陷入手掌之内。

青衣仆从目带寒光，脸上却是憋得通红，两只手因为使出气力，手背上的青筋暴突。

他知道这样的招数最是有效，被铁丝缠住脖子的猎物不但喊不出声音来，而且根本没有任何办法逃脱死亡的逼近。

他其实很享受猎物濒临死亡时的那种垂死挣扎，就像现在的杨宁，看上去无助而徒劳。

杨宁当然不会无助，在他的思维中，能够帮助自己的就只能是自己，只要自己不死，就不会无助。

他确实有那么一瞬间感到惊骇，惊骇于这名青衣仆从的专业，这名青衣仆从显然是一个十分精通杀人的刺客。

生死时刻，杨宁没有时间去想这刺客的来历，因为呼吸困难，他脸上也已经憋得通红，甚至意识也会因为呼吸的艰难而开始变得模糊，但他却还是缓缓地抬起了一条腿。

青衣仆从眼瞧着杨宁抬起一条左腿，眼眸中显出冷笑，按照他的判断，杨宁还是要做垂死挣扎。

猛地瞧见杨宁探出手，抓在自己的左脚处，青衣仆从尚没有瞧清楚，却见到杨宁已经反手过来，刀光闪动，青衣仆从便感觉自己的右手一松，铁丝竟然从中断成两截。

青衣仆从脸色大变，他自然不知道，杨宁将那把短刀藏在了左腿小腿处，短刀锋利无匹，要割断铁丝并非难事。

也就是这一瞬间，杨宁感觉喉头一松，转身便是一刀向那青衣仆从刺了过去。

青衣仆从也算了得，惊骇之下，速度不慢，身体向下一低，一拳打在了杨宁小腹处。他这一拳力道不轻，杨宁被这一拳打中，只觉得小腹处翻江倒海，气息乱窜。

青衣仆从一拳打中，心下欢喜，忽地感觉杨宁的小腹往下凹了一凹，这青衣仆从"咦"了一声，大为奇怪，便觉得拳头变得酸软起来，忙加了一些气力。

杨宁被一拳打中后，感觉小腹处一阵内力乱窜，青衣仆从的拳头里似乎钻出一只小老鼠进入自己腹间，颇有些难受。

这种感觉，他当初却也经历过，那次木老以内力压他肩膀，就有一种内力乱窜的感觉，这一次的感觉比上次要轻弱许多，不过却也让人颇有些不舒服，自然而然地，杨宁立时便想到"六合神功"的经脉走动。

好巧不巧，六合神功总共有十一条经脉走向，几乎是遍布全身四肢。而青衣仆从这一拳不知是有意还是无意，恰恰打在了杨宁小腹处的气海穴上，正是十一处经脉的其中一道。

那一拳打过来之时，杨宁便感觉从对方的拳头似乎窜出一只小老鼠，那小老鼠钻入自己的气海穴，十分难受。

这一拳其实内力并不算强，但是杨宁却下意识地想到六合神功的这条经脉走向，就如同上次一样，他脑中想着将那只小老鼠引入到下一处穴道中，那股内力竟似乎真的十分听话，顺着杨宁所想走动。

青衣仆从加上一些气力，拳头便有了气力，但却只是瞬间，那拳头便再次酥软，只能一直催动内力。

他却不知，自己催动而出的内力，进入杨宁的气海穴之后，正源源不断地往杨宁的膻中丹田而去。

这条经脉并没有完全被打通，所以内力流动十分缓慢，否则一旦吸取起来，青衣仆从便只能感受到自己的内力倾泻而出，而不是像现在这般一顿一顿。

只是此人却也颇为精明，连续催动数次内力，每一次都只是片刻间内力便消散于无形。他察觉有异，可是想要收拳，才发现杨宁的小腹就如同一个巨大的漩涡，自己的手一时间根本无法抽出来，越是如此，青衣仆从越是使力想要抽出，可这样反倒让自己的拳头如同黏在杨宁腹间一般。

他却不知，如果此时全不使力，那么拳头自可收回，六合神功的奥义便是"聚六合，积沙成堆"，只有外力涌来，六合才能收而聚之，若无外力，六合神功便难以发挥其效用。

杨宁若是能够调运功力自如，自然也可收可停，但是目下的状况，青衣仆从只觉得情况险峻，越是这种状况，越是不可能停止运劲，而杨宁虽然知道如何顺着经络将进入自己穴道的内力收入膻中丹田，却根本不知道如何去控制内力的运作。

此时双方都是有着自我防卫之心，互不相让，变成了茶壶往茶杯之中倒茶，茶壶不停，那茶杯不想收也不成。

僵持片刻，此消彼长，这青衣仆从的刺杀手段虽然了得，但是内力却远远不能与当初的木神君相提并论，随着内力渐渐流逝，此人脸上愈发的惊骇，想要抬起另一只手推开杨宁，却只觉得那只手臂也是酸软无力，根本抬不起来。

青衣仆从心下惊骇无比，拼命向后退，被粘住的手臂带着杨宁往前，猛听得"砰"的一声响，那青衣仆从后退之中，撞在椅子上，翻倒在地，带着杨宁一同摔倒。

很快就听到外面传来脚步声，随即听到有人沉声道："世子，世子！"

杨宁此时只觉得内力在体内流动，脑中无他，只想着将进入气海穴的内力引入丹田，对外面的叫声一无所知，听得"砰"的一声响，房门被踢开，几名别院护卫冲入进来。

别院乃是朝廷特地修建，不但有仆从伺候，也有挑选出来的护卫在此轮值。这些护卫自然都不是泛泛之辈，听到这边动静，立刻察觉，纷纷奔过来。

五六名护卫冲到屋内，只见到杨宁和青衣仆从纠缠在一起，互相瞧了瞧，立时便明白过来，一人沉声道："保护世子！"

几人上前去，只见到那青衣仆从一只手窝在锦衣侯世子的腹间，锦衣侯世子脸色涨红，两人身体都是抖动，一时也不知道究竟出何事，一人道："先扯开他们。"便有一人过去扳住那青衣仆从的双肩，想要拖开。

他双手搭上，刚一用劲，便觉得双臂发酸，好像没有了力气一样，忙催劲上臂，却很快又是一阵酸软。

这时候倒没人敢轻易去碰杨宁这位锦衣侯世子，只想先将那青衣仆从扯开。

"快……有古……有古怪！"那扳着青衣仆从的护卫有气无力道，"帮我！"

其他几名护卫见状，都是奇怪，暗想你虎背熊腰力气不小，怎的连个青衣仆从也扯不开？只是见同伴脸色变得苍白，而且身体在发抖，明显不对劲，一左一右两名护卫上前，都是搭在那护卫手臂上，想要帮忙拉开。

但是用力一拉，两人也都是手臂酸软，立刻催劲，手臂却也如同粘住一般，一时间松脱不开。

杨宁却只觉得进入气海穴的内力越来越多，本来那青衣仆从的内力还只是勉强在经络中运行，就如同经络之中有垃圾堵塞一般，并不顺畅，可是此刻新续的内力冲进来，杨宁引着往经络过去，这一次明显走得顺畅许多。

此刻又有两名护卫上前去帮着拉扯，一时间连成一长串，所有人都是催劲过后，瞬间就觉得手臂发酸，只能继续加劲，并无一人想到收劲。

一长串人都是抽搐起来，脸色一个个发白，说话也是哆哆嗦嗦："不好，有……有鬼！"

最后一名护卫已经看出端倪，不敢上前，握刀在手，一时间不知该如何是好。

就在此时，却见一道人影冲入屋内，身材魁梧，手握大刀，正是段沧海。

段沧海进屋之后，扫了一眼，瞧见众人一长串连在一起，也是微微变色，随即快步上前，拔刀出鞘，已经砍了下去。

刀光闪过，砍断了粘在杨宁身上的那条手臂，鲜血喷出，段沧海已经提着杨宁的手臂，迅速退开。

从出刀到将杨宁带开，只是眨眼之间的事情，干脆利落，果敢决然。

那只手臂被斩断之后，众人才纷纷向后倒过去，一个个有气无力，全身酸软，一时间也都不能起身。

杨宁正自吸纳内力，那股内力已经是越走越顺畅，自气海到丹田的经脉线路已经被打通，只是丹田处翻江倒海如同火烧一般，每多注入一丝内力，丹田就宛若多添了一把柴火，正自难受至极，忽地感觉涌入气海穴的那股内力消逝中断，十分及时，杨宁长出一口气，只是全身上下已经是汗水淋漓。

"世子爷，世子爷，你怎么样？"段沧海托住杨宁肩膀，见得杨宁面庞如同猴子屁股一样红彤彤一片，心下吃惊，焦急道，"你可有什么地方不舒服？"

杨宁长出几口气，看向段沧海，回过神来，道："有人……有人要杀我！"

此刻从外面又有几人奔进来，却是齐峰领着数名护卫赶到，见到屋内景象，二话不说，纷纷拔刀，护在杨宁身边。

别院的护卫们此时也勉强爬起身来，一个个脸色苍白，只那青衣仆从断腕处鲜血直流，躺在地上一动不动。

"究竟是怎么回事？"齐峰紧握手中刀，扫了屋内一眼，盯住其中一名别院护卫，"这里为何会这样？你们是如何护卫世子安全的？"

别院护卫此时也都是神色尴尬。

一直以来，别院都是接待丧队，因为规矩所在，能够进入别院之中歇息的都是贵人，丧队的护卫并不能进入别院之内，负责别院内部安全的都是编制在此的别院护卫。

能够葬入忠陵的忠臣良将并不多，有时候别院数年都不会接待一次，在这里当差也是颇为清闲。

谁也没有想到，在这别院之中，会发生刺杀之事，此刻齐峰冷声质问，倒是让别院这些护卫大为尴尬。

"齐峰，先控制刺客！"段沧海沉声道，"稍后审讯。"

齐峰立刻上前大刀顶住那人的脖子，抬脚踢了一下，那人翻了个身，仰躺在地，边上立时有人"啊"地叫了一声，原来这刺客脸色乌青，双目圆睁，目光浑浊，没有丝毫的神采，竟似乎是死了一般。

听得门外传来脚步声，只见邱总管已经冲进屋内，叫道："世子，世子，世子怎样了？"瞧见段沧海蹲在地上抱着杨宁，急忙过来，问道："段兄弟，世子这是……"

段沧海神情冷峻，道："邱总管，皇家之地，这里竟然有刺客出现，世子差点被刺客得手。"

邱总管变了脸色，急问道："世子没事吧？"

"苍天护佑，世子有惊无险。"段沧海的目光投向那躺在地上的刺客，"看来这刺客是存了必死之心而来。"

赵无伤此时并没有去看那刺客，而是手拿一根银针，走到桌边，先是在托盘内的点心上刺了刺，又将银针探入桌上的茶杯之中，等他拿起银针之时，银针已经发黑，赵无伤目中显出寒光，问那几名别院护卫："这刺客是别院的仆从？"

"不是。"唯一没有被吸走内力还保有精力的别院护卫立刻道，"别院也就不到二十号人，大家都很熟悉，刺客绝不是别院里的人。"

"出了什么事？"外面有一人进来，衣衫不整，邱总管看了一眼，认出是这别院的管事，乃是礼部一名小官员，之前有过交流接触，上前来，皱眉道："吴管事，别院有刺客闯进，我们家世子差点遭遇不测，你可有什么话要说？"

邱总管虽然并无官位在身，但却是锦衣侯府的大总管，地位并不在一名小小的礼部官员之下，再加上杨宁差点遭遇不测，说话也就颇有些不客气。

吴管事脸色瞬间发白，失声道："刺客？"抢上前去，看到别院护卫一个个垂头丧气站在边上，如同霜打的茄子一样有气无力，再看齐峰蹲在地上正在检查仰面而躺的那名刺客，脸色更是难看，慌了手脚，冲着别院护卫们大叫道："你们……你们怎么守卫别院的？这刺客……这刺客是如何进来的？"

齐峰抬头看向段沧海，道："段二哥，你猜得不错，刺客存了必死之心，他刚刚已经自己吞毒而死。"

"吞毒而死，就是害怕被咱们问出幕后真凶。"段沧海冷笑道，"如果我没有猜错，指使他的人，我们应该认识。"

又加了一句："至少不是北汉人。"

赵无伤道："刺客一开始应该只是想毒死世子，但不知为何后来还是动了手。"

齐峰看向那吴管事，冷笑道："吴管事，这别院是在你管辖之下，刺客不但进了别院，而且还换上了别院仆从的衣衫，甚至端着点心茶水来到世子的房中，可你们没有丝毫察觉，这事儿要是被朝廷知道，我真是替你们担心。"

吴管事脸上已经没有血色，他当然清楚这种大事绝不可能隐瞒住，锦衣侯世子地位尊贵，真要死在这里，只怕别院所有人都要跟着陪葬，就算只是有惊无险，这事儿也绝不可能如此轻易就善了，自己这芝麻小官，出了这么大岔子，自然是保不住。

事后受罚已经是无可避免，他只希望惩罚能够轻一些，这时候要尽可能地表现出配合锦衣侯府的态度，立刻吩咐道："厨房，对了，赶快去看厨房。"

众护卫也知道事关重大，早有人迅速往厨房那边去。

"这……这刺客十分厉害。"一名别院护卫心有余悸道，"他身上有邪门的功夫，我们……我们一碰他，就被吸走内力。"

这些护卫只知道触碰刺客内力外泄，却并不知道这刺客只是一个导体，那些内力最终是流入到杨宁体内。

"是，这人很邪门，这门功夫我们从未听说过……"旁边立刻有人附和道。

段沧海向赵无伤问道："能否看出这刺客的来历？"

赵无伤绕着那刺客转了一圈，用刀尖在刺客身上挑了挑，摇头道："这种人专门以刺杀为生，收银子做买卖，江湖上有不少这样的刺客，做事干脆利落，十分老练，不会留下任何线索。他们若得手，自此消失，难觅线索，一旦失手，往往都会自绝，也不会留下线索。"

段沧海微微颔首，冷笑道："行刺竟然行刺到我们世子身上，就算是上天入海，也要查出幕后真凶。"

他吩咐道："世子受惊，都不要留在这里了，将尸首先抬出去，收拾一番！"

又问杨宁道："世子，要不要换个地方？"

杨宁摇摇头，道："我……我没事。"

忽听得脚步声响，查视别院厨房的护卫进来禀道："厨房的老秋被人杀了，衣裳都被扒了。"

吴管事向邱总管道："看来是刺客潜入别院，先杀了厨房的人，然后假扮仆人过来。"

邱总管没好气道："刺客是如何潜入进来？这别院并不大，前后门都有人守着，他如何能够混进来？"

赵无伤忽然道："这刺客先杀厨房的人，然后假扮仆从，能够在别院之中避开其他人的耳目，轻易找到世子所在，显然是对别院的格局了如指掌。"

顿了顿，赵无伤才又说道："连我们都不能轻易进入别院，平日里自然更无别人能够擅自进入，刺客又是如何对别院如此熟悉？"

此言一出，吴管事脸色更加难看，别院护卫们也都是面面相觑。

"我们这里绝无串通刺客之人。"吴管事当然听出赵无伤话中之话，立刻辩解道，"诸位若是不信，大可以一一审查。"

"我的意思是说，指使刺客之人，定然对别院的格局十分熟悉。"赵无伤如同冷硬石头的脸庞并无表情，淡淡道，"熟悉别院格局之人，并非只有你们，任何一个在此之前进入别院的人，都有可能与刺客有牵连。"

邱总管微微颔首，道："正是如此，此事绝不能轻易了结，行刺世子，胆大包天，必要详查。"

当下众人将尸首抬了出去，又有人将屋内收拾一番，因为出了此等事情，齐峰和赵无伤两人再不出别院，就在杨宁房门外守卫，虽然坏了别院一直以来的规矩，但是情况特殊，吴管事自然连个屁也不敢放。

邱总管和段沧海扶着杨宁坐下，见杨宁脸色依然发红，互相瞧了一眼，邱总管小心翼翼问道："世子，是不是身子还不舒服？要不派人去找大夫？"

杨宁摇摇头，道："邱总管，你先去忙吧，我没什么大事，不用担心。"

邱总管微微点头，这才退了下去，等邱总管离开，段沧海才轻声道："世子爷，你身体内是不是很不舒服？"

"啊？"杨宁瞧了段沧海一眼，他丹田之内此时依然是气血翻滚，那种烈火灼烧之感虽然减弱不少，但是整个腹腔却还是难受得紧，连带着心脏也在迅速跳动，比之平常快了许多。

"你的气脉不稳。"段沧海低声道，"如果我没有猜错，你的丹田现在一定很难受。"

杨宁一听段沧海所言，便知道此人已经看出了端倪，他心知对方既然已经看出破绽，自己若是再加隐瞒，反倒不妙。

更何况段沧海一言中的，杨宁此刻最愁的便是如何消除丹田之内的那种灼热之感。

他知道丹田的灼烧定然是因为自己吸取的内力所致，虽然对于格斗技巧甚至是人体经脉骨骼十分了解，但是内力这种东西在穿越之前还真是没有接触过。

吸取的内力都在丹田之内积存，杨宁却根本不知道如何调动它。

他本就是聪明人，知晓被自己吸取的内力积压在丹田之内，如果不加善用，反倒是有害无益。

段沧海武功高强，绝对是练过内功，此时倒可以向他学习。

只是自己如何学会了吸人内力的武功，却着实不好解释，如果自己没有猜错，真正的锦衣侯世子应该根本不会武功，自然谈不上修炼过内力，如今自己竟然拥有此门诡异功夫，段沧海绝不可能没有怀疑。

"段二叔，我……"杨宁盘算着该如何编一套说辞解释，段沧海已经抬手道："世子爷，你先坐好！"

杨宁见段沧海神情严峻，也不犹豫，坐在椅子上。段沧海双手成掌，忽地拍出，杨宁心下微惊，暗想难不成段沧海看出什么破绽，要对自己出手，正寻思着是否还手，可是心下却也清楚，这时候如果真的还手，非但不是段沧海的对手，而且定会让段沧海真正起疑，若是那样，自己的处境便将异常凶险。

他强压心中惊讶，段沧海双掌却已经拍在杨宁胸口，杨宁只觉得身体微震，但被拍中之处却并无疼痛之感，心下微宽。

段沧海连拍数掌，却都是在膻中穴周遭，随即收掌，问道："世子爷，现在感觉如何？"

杨宁深吸一口气，发现丹田内的灼烧感竟然神奇地消失，丹田内气息翻江倒海的感觉也已经消失不见。

"段二叔，我……我好了！"杨宁心下大喜，不想自己最为担心的事情被段沧海三两下就解决，这家伙果然是行家，一出手就解决了症结所在。

段沧海摇头道："世子爷，你丹田内积攒了不少内力，我只是暂时舒缓它们与你身体的冲突，治标不治本。"

杨宁本来振奋的心情顿时冷下来，皱眉道："那……那没有法子一劳永逸？"

段沧海解释道："如果我判断没有错，从世子爷的脉象上，看不出世子爷修炼过内功，方才那些人体内的内力，都是被世子吸纳于体内。"

高手就是高手！

杨宁心下对段沧海又是高看几分，苦笑道："其实我也不知道那些内力为何会进入我的身体，我……"

"世子不用告诉我这门神功的来历。"段沧海打断道，"只是世子并无修炼过练气心法，可如今身体内的内力至少已经达到三品高手的境界，这却是凶险得很。"

他详细解释道："但凡体内存有内力，都是从吐纳开始，打好根基慢慢练气，通常没有个三五年，很难让自己内力流通，便是天赋异禀，至少也要一年时间才可能初窥内力的门道。"

杨宁微微点头，知道练气自然不简单。

"练气的心法各不相同，所以修炼出来的内力，也会因人而异。"段沧海肃然道，"便如同我和齐峰，也都修炼过内力，因为修炼的方法甚至是环境不同，我与他体内的内力完全不同，我的内力可与我的身体经脉相融，可是这种内力若是进入齐峰体内，却只能是有害无益。"

杨宁眼角微跳，心想原来内力还有这么多门道。

"不过如果是练气高手，即使摄入不同的内力，只要稍加调练，大可以将外来内力融入自身之中，化为己用，若有十成内力，以心法调理之后，顶尖心法足可以保留七到八成外来内劲为己所用。"段沧海道，"世子体内如今却混有至少七八种内力，混作一团，如果世子练就高深的内力心法，大可以将之调理融入自己体内，但现在……"

他苦笑摇头道："现在世子体内这些内力……"

杨宁后背出汗，经段沧海这样一解释，才知道这些内力在自己体内是何其凶险。

"这就好比一名没有练过任何刀法的普通人，忽然得了一把上古神兵，神兵锋利无匹，所向披靡，若是落在精通刀法的高手手中，自然是威力无比，可是……可是丝毫不通刀法却手握神兵，非但不能发挥威力，一个不慎，反要自伤其身，世子可懂得我的话？"段沧海神情凝重解释道。

"段二叔，那……那我该怎么办？"杨宁心下烦躁，"有没有法子将我体内的内力都抽走？"

段沧海道："只有一个法子，但是我们却万万不能用。"

"什么法子？"杨宁急问道。

段沧海肃然道："震断经脉，摧毁丹田，散去内功。"

不行！

杨宁立刻否定了这种方法，就算不懂内功，但是这几句话一说出来，就让人感觉心里发凉。

"一旦摧毁丹田，便再也不能修炼内力，所以这个法子万万不能用。"段沧海道，"除此之外，或许……或许只有找到第二个能像世子这样能够吸人内力的高手，或能将世子丹田内的内力吸走。"

　　杨宁暗想这六合神功出自五毒宫，也不知道五毒宫是否有人擅长，即使五毒宫真有人练成了六合神功，自己也绝不能找过去，到时候五毒宫知道自己练成六合神功，估计确实要吸走自己的内力，顺便将自己的小命也带走。

　　"世子不必心急。"见杨宁神色凝重，段沧海劝道，"我会想办法帮世子找寻化解之法，不过一时不能急。世子，你丹田内的内力已经不少，没有任何的调息，如今就都积存在丹田内，也幸好如此。丹田是储气之所在，目下还不至于有性命之忧，若是这些内力积存在其他地方，世子的经脉只怕早已经爆裂。"

　　杨宁抓住段沧海手臂，道："段二叔，你可要赶紧想办法，可别到时候真的被这些内力爆裂而死。"

　　"世子不用怕。"段沧海只以为杨宁此时心中惊惧，温言劝慰道，"我定会想办法。对了，世子，在找到调息法门之前，万不可再吸取任何内力，你丹田内力已经十分惊人，每多加一分，就凶险一分，切记切记。"

　　杨宁微微点头，段沧海这样一说，他还真觉得丹田内就像有一块小石头一样，问道："段二叔，要不你随便教我一个调息之法，我先试试看。"

　　"绝对不行。"段沧海严厉道，"世子，我把过你手脉，你全身大部分经脉从未经过内力，若是随意调息，一个不慎，无法控制体内内力，便很可能造成经脉危险，轻者瘫痪，重者丧命，这一定要记住，在我没有找到方法之前，绝不能擅自练功。"

　　段沧海神情严厉，语气更是不容置疑，杨宁心知段沧海这都是为自己好，点头道："我都记住了。"

　　段沧海起身道："天一亮，咱们就要往忠陵去，这一日定然十分辛苦，世子爷早些休息，我们就在外面守卫。"他也不多说，起身拱手，退出了门去，顺手关上了门。

　　此时门前只有齐峰在守卫，见段沧海出来，低声道："老赵到房子后面去巡视，段二哥，世子爷怎样？"

　　"并无大碍。"段沧海看了一眼被关上的房门，压低声音道，"你是否也看出来了？”

齐峰微微颔首，凑近段沧海耳边道："我把过那刺客的手脉，他体内几乎没有了任何内力，反倒是世子爷双目生光，如果不出意外，吸走内力的不是那刺客，而是世子爷！"

"此事绝不能对外有一丝一毫张扬。"段沧海沉声道。

"我没那么糊涂。"齐峰轻笑一声，随即皱眉道，"段二哥，世子爷什么时候练过武功？我们在府里这么多年，看着世子爷长大，可从没见过他会武功，此前甚至连杀只鸡都不会。"

他顿了顿，更是低声道："而且世子爷这门功夫，我还真是从没有听说过，怎的这世间还有吸人内力的神功？"

"你没听过，不等于没有。"段沧海淡淡道，"天外有天，人外有人，这世上离奇的事儿多了，你没见过的也多着呢。"

他瞥了齐峰一眼，低声道："我看世子爷的样子，似乎连他自己都不知道自己练了吸人内力的神功，如果我没有猜错，他练功的时候，传授他功夫的人也没有告诉他真相！"

"传授功夫？"齐峰一怔，"段二哥，你是说，世子……世子的神功是有人传授？"

"你觉得世子爷天生就会这门神功？"段沧海没好气地白了齐峰一眼，"这样玄妙的神功，当然是有人偷偷传授，只怕那人还让世子爷不要透露风声，所以我们被蒙在了鼓里。"

齐峰更是疑惑："还有这种事儿？可是谁又会偷偷传授功夫给世子爷，咱们锦衣侯府也没听说谁有这等……"

他说到这里，声音戛然而止，身体猛然一震，眼眸之中显出惊讶之色，盯着段沧海，颤声道："段二……二哥，难道你是说，是……是二……二……"

"也许真的是他！"段沧海打断他，眼眸之中却显出兴奋之色，"如果他真的还活着，咱们锦衣侯府绝不会没落！"

第十六章

袁荣来求情

杨宁躺在床上，虽然有些疲累，却无法入眠。

虽然丹田内力的困扰暂时被段沧海解决，但是今夜行刺事件却让杨宁陷入深思。

今夜的行刺，事先显然是经过精心的布置，对方不但搞清楚自己的行程，而且行刺的手段也是精心策划。

自己如果不是看出那青衣仆从的破绽，那么很有可能便会饮下那杯茶，而赵无伤事后检查，那杯茶竟是被下了剧毒。

对方一开始明显是准备用毒药取了自己的性命，只是没有想到自己竟然机警地看破刺客的身份，刺客立刻施行了第二套刺杀方案。

现在想想，如果自己真的是那位锦衣侯世子，没有任何警觉的情况下，自然是被对方轻易取走了性命。

他第一个怀疑到的幕后真凶，便是化为太监的灰袍长者。

赵无伤有一点说的并没有错，刺客对忠陵别院内部的格局了如指掌，那么定是熟悉别院。那灰袍长者看样子是宫里的人，而这别院属于皇家修建，既然在宫中有关系，那就很可能对别院十分了解。

如果灰袍长者看破了自己的身份，却又不好将自己假冒锦衣侯世子的真相公之于众，暗中刺杀倒也是一个不错的选择。

有一点杨宁十分清楚，无论什么人做什么事情，都有动机存在，行刺一个世袭侯爵的世子，这当然不是小事，其后当然存在着极大的动机，也就是说，锦衣侯世子如果被刺，谁受益处最大，那么其行刺的嫌疑也就最大。

今夜险些丧生于此，这让杨宁心中窝了一团怒火。

杨宁其实算不得一个很复杂的人，他做人的底线也十分简单——有恩报恩，有仇报仇。

人不犯我，我不犯人，人若犯我，我必犯人！

虽然对方行刺的目标是锦衣侯世子，但差点丧命的却是自己，已经对自己形成了直接的威胁。杨宁此前还在想着是否要偷偷溜走，放弃锦衣侯世子这个烫手的身份，但是现在他却想着要找出真正要害死自己的凶手。

自己差点连命也丢了，自然不能让对方安然无恙。

此外段沧海的警告，让杨宁心下也是忐忑，六合神功先后吸取了不少人的内力，按照段沧海的说法，自己体内的内力已经达到了三品高手的境界。杨宁无法判断这三品高手到底有多高，但有一点他很肯定，体内的内力一日不解决，自己就始终处在危险之下。

段沧海既然说要找办法帮自己解决这个麻烦，目下还真要指望他，在解决这个麻烦之前，如果不是形势太过严峻，自己这个世子爷还是要继续冒充下去。

这一夜杨宁翻来覆去始终不能入眠。

次日天刚蒙蒙亮，便有人来叫门，丧队一大早便出发，向忠陵行去。

世家贵族的丧事烦琐得很，有各种讲究。杨宁虽然不必做什么体力活，但一日下来，各种礼仪，却也只能尽力配合。

此外除了将齐景葬在忠陵，因为老侯爷的墓地也在忠陵，所以还要专门去祭奠老侯爷，顺便也要做一场法事。

在大楚国，父子两代人都能够进入忠陵入土为安的实在是凤毛麟角，这足以显示出锦衣侯府往日的荣光。

直到半夜，诸般事宜才算完成，但是齐景的丧事却并没有就此结束，按照风俗，丧队回到锦衣侯府之后，还要连续做上七天七夜的法事，称为安魂仪式。等到安魂法事做完，丧事才算真正结束。

队伍也没有在忠陵耽搁，一天下来，所有人都有些疲乏，只能就近在忠陵之外歇息了半夜，次日天一亮，便出发返京。

回到京城侯府的时候，天色已晚，而顾清菡早已经在府中做好了准备，从当夜开始就进行安魂法事。

府中老少在头三日都不能离开，杨宁作为嫡长子，更是寸步都不能离，连续坚持三天，他这具身体本就病弱，三天下来，已经是疲惫不堪。

好在三天一过，族中诸人便可以各自离去，只留下道士们在专门布置的正堂内继续进行法事。

杨宁几天下来，浑身痒痒的，痛痛快快地洗了个澡，往柔软的床上倒头便睡，这一觉睡得天昏地暗，也不知道过了多久，才悠悠醒转过来。他只觉得精力充沛，只穿一条单裤跳下床，赤着上身打了几拳，感觉气力也是强了不少。

他向窗外瞧去，只见天色蒙蒙亮，也不知道是黄昏还是黎明，感觉腹中有些饥饿，正想找人弄些吃的，听到身后传来声音："宁儿，你醒了？"

杨宁吃了一惊，扭头看去，只见顾清菡不知道什么时候出现在屋内，此时一身剪裁得体、质料上乘的紫色宫裳，斜倚在一张大椅子上，一手托着香腮，腮边一绺秀发飘落下来，紫色宫裳裹着那具凹凸起伏的惹火娇躯。案上点着灯火，灯火洒在她隐泛流光的衣裙上，仿佛就是一尾卧于海边的美人鱼。

她似乎也是刚刚被惊醒，美丽的面庞带着一丝妩媚慵懒之态，起身来伸了个懒腰。她腰肢纤细，这动作却更显她胸脯饱满，似是要撑衣而出。

杨宁心下一跳，罕有地感觉脸上有些发烫，心中却想之前穿孝服的时候便感觉顾清菡的身材婀娜，此时褪去孝服，蜂腰翘臀、酥胸丰满，原来这身段儿比之自己所想还要曼妙火辣，充满了成熟少妇特有的动人风韵。

按照礼法，安魂法事头三日一过，便要褪去孝服换回常服，否则反倒不吉利。

"三娘，你……你怎么在这里？"杨宁光着膀子，顺手扯过一件外套，披在了身上。

顾清菡向窗外看了一眼，才笑道："天快亮了，宁儿，我去让人给你备吃的。"

她又解释道："沧海前天才和我说，你在忠陵别院遇上了刺客，我心下记挂着，过来几次，想问问你现在怎样，你却一直睡着。昨晚我过来的时候，你还在沉睡，嘴里嘀咕着什么，我担心你醒来饿着，所以在这里等你醒过来，不想也在这里睡着了……"

杨宁转身走过去，见顾清菡虽然俏容美艳，但是气色却不是很好，心知这一座庞大的府邸，上上下下数百人，几乎都由这一个柔弱的身躯撑着，特别是齐景过世之后，内忧外患，麻烦重重，顾清菡的压力更是前所未有，能够撑到现在，已经实在不容易。

偌大的一个家族，一帮大男人个个不知所谓，反倒是这样一个弱女子奋力支撑，杨宁心下一阵感慨，柔声道："三娘，你是不是还没休息好？可别太累着。"

"宁儿也知道关心人了。"顾清菡温和一笑，道，"不用担心三娘，你看三娘气色很好，什么事情都能挺过去。"

"丧事也快办完了，接下来你要好好休息，有什么事儿我能做的，你就让我去做。"杨宁道，"我都这么大了，不能只坐着吃饭，什么也不干，那和他们有什么不同？"

顾清菡一震，美眸之中显出一丝欣慰之色，柔声道："宁儿真的长大了，将军泉下有知，一定会瞑目。"

她握住杨宁的手，上上下下打量一番，蹙眉道："宁儿，你可伤着？身体可有不适的地方？"

杨宁再一次感受到顾清菡柔弱无骨的玉手光滑柔腻，笑道："三娘不用担心，真的没事儿，那刺客本事太过稀松平常，想要杀我，也没那么容易。"

"还在嬉皮笑脸。"顾清菡轻轻拍了拍胸脯，一阵微波荡漾，瞪了杨宁一眼，责怪道，"你这孩子怎的不知轻重？以后定要小心，刚刚被人绑架，这次又被刺客找上。宁儿，坏心眼的人多得是，以后要多加防范。"

杨宁鼻中嗅着从顾清菡身体散发出的淡淡体香，心下微荡，只见顾清菡蹙着柳眉道："别院那些人也真是罪责难逃，连你的安危都守护不好，总是要受惩处的。只是……究竟是谁要对你下如此狠手？"

"三娘放心，究竟是谁在背后捅刀，我定要查个水落石出。"杨宁冷笑道，"我自然不能让他逍遥快活。"

"你去查？"顾清菡笑道，"你能查出什么？"

杨宁故意道："三娘，你又瞧不上宁儿了？宁儿真的就那样无用？"说完，故意做出苦恼之色。

顾清菡忙道："是三娘不好，三娘说错话了，宁儿是锦衣侯府的继承人，当然不会无用，而且一定能干出一番大事业来。"

这些日子，杨宁明显有了变化，比从前显然是精明许多，这让顾清菡心下欢喜，心中和段沧海所想一样，也以为杨宁是因为受到绑架刺激才开了窍，只怕自己说话打击了杨宁的自信心。

"是了，江陵的银子是否送过来了？"杨宁忽然问道，"这已经过去好些日子了，咱们的当铺还抵押在钱庄手中。"

顾清菡蹙眉道："也不知究竟出了什么事情，迟迟没有音信，只盼不是途中出了什么意外。虽然以前也有耽搁，却从没有这么长的时间，我已经派人往江陵去打听，再过几天应该就有消息了。"

她娇艳一笑，道："宁儿现在当真可以为三娘分忧了，以后三娘可就轻松多了。"

杨宁见她艳若桃李的俏脸一笑起来，娇媚无比，那粉润红唇就如熟透的樱桃，微微颤动，心下一跳，禁不住怔了一下神。顾清菡见杨宁瞧着自己，正要说话，忽地感觉有些异样，心下也是一跳，粉脸更是微微发烫，迅速收回手，道："我……我去给你备吃的。"

　　杨宁也察觉自己有些异样，尴尬地笑了笑，转身过去。顾清菡也转身向门外走，回头瞧了杨宁一眼，只觉得脸上兀自发热。

　　她一直以来，都是将杨宁当作孩子来看，只是刚才那一瞬间，却发现杨宁的眼神与从前大不相同，完全是一个男人看女人的眼神。她本就是过来人，敏感至极，出门来，抬手捂了捂脸，心下暗想："宁儿已经长大，有些时候……有些时候还是要小心一些，方才那眼神……"

　　又想："宁儿大了，开始想着女人也不为奇，只是也该张罗婚事了，最可恨苏祯出尔反尔，真不是个东西！"

　　早餐并不是顾清菡亲自送来，而是府中的丫鬟送来。杨宁知道刚才自己忽然失神，定是让顾清菡有了想法，心想这美少妇不是轻浮之人，自己以后还是要小心一些。

　　顾清菡的为人处世，确实让杨宁心下颇有几分敬佩。平心而论，爱美之心人皆有之，顾清菡相貌娇美身材出众，但凡是男人也不可能没有一丝心动。只是杨宁却也知道，若是自己行为鲁莽，只怕日后与顾清菡多少还要出现一些隔阂。

　　顾清菡对他关护有加，倒像一个知冷知热的大姐姐一般，杨宁内心深处其实很享受这种温暖，并不希望因为某些事情让这份温暖遭到破坏。

　　吃过早餐，杨宁便在府中四下里转悠一番。

　　他已经做出决定，这锦衣侯世子还要冒充一段时间，自然还是要对这锦衣侯府的格局了解一番。

　　只是锦衣侯府比他想的似乎还要大，前院、中厅、东西两院还有后花园，此外还有马棚以及演武场。

　　锦衣侯两代人都是武将，府中有一个颇为开阔的演武场，自然是平时演武所用。而锦衣侯府加起来也有三十多名护卫，几乎清一色都是行伍出身，这些人平日里也都会在演武场练武较艺。

　　身着新换上的锦衣玉带，杨宁如今倒也是玉树临风。

行走在靠近西苑的一条林荫道上，两边草木依依，景致颇为优美，路边甚至有一条人工挖掘的水沟，水质清澈。

"我等不了！"杨宁心情正好之时，忽听得附近传来一声低吼，循声看去，只见到不远处有一排花圃，虽是深秋，但那些花圃之内也不知是什么花草，依然青葱，那声音杨宁听一遍就辨识出，倒似乎是齐玉的声音。

这几日虽然时不时与齐玉碰面，但两人自始至终却一句话也没有说，而齐玉每天都冷着个脸，倒似乎全世界的人都欠他钱一样。

杨宁皱起眉头，轻轻靠过去，便听到琼姨娘声音传过来："我的祖宗，你小点声音成不成，这里到处都是耳目。如今他神气得很，府里的人都要攀他的大腿，被人听见，说不定就要传到他耳朵里。"

"传到他耳朵里又如何？"齐玉冷笑道，"十几年了，我已经受够了，他凭什么要踩在我的头上？就因为生他的那个贱人是正室？"

他声音冷酷道："说到底，还是你无能，你为何要给那个人做姿室？你为何非要生下我？否则我也不用经受这样的耻辱，被一个傻子骑在头上。"

杨宁心下冷笑。

他知道齐玉一直不甘心庶子身份，在齐玉的心里，显然认为自己才是锦衣侯的最佳继承人，可就是出身的缘故，锦衣侯爵位只能是看得着摸不着。

"啪！"

一声脆响，显然是有人挨了一巴掌，听到琼姨娘尽力压低声音骂道："你这个畜生，我和你说过多少次，忍字头上一把刀，只要能够忍耐，总有云开雾散的时候。你现在这样沉不住气，还能成什么大事？"

"忍忍忍，你还要让我忍多久？"齐玉怒道，"本以为他绝不可能活着回来，可是……如果他死在外面，锦衣侯的爵位非我莫属，现在就算他是个愚蠢透顶的傻子，我也只能眼睁睁地看着他继承侯爵。"

"你急什么？"琼姨娘冷笑道，"朝廷还没有旨意下来，世子不等于就是侯爷，在他真正继承锦衣侯之前，谁也不敢保证侯爵之位就一定是他的。越是这种时候，你越要冷静，绝不能因小失大。"

琼姨娘冷哼一声，道："只有最后胜利的，才是真正的赢家，这个道理你也不懂？"

杨宁神色冷峻，他知道这一对母子不是什么好货色，之前抢着要做孝子，看来就是为了将自己取而代之，想要继承锦衣侯爵。

现在想想，如果不是自己假冒锦衣侯世子回到侯府，按这对母子所言，只怕锦衣侯爵的位子真要落在齐玉手上。

锦衣侯爵是世袭罔替，等于是铁饭碗，嫡长子死了，庶子依然是齐景的血脉，当然也有资格继承爵位。

杨宁猛地想到，忠陵别院被刺客找上，有没有可能与这对母子有关？

如果从动机来说，自己真的被刺死，获益最大的应该就是齐玉，看他们为了继承爵位不择手段，刺客未必与他们没有干系。

杨宁本就想着找出幕后真凶，而且他心里很清楚，对方既然出手，目的没有达到，绝不会悄无声息地消失，只怕接下来还要有动作，自己不需要主动去追寻，只要小心提防，等对方露出线索来。

段沧海等人对自己算得上是忠心耿耿，无论是段沧海还是齐峰和赵无伤，都不是泛泛之辈，自己有这些人作为助力，未必不能查出幕后真凶。

只是心下又想，齐玉在丧事之前，应该也没有机会接触忠陵别院，虽说这一对母子颇有些阴毒，但杨宁倒不相信他们能够想出那般周密的刺杀计划来。虽说齐玉很可疑，但是没有任何证据，却也不能证明刺杀之事与他有关。

"我们如何能胜？"齐玉的声音显得十分急躁，"最多一个月，朝廷定然会颁下旨意，锦衣侯的位置就要落在他手里，到那时候一切都晚了。"

琼姨娘冷笑道："傻儿子，什么叫都晚了？不是还有一个月时间吗？我们自然不会就这样然让他拿走爵位。就算退一万步说，真要是被他得了爵位，在他没有生下子嗣之前，你依然是侯爷的血脉，若是他出了什么意外，爵位依然是由你继承。"

杨宁心下一沉，暗想这妇人真是歹毒。

"娘，你是不是想到什么法子了？"齐玉听话听音，急切道，"你快说，咱们该怎么做？"

又道："你要知道，只有我成了锦衣侯，你才有机会被封为诰命夫人，否则……你永远只是一个姨娘！"

"娘能不能成为诰命夫人不重要，一切都是为了你。"琼姨娘冷冷道，"咱们母子这么多年受尽了委屈，等有朝一日你能成为锦衣侯，咱们要将所受的委屈全都发泄出来。"

"顾清菡！"齐玉咬牙切齿充满恨意道，"有朝一日，我定要让这个女人生不如死，秦淮河上，画舫众多，老子定要将她送到画舫，让她沦为一个千人骑万人摸的婊子，如此才能解我心头之恨。"

杨宁本来还有些耐心，此时听齐玉辱及顾清菡，而且言语不堪，心下恼怒，冷声道："是哪里的野狗在院子里乱叫唤？给老子滚出来。"

这一声对齐玉母子来说简直是晴天霹雳，齐玉已经跳过花圃，从花草丛中窜了出来，身手倒也不弱，显然是有些武功底子，见到杨宁背负双手站在不远处，脸色瞬间煞白，张了张嘴，却没有说出话来。

琼姨娘也已经从花圃后转出来，浓妆艳抹，穿金戴翠，倒也颇有几分风韵，见到杨宁，也是脸色苍白。

"你在这里偷听？"齐玉很快就冷静下来，双手握拳，眼眸充满怨毒地盯着杨宁，瞧那模样，就像一头被激怒的野狗，随时都会扑上去。

"原来是你们，我还以为是有野狗在叫唤。"杨宁冷笑道，"你说什么？偷听？这里是锦衣侯府，老子是锦衣侯世子，侯府的一花一草一树一木，全都是老子的，老子想到哪里就到哪里，只有别人在背后鬼鬼祟祟谋算老子，老子又何必偷听别人？"

他一口一个"老子"，齐玉双拳握紧，手背青筋暴突，目光如刀般盯着杨宁，却不说话。

琼姨娘此时也回过神来，也不多言，冷冷道："玉儿，咱们走！"转身便要走，齐玉恨恨瞪了杨宁一眼，转身欲走，杨宁冷冷道："等一下！"

琼姨娘率先回过身来，冷笑道："齐宁，你还不是锦衣侯，就算你是锦衣侯，我也是你的庶母，你没有资格对我指手画脚发号施令。"

"你，转过身来！"杨宁也不理会琼姨娘，指着齐玉，"父亲过世了，如今我就是一家之主，父亲不在，长兄为父，你见着我，为何不行礼？"

齐玉豁然转身，怒道："你！"

"你什么？"杨宁冷笑道，"你心里不服？齐玉，你自己不懂，你母亲应该告诉过你，没大没小，目无尊长，坏了侯府的规矩，老子随时可以将你驱逐出侯府？"

"你敢！"齐玉厉声道，"齐宁，你不要得寸进尺，我早知道你瞧我不顺眼，如今父亲去了，你自然可以无法无天，你现在就驱逐我，让齐家上上下下看看，你有没有这本事，三老太爷……"

"我知道你要抬出三老太爷。"杨宁淡然一笑，"不过你忘了，三老太爷虽然也姓齐，却不是侯府的人。三房的老太爷，大可以将你留在齐家族谱上，可是他却无权管我将你驱逐出府。"

杨宁冷哼一声，脸色冰冷："我只是逐你出府，不是逐你出族，离开侯府，以你的聪明手段，应该不会饿死在外面。"

齐玉表情狰狞，面庞的肌肉抽搐，冷笑道："你……你这是假公济私，你……你一朝得势，就想报复我。"

杨宁拍手笑道："说得好，我说你很聪明，果然如此，你说的没错，老子就是假公济私，老子就是要报复你。"

他往前踏出一步，冷笑道："我就喜欢看你心有不甘却又无可奈何的样子，怎么样，你能拿我如何？"

他瞅了齐玉握紧的双拳，道："看样子你还准备动手，来，尽管过来，我这次绝不还手，你给我理由逐你出府，我求之不得。"

琼姨娘眼中显出怨毒之色，冷声道："齐玉，他是世子，既然让你行礼，你就给他行礼。"

"娘！"齐玉回头，只见琼姨娘神色阴沉地微微点头，齐玉压住满肚子怨气，犹豫了一下，才冲着杨宁拱了拱手。

"很好。"杨宁含笑道，"开始懂规矩，这就是好迹象。齐玉，作为兄长，我有几句劝说，听与不听，都在你自己。"

齐玉只是微仰着脖子，面带敌意看着杨宁，也不说话。

杨宁慢悠悠道："我知道你喜欢耍些小聪明，也知道你不算笨人，你如果将聪明用在正途，自然会安然无恙，锦衣玉食的生活应该也不愁。不过我奉劝你，千万莫将你那些小聪明用在别的地方，更不要在背后对我指手画脚，我这个人不会乱发脾气，可是如果你真的有朝一日激怒了我，你的日子将会很难过。"

他声音一冷："听到没有？"

齐玉轻哼一声，转身便走，脚步极快，走过琼姨娘身边，头也不回。

琼姨娘恨恨瞥了杨宁一眼，也是跟在齐玉身后匆匆而去。

杨宁看着这对母子消失在眼前，嘴角泛起寒意。

一些强大的家族，从外部往往很难有机会将之击破，而衰落的直接原因，往往就是祸起萧墙，内部的争斗导致分崩离析。

其实杨宁对于锦衣侯府盛衰起落并不太在意，可是对齐玉母子，却是心存厌恶。

齐玉方才对顾清菡如同诅咒般的恶毒言语，杨宁相信那不是随口说出来，而是齐玉积怨已久的心里话。

顾清菡要维持锦衣侯府的体统，保护齐宁的正统性，必然会得罪齐玉一干人，也成了齐玉继承锦衣侯爵最大的障碍之一。如此人物，齐玉自然是视为眼中钉肉中刺，如果有朝一日齐玉真的得了势，必然会对顾清菡进行报复。

杨宁能够理解人不为己天诛地灭的道理，不过这对母子行事阴损，喜欢背后算计人，这与顾清菡的处事方法完全不同。

即使自己真的有一天要离开，也必然要为顾清菡除去这对祸害。

不过杨宁也清楚，这类背后算计人的阴损小人，却也不可不防，如今这对母子的目标就是自己，自己还是要小心提防，若是真的找到他们坑害自己的把柄，自己也是断然不会放过。

正边走边想，忽听段沧海声音传过来："世子爷，可找着你了。"

"哦，段二叔，找我有事？"杨宁瞧过去，见段沧海快步过来，笑道，"我也正有事要找你。"

"世子爷有什么吩咐？"段沧海上前来拱手道。

杨宁笑道："咱们之间就不用这么客气了。"

他轻声道："对了，段二叔，你可知道武乡侯府在哪个位置？是不是也在这条琵琶街上？"

段沧海摇头道："武乡侯府在文德桥那头，离咱们府有些距离，世子爷怎么问起武乡侯府？"

"我想去拜访拜访武乡侯。"杨宁笑道，"来而不往非礼也。武乡侯上次登门过后，我们也一直没有给他答复，丧事也差不多办完了，咱们也该给人家回个话。"

"啊？"段沧海忙问道，"太夫人已经做了决定？"

杨宁淡淡道："这是我的婚事，如何做决定，当然由我说了算。"

顿了顿，他才道："而且武乡侯把话说到那个份上，你觉得咱们还有回旋的余地？"

段沧海神情严肃，道："苏祯辱没家风，如此大事，出尔反尔，只怕他以后再也没有脸去见老武乡侯爷。"

忽地想到什么，段沧海一拍脑门子，道："差点忘记了，世子爷，你先别急着去武乡侯府，现在有人来找你了。"

"找我？"杨宁奇道，"谁找我？"

段沧海低声道："就是世子爷的义兄弟袁荣！"

"义兄弟？"杨宁心下一紧，"我……我有这样一位义兄弟？"

"这个……"段沧海想了一下，才小心翼翼道，"世子爷，这袁公子和你也算是有些交情，只是……恕我直言，这样的人还是不要交往太深，世子爷以前和这些人走在一起，其实……其实也没有得到什么益处，反倒每一次都吃亏，三夫人其实也不喜欢世子爷和这帮人接触频繁。"

"哦？"杨宁脑子灵活，听段沧海所言，立刻明白什么，笑问道，"段二叔，我这位义兄，是不是一个只知风花雪月的纨绔子弟？和我是不是只是酒肉朋友？"

段沧海闻言，本有些皱起的眉头顿时舒展开来，笑道："原来世子爷心里明镜儿似的，这样我就放心了。袁荣是礼部尚书袁大人的嫡长孙，袁大人自然是博古通今满腹文采，这袁公子出自这样的门第，文采还是有的，不过……"

他摇头笑道："年少轻狂，那也是人之常情。"

"这就怪了，我回来这么多天，父亲的丧事也办了这么久，我这位义兄似乎从没出现过。"杨宁似笑非笑道，"怎的丧事一过，他就跑过来？"

段沧海轻声道："如果我没有猜错，恐怕与忠陵别院的刺杀事件有关系。"

"哦？"杨宁双眉一紧，"段二叔的意思是？"

段沧海只以为杨宁误会，解释道："世子爷别多想，刺杀事件与袁荣应该不会有牵连，袁荣虽然轻浮孟浪，不过倒也不是坏人。"

他四下里看了一圈，才道："他的祖父是礼部尚书，而忠陵别院隶属于礼部，发生刺杀侯爵世子这般大事，若是闹将起来，袁大人是为礼部尚书，多少还是有些麻烦的。"

"啊？"杨宁立刻明白过来，"礼部袁大人想让此事大事化小小事化了，不过他不好亲自出面，想要利用袁荣先来探探口风？"

段沧海竖起大拇指，"世子爷一针见血，应该就是这样了。"眉眼之间满是欣慰之色，心想世子爷如今一天比一天聪明，这是老天保佑，乃是锦衣侯府一等一的幸事。

杨宁见到袁荣的时候，袁荣正在锦衣侯府偏厅用茶。

杨宁并没有立刻进去，而是在外面先偷偷观察。只见袁荣二十岁左右年纪，一身乳白色的锦衣，戴着一顶别致的锦帽，人配衣裳马配鞍，这身锦衣玉服穿在身上，袁荣倒也显得颇有几分潇洒。

偏厅只有袁荣一人，他自然对饮茶并无兴趣，似乎也没有想到杨宁会躲在外面窥视，此时站起身来，脸上堆笑，瞅着一处笑眯眯道："兄弟，哥哥想死你了，今天可终于见到你了！"双手做出一个环抱的姿势。

杨宁一开始还是一惊，以为这家伙本事了得，竟然发现自己就在门外，可是看他环抱空气，立时醒悟，这小子是在自练自说。

果然，袁荣摇摇头，自语道："这样不成，他刚死了爹，这时候我要表现得悲伤方可……"

袁荣抬头，做出一副伤心姿态，一个抹泪的动作，声音黯然："兄弟，锦衣侯过世，举国悲痛，你可要节哀顺变，如果有什么困难，尽管开口，上刀山下火海我一定为你去办，谁让咱们是义兄弟呢？"

说到这里，声音戛然而止，摇头道："这样更不成，万一那小子真的有事情让我办，我这不是把自己丢进坑里了？"

他表情复杂，忽悲忽喜，自练自说，神神叨叨，杨宁心下好笑，忽地咳嗽一声，背着手进了偏厅内。

袁荣听到咳嗽声，手忙脚乱恢复常态，扭头看到杨宁进来，先是一脸笑容，不过见到杨宁神情淡漠，立马就变成一脸悲伤，上前来，"兄弟，你……"他还没说完，杨宁看也不看他，从他身边走过去。袁荣呆了一下，一阵尴尬，见杨宁已经坐在椅子上，这才凑过去，轻声问道："宁兄弟，你……你没事吧？"

杨宁抬起头，盯着袁荣，一句话也不说，脸上毫无表情。

袁荣被杨宁看得全身发毛，勉强笑道："锦衣侯……锦衣侯过世，你……你要节哀顺变，如果有什么……有什么需要帮忙的地方……哦，不是，宁兄弟，你看我……这个……"

一阵结结巴巴，他猛地想到什么，回过神，苦笑道："兄弟是在责怪我这阵子没有过来帮忙？"

杨宁冷哼一声，并不说话。

袁荣抬手指天，信誓旦旦："老天作证，我打听到你被人绑架，寝食难安，几次想要带人出京救你，可是……可是我家那位老顽固说什么连锦衣侯世子都敢绑架，这京城乱得很，将我关在屋里，根本出来不得。"

杨宁瞥了他一眼，又是一声冷笑。

"当然，他想拦我，没那么容易。"袁荣沉声道，"兄弟你被绑架，我这做哥哥的怎能毫无作为？我袁某人做事，义气当先，头可断，血可流，这义气不能丢。所以我有一天趁夜要溜出府邸，想要去找你，可是……"

袁荣长叹一声："可是我家那老顽固太过狡猾，硬是被他抓住家法伺候，我这屁股都被打烂，整整大半个月都不能动弹。"

他见杨宁神情冷淡，焦急道："兄弟你是不是不信，好，我现在就脱裤子给你看。"

袁荣神情凛然，一甩衣襟下摆，提溜起来，背对杨宁，便要脱下裤子验明正身。

杨宁瞪大了眼睛，他本以为这小子只是随口说说，见他真的要脱裤子，立刻沉声道："你祖父是礼部尚书，当厅脱裤子，有辱斯文，这要传扬出去，下一次你这屁股留下的就不只是伤痕了。"

袁荣听杨宁终于说话，整理好衣衫，脸上堆起笑容，凑上前来，道："我就知道兄弟一定不会误会我。"

"你是我义兄？"杨宁盯着袁荣。

袁荣还以为杨宁是在讽刺自己，心中暗想这往日脑子有些迟钝的家伙如今也知道讽刺人了？面上却是苦笑道："兄弟难道还在责怪为兄？哎，也难怪你心中不快，锦衣侯过世，我一直不曾过来搭手帮忙，确实是我的不是。"

杨宁心想这类纨绔子弟之间的交往，也不可能存在什么真情，无非是酒肉朋友，偶尔互相利用一些对方的资源而已。

锦衣侯过世，在丧期之内疏远的王公贵族、高官重臣就不在少数，杨宁其实倒也不是十分气愤，毕竟人性如此，没有必要太过苛责。

"找我有什么事情？"杨宁淡淡问道。

袁荣笑呵呵道："兄弟可知道最近秦淮河又添了几条新画舫？"

"与我何干？"杨宁气定神闲，"袁兄喜欢玩赏风月，大可以去好好领教一番。"

袁荣一怔，只觉得今日的杨宁处处古怪，与曾经自己熟悉的锦衣侯世子大不相同，有些尴尬，道："兄弟以前喜欢乘舟游玩，我本想过来打个招呼，请兄弟出去散散心，原来……"

"袁兄，家父刚刚过世，你现在就开始对我提及这些风花雪月，不觉得很不是时候吗？"杨宁没好气道，"府里的安魂法事还没有做完，我若是这时候出去乘舟游玩，还有人性吗？"

袁荣一怔，随即一拍脑门子，一脸懊恼道："怪我，怪我，是为兄不好，真是糊涂了。兄弟不要见怪，我绝无坏心，只是想着兄弟前番被绑架受惊，这些时日办丧事又太过劳累，想带兄弟放松一下。"

"以后再说吧。"杨宁起身道，"你若是没有别的事情，我先去办事了。"

袁荣急忙伸手拉住，道："兄弟别急。"

"还有事？"

"有点芝麻小事。"袁荣笑道，"兄弟先坐下说话。"

杨宁坐下后，问道："芝麻小事？什么样的芝麻小事还要让你登门来说？"

"这个……"袁荣从怀中掏出一把纸扇，左手潇洒一抖，打开折扇，"兄弟在忠陵别院是不是遇到刺客了？"说完，轻摇折扇，自命风雅。

杨宁心想这都十月了，天气转冷，你还拿着一把折扇装风雅，也不怕冷死。

"原来你知道这事？"杨宁瞥了袁荣一眼，"听说忠陵别院虽然是皇家别院，但是隶属于礼部管，你们家那位袁大人是礼部尚书……"

他目光一冷，沉声道："你说，别院刺杀之事，与你们家可有关系？"

袁荣脸色大变，从椅子上跳起来，惊骇道："这话可不能乱说，兄弟，你这话我们老袁家可真担不起。"

"我差点死在那里，你可晓得？"杨宁冷笑道，"担不担得起，也先担着，真凶没有找到之前，我只能找负责别院的衙门，也就是礼部，说到底，还是你们袁家。"

袁荣带着哭腔道："兄弟，你们府里不会都是这么说吧？不会真的以为是我们老袁家派出的刺客吧？"

"一切都在调查之中，在没有查清楚之前，谁都有嫌疑。"杨宁淡淡道，"说吧，你说的芝麻小事，到底是怎么回事？"

袁荣此时额头冒汗，加快速度摇着折扇："兄弟，我袁荣以我的人品担保，对于刺客，我们老袁家真的一无所知。而且你也知道，我们老袁家和你们老齐家素来交好，你可别忘了，当年你的父亲可是我祖父教授诗文，你我两家可是世交。"

"哦？"杨宁心想原来锦衣侯府和袁家还有这样的瓜葛。

见杨宁神色不善，袁荣苦笑道："我就实说了吧，忠陵别院的吴管事，他是家母的二舅的二姨娘的亲侄子，这次你在别院被刺，他事后惊恐不已，最后找到了家母，然后家母恳求祖父他老人家出面，尽量将此事大事化小。"

"哦？"杨宁淡淡笑道，"说到底，你今天来，也是为了吴管事说情？"

"我今日过来，当然是为了来看你。"袁荣立刻道，"说起这事，也只是顺便而已。"

他往这边凑了凑，低声道："那吴管事再有一年，就可以调入礼部当个主事，也算是熬到头，可是谁知道在这时候出了这么档子破事。"

他摇头叹道："祖父当然不会为了此事找到你们府里，家母知道我与你是生死之交，所以……所以让我过来说说。"

杨宁摸着下巴道："原来如此。"

"兄弟，哥哥很少求你办事。"袁荣肃然道，"但是这一次家母说得厉害，还说我如果真的和你是亲如手足的兄弟，就没有办不成的事，这不，我想想咱们过命的交情，应该不成什么问题。"

"袁大公子，你说得轻巧，你可知道，因为那帮人的疏忽，我差点连命也没有了。"杨宁冷冷道，"你现在过来两句话，就想让此事了结？这是将我这条命当儿戏啊？"

"你放心。"袁荣听出杨宁话中有松动，低声道，"吴管事一步步走到今天也不容易，为了熬个礼部主事的位置，两年前主动请缨往别院去熬着。还差一年，他就能进礼部当个主事，如果这时候因为这件事情前途尽毁，那可如何使得？所以……"

袁荣左右瞧了瞧，这才凑近杨宁耳边，压低声音道："只要你们锦衣侯府不往上递折子，淡化此事，礼部那头再花些功夫，让此事化小，吴管事和那帮护卫就不会受到太重的惩处，当然，他们都愿意为你压惊。"

"压惊？"杨宁皱眉道，"这是什么意思？"

袁荣贼兮兮笑道："他们愿意拿些银子出来，作为对你受惊的补偿，兄弟，你以为如何？"

"是要贿赂我？"杨宁瞟了近在咫尺的袁荣一眼，"你难道不知道，从我祖父开始，锦衣侯府就有一条规矩，不许……"

"我知道，我知道。"不等杨宁说完，袁荣便笑道，"不许和其他官员有银钱上的往来。"

"你既然知道，为何还要出这馊主意？"杨宁气定神闲，心里却想着不知吴管事那帮人能出多少银子来。

袁荣正色道："兄弟误会了，他们可不是贿赂你，而是感谢你的救命之恩。据说那刺客武功了得，如果不是你，别院的护卫们都要遭殃，那刺客既然杀了那些别院护卫，一定会一不做二不休，将吴管事也一并杀了，所以你是他们所有人的救命恩人。你们齐家处世的规矩，有债必偿，他们既然欠了兄弟你的，自然要偿还的。"

杨宁睁大了眼睛，袁荣一本正经地胡说八道，让人叹为观止。

袁荣嘿嘿一笑，凑近低声道："而且只要你答应，银子由我从中转交，神不知鬼不觉，不会有人知道。"

"有债必偿！我们齐家确实有这样的规矩。"杨宁微微点头，斜过身子，"吴管事他们也懂我们齐家这规矩？"

袁荣暗想这锦衣侯世子几日不见，怎的像变了一个人，不但毫无迟钝之态，而且言谈举止精明干练，说话也打着机锋，心下疑惑，但也没时间多想，明白杨宁意思，伸出一只手，先是竖起五根手指，随即放下两根，道："他们愿意拿出这个数。"

又加了一句："三百两！"

"我们锦衣侯府数代清廉。"杨宁冷冷道，"既然老侯爷说过不与任何官员有银钱往来，我自然是坚守这规矩，来人，准备送客！"

"五百两！"袁荣竖起五根手指，叹道，"他们愿意拿出五百两！"

"人呢？"杨宁向外瞅了瞅，"袁大公子要走，送客！"

袁荣眼角抽搐，两只手伸出来："五百两是吴管事一人所出，其他护卫凑了二百两银子！"

杨宁淡淡道："家父征战沙场，但有赏赐，都是赐给部下将士，我们齐家对银钱从无兴趣……袁大公子，你可知道，银子多少我不在乎，可锦衣侯的尊严，我不能不捍卫。"

"一千两！"袁荣咬牙道，"臭小子，就只有这么多了，你想想他就一个小小的别院管事，能有多少油水？这帮人凑出来一千两银子已经很不容易，秦淮河上包一艘最好的画舫，搂着最漂亮的舫主睡一天也不过一百两银子，普通的还要折一半，三四百两银子在京里可以买个不错的院子，你可不要得寸进尺。"

杨宁上下打量袁荣一番，笑道："他们真的只能拿出这么多？"

"只有这么多。"袁荣脸色也不好看，"不管怎样，这一千两银子你要给我一份，否则我费这大半天嘴皮子，总不能一点好处也捞不着。"

袁荣端起茶杯，一口便喝了大半杯，抬手指着杨宁："我真没看出来，你小子黑得很。"

杨宁心里明白，一千两银子其实已经不算少，而且刺杀之事已经发生，幕后真凶当然不可能是吴管事那干人，即使上奏朝廷对他们大加惩处，对自己也没有任何好处，反倒是这样不但得了银子，还给了袁荣一个人情。

"银子先不急，你陪我去一个地方。"杨宁起身来，"只要配合得好，今天你这个忙，我也给你面子。"

第十七章

长街斗纨绔

　　建邺的戒严并没有解除，一到黄昏时分，京城的大街小巷各坊各市就会冷清下去，但现在正值正午时分，所以街道上的行人依然往来不绝，车水马龙，颇为热闹。

　　冠盖满京华。

　　杨宁此时正骑马行在秦淮河边的长街之上，在京中骑马而行是一种时尚，不但王侯子弟喜欢将自己的坐骑装饰得精美出众，便是一些文人墨客，也都是喜欢骑马行街，这是建邺独有的一种时尚。

　　文人公子们骑马而过，个个面带微笑，不自觉地向上望过去，他们不需要向旁看，不想向下看，因为那里的人要仰望他们。

　　他们只看华彩楼阁，看那红楼粉阁中的粉黛青山。

　　才子佳人，本就是佳话，他们自命风雅，在秦淮河边漫游，不就是希冀成就一段佳话？

　　秦淮河上画舫如织，时不时地看到衣冠华贵的风雅公子从船舱内走出来，立于船头，身边跟着几个人，一副指点江山的气魄。

　　这是秦淮河上每天都能看到的景象。

杨宁这是第一次正儿八经地经过秦淮河畔，天色尚早，他倒不急着赶路，袁荣骑马跟在杨宁边上，心下却有些疑惑，不知道杨宁要将自己带到哪里去。

杨宁出府，段沧海自然不好阻止，不过这些时日世子爷连续遇上危险，他本想亲自护卫跟随，杨宁知道这些时日无论是段沧海还是齐峰等人都十分辛苦，只让段沧海在府中随便找了两个护卫跟随。

经过夫子庙，杨宁转到一条长街之上，这条街与秦淮河畔的风月繁华又大不相同，刚一转进街道内，便飘来阵阵花香，放眼望去，红花绿叶，姹紫嫣红，沿街两边竟然有诸多花坊，却是一处花市。

杨宁心下惊讶，如今都已经到了十月，却不想还有花市在经营，他对花花草草其实也不懂，骑马而过，花香扑鼻，见到各种奇花异草，许多品种还真是前所未见，心想到了这个月份还能开花放叶，这些花草必然不便宜。

不过南方气候宜人，哪怕是十月金秋，天气也还算温暖。

袁荣忽地明白什么，笑道："闹了半天，兄弟该不会是要领着我去武乡侯府吧？哈哈，也有些时日没有见到你那位大舅子了，今日咱们正好去会会他。"

"大舅子？"杨宁一怔，转头看向袁荣，却并无询问。

他知道自己如今的表现已经与从前那位世子很不相同，有些人脉自己可以不清楚，但却不能经常询问，否则难免让人起疑。

只是这一扭头间，目光忽地瞥见不远处一道人影，这花市上人来人往也不在少数，不过女眷居多。那道人影身材高大，在人群中十分显眼，杨宁一眼便瞧见了，心下一紧，他一眼就认出来，那人正是上次那名扮作太监的灰袍长者。

杨宁先后见过此人两次，第一次看上去是颇为儒雅的长者，第二次却化装成一个太监，这一次又是一身灰色长袍，长须飘飘。

"这家伙怎的会在这里？"杨宁大加警觉，翻身下马，灰袍长者显然并没有注意杨宁这边，在人群中穿过。

这老家伙身份不定，不过杨宁确定他嘴上的胡须必然是粘上去的，否则前几日才瞧见他没有寸须，绝无可能在这短短几天时间之内就长出来。

他禁不住追过去，在人群中挤到那边，袁荣不明所以，叫道："宁兄弟，你这又是往哪里去？"

杨宁瞧见灰袍长者就在自己前面不远处，加快了步子，忽听"哎哟"一身，经过一间花店门前，竟是撞在一人身上，那声音颇有些娇柔，似乎是个女子。杨宁一时也顾不得道歉，往前追出几步，只见那灰袍长者已经在人群之中消失不见。

他止住脚步，茫然四顾，人来人往，却偏偏没了那灰袍长者的踪迹。

杨宁皱起眉头，便在此时，从长街另一头传来一阵紧如密鼓一般的马蹄声。

杨宁皱起眉头，暗想这是市集长街，人来人往，自己虽然骑马，却也只是缓步而行，但是现在这马蹄声急如雨点，难道要踩死人不成？

果不其然，只见长街行人纷纷避让，有些人闪躲不及，扑飞在一旁，大呼小叫。

长街对面疾驰过来数骑，马蹄急促，看到长街之上人仰马翻，竟没有放缓的模样。杨宁眉头紧锁，正要避让，突然心下一沉，却是发现街道中间，正有一个七八岁的孩童蹲在地上玩着泥人，身边并无大人，那孩童一手抓住一个泥人，玩得正不亦乐乎，完全没有察觉到危险到来。

那几匹骏马飞驰，显然也没有察觉到孩子就蹲在街道中央，边上有人已经发现此景，惊声尖叫出来。

杨宁此时却已经像离弦之箭冲了过去。

杨宁速度极快，但是那几匹马说到就到，距离那孩童已经近在几丈之间，以杨宁现在的速度，扑到那孩童面前，如果骏马来不及勒住，他很可能会和那孩童一起被撞飞。

可是他却没有丝毫犹豫。

他知道，此时此刻，唯一有可能救下那孩子的只能是自己，自己如果奋力一搏，还有希望，否则这孩童必会被骏马踩踏在脚下，断无活命的道理。

尖呼声中，不少人已经扭头过去，不忍看这惊心动魄的场面。

马是好马，速度如电，眼见最前面的一匹马距离那孩童不过丈许，杨宁距离那孩童亦有丈许之遥。

同样的距离，速度却不同。

骏马的冲速，当然不是杨宁的速度可以比，他只感觉心口一阵冰凉，情急之中，只盼能将全身的气力集中于双腿之上，眼见得要慢上一步，杨宁低吼一声，也就是这一下子，竟发觉胸口的内力如同激流般倾泻而下，涌入到自己的两腿之间。

在力量灌入双腿之中的那一刹那，杨宁双腿一蹬，整个人如同猎豹一般，抢在那骏马之前，一把抓住了孩童的手臂，扯过来抱在怀中向边上滚过去。

那匹马长嘶而起，前蹄扬起，一个人立，随即落下，正踏在那孩童刚刚所在的位置，若是杨宁差了一分，此刻孩童必然已经丧命马蹄之下。

"砰！"

杨宁滚动之间，收势不及，撞在一间花铺摆在门前的花坛之上，全身一疼，好在这时候势头收起来，他两手举起，将那孩童托在半空中。

"啊！"一声尖叫，一名妇人已经扑了过来，带着哭腔道，"定儿，定儿，你怎么样？"

杨宁只觉得浑身一阵冷汗，听到妇人哭腔，扭头看了一眼，只见是个不到三十的妇人，看穿着倒也像是大户人家的女眷，知道这孩童必然与她有干系，将孩童递过去，勉强笑道："他……他应该没事，不用担心……"

那妇人一把抱过孩童，上上下下检查一番，见孩童安然无恙，这才放心，瞧见杨宁坐起，忙道："恩公，多谢……多谢你救了我家定儿……大恩大德，我一定报答！"

又急道："恩公，你……你流血了。"

也顾不得其他，取出一只绣帕递给杨宁："快，你先擦擦，我给你请大夫！"

杨宁这才感觉额头边上有鲜血流淌，火辣辣地疼痛，心知是撞在花坛上，皮肉伤而已，也不接绣帕，摇头笑道："无妨！"想要起身来，才发现刚才充满力量的两条腿此时竟然酸软无力，一时间竟难以起身。

"好兄弟！"袁荣已经冲过来，一脸惊骇，"你……你没事吧？"

杨宁抬手用衣袖擦了擦额头鲜血，摇了摇头，双腿绵软无力，这让杨宁心下有些惊怕。

方才千钧一发，他却有所感觉，双腿陡然有力，似乎是从丹田内有内力被自己情急之下调入到双腿。

如果不是内力涌入，自己绝不可能有力量抢在骏马之前救下孩童。

可是此刻那股力量消失得荡然无存，而两条腿却有些发麻抽筋。此前段沧海警告过他，绝不可轻易调动内力，这一次情非得已，却也不知道是不是对自己的身体造成了伤害。

"格老子，还有些本事！"

一个声音传过来，不是京城官话，语气颇有些傲慢。杨宁脸色一沉，抬头望过去，只见到就在自己前面不远处，一匹高头大马威风凛凛，骏马之上，一人居高临下，十分淡然地看着杨宁。阳光斜照，照在那骑身上，拖出一个长长的影子，笼在杨宁的身上。

后面几匹快马也已经跟上来。

数人身着深绿色的劲衣，但是头上却缠着白布，腰间配着弯刀，虽然看上去身形也并不显得高大剽悍，但是一个个目露精光，行家一看就知道武功修为断然都不低。

这些人显然训练有素，此时一手牵着马缰绳，另一只手则是按在弯刀刀柄上，目光俱盯在杨宁身上，一个个目光如刀，倒似乎杨宁是肇事者。

袁荣扶着杨宁站起来，杨宁兀自感觉双腿发软，几乎要站立不稳，心下骇然，暗想总不至于真的伤了身体，因为方才情急使了内力，这两条腿经脉受损，自此真的变成残废吧？

"格老子，看这小子，都快要尿裤子了。"差点踩人的那家伙忽然抬手指着杨宁有些抖动的双腿，大笑起来，竟似乎完全不在意自己方才差点踩死了人。

杨宁盯着那人，此时看清楚，那人不过二十四五岁年纪，一身浅黄色的锦衣，鲜衣怒马，腰间缠着金色玉带，头上也缠着东西，却不是像其他人那样的白色头巾，而是一条紫色的头带。

这头带显然是用心制作，中间竟然还镶嵌一颗红宝石，边上环绕着金色的丝线，一看就价值不菲。只是这样的头饰，杨宁此前并无见过，而这些人的声音，明显不是京城官话，倒像是川蜀口音。

其他几人也都肆无忌惮笑起来。

那黄衣青年也不多言，一抖马缰绳，催马欲走，杨宁已经沉声吼道："站住！"

几人都是一怔，勒住马儿，黄衣青年上下打量杨宁几眼，唇边显出轻蔑笑意："你让我们站住？"

杨宁此时感觉双腿发热，但是气力似乎恢复一些，不似先前那般酸软，缓缓吸了口气，淡淡道："不错，我让你们站住。"

黄衣青年显然有些意外，饶有兴趣地伏在马鞍上，摆弄手中马鞭，道："那你叫我们站住做什么？"

杨宁见这些人打扮，知道很有可能是外地进京的官宦子弟，亦有可能是地方豪绅的子弟，这类人无非是地方上的官二代或者富二代，在地方上嚣张跋扈惯了，如今到了京城，依然是肆无忌惮。

杨宁暗想你今天也真是倒霉，老子可是锦衣侯世子，莫说我的身份，就是袁荣这个礼部尚书府的公子，那也不是吃素的。

袁荣见杨宁向自己递了个眼色，亦是觉得眼前这几个人只怕是从乡下过来的土包子，到了京城，还这般没规矩，瞧见四下里不少人正围观，有心要出出风头，摸出折扇，潇洒抖开，轻摇折扇，冷笑道："你们有没有长眼睛？这里是什么地方？你可知道，这闹市之上，像你们这样肆无忌惮，伤了人又怎么办？"

袁荣收起折扇，指着那孩童道："若不是我兄弟出手及时，这孩子已经被你所伤，你可知道后果？"

黄衣青年瞥了杨宁一眼，戏谑道："老子还真不知道你们京城的规矩，你告诉我，要真是踩死了那孩子，要赔多少银子？"

此言一出，四周顿时窃窃私语，不少人纷纷指责。

黄衣青年一干人却似乎没听见一般，毫不在意。

那妇人已经道："若是伤了人，就要偿命，你们目无王法，都要关进大狱里去。"

"杀人偿命？关进大狱？"黄衣青年放肆笑起来，"我从来不知道杀人还要偿命，至于关进大狱，老子往大狱里关的人不计其数，杀的人也不计其数，可自己就从没有进过大狱一步。"

袁荣心想这小子怎么比我还要嚣张，拉下脸来，道："你现在就给本公子滚下马来，向这里的人道歉，否则……"

他话声未落，那黄衣青年猛然间一鞭子抽过来，袁荣措手不及，下意识抬手格挡，"啪"的一声，马鞭正抽在袁荣手臂上，袁荣"哎哟"叫了一声，怒道："狗东西，你敢打人？"

那黄衣青年脸色一变，道："你骂我？"又是一鞭子抽下。

袁荣正要躲闪，身边影子一晃，杨宁已经欺身上前，探手而出，抓住了马鞭，冷声道："这里是建邺，天子脚下，有王法的地方，将你们那一套收起来。你们纵马长街，肆无忌惮，不但惊扰百姓，差点伤及人命，让你们下马道歉，这是理所当然。"

黄衣青年马鞭被抓，眼中划过一丝讶色，随即显出怒容，用力想要将鞭子扯回来，杨宁只觉得这年轻人的气力倒不小，显然也有些底子，唇边带冷笑，手上微微加了气力，那黄衣青年性子显然有些倔强，手上也更是用力，很快，脸上就憋得有些通红。

杨宁见他握鞭子的手背青筋暴突，知道这小子是用上了吃奶的气力，眼中划过狡黠之色，猛地一松手，那黄衣青年措手不及，一时稳不住身子，向后一翻，已经从马背上栽倒下去，四周围观的人们见状，顿时哄然大笑。

身后那几名围着白头巾的男子纷纷下马来，有人去扶那黄衣青年，亦有人拔刀向杨宁冲过来。

便听得有人厉声道："谁敢动手？"从旁抢出两人，正是跟着杨宁出来的锦衣侯府侍卫，此时两人也已经是拔刀在手，护在杨宁身前。

便在此时，又听到马蹄声响，从后又有两骑过来，当先一骑一身黑色的袍子，头上缠着黑色的头巾，在他身后跟着一名头缠包布的随从，一看就与黄衣青年是一伙人。那黑袍人看上去已经四十出头年纪，身形偏瘦，驰马过来，见到一众头缠白布的汉子拔刀在手，冷下脸来："都住手，你们在干什么？"

众人听到黑袍人的喝声，回头瞧见是他过来，都站在原地，不敢动弹，显然对这黑袍人都十分敬畏。

黑袍人翻身下马来，杨宁见他长相慈和，倒有几分忠厚之相。

"世子，出了何事？"黑袍人看着刚刚被扶起的黄衣青年，神情严肃，"这里究竟发生了什么？"

世子，哪个世子？

杨宁和袁荣不禁对视一眼，很快，就见袁荣身体一震，眼眸之中显出惊骇之色，杨宁心知这小子很可能已经猜到对方身份，只是此刻却不好当众向他询问，但瞧袁荣的反应，这黄衣青年的来历显然不浅。

随即心下又想，老子是大楚四大世袭侯爵之一的锦衣侯世子，对方就算也是个世子，难道比自己的地位还要尊贵？

边上一名头缠白布的随从凑近到黑袍人耳边，低语了几句，黑袍人神色更加凝重。

那黄衣青年见到四周百姓对自己指指点点，他当众摔落下马，颜面尽失，肚子里恼火不已，猛地抢过一名随从的弯刀，抬刀向四周环指，怒道："谁再敢啰唆，格老子一刀劈了你们。"

他面色狰狞，一副凶神恶煞的模样，四周百姓也知道不好惹，都往后退了退。

"防人之口甚于防川。"杨宁见黄衣青年这种时候还在威胁百姓，嘲讽道，"我说你就想凭一把刀唬住京城的人们？"

黄衣青年豁然转身，盯住杨宁，眸中满是杀意："你自寻死路，老子要将你碎尸万段。"

"建邺乃是帝都，天子脚下，是有王法的。"杨宁冷冷道，"我大楚皇帝，制定法规，就是要保护百姓安居乐业，你当众放肆，目无王法，那是不将我大楚皇帝放在眼中，如今还要将我碎尸万段，难道朗朗乾坤，在天子的眼皮底下，你敢杀人不成？"

袁荣在旁瞥了杨宁一眼，心下生出一股叹服，暗想这小子如今是不是精明得过头了，三言两语，就已经上纲上线，将黄衣青年的所为变成不将皇帝放在眼中，这要真是论罪，那满门抄斩也不够的。

黄衣青年还要再说，那黑袍人已经沉声道："世子！"

黄衣青年似乎对黑袍人也颇为忌惮，气焰微弱，道："西门先生，他们……"

黑袍人不等黄衣青年说完话，走上前去，打量杨宁一番，才含笑拱手道："我家世子年纪尚轻，若有冒犯之处，还请见谅！"

"看来还有个懂事的。"杨宁道，"你们家这位世子在街道上横冲直闯，差点伤及无辜，我劝你们回去之后，还是要多教育。"

黑袍人只是淡淡一笑，转身要走，杨宁皱眉道："站住！"

黑袍人停下脚步，回身笑道："不知还有何指教？"

"我还以为你这人懂点规矩。"杨宁皱眉道，"难不成你觉得撞伤了人，就可以这样心安理得地离去？"

黑袍人看到杨宁额角有些血迹，笑道："是我的不是。"

他从身上取出一锭银子，道："不知是否足够去看大夫？"

他这银锭子不小，看大夫自然是绰绰有余，杨宁摇头道："治疗费、惊吓费，我和这小弟弟当然都少不了，不过你们家世子伤了人，难道不打算道歉？"

又想到袁荣，杨宁抬手指过去："喏，还有这位，被你们家世子用马鞭抽了，这衣衫自然也要赔偿，治疗费和惊吓费当然也不能少。"

黑袍人微皱眉头，但他的耐心显然还不错，从怀中取出一张银票，道："我身上没有多少现银，这是二百两银票，四大钱庄都可以随时取出来，不知是否足够赔偿费用？"

杨宁也不客气，接了过来，转手递给边上那妇人，那妇人愣了一下，杨宁已经将银票塞进她手中。

"至于道歉……"黑袍人向几人拱了拱手，"我在这里代我家世子向诸位道歉，出门在外，难免有些误会，诸位海涵。"

黑袍人本以为做到这个份上已经给足了对方面子，谁知道杨宁摇头道："做错事的不是你，你用不着道歉。"

他指着黄衣青年："道歉的应该是你！"

便在此时，却听得一阵骚动声响起，听到一个声音叫道："在哪里？真是反了天了，还有没有王法？小公子在哪里？弟兄们，将那干狂徒都围住，一个都不能放过了！"

杨宁循声看去，只见到一群头戴方帽身着蓝衣的差人正往这边涌过来，人数不下二三十人，一个个凶神恶煞，当先几人却是灰色劲衣，气焰十足。

当先一人虎背熊腰身材高大，手按腰间佩刀，在他的边上，一名青衣小厮已经指向那黄衣世子道："就是他，就是这小子差点伤了小公子。"

"呛！"

那人拔刀出鞘，挥刀道："大胆狗贼，无法无天，都给我围起来，一个也不要跑了。"

他手下那些官差如狼似虎扑上前来，瞬间就将黄衣世子等一干人围住，黄衣世子手下那几名头缠白布的侍从神情严峻，也是拔刀在手，护卫在黄衣世子身边。

那虎背熊腰的大汉却是先跑到那妇人身边，那妇人抱着孩童，见大汉过来，就似乎是见到了救星，还没说话，那大汉已经道："夫人，小公子没事吧？放心，谁要是敢动你们一根毛，老子就砍了他全家。"

他粗言粗语，那妇人微蹙秀眉，道："定儿没事，不过……不过恩公受伤了。"

"恩公？"大汉一怔。

夫人已经看向杨宁，道："就是这位恩公，如果不是他，定儿……定儿只怕已经……"她眼圈本就发红，此时一说起来，有些后怕，眼泪便流下来。

大汉扭头看向杨宁，毫不犹豫上前去，拱手道："恩公在上，受雷永虎一拜！"便要跪下去，杨宁急忙拉住，笑道："客气客气，路见不平，拔刀相助，但凡有些良知之人，都不会袖手旁观。"

他一开始见一大群人凶神恶煞涌过来，不明所以，还有些错愕，此时已经明白，原来这帮人却是那妇人的帮手，看他们连官差都带过来，显然在这京城实力不弱，自己出手只是因为不能见死不救，哪怕那孩童是个小乞丐，他也会断然出手，却不想竟是救了一位小公子。

这京城高官重臣多如牛毛，随意救下的孩子身份颇为金贵，他倒也不是特别的惊讶。

不过这大汉恩怨分明，一看就是个爽直性子，杨宁心下倒也有几分喜欢。

雷永虎道："那回头再好好谢恩公，我先打发了无法无天的肇事者。"

一扭头，见到黑袍人西门先生正看着自己，打量了一下西门先生的穿着打扮，立刻沉下脸，道："你和那小子也是一伙的？"

黑袍人神情淡定，颔首道："不错，阁下兴师动众，不知所为何故？"

"所为何故？"雷永虎没好气道，"你眼睛瞎了？你们差点伤了我家小公子，搞得像没事人一样，老子不给你们一点教训，看来你们都不长记性。"伸手就往那西门先生的胸口抓过去。

他身材高大，比那西门先生高出一个头来，出手倒也不慢，那西门先生并不动弹，任由雷永虎抓住了胸前衣襟，眼中滑过一丝冷色。

雷永虎抓住西门先生前胸衣襟，用力一扯，他本以为以自己的气力，自然能轻轻松松将这看来并不如何起眼的黑袍中年人扯倒在地，先声夺人，杀一下那黄衣青年的气焰，然后再过去找正主麻烦。

孰知他这用力一扯，那西门先生竟然如同石雕一般，纹丝不动。

雷永虎微显诧异之色，再一次加力扯动，那西门先生依旧是动也不动，雷永虎有些气恼，众目睽睽之下，若是自己连这样一个不起眼的人都无法搞定，那自然是颜面扫地，灌力于手，这一次铆足了气力扯动，便听得"嘶"的一声，雷永虎竟然从西门先生衣襟上扯下一块来。

雷永虎怔了一下，此衬终于明白，眼前这人看起来不起眼，却是一个深藏不露的家伙。

"哟呵，还有些本事。"雷永虎打量一番，道，"你先闪一边去，对了，那小子，你过来！"抬手指着被围在中间的黄衣世子。

黄衣世子脸上此刻已经是难看至极，冷笑一声，也不理会，翻身上马，一抖马缰绳，双腿一夹马腹，催马便走。

他胯下骏马还真不是一般的马匹，长嘶一声，往前冲出，朝着面前一名拦路的差役撞了过来。

那差役大惊失色，好在反应极快，这时候也顾不得其他，往边上闪躲过去，骏马立时冲出人群。

那黄衣世子显然是觉得情势麻烦起来，不想继续在这里逗留，只想撇下麻烦离开。

围观的人群见到黄衣世子忽然不问不顾催马便走，惊呼起来，纷纷闪躲，眼见得黄衣世子就要撒马而去，却见到一道身影如同猎豹般窜出，随即如同猿猴般蹿起来，接着就听到那黄衣世子发出惊恐叫声，却是被扯下了马去，那骏马依然往前冲出一段才停住。

杨宁瞧见黄衣世子想要逃走，自然不会让他如愿。

为了救那孩童，他额头还因此流血，一切都是黄衣世子所致，今日若是就此放过他，杨宁心中实在不爽。

那黄衣世子冲出包围圈之时，杨宁便已经迅速冲出，随即从马背上将那黄衣世子生生扯下，落地之时，杨宁更是让那黄衣世子率先落地，而自己则是落在那黄衣世子的身上，避免受伤。

黄衣世子落地之后，脸上显出痛苦之色，西门先生见得黄衣世子落马，亦是大吃一惊，身形竟然如同鬼魅一般，欺身抢上前来，探手抓住杨宁肩头，随即轻巧一扯。杨宁只觉得身体轻飘飘地飘开，隐隐听到有一个声音惊叫"小心"，似乎是女子声音，只是没能多想，屁股已经率先落地，竟是被西门先生丢出了数米之遥。

西门先生的力道掌握得极好，杨宁虽然被丢开，但屁股落地，只是微微有些疼痛，其他地方倒并无不适。

杨宁身体虽然没有受伤，但是心下却吃惊，这几番下来，已经知道这貌不惊人的西门先生实在是一个深藏不露的高手。

他此刻对这黄衣世子和西门先生的来历大为好奇，又想到刚才自己被丢开时，似乎有个女子叫了一声，语气颇为关切，忍不住循声瞧过去，只见到那边挤了一群人，亦有五六个女眷，一时间却也不知道是谁提醒。

袁荣此时已经抢过来，扶住杨宁，问道："兄弟没事吧？"

杨宁只是皱眉，袁荣见杨宁并无受伤，凑近杨宁耳边，压低声音道："兄弟，此事还是到此为止，不宜闹大，那……那好像是蜀王世子！"

"什么？"杨宁一怔，心想原来袁荣已经看出了对方的身份。

袁荣在杨宁耳边低声道："蜀王是我大楚唯一的异姓王，就是朝廷也让他三分，这蜀王世子……咱们还是不要招惹的好。"

杨宁先前就见袁荣有些退缩，此时心知袁荣定是早已经看出对方身份，所以才会畏缩不前，袁荣好歹也是礼部尚书家的小公子，却对蜀王如此忌惮，想来那蜀王也确实是个了不得的人物。

倒是雷永虎见到杨宁吃亏，冲了过来，叫道："这贼子，还敢动手伤人！"他虽然知道西门先生深藏不露，此时却毫无畏惧之色，奔上前去，挥刀临头照着那西门先生砍下去，不过他显然也不想伤人命，以刀背下砍，也不砍对方脑袋，而是照着对方肩头砍下。

西门先生一手扶着黄衣世子坐起，头也不回，另一只手的两指之间不知何时多了一颗石子，一根手指轻轻一弹，那块石子直飞出去，"噗"的一声，正打在雷永虎膝盖处。雷永虎"哎哟"叫一声，脚下一个踉跄，竟然是跪倒在地，竟不能动弹。

西门先生扶起黄衣世子，脸色冷峻，此时却已经不似先前那般客气，淡淡道："凡事都不必太过，得饶人处且饶人，凡事太过，对人对己都没有什么好处。"

他瞥了杨宁一眼，眸中划过一丝冷色："年轻人有热血是好事，可是冲昏了脑子，只怕不明智。"

他再不多言，要扶着黄衣世子上马，黄衣世子却是一脸怨毒之色，指着杨宁道："你小子记着，此事绝不会就此罢休。"

杨宁已经站起身来，冷笑道："你说得没错，此事不会就此罢休，你现在想走，那也走不成。"竟是一步一步向黄衣世子走过来。

四周众人见西门先生出手，也知道这人不好惹，本以为杨宁都被人轻松丢出去，应该不敢再纠缠，却想不到杨宁竟然还敢上前去，有人心中不由生出钦佩之心，却也有人觉得杨宁不识时务，只怕是在自讨苦处。

"你到底想做什么？"西门先生显然也想不到杨宁如同牛皮糖一样甩不开，皱起眉头。

杨宁走到西门先生面前，不过两步之遥，抬手指向黄衣世子："我说过，他要道歉，向在场被他伤害过的每一个人道歉，否则他走不了。"

"如果我们非要走呢？"西门先生淡淡道，"你觉得能够拦住我们？"

也就在此时，却见得空中一道光芒划过，随即听到"锵"的一声，一件东西落在黄衣世子那匹马前，众人仔细看过去，却只见一把钢刀竟然直直插在骏马前面的青石地面上，刀尖没入地面，刀身此时还在摇晃。

长街青石板道虽然不似岩石那般坚硬，但是刀尖入地，这一手功夫却也颇为漂亮，不少人已经发现这把刀是从人群之中飞出来，禁不住瞧过去，只见街道上已经有人正自觉分开，从人群之中，缓缓走出几个人来。

当先一人身着黑色甲胄，四十岁上下年纪，龙行虎步，气势颇足，在他身后，跟着两名甲胄卫士，俱是佩刀在身。

杨宁瞧见当先那黑甲人，怔了一下，却是认得，正是虎神营统领薛翎风，齐景出殡之日，杨宁是见过的。

薛翎风神情冷然，缓步走过来，西门先生微皱眉头，黄衣世子此时就站在马边，还没有上马，先是怔怔看着那把刀，直等到薛翎风走到没入地面的大刀之前，这才抬头看向对方。

薛翎风伸手握住刀柄，轻松从地面将那把大刀拔出，淡淡道："不知道我是否可以拦住你们？"

黄衣世子立刻显出怒容，指向薛翎风，怒道："你是何人？"

薛翎风淡淡道："京城戒严，禁止聚集斗殴，这是朝廷的旨意，无论是谁，都要遵守朝廷的法度。"

他双目微抬，眼神犀利："遵守朝廷法度，便是帝国子民，否则……便是挑衅王法，在本将眼中，一律视为触犯王法的非法之徒。"

西门先生察言观色，知道来者不善，拱手道："我们来自西川蜀地，并无意违抗朝廷的法度。"

"有意无意我也不在乎。"薛翎风冷冰冰道，"本将没有时间去抽丝剥茧，一直以来只相信自己看到的一切。"

"哦？"西门先生淡淡笑道，"不知阁下看到什么？"

"有人在大街之上聚众斗殴。"薛翎风道，"在事情没有搞清楚之前，自然是谁也走不了。"

西门先生道："莫非这些事情归你所管？"

薛翎风道："京城戒严，虎神营协助京都府共同维持京城秩序，本将自然管得。"

"看来你是虎神营的人！"

"这是我们虎神营薛统领。"薛翎风身后一人道,"京城的秩序,自然是由薛统领管辖。"

西门先生眼角微跳,薛翎风已经瞧见黄衣世子,淡淡道:"据我所见,是你在这街道之上横冲直撞,不顾他人安危,这才导致目下这种状况,追其根源,其错在你,不知我是否说错?"

黄衣世子冷笑道:"是又如何?"

"既然你已经承认,那就很好解决。"薛翎风看向杨宁,招了招手,杨宁见薛翎风虽然表情冷淡,但言语之中似乎已经偏向自己,走上前去,拱手道:"薛……薛统领!"

"你是事发的见证人?"

杨宁微挺胸,点头道:"是,这小子在街道上放马直冲,差点撞死了人,不但我是见证,这四周有很多人都瞧见。"

"你觉得应该如何解决?"

西门先生皱起眉头,淡淡道:"阁下既然是虎神营统领,插手此事,本也无可厚非,只是既然要处理此事,难道还要假手于他人?"

他双眉微挑:"天子脚下,尽忠职守是本分,若是处事失之偏颇,只怕会惹来非议。"

杨宁知道西门先生的话中意思,显然是对薛翎风询问自己的意见大为反对。

不过这西门先生之前表现倒颇为冷静,此时却似乎有些先入为主,早早断定薛翎风会有失偏颇,这让杨宁心下疑惑,暗想此等人物,不至于因为薛翎风随口问一句便沉不住气,更不应该如此直白甚至带有警告性地与薛翎风说话。

薛翎风表情冷淡,道:"是否失之偏颇,并非你说的算,众目睽睽,若有其他百姓说本将处事不公,本将现在就可以摘下头盔。"

他也不多理会,问杨宁道:"你说,你本想如何解决?"

"王法如何处置,我不懂。"杨宁朗声道,"不过此人惊扰百姓,而且伤了人,按照常人的规矩,就该赔偿道歉。"

"赔偿道歉？"薛翎风微微颔首，"如果过错在他，这是理所当然。"

薛翎风目光如刀，盯住黄衣世子："你方才已经承认，惹是生非的根源在你，所以赔偿道歉自然都由你来承担，想必你也无话可说。"

四周百姓对黄衣世子早就看不顺眼，此时听虎神营统领都这般说，便有不少人叫嚷起来："赔偿道歉，赔偿道歉！"

黄衣世子脸上肌肉抽搐，恼怒道："你……你可知道我是谁？"他万万没有想到以往根本不值一提的小事，今日竟然会闹出如此风波，眼见得四周百姓声势浩大，都在指责自己，此时慌了神，只想到拿出自己的身份来震慑对方。

薛翎风摇头道："我不知道。"

西门先生正要说话，黄衣世子已经冷笑道："我是蜀王世子，西川蜀王是我父亲，你们敢对我如何？"

西门先生本想阻止，却还是来不及，见黄衣世子亮出身份，眉头微皱。

"那你知道他又是谁？"薛翎风指着杨宁道。

黄衣世子一怔，薛翎风淡淡道："这位是锦衣侯世子，蜀王对大楚有莫大功劳，锦衣侯立下的功勋，似乎并不在蜀王之下。"

他冷哼一声："世子在这个时候搬出蜀王来，不知道究竟是何缘由？"

蜀王世子得知杨宁身份，呆了一下，便是西门先生眼中也显出错愕之色，一双眉毛锁得更紧。

"他在撒谎。"杨宁眼珠子一转，猛地抬手指着蜀王世子，"他不是蜀王世子。"

四周众人都是一怔。

"蜀王功勋赫赫，家教应该极严，绝不可能让自己的儿子目无王法，更不会让自己的儿子视他人生命如草芥。"杨宁大声道，"此人在京中行凶，飞扬跋扈，蜀王怎可能有这样的世子？这人一定是冒充蜀王世子，还请薛统领明察。"

薛翎风本来神情冷淡，听得杨宁这般说，眼眸之中划过一丝笑意，却是一闪而过，瞥了蜀王世子一眼，道："锦衣侯世子的话，不无道理，你真的是蜀王殿下的世子？"

蜀王世子被怀疑身份，大为着急，正要辩解，西门先生已经抢到蜀王世子身前，道："薛统领，无论谁是什么身份，都不重要，你既说京城戒严，此刻百姓聚集，似乎不是什么好事，以我之见，还是迅速解决此事为好。"

杨宁冷笑道："解决的办法很简单，我早说过，赔偿道歉，此事也就罢了，我们并不是无事纠缠之人。"

杨宁指着蜀王世子道："你到底道不道歉？"

"为何非要世子道歉？"西门先生皱眉道，"我已经代世子道过歉。"

"道理很简单，你道歉与他道歉意义不同。你只是他手下的一个跟班，如果你可以代他道歉，是否以后但凡有一点势力之人都可以肆意妄为，一旦惹下事端，就可以让自己手下跟班受过，自己却安然无恙？"杨宁提高声音，道，"只有他亲自道歉，才能让以后的人知道，谁犯的过错，谁自己来承担，绝不可因为自己的身份轻易躲过。"

杨宁一字一句道："王子犯法，与庶民同罪！"

此言一出，四周欢声如雷，须知这里是京城，遍地王公贵族，少不了以势压人之事，杨宁身为锦衣侯世子，却说出这样话来，那可是深得人心，四下里一片叫好声，已经有人喊道："锦衣侯世子和蜀王世子都是世子，可是所作所为天差地别，一个骄横狂妄，不顾他人安危，一个却不顾自己安危挺身救人，这便是锦衣侯和蜀王的差距。"

蜀王虽然在西川位高权重，但京城的人们自然感受不到这一点，所以并不忌讳贬低蜀王，反倒是锦衣侯在京城威望极高，深得百姓之心，杨宁先前不顾自己安危从马蹄之下挺身救人，许多人亲眼看见，本就对他十分钦佩，此刻知道这年轻人竟然是锦衣侯世子，更是欢欣鼓舞，一时间人们对杨宁的喝彩之声不绝。

西门先生显然也知道群情激扬之下，此事难以善了，此刻前方是身材魁梧的薛翎风带人拦住去路，后面雷永虎则是带着那群官差堵在后面，而围观的百姓里三层外三层更是水泄不通，蜀王世子这一刻却是成了过街老鼠。

西门先生微一沉吟，终是凑近蜀王世子耳边，低语两句，蜀王世子眸中显出恼怒之色，可是见得无数双眼睛盯着自己，双拳握起，紧咬牙关，目中满是怨毒之色。他瞪着杨宁，若是目光能杀人，杨宁此时已经是死了无数回。

"我……我向你……向你道歉！"蜀王世子低下头，"是我的错，我……"

他声音很小，四周百姓有些喧闹，杨宁虽然听得清楚，却还是高举双手，示意人们静下来，人们见状，也都止住声音，等四下里一片寂静，杨宁才道："你刚才说什么？我们都没有听见。"

蜀王世子只觉得脸上火烧一般，羞恼无比，犹豫一下，咬了咬牙，终于道："是我错了，我……我对不住你们。"

杨宁四下看了看，见到那抱着孩子的妇人，招了招手，那妇人抱着孩子过来，杨宁才道："你最该道歉的是他，这孩子差点死在你马蹄下。"

"你不要得寸进尺。"蜀王世子恨声道，"我已经道过歉。"

"你说什么？"杨宁侧着耳朵，"我们都没有听见。"

蜀王世子拳头青筋暴突，他此时只盼越早离开这里越好，冲着那孩子道："对不起，我不该……不该放马奔驰！"

人们听得清楚，都是一阵哄笑，更有人拍起手来。

蜀王世子颜面无存，翻身上马，瞧着挡在马前的薛翎风，怒道："闪开！"

薛翎风显然也不想逼人太过，闪身到一旁，蜀王世子坐在马背上，盯住杨宁，冷笑道："锦衣侯世子……好，我今天认识你了，你放心，咱们日后还有打交道的时候。"

"你放心，无论什么时候打交道，知错能改都不是坏事。"杨宁笑道。

蜀王世子目光如刀，一抖缰绳，催马便走，西门先生却是看了杨宁一眼，淡淡笑道："听闻锦衣侯已经过世，以后还望世子多多保重。"也不多言，领着一众随从跟在蜀王世子身后离去。

第十八章

花市遇美人

蜀王世子一干人离开之后，人们也都开始散去，薛翎风这才向杨宁道："世子不认识蜀王世子？"

"我为何要认识他？"杨宁潇洒道，"道不同不相为谋，就算认识，也不会有任何交情。"

薛翎风露出一丝笑容，道："世子的性情，与将军很像。"

提到齐景，薛翎风眸中微显黯然之色，不等杨宁说话，已经道："最近城中戒严，世子如果没有什么要事，尽量不要外出。"

杨宁知道薛翎风是为自己好，心想这虎神营也算是锦衣侯留下来的资源，点头道："多谢薛叔关照，我记下了。"

薛翎风微显欣慰之色，也不多言，带着手下几人离去。

薛翎风刚走，雷永虎已经上前来，比之先前多了几分敬意，拱手道："世……世子，夫人不好多留在这里，她说回头自会登门道谢。"

杨宁也已经发现那妇人带着孩子离开，笑道："举手之劳，不用麻烦。"

"这可不是举手之劳。"雷永虎认真道，"那是蜀王世子，真要是撞上了我们家小公子，他……他也未必能够伏法。"

他话声刚落，袁荣声音已经在旁边响起："兄弟，你这次可是真的将蜀王得罪了。"

"怎么，袁兄害怕？"杨宁瞥了袁荣一眼，心想你小子刚才畏缩不前，定是畏惧蜀王，没好气地道，"那位蜀王世子可是当街用马鞭抽你，我瞧你一定也不计较，看来袁兄的心胸真是宽广。"

袁荣自然听出杨宁的嘲讽，只是笑了一笑，也不多言。

雷永虎再三拜谢杨宁，这才带人离开，杨宁不禁向袁荣问道："这雷永虎又是哪个府里的人？"

"我也没见过。"袁荣摇头道，"不过方才他领着京都府衙差过来，不是京都府尹府上的人，应该就与刑部有关系。"

"哦？"杨宁心想这天子脚下之地，到处都是官员，一不小心就能和其他官员结下恩仇。

忽地想到什么，目光扫动，袁荣见杨宁四处找寻，好奇道："兄弟在找谁？"

"我……我先前好像撞上了一个人，似乎是个女子！"杨宁只见到街道上人来人往，皱眉道，"当时也没看清楚，总要向人家道歉的。"

袁荣失笑道："兄弟现在看起来，不像是锦衣侯府的人，倒像是我们礼部的人，刚逼了人家蜀王世子当众道歉，如今又想着自己向人道歉，我家那老爷子知道，定会对兄弟大加夸赞。"

"对了，那蜀王世子到底什么来路，京城重地，也敢如此猖狂？"杨宁皱眉道，"那西门先生又是什么人物？"

他心下其实对西门先生的好奇更甚蜀王世子，西门先生轻巧地便将他丢出数米之远，武功了得，绝非泛泛之辈。

袁荣低声道："蜀王是西川之王，近百年来，西川之地都是李家坐镇，到如今，李家已经是第四代蜀王了。不过……当今蜀王李弘信是真正受朝廷赐封的王爵，之前几代人，都是自立为王。"

杨宁皱眉道："如此说来，李弘信是西川藩王？"

"这是我与兄弟私底下说话，虽说如今西川之地也是我大楚的疆域，但是李弘信却是西川之地的土皇帝。"袁荣压低声音道，"若要说起这位李弘信，与你们齐家其实渊源不浅。"

"与我们齐家还有渊源？"杨宁来了兴趣，"此话怎讲？"

袁荣笑道："看来兄弟对你们齐家往日的荣光了解得不多。我大楚和北汉南北分治之后，巴蜀西川就成了朝廷的心病。二十多年前，你们锦衣老侯爷还在世，李弘信的父亲刚刚过世，西川局势不稳，朝廷立刻调动十万大军，以锦衣老侯爷为帅，准备进剿西川。"

"祖父统兵，自然是所向披靡！"

"那是自然。"袁荣笑道，"老侯爷一路过关斩将，虽然说不上是势如破竹，但也算是十分顺利。"

"既然如此，西川李家为何还能存留至今？"杨宁皱眉道，"李家如何还能在西川做土皇帝？"

"李弘信还在守丧期间，我大军杀到，李弘信立刻调兵遣将，他们李家在西川根深蒂固，倒也凑出数万兵马抵挡。"袁荣道，"西川之地崇山峻岭，险要之地众多。李弘信当时虽然年轻，却很会用兵，调兵扼守各处要地，据说还将李家几代人存下来的金银珠宝全都拿出来，鼓励川军御敌，老侯爷越是打到西川腹地，战事也就越加艰难。"

蜀道难，难于上青天。西川成都平原，四面环山，身在其中，要想杀出来固然不容易，可是凭借天堑要地，要想杀进去，自然也是极其困难。

"西川之战，双方都是损兵折将，只是西川以一隅之地想要与我大楚相抗，也是痴心妄想，真要打下去，老侯爷总是能够平定西川。"袁荣缓缓道，"朝廷是铁了心要平定西川，老侯爷对西川用兵大半年，步步逼近成都，眼见得成都迟早要陷落，这时候北汉人倒是帮了西川李家一个大忙。"

"北汉？"

"不错，北汉见朝廷在西川用兵，自以为是大好良机，出兵南下。"袁荣笑道，"我大楚陈兵淮水，据我所知，当时朝廷并不想因为北汉人的侵攻放弃在西川唾手可得的胜利，准备先在淮水死守，先拿下成都再挥师北进。"

袁荣嘿嘿一笑："不过李弘信也已经到了山穷水尽的时候，忽然偃旗息鼓，向朝廷称臣，淮水那边战事吃紧，朝廷便也准了李弘信的请降，赐封他为蜀王，调兵北上。"

杨宁这才明白事情原委，道："原来如此，只是这蜀地之患终究没能彻底清除。"

"所以西川李家对你们齐家可没有什么好印象。"袁荣轻声道，"当年西川之战，楚军杀了不少李弘信的族人亲眷，而川军也伤了老侯爷手下不少将士，从那时候开始，你们齐家和李家就互相瞧不顺眼。"

袁荣左右瞧了瞧，低声道："虎神营薛翎风是你父亲的旧部，他的父亲当年也曾跟随锦衣老侯爷攻打西川，还因此受了伤，瞎了一只眼，你说薛翎风对西川李家能客气的了？"

杨宁这才恍然大悟，难怪今日薛翎风对自己颇为偏护，而西门先生对薛翎风心存警惕，原来双方早就有恩怨。

袁荣还要多解释一番，忽见杨宁目光望向一处，目不转睛，忍不住顺他目光望过去，只见到杨宁正瞧着斜对面一家花铺，他心知这满街花店，杨宁定然不是被那花店所吸引，仔细瞧了瞧，发现那店外正有一名女子赏花，一身水绿色的衫子，穿着倒很是普通，那女子肤色也不是很白，但自有一股小家碧玉清新脱俗的气质。

袁荣立刻笑起来，凑近杨宁耳边，低声道："兄弟是看中了那姑娘？眼光不差，这小妮子倒也水灵。"

杨宁白了袁荣一眼，这才快步走过去，袁荣急道："怎的这般猴急，宁兄，追女人可不能太直接，我先教教你。"

又道："不是要去武乡侯府吗？我说咱们还要不要去？"

杨宁根本不理会，穿过街道，到了那花铺门前，一阵花香扑鼻而来，沁人心牌。这花铺与其他花铺一样，门前设有花棚，里面的花儿正开得艳。卖花的是个老汉，脸上的褶皱如同花盆里的泥土，满是沧桑，见到杨宁走过来，立刻上前招呼道："世子，要买花吗？这里可都是上等的名花，您好好瞧一瞧。"

杨宁先前与蜀王世子的冲突，许多人都看见了，而且不少人也都已经知晓了杨宁的身份，事情就发生在这附近，这卖花老汉先前也是围观者，此时见到杨宁过来，颇为欢喜。只是京中高官重臣多如牛毛，穿梭在街市上的也是不在少数，杨宁虽是世子，但在京城，人们自然也算是见怪不怪。

"我随便看看。"杨宁微微一笑，走到一只花盆前，距离那女子不过几步之遥，打量了几眼，只见那女子气质娴雅，容貌清秀，不过十五六岁年纪，一身颇为清淡的衣衫，却与她不施粉黛的模样大是契合。

"世子，这里有紫金盘、叠翠楼、白玉冰，唔，里面还有一株满堂红，是我这店里的镇店之宝。"老汉殷勤介绍道，"世子若是有看中的，我派人送到府上去，摆在府里，定会好看，世子随便赏几个钱就成。"

杨宁"哦"了一声，心想这卖花的倒会取名字，这些雅致的名字叫出来，倒也能够博人眼球。

老汉一边说，一边介绍，紫金盘紫花金边，叠翠楼花瓣重重叠叠，白玉冰顾名思义花色纯白，一个个争奇斗艳。只可惜杨宁对花卉所知极少，那老汉说一声，他就装模作样点点头，也不知道究竟是什么花，偷瞟那女子，只见那女子此时正观赏一盆鲜花，那花蕾金黄色，花瓣却是纯白色的。

"掌柜的，这盆金盏银台要多少银子？"那女子忽然抬头，向老汉瞧过来，此时终是看到站在老汉身边的杨宁，恰好杨宁也正看着她，两人四目相接，那女子有些慌张，立刻低下头。

杨宁倒不是对这女子有什么非分之想，只是依稀记得自己先前追赶黑袍长者的时候撞了一个人，情急之下没来得及停下道歉，但那女子似乎也是穿这样一身水绿色的淡衫，正想上前询问，见到女子低下头，一时倒不好立刻上去。

卖花老汉听那女子问价，忙过去道："姑娘看中了这金盏银台？"

他竖起大拇指："真是好眼光，姑娘是行家，你满街找找，这种时节，金盏银台极其难觅，这条街上绝不会超过三盆。"

女子这才抬头，道："我在街上找过，看你这里有，所以问问要多少银子。"

"姑娘看来是真心看上了它。"卖花老汉笑道，"你既然是行家，也知道便是平日里这金盏银台也不便宜，莫说这样的时节，更是难寻得紧。姑娘如果要拿走，给二两银子就成。"

"二……二两银子？"女子秀眉蹙起，显然没有想到一盆花的价钱却是如此昂贵。

卖花老汉自然也看出女子嫌花贵，解释道："我是看姑娘懂花，有心要将它卖给你，我在这里经营花铺多年，绝不会乱开价码，姑娘若是找到比这更便宜的，这盆花我就分文不取送给姑娘。"

女子犹豫了一下，看了看那盆金盏银台，勉强一笑："那我再到别处看看。"转身便走，走出两步，回头又瞧了瞧，颇有些依依不舍。

杨宁虽然不懂花，却看得出女子对这盆金盏银台十分喜欢，见那女子要走，终是道："姑娘且慢！"

那女子一愣，杨宁已经上前去，向卖花老汉道："这是二两银子？"

"世子也要买这盆花？"老汉忙道，"本来世子要花，孝敬世子赏玩都可以，只是……只是花市有花市的规矩，不能破了规矩，否则其他人家都会……"

杨宁笑道："我明白。"从身上取出钱袋子，取了二两银子送过去，这才端起那盆花，走到女子面前，含笑道："姑娘喜欢这盆花，拿去便好。"

女子立刻摇头，道："不能。"显然有些紧张，转身要走，杨宁忙道："姑娘是否觉得我太过唐突？其实我没有其他意思，这盆花是你应得的。"

女子停下脚步，回头来，奇道："世子为何这样说？"

"如果我没有记错，先前事出仓促，我撞上了姑娘，不知是否有此事？"杨宁心下还不是十分确定。

女子低头轻声道："你也是无意的，我……我已经忘记了。"

杨宁双眉舒展，心想好在没有认错人，笑道："我误撞姑娘，姑娘不与我计较，我却不能装傻充愣。这盆花，就算作是对姑娘的歉意，姑娘定要收下，否则我心中不安。"

卖花老汉已经接了银子，只想这单买卖做成，在旁道："姑娘，世子是大好人，刚才他可是连蜀王世子都不怕，挺身而出，世子有此心意，你收下就是。"

"我……我刚才也看到。"女子有些拘束，脸颊竟有一丝晕红，"不过这花我不能收，我不能随意受人之物。"

杨宁道："这并非随意受人之物，而是向姑娘赔礼道歉之物。"

"不成。"女子依然摇头。

杨宁想了一下，才笑道："姑娘似乎对这金盏银台十分喜爱，我其实并不懂花，不如这样，姑娘如果有时间，可以给我讲讲这里的花花草草，让我长长见识，不知意下如何？"

卖花老汉在旁急道："姑娘一看就是懂花之人，世子既然有心想要品花，姑娘大可以与世子切磋一番，也让老汉长长见识，说不定这盆花可以送给姑娘。"

"这……"女子瞧了瞧杨宁手中的金盏银台，有些犹豫，微一沉吟，才道，"其实我懂的也不多。"

杨宁忙道："先不说别的，敢问姑娘，这金盏银台名字别致，又如何解释？"

女子见杨宁和气得很，胆子也大了些，微微一笑，甜美可人，抬起纤纤玉指指着金盏银台道："世子你放下这盆花，从上细看。"

杨宁依照女子之言，放下手中花盆，居高临下而观，女子稍微近前，道："你看这花朵，四周都是白色花瓣，绽开之后，是否像一座银色的台面，中间黄色的花蕾，是否像一只金盏？"

杨宁本来还没察觉，听女子这般解释，细细一看，还真如她所言，喜道：

"不错不错，是这个意思，这花蕾还真像放在台面上的一只金色酒盏。"

"这已经算是极好的了。"女子微笑道，"台盏分明，这种花并非都是如此，有的花瓣散开，难成台面；有的花蕾形状生得不好，也没有金盏模样。只有细细护理，而且气候适宜，才能生出这个样子。"

"哦哦，如此说来，长成这个样子的几率是不是很小？"杨宁请教道。

女子想了一下，才道："据我所知，五百朵或能有一朵生出这个样子。"

"姑娘好见识。"卖花老汉竖起大拇指，"真正是地道的行家，老汉在这里经营花铺多年，买花的人无数，可是大都似懂非懂附庸风雅，真正懂花的却是屈指可数……"说到此处，忽地意识到杨宁也不懂花，大为尴尬，不敢继续说下去。

杨宁却笑道："你说的没错，附庸风雅的人多如牛毛。"

又道："如此说来，这金盏银台还真是千里挑一了，也难怪姑娘会对它如此青睐。"

女子想了一下，才道："其实不是我喜欢，是……是我娘喜欢这种花，她这一生，也唯有对金盏银台情有独钟。"

"令堂定是个素雅之人。"边上传来袁荣的声音，这小子磨磨蹭蹭，也终是过来，笑嘻嘻道，"也只有像令堂那般素雅之人，才能养出姑娘这般人物。"

袁荣突如其来，倒是让女子吓了一跳，本来放松的心情又紧张起来，杨宁忍不住瞪了袁荣一眼，暗想这小子真是眼力太差，这时候跑上来凑什么劲，当着别人的面，也不好赶他离开。

"几位前来，让我这小花铺蓬荜生辉。"卖花老汉当然也看出袁荣出身贵门，抬手道，"这屋里还有不少上好的品种，几位不如进去观赏一番，或能找到喜欢的品种。"

又向那女子道："姑娘是懂花之人，还请一同赐教。"

女子看上去紧张拘束，摇头道："我……我就不进去了，我娘还在家里等我。"

"姑娘，天色还早，其实也不用太急。"杨宁对女子在花卉上的见识大为钦佩，抬手道，"姑娘放心，我们只是赏花，你也说这金盏银台是令堂所喜欢，却不知姑娘又喜欢什么花？这里面或能找到姑娘喜欢的品种。"

杨宁瞥了袁荣一眼，道："这人虽然不大规矩，但是有我在这里，姑娘也不必担心他，就当他不存在就好。"

女子听杨宁说得风趣，嫣然一笑。袁荣苦着脸道："宁兄，哪有这般说自己兄弟的？我又哪里不规矩了？"

不过杨宁这般说，女子倒也没有拒绝，她显然是个极爱花道之人。那卖花老汉领着三人进了屋内，只见宽敞的大堂之内，四周都是形色各异的花花草草，屋内充溢着花草香味，让人心醉。

女子看到四下里的花草，清澈的眼眸显出欢喜之色，那老汉笑道："今日几位既然赏花，老汉斗胆出个题目，不知三位意下如何？"

"哦？"袁荣一抖折扇，笑道，"你尽管说来，我看看你能出怎样的题目？"

杨宁心想我对花草一无所知，真要出这方面的题目，自己两眼一抹黑，只是那女子就在边上，也不好拒绝，含笑道："姑娘……是了，不知姑娘如何称呼？"

又知道问女孩子家名姓实属冒昧，加了一句："若是不方便，不说也罢。"

女子想了一下，才道："世子叫我小瑶就好。"

"是瑶池的瑶？"

女子微微点头，杨宁笑道："原来是小瑶姑娘，这位大叔要出题目考考咱们，小瑶姑娘意下如何？"

小瑶似乎有些兴趣，问道："不知是什么题目？"

老汉笑道："老汉的题目其实很简单，三位说说，这满园花草之中，何花才是花中之魁？"

花中之魁？

杨宁禁不住抬手摸了摸鼻子，瞥了袁荣一眼，袁荣却是哈哈一笑，一收折扇，道："我先来。"

袁荣抬起折扇，指向一处："依我看来，这花中之王，非这牡丹极品'满堂红'莫属。"

杨宁心想你小子眼力倒不差，看来在花道之上也有那么一点见识，先前这卖花老汉就说屋里的"满堂红"乃是镇店之宝，这小子倒是一下就指了出来。

满堂红，花如其名，红艳艳喜气逼人。

"这满堂红，花朵娇嫩，大开大阖，有国士之风。"袁荣缓步走过去，扬扬得意道，"其色纯正，寓意深远，象征我大楚红红火火，江山万年，乃是天降的祥瑞。正所谓，扬洛水之清波，滋厚土之沃壤，凝山岱之精气，集水秀之柔肠。尔乃昂昂然自远古走来，艳艳然从岁月异妆，跃跃乎随千卉出新，姣姣乎竞百花较靓。"

杨宁听得额头上直冒冷汗，心想这小子不愧出自礼部尚书府，见他摇头晃脑的模样，若不是边上有人，真有一种冲上去揍他一顿的冲动。

卖花老汉点头道："这位公子眼力极好，满堂红是我这花铺的镇店之宝，价格也最为昂贵。"看向杨宁，杨宁却不等他说话，已经含笑向小瑶道："小瑶姑娘以为这花中之魁又花落谁家？"

小瑶却是走到一盆花前，目光柔和，道："小瑶觉着这玉玲珑也算上品。"

"哦？"卖花老汉笑道，"姑娘为何会以为是它？"

杨宁见那玉玲珑花瓣纯白，甚至有一种晶莹之感，比起满堂红，自然毫无艳光可言，但简单干净，素雅之中不失魅力。

"玉玲珑一丝不染，冰清玉洁，若论高贵，确实不及满堂红。"小瑶说起花卉，秀气的脸上满是认真之色，"只是花道如人，人心品质，其实与出身贵贱并无关系。历历清白，真火灼炼，勿以私欲使自己内心蒙尘，只有这样，才能目光清澈。"

她回转身，看向杨宁这边，继续道："心无尘埃，方能平和待人，没有私欲，才能公平处事，治国兴邦，就像……就像世子今日所为，并不在意自己的出身，也不在意他人的出身，挺身救人，却又不屈于人，正如这玉玲珑一般。"

这小妮子真是会说话，杨宁心中夸赞，面上也是美滋滋的，暗想小瑶看起来干干净净，一身衣着看上去也只是出身普通人家，但是言谈却是很有修养，以花寓人，比之袁荣那满嘴空话却又高出不止一个档次。

至少小瑶所言，浅白易懂，不似袁荣那般掉了半天书袋子，到现在也没弄清楚这小子刚才到底说了些什么。

杨宁心中虽喜，但口中却道："小瑶姑娘过奖了。"

袁荣却是摇头晃脑道："小瑶姑娘这番高论，让人醍醐灌顶，这样说来，这满堂红却也是落了下乘。"

卖花老汉也是赞道："姑娘几句妙语，便让这玉玲珑身价倍增了。"这才看向杨宁，拱手道："世子，不知您又以为何花为最？"

杨宁笑道："我对花卉一窍不通，就不献丑了，从他们二人之中挑一个获胜便可。"

袁荣哈哈笑道："宁兄，你是不想，还是不敢？这里就咱们几个人，便是说错了，满嘴胡话，我保证咱们几个也不会张扬出去的。"

杨宁见他一副充满优越感的样子，心下恼火，道："若要说在这里寻找花中之魁，我还真是找寻不到。"

"世子是说，在此并无您眼中的花中之魁？"卖花老汉忙道，"敢问世子心中花魁又是何选？"

杨宁想了一下，才道："荷花！"

"荷花？"卖花老汉和袁荣对视一眼，袁荣立刻大笑起来，道："宁兄果然是见解独到，十月深秋，还真是找寻不到荷花。不过在我家后花园的池子里，每年都有荷花盛开，稀松平常，真要论起来，应该是我府中最不值钱的花卉。"

袁荣指着那满堂红："宁兄可知道就是这一盆满堂红，足可以换来你们琵琶街所有府邸中的荷花？"

他言语之中，显然对荷花大是不屑。

卖花老汉也笑道："世子原来是爱莲之人，不过咱们这条街上的花铺，还真是少见有叫卖荷花的。不过花卉也并非以价钱论高低，世子爱莲，想必自有原因。"

杨宁听卖花老汉话虽然说得客气，但是言辞之中却明显对荷花也颇为轻视，倒是小瑶秀眉微蹙，似乎在想着什么。

他也并不争执，微一沉吟，才朗朗道："予独爱莲之出淤泥而不染，濯清涟而不妖，中通外直，不蔓不枝，香远益清，亭亭净植，可远观而不可亵玩焉。"

他声情并茂，吟到这里，声音忽然抬高："予谓菊，花之隐逸者也；牡丹，花之富贵者也；莲，花之君子者也！"

袁荣出自书香世家，文采不弱，陡然间听到杨宁吟诵出这篇文来，呆了一下，显然是大出他意料之外。

小瑶清澈的眼眸之中也是显出惊异之色。杨宁想了一想，轻声道："出淤泥而不染，濯清涟而不妖……可远观而不可亵玩……"

她的明眸显出光彩："世子，这……这便是你喜欢莲花的原因？"

杨宁很淡定地微微颔首，一副云淡风轻的模样。

忽听得袁荣大叫一声"妙"，竟是上前抓住杨宁手臂，问道："宁兄，这是何人所做？当真是一等一的文采，原来你竟然认识这般人物，能否介绍让我认识？"

袁荣叹道："我自问文采不差，可是这么多年来写的诗词歌赋，和这一篇相比，那就是一坨狗……"意识到小瑶就在边上，及时憋住。

杨宁心想你小子倒也知道好歹，不过这小子一上来就似乎确定这首《爱莲说》不是自己所作，显然是看轻自己，眼睛一翻，反问道："你的意思，我就不能作出这样的文章？"

"当然不能。"袁荣竟是十分肯定道，"你有几斤几两，我难道不清楚？这可不是谁都可以作出来的极品妙句。出淤泥而不染，濯清涟而不妖，就是这两句，足可以传颂百年。"

杨宁心想你的见识还是差了些，这两句可不仅仅只是传颂百年，使抖开袁荣抓住自己手臂的手，道："你愿意说是谁所作就是谁，出了这个门，你对外吹嘘是你所作，我也绝不会拆台。"

袁荣心想你这话有个屁用，这里有人听到出自你口，否则还真要拿这篇文章出去招摇撞骗。

"世子出口妙语，佩服佩服。"卖花老汉虽然文才不高，但是看袁荣和小瑶的反应，便知道这是一篇佳作，向袁荣笑道，"公子以为今日花魁之选，该谁获胜？"

这卖花老汉其实是个精明的生意人，他邀请杨宁进店品花，实际上就是为自己打个广告。

杨宁当街救人，与蜀王世子针锋相对，围观者甚众，而且这种事情很快就会在京城传开，杨宁的声望必然会大涨。

到时候只要对外宣扬，锦衣侯世子曾经在这花店之内品花论卉，对自己花铺的生意自然是大有益处，从一开始，他就没想过由自己来评定谁是最终的胜利者，毕竟锦衣侯世子身份尊贵，而袁荣看起来也是出身豪门，自己若判定胜者，只怕会得罪人。

袁荣笑道："就看在这篇文章的分上，胜者自然是这小子。"

他看向小瑶，问道："姑娘以为如何？"

小瑶本就只是为品花，并无胜负之心，更何况杨宁这几句话语出惊人，短短几句话，却是将莲花的外形、品质甚至是寓意展现得淋漓尽致，心下生出钦佩，嫣然笑道："世子的莲花，自然是花中之魁。"

杨宁哈哈笑道："我只是胡言乱语，你们不要当真。"

"世子如果真的是随口而言，那就更了不得。"小瑶嫣然笑道，"随口而言，就能有此佳句，若是稍加用心，岂不更是妙句天成？出淤泥而不染，濯清涟而不妖，这样的佳句并不是时时能够得闻。"

杨宁摸摸脑门子，道："其实话虽这样说，真正能够做到这一点的人却并不多见。"

袁荣在旁道："宁兄所言极是，我瞧秦淮河上下，无论是画舫还是乐坊，身在淤泥之中的多如牛毛，却极少有人能够不受风尘之染，反倒是一个个庸俗不堪。出淤泥而不染，濯清涟而不妖，说起来容易，做起来却难上加难。"

"正因为艰难，所以才会宝贵。"杨宁道，"十里欢场，莺莺燕燕，哪有几个干净的人物？"说到这里，忽觉得不该在小瑶一个姑娘家面前议论这些，正要改变话题，却发现小瑶脸色有些苍白，竟是转身便走。

"小瑶姑娘，你……"几人相谈甚欢，杨宁万万没有想到小瑶说走就走。小瑶步子轻快，几人一个愣神间，她已经走到门前。

杨宁心下一沉，知道定然是出了纰漏，一时间也不明白是哪句话惹恼了小瑶，快步追过去："小瑶姑娘，是不是我们说错话了？"

他情急之下，拉住了小瑶一只玉臂。

小瑶用力挣脱，冷笑道："世子怎会说错话？是小女子不知天高地厚，在这里胡言乱语。"抬脚便走。

杨宁听她声音完全不似方才那般融洽，充满了冷淡，见她脚步匆匆，已经混入街上人群之中。杨宁呆站在门前，忽地瞥见边上那盆金盏银台，急忙叫道："小瑶姑娘，你要的花！"再抬头看时，小瑶已经消失在人群之中。

袁荣凑上前来，奇道："怎么回事？说得好好的，这姑娘怎么说翻脸就翻脸？"

杨宁皱眉道："好像是咱们说错了什么……到底哪句说错了？"

"也没说错什么啊？"袁荣也是一脸茫然，"咱们不就是说秦淮河上下的画舫、乐坊没有几个干净……咦，总不会是这句话惹恼了她吧？"

杨宁心下一沉，立刻猜到一种可能，失声道："难道小瑶她是？"

"这倒不会。"袁荣立刻摇头道，"也亏你是锦衣侯世子，到现在还不懂女人。这小瑶姑娘眉锁腰直，颈细背挺，一看就还是个黄花处子，你再瞧她的气质言行，绝不可能是出自风月之所。"

袁荣这样一说，杨宁倒感觉一阵轻松，奇道："如果不是这样，那……那她为何会对那几句话发恼？"

杨宁皱眉道："是不是咱们两个没有顾忌，在这种场合说起风月欢场，所以让小瑶姑娘不快？"

他抬手指着袁荣，没好气道："你这家伙真是狗改不了吃屎，品花就品花，好端端扯到那些做什么？"

"你可不能全赖我。"袁荣委屈道，"你不也接着话茬说下去了吗？怎的将过错都推给我？"

卖花老汉凑上前来，小心翼翼道："世子……"

他伸过手来，却是那二两银子："小瑶姑娘走了，这盆金盏银台你就不用再买了。"

"这盆花我买了，不过就放在你这里。"杨宁心下还在疑惑小瑶怎么说走就走，"你细细照料，如果小瑶姑娘再过来，你无论用什么法子都要将这盆花送给她。"

他想到什么，问道："是了，你可认识小瑶姑娘？"

卖花老汉摇头道："这里每日里人来人往，就算小瑶姑娘以前来过，我……我也记不得了。不过世子放心，我以后一定小心留意，这盆花我也会细心照料。"

杨宁望着小瑶消失的地方，喃喃自语："你到底是谁？"

第十九章

退婚武乡府

　　武乡侯府的庭院内树影斑驳，草坪间有数棵数人合围才能抱住的大树，青石小径曲径通幽。相比起锦衣侯府，武乡侯府明显要小一些，但其间的格局却奢华不少。正厅之内的各种摆设，华贵而不失雅致，便是几张椅子也都是极为考究的黄梨木，厅内每一处都是错落有致，显出武乡侯府无论是在大格局还是在小格局上都用了大心思。

　　只是正厅内外，难见仆役婢女，对这样一个讲究奢华的侯府来说，自然是十分反常的事情。

　　杨宁此时就坐在武乡侯府的正厅之内，边上坐着袁荣，入府之后，除了领着进门的家仆以及上茶的婢女之外，竟没有见到其他人的踪影。

　　"人怎么还不到？"袁荣小坐半天，已经有些耐不住性子，皱起眉头，"苏紫承到底是什么意思？就将咱们兄弟晾在这里不闻不问？"

　　杨宁倒是气定神闲，既来之则安之，端起茶杯，吹了吹茶沫，微抿一口，微皱眉头，随即唇边泛起一丝冷笑。

　　武乡侯在锦衣侯府的时候，对锦衣侯府呈上的茶水挑三拣四，杨宁此时饮他们送上的茶，即使他对茶道也没有多深的研究，却知道这绝不是什么好茶。茶沫粗劣，一看就是低劣之物，放下茶盏，见袁荣茶盖打开，瞟了一眼，也难怪袁荣方才连饮几口，没有丝毫抱怨，只看茶水的颜色，就大不相同。

杨宁心知肚明，这武乡侯府做事已经是下作之至，同样是上茶，竟然送上两种茶水，就似唯利是图的乡下土财主，毫无一个侯爵应有的气度。

见袁荣焦躁得很，杨宁淡淡道："今日只怕见不到苏紫承了。"

他自然已经知道，苏紫承便是武乡侯苏祯的嫡长子，一直以来与袁荣的交情颇好，两人都惯弄风月，是此中益友。

"什么？"袁荣一怔，"见不到他？这是为何？"

杨宁道："如果可以见到，他早已经来了，迟迟没有出现，定是武乡侯不让他出面。"

"这就怪了。"袁荣皱眉道，"武乡侯为何不让苏紫承出面？侯爷知道我们平日里很有交情，每次过来，侯爷也并不阻止我们在一起。"

他瞅了一眼茶杯："既然不让苏紫承出来，又何必给我们上茶让我们坐在这里干等？"

杨宁微微一笑，道："你放心，苏紫承不出来，武乡侯迟早会出来。"

"武乡侯？"袁荣站起身来，"罢了，咱们又不是过来拜见武乡侯，既然见不到苏紫承，咱们还留在这里做什么？"

杨宁淡淡道："你先坐下，少安毋躁。"

"不等了。"袁荣耐心不是很好，"宁兄，我看咱们还是改日过来，这一天折腾下来，毫无收获。"

"哦？莫非你平日里每天都有收获？"杨宁笑着微侧身子，"你莫忘记，陪我到这里，是你自己答应，也是我的条件之一。你若不愿意等，现在可以离开，但是那位吴管事……"

袁荣瞪了杨宁一眼，终是坐了下去，屁股扭来扭去，就是坐不住。

忽听得外面传来咳嗽声，一听就知道是故意咳嗽，提醒有人到来，随即便看到一身锦衣玉带的武乡侯苏祯从门外走进来。

袁荣瞧见武乡侯进来，有些拘谨，立刻起身向武乡侯躬身行礼，杨宁也站起身来，他心中虽然不耻苏祯为人，但此刻却也还是向武乡侯行了一礼。

武乡侯冲着袁荣点点头，微微一笑，等看到杨宁之时，笑容瞬间消失，目光一扫而过，走过去在主座坐下，随即便有婢女送上茶来。正厅两边各有一道屏风，左边一道屏风是锦绣山水图，右边则是一幅百鸟图，两道屏风屏立左右，让正厅灿烂生辉。

"你家袁老大人身子还好？"武乡侯端起茶杯，慢条斯理地用茶盖拨动茶沫，瞧了袁荣一眼，便将目光落在茶杯上。

袁荣站着道："多谢侯爷关心，祖父身子很好。"

"书香门第，就是气度不同。"苏祯淡淡笑道，"袁荣啊，你和我们家那不成器的时常走动，就多教教他诗书礼仪，让他也多明白事理，懂懂规矩。说起来，咱们苏家好歹也是个侯爵，我这武乡侯的爵位，终有一日也要传给他，堂堂侯爵，总不能连规矩也不懂，贻笑大方。"说到这里，低头饮茶，但眼角余光却是瞥了杨宁一眼。

杨宁气定神闲，浑似没事人一样，苏祯见状，嘴角泛起一丝不屑之色。

"侯爷多虑了。"袁荣小心翼翼道，"武乡侯世子在侯爷的调教下，文武双全，放眼京城，也没有几个比得上。"

苏祯并不谦虚地笑了笑，放下茶盏，道："是你祖父让你来的？还是你父亲让你来的？"

袁荣心想这和他们都没关系，是杨宁这臭小子拖着我来的，但这时候自然不能直言，只能道："是想过来和世子谈论诗文，所以过来拜会。"

"你也不用隐瞒。"苏祯淡淡道，"其他事情，本侯自然会给你们老袁家面子，不过今日这事，你们还是不要插手的好。"

袁荣一愣，丈二和尚摸不着头脑，心想什么事情不要插手？他瞥了在一旁静静站立的杨宁一眼，一股不安的情绪升起来，隐隐觉得自己只怕是上了杨宁的当，听苏祯的语气，今日似乎没有什么好事。

杨宁眼观鼻鼻观心，此刻并不轻易言语，但却已经发现在那两面屏风之后已经有身影闪动，少说也有十多人躲在后面。

袁荣只能尴尬笑笑，也不知该说什么。

"紫承今日不在府中。"苏祯忽然道，"一大早蜀王世子忽然登门拜会，他是受了蜀王的吩咐，特地来我府中拜见，蜀王世子年少英雄，与紫承一见投缘，还送了一匹良驹给紫承，据说那是蜀王府的九驹之一，放眼天下也是难得一见的上等宝马，紫承得了那样的宝马，哪里闲得住，出府遛马去了。"

他说得不紧不慢，看似气定神闲，但语气之中却带着掩饰不住的得意之情。

袁荣身体一震，瞥了杨宁一眼，只见杨宁依然如同标枪一样站立，不为所动，他心下暗想是否这小子见到武乡侯，被这未来的岳父大人吓住？

不过以前锦衣侯世子也是时不时地发呆发傻，脑子不灵光，忽然精明的锦衣侯世子袁荣不适应，这种呆呆傻傻的齐宁倒是袁荣最熟悉的。

他此时才知道，蜀王世子今日闯过花市，却是从这武乡侯府离开的。

猛地又想到，这武乡侯与锦衣侯可是亲家，虽然算不得人尽皆知，但是在王公贵族之中，却已经是人所共知。

当年西川之战，锦衣侯与蜀王势成水火，虽说蜀王归降了大楚，但两家的宿怨却并没有因此而消解。

按道理，武乡侯与锦衣侯既然是亲家，就绝不可能与蜀王走得太近，毕竟要照顾到亲家的情绪，但是此刻武乡侯毫不隐瞒武乡侯府与蜀王的来往，袁荣的政治悟性虽然不高，却也知道这大为反常。

他隐隐觉得将有麻烦事情出现，果然，只见苏祯重新端起茶杯，淡淡道："太夫人是否让你来传话？她是什么意思？"

杨宁知道苏祯终于和自己扯上了正题，抬头正要说话，苏祯却已经抬手止住，神情变得更加冷漠："我不会同意这门亲事，就算你们那位太夫人不同意我的提议，那也没有意义。"

袁荣没有想到会听到这句话，一时间怔住，第一反应是自己耳朵出了问题，定是听错了。

"当年你我两家的老侯爷定下了这门亲事，听着似乎是段佳话，可是他们不是神仙，料不到后来的事情。"苏祯缓缓道，"其实从两家老侯爷过世的时候开始，这门亲事就已经不存在了。"

杨宁只是浅浅一笑，看起来竟然还有一丝羞涩。

"袁荣，锦衣侯府找上你们袁家，想让你们袁家来调解，可是只让你过来，就说明你们老袁家也知道本侯的性情，知道事情无法更改。"苏祯浅浅饮了一口茶，放下茶盏，"我苏祯做事情，从来都是断无更改，回去告诉袁老大人，这事儿不是本侯不给你们袁家颜面，他应该能够体谅。"

袁荣这时候终于确定，自己并没有听错，张大了嘴，不敢置信，只觉得这比杨宁念出那篇荷花文更让人匪夷所思。

"侯爷，我……您……这个……"他结结巴巴，一时间根本不知道该说什么，心中却是想着，好你个杨宁，将我拉到这里来，原来是为了这种事情。亲事成与不成，是你们齐家和苏家的事情，与我们老袁家有屁的关系，这下子倒好，一不小心，竟然将我老袁家也扯进来。

虽然自己什么话也没说，但是苏祯显然认定老袁家是要帮齐家做说客。

他心下有些恼怒，这种豪门恩怨，最是难缠，精明之人从来都是撇清干系，不令自家卷入进去，可是自己被杨宁拉着登了这个门，事情就麻烦得很。他现在只担心家里那几尊神一旦知晓自己卷入齐苏两家的恩怨，自己定没有好果子吃。

"齐宁，不是本侯瞧不上你，而是众所周知，你就是烂泥扶不上墙。"苏祯轻轻掸了掸衣袖，也不看杨宁，"你轻浮无德，我家紫萱知书达理，你文不成武不就，我家紫萱琴棋书画样样俱精，你其貌不扬愚笨粗浅，我家紫萱聪明伶俐……算了，我的解释已经够清楚了，你便是再蠢，也该知道，你根本配不上我们家紫萱，话说到这里，我想也没有继续说下去的必要了。"

苏祯起身来，背负双手，沉声道："来人，送客！"

杨宁凝视着苏祯，忽然叹了口气，道："武乡侯，你是不是误会什么了？"

"没什么好误会的。"苏祯语气冷硬，"本侯还有事在身，就不留你们了。"

杨宁脸上现出一丝微笑："武乡侯，你一定是误会了，你以为我是找来袁荣求你打消解除婚约的念头？"

苏祯一怔，皱眉道："难道不是？"

"当然不是。"杨宁忽然坐下去，靠在椅子上，端起那杯劣茶，"我从来没有想过娶你的女儿过门，解除婚约势在必行。我今天就是来退婚的，明明白白告诉你们，你们的女儿，进不了我齐家的门。"

杨宁猛灌一口茶，随即朝着地面一口喷出，骂道："这是什么东西？还是人喝的吗？武乡侯，你们府里就喝这种茶？这种茶连我们家的狗都不舔一口。"

袁荣率先变色，一脸骇然地看着杨宁。

他既没有想到苏祯会突然说出解除婚约的言辞来，却也更没想到杨宁此行的目的竟然是退婚，更让他惊骇的却是杨宁最后这几句话。

无论杨宁还是苏祯，都属于大楚四大侯爵世家，两家曾经关系融洽，在老侯爷那一代，甚至是生死之交。

无论官场还是民间，即使心有不满，在通常情况下，也只会委婉地表示自己的不满，很少口出狠言。

苏祯方才盛气凌人，对杨宁的一番指责，已经让袁荣感觉苏祯有失风度，但是杨宁最后这几句话，却更是凶狠。

苏祯点名道姓，直接对杨宁加以侮辱，而杨宁言辞虽然没有苏祯那么直接，但是在这种情况下，却已经是言辞犀利至极。

袁荣只感觉后背出冷汗，此时低着头，一句话也不敢掺和进去，心中想着定要找个机会逃离此地。

苏祯脸上先是发怔，随即显出吃惊，接下来是震怒，他的涵养本就不好，此时听出杨宁话中意思，冷声道："你说什么？"

杨宁此时也已经听到那屏风后面的一阵骚动声，显然是对自己言辞所做出的反应。

杨宁气定神闲，指着那杯茶道："武乡侯大可以将这杯茶送到我们锦衣侯府，瞧瞧我们府里那两条狗是不是会饮下去？其实上次过后，我一直在好奇武乡侯府里会饮怎样的极品名茶，现在看来，有些人就像井底之蛙，只看到身边一亩三分地，就以为自己的东西都是好的，如此也好，下次武乡侯若是到了我们锦衣侯府，我们便以此茶招待，这才对武乡侯的胃口。"

随即皱眉道："只是这种连狗都不饮的茶，真要找起来也不容易。"

"砰！"

苏祯猛地一掌拍在桌子上，厉声道："齐宁，你好大的胆子，在本侯府中，你竟敢如此放肆。"

"放肆？"杨宁故作一脸茫然，"武乡侯，我只是据实相告，这又哪里放肆了？"

袁荣终是忍不住向杨宁使了个眼色，杨宁看在眼里，将那杯茶端到袁荣手边，道："你现在就尝一尝，我不相信你们礼部尚书府也是饮这种茶？"

袁荣本就是个擅弄风雅之人，十分熟悉茶道，只瞧了一眼，看到杯中茶的色泽，便知那是极为低劣的粗茶，此时也恍然大悟起来，暗想这两家果然是出了大问题，心下暗暗叫苦。

苏祯虽然恼怒，此时却也大为尴尬。

他有心要将这门亲事搅黄，无所不用其极，只觉得越是激怒锦衣侯府的人，解除婚约的可能性也就越高，为此给杨宁上茶之时，特别用最低劣的粗茶加以侮辱，谁知道却被杨宁借题发挥，弄得自己现在下不来台。

"对了，饮茶不是我来此的目的。"杨宁话锋一转，道，"武乡侯，今日来此，是为了退婚，希望你们能够答应，不要多加纠缠。"

他抬手指着袁荣道："袁荣是礼部尚书府的公子，我今日请袁兄过来，也是让他见证此事，表明我们锦衣侯府对退婚的决心。"

袁荣额头冒汗，张了张嘴，却没有发出声音。

苏祯一口老血几乎要吐出来，他对解除婚约自然是铁了心，可是万万想不到杨宁竟然登府退婚。

由谁提出解除婚约，与声誉极其相关。

若是武乡侯府提出解除婚约，虽说会让人觉得武乡侯府言而无信，但是对锦衣侯府的打击更重。

可是此番杨宁拉着袁荣过来，当着袁荣的面对武乡侯府退婚，这事一旦传扬出去，就变成锦衣侯府看不上武乡侯府，对武乡侯府名誉的打击绝对不轻。而且四大侯爵之中，武乡侯本就略逊于其他三侯，杨宁这样一闹，定会更加拉开武乡侯与其他三侯的距离。

他双手握拳，杨宁这一手让他猝不及防，一时间还真不知道如何应付。

"武乡侯方才说的话并没有错，从两位老侯爷过世开始，这门婚约就已经结束了。"杨宁缓缓道，"我们锦衣侯以武勋立家，当年也实在是因为两位老侯爷的交情，才定下这门亲事。前人不知后人之事，如果我们家老侯爷泉下有知，也定不会继续赞同这门亲事。"

苏祯眼角抽动，冷笑道："哦？"

"据我所知，你们那位紫萱姑娘，刁蛮任性，就是容貌，也长得不好见人。"杨宁心知对苏祯这种人，根本没必要客气，他既然对自己几番侮辱，自己也没必要给对方留面子，"按理来说，我的年纪早已经到了婚嫁的年龄，为何迟迟没有让你们家紫萱过门？说到底，还是因为我们骨子里就不愿意让她成为锦衣侯府的世子夫人。"

袁荣本来不敢说话，此时听杨宁这般说，顺话说了一句："原来如此！"话一出口，立时醒悟，恨不得抬手照着自己的脸一阵乱抽。

苏祯一听袁荣之言，脸色更是难看，怒道："齐宁，你胡说八道些什么，我家紫萱脾气温良，谁说她刁蛮任性？还有，她长相漂亮，谁又说她见不得人？"

"武乡侯不知道？"杨宁见他落进套子里，笑道，"你只要往大街小巷走一圈，说这种话的人可不在少数。不管怎么说，这退婚之事决无更改，即使你们不同意，那也没有意义，我们锦衣侯府做下的决定，十头牛也拉不回来。"

杨宁说完，立刻起身，也不拱手："此事有袁公子作见证，就到此为止。"

"且慢！"苏祯急道，"这都是你们太夫人的意思？"

"啊？"杨宁笑道，"这种事情，是我们所有人的意思，不是某一个人做决定。本来这门婚事像石头一样压着我们锦衣侯府，这些年来我们一想到这桩麻烦事就心烦，现在把婚事一退，一身轻松，你走你的独木桥，我走我的阳关道。"

他话声刚落，只听一个声音叫道："姓齐的，你……你是什么东西？难道你们说退婚就退婚？"话音刚落，从屏风后面冲出一个人来。杨宁瞧了一眼，只见是个和自己年纪相仿的女子，长相还真是不错，身材苗条，五官精致，但是一双眼睛却满是厉色。

她忽然冲出来，后面立刻跟着出来两个人，其中一个人环佩叮当，衣着华美，年过三旬，拉着那女子手臂，叫道："紫萱！"

杨宁心想原来这女子就是苏紫萱，容貌倒也绝对算得上是一个美人，不过瞧她那疾言厉色的模样，刁蛮任性的评价恐怕不假。

袁荣瞧见苏紫萱冲出来，眼睛微亮，急忙冲着那边拱手，道："苏小姐，在下袁……"

"你滚开！"苏紫萱柳眉竖起，不等袁荣说完，一挥手，挣脱那妇人的拉扯，抬手指着杨宁道，"你凭什么说本小姐见不得人？你这个所谓的锦衣侯世子，才是人尽皆知的白痴。"

"不错，我是白痴，所以我来退婚。"杨宁气定神闲道，"你瞧不上我，我也瞧不上你，将这门婚事退了，对你我都好。"

"不许你退婚。"苏紫萱厉声道，"要解除婚约，也是我们苏家先提出来，是本小姐不要你，你却不能不要本小姐。"

杨宁却是大笑起来，道："看来传言不假，你这位大小姐刁蛮任性，不守礼节，我和你父亲在这里说话，你有什么资格跑出来说三道四？婚姻大事，你觉得能轮得到你自己做主？"

苏祯显然也觉得苏紫萱冲到大堂，实在是有失体统，如果只是杨宁在这里，他或能睁一只眼闭一只眼，可是袁荣这位礼部尚书府的公子就在这里，今日之事要是传扬出去，身为侯爵小姐，擅入大堂，这事儿自然会被人嘲笑。

"给老子滚下去。"苏祯此时心下也是恼火，冲着苏紫萱喝道，"谁让你跑出来的？"

苏祯瞪了那夫人一眼，道："怎的连她也看不住？"

那妇人看来就是武乡侯夫人，白了苏祯一眼，却还是拉住苏紫萱手臂，急道："紫萱，快退下去，咱们不能在这里……"

"爹，你告诉他，是我们要解除婚约，是我不要他。"苏紫萱气急败坏，"不许他退婚！"

杨宁笑道："对不住得很，苏小姐，刚才我已经说得很清楚了，是我们齐家退婚，我们齐家不希望你这样的……这么说吧，苏家的女人，进不了我齐家的门，你现在可听清楚了？"

苏紫萱眼眸中显出怨恨之色，杨宁却还是潇洒一笑，也不多言，转身就走。

袁荣知道事已至此，还是越早离开这里越好，忙向武乡侯拱了拱手，道："改日再拜访！"跟着杨宁便走。

"齐宁，今日的事情，你给本小姐记住。"杨宁身后传来苏紫萱怨恨的声音，"你折辱本小姐，终有一日，我要你十倍偿还！"

杨宁停下脚步，也不回头，淡淡道："你们也记住，锦衣侯府做事的原则，便是有债必偿，无论是欠别人的债，还是别人欠我们的债，都要一一算清，绝不会有丝毫的遗漏。"冷笑一声，在苏祯如刀的目光中，缓步离去。

离开武乡侯府，袁荣背上的冷汗还没有干，他本以为今日是过来邀着武乡侯世子苏紫承一同去迎风弄月，谁知道竟是这样一个结果，心中对杨宁老大不满，但事情既已发生，责怪埋怨一番，也无济于事，只能再三叮嘱杨宁要履行承诺，保吴管事平安。

第二十章

当铺遇大火

　　杨宁心情倒是颇为舒畅，回到锦衣侯府，也不急着将事情告诉家里的人。

　　他本以为这一夜定然会睡得极为安生，事实似乎也确实如此，上半夜睡得十分安稳，到下半夜，忽听到房门被敲得噼啪直响，硬是将睡意正浓的杨宁惊醒。

　　他心下大为不悦，起来正要发作，听到齐峰的声音，这才压住火气，打开门来，只见到齐峰一脸焦急之色，见杨宁开门，急道："世子爷，大……大事不好了！"

　　三更半夜，齐峰这副模样，倒让杨宁有些惊讶，问道："怎么了？天塌下来了？"

　　"也差不多。"齐峰道，"世子爷，当铺那边……那边烧起来了。"

　　杨宁一时还没有反应过来，皱眉道："什么意思？什么烧起来了？"

　　"当铺，当铺烧起来了。"齐峰急得直跺脚，"段二哥已经护着三夫人去了当铺那边，二哥让我过来告诉世子爷。"

　　杨宁这才明白过来，失声道："你是说咱们家的当铺？"

　　"是啊。"齐峰心想若是别人的当铺，我又为何如此焦急？

杨宁心知事情不妙，急忙过去扯了衣裳，边走边道："当铺怎么会烧起来？严不严重？你赶紧带我过去，对了，有没有伤着人？"

齐峰跟在杨宁身边，道："那边有人过来禀报，说是半夜里当铺突然起火，现在究竟是个什么情况，我也不清楚。"

齐峰早已经派人在府邸门前准备好了马匹，出了府，也不耽搁，齐峰骑马在前领路，杨宁和另外两名护卫紧跟在后。

骏马飞快，不多久杨宁便瞧见远方的天幕红彤彤一片，知道那里就是火点，飞马赶过去，到了一处十字路口，便见到前面火光冲天，烈火熊熊，四周人影闪绰，有不少人正在救火。

杨宁瞧见此景，目瞪口呆，这场大火已经不仅仅是焚烧一两栋房屋那么简单，此时已经蔓延开来，有五六间房屋都被笼罩在大火之中。

杨宁翻身下马，快步过去，火光之中，已经瞧见顾清菡娉婷的身影，火光将顾清菡的脸孔照得通红一片，她那娇柔的身子却是在颤抖，杨宁叫道："三娘！"

顾清菡扭头看向杨宁，脸上显出苦涩笑容，猛然娇躯晃动，却见她一只手忽地捂住自己的左胸口，俏脸上显出痛苦之色，软绵绵便要瘫倒下去。杨宁疾步上前，一把扶住她柔软香躯，惊道："三娘，三娘，你怎么了？"只见顾清菡牙关紧咬，双眉紧蹙，虽在火光边上，但脸庞却是苍白可怕。

段沧海此时也已经冲过来，惊道："三夫人怎样？"

齐峰却叫道："快请大夫。"

段沧海抢过来，道："得罪了！"

他探手轻按顾清菡手脉，皱眉道："赶紧请大夫！"

"等不得。"杨宁却摇头道，"三娘这是心脏病，这种病不能耽搁，我来试一试。"

段沧海和齐峰都是一怔，不由讶然，齐峰忍不住问道："世子爷，你……你还会治病？"心中却大是怀疑，只怕杨宁治病不成，反要耽搁。

杨宁当然不会医术，不过对于一些常见的急性病症，却还是颇为了解，这心脏病其实就是最为常见的急性病症之一，杨宁还真是了解一些，此刻伸手往顾清菡的手脉上搭了上去，段沧海和齐峰对视一眼，心想看世子爷的样子，难道真的会把脉诊病？

杨宁倒还真会一些粗浅的把脉，但把脉诊病的手段却没有。

把脉诊病并不像说起来这么容易，这是一种技术比较高的本事，即使是在杨宁那个时代，真正会把脉的医生也是凤毛麟角。

杨宁把脉，不是为了诊病，而是要找到顾清菡手上的郗门穴。郗门穴是人体十二经络的手厥阴心包经穴道之一，在前臂掌侧，腕横纹五寸。杨宁知道，按摩心包经，有减轻心脏压力补充供血的功能。

其实这种应急的经络知识并不复杂，也不深奥，只是懂得血脉经络的人不多，所以就显得十分神秘。

杨宁当年学习过人体经脉穴道以及骨骼的知识，在学习经络穴位之时，少不得也学到了这些应急的方法。

心脏病突发导致晕厥是极为常见的急性病，症状也很容易辨识，杨宁一眼就看出顾清菡是心脏病发作，他知道这是气急攻心所致，此刻左手拇指压住顾清菡的郗门穴，右手抓住她柔荑般得玉手，左手拇指逆转，右手外摇。这样的动作在段沧海等人看来确实大为古怪，几人面面相觑，心下对杨宁极为怀疑。

只是摇动十来下，便见顾清菡粉唇之中轻吐一口气息，眼睛微微睁开，杨宁并没停手，伸指又按在顾清菡手臂处的内关穴，揉动数次，顾清菡便咳嗽一阵，终是完全睁开眼睛来，左右瞧了瞧。

段沧海和齐峰都显出欢喜之色，此时对杨宁再无怀疑，心下大是钦佩。

"宁儿！"靠在杨宁怀中，顾清菡笑容苦涩，"当铺都烧了，这……哎，这都怪我！"

杨宁扶起顾清菡，柔声道："三娘，当铺着火，只是意外，与你又有什么关系？"瞧见救火的人不少，应该是左邻右舍都被惊醒过来救火，甚至还有巡逻的官差也都加入救火的队伍之中。

段沧海见顾清菡无碍，这才过去继续指挥人们救火，人多力量大，虽然火势凶猛，但是在众人的齐心合力之下，烈火渐渐熄灭。

杨宁见这场大火竟是烧了五六间房舍，损失着实不小，皱起眉头来。便在此时，却见从人群之中走过来一人，年过半百，步履沉重，此刻衣衫凌乱不堪。那人看到杨宁，怔了一下，却还是走上前来，忽地跪在地杨宁面前。

这人冷不丁跪下，杨宁吃了一惊，只听这人已经带着哭腔道："老奴没用，世子，当铺被烧，都是老奴粗心大意，您……您杀了老奴吧！"

杨宁还没来得及说话，顾清菡已经走过来，蹙眉道："徐掌柜，你先起来！"

徐掌柜跪地不起，哭道："老奴受将军和三夫人信任，打理当铺十多年，今次却酿下这滔天巨祸，这条命就算死了十次八次也难以赎罪。三夫人、世子爷，老奴……老奴没有脸再活下去了！"跪在地上，用脑袋往地面上撞。

杨宁心知这徐掌柜应该就是当铺的掌柜，见他以首叩地，再不拉住，这老家伙真要自己撞死，伸手将他拽起来，冷声道："事情还没有水落石出，究竟是怎么个状况都没有搞清楚，你急着寻死做什么？"

徐掌柜泪流满面，浑身发抖。

"怎么会这样？"身后传来邱总管焦急的声音，杨宁回头，见到邱总管匆匆而来，"好端端的，怎的会生出这么大一场火？"

邱总管脸色难看，走上前来，盯住泪流不止的徐掌柜，责问道："老徐，到底是怎么个状况？这场火是从别人那里引过来，还是咱们铺子先着火？"

杨宁心想总管就是总管，这句话倒是问到了要紧处。

这场火烧了五六家店铺，如果是从别家引来，齐家的当铺即使被烧了，秋后算账，总还是能够找人赔偿，损失也不会太大。

可是这场火如果是从齐家当铺引起，那后果就不堪设想，且不说当铺本身的损失就了不得，到时候其他几家被烧毁的铺子也定会找上锦衣侯府索要赔偿，锦衣侯府必将陷入前所未有的困境。

锦衣侯府目前的经济状况本就十分不理想，齐景大丧，耗费不轻，如今还欠着钱庄不少银子，如果假以时日，毕竟侯府的经济来源不弱，还能够恢复过来，可是如果在这时候火灾的责任落在锦衣侯府头上，无疑是一场致命的灾祸。

顾清菡显然对此也是十分关注，妙目盯住徐掌柜，只等徐掌柜回话。

徐掌柜老泪横流："三夫人、邱总管，这场大火……这场大火是从咱们家铺子蔓延过去……"

杨宁心下一沉，邱总管神色愈加凝重，便是顾清菡也是微微变色，轻叹一声，摇了摇头。

"其他几家都在咱们当铺的南边，连成一线。"杨宁缓缓道，"今夜北风不小，火势一旦蔓延开来，势必往南一直蔓延下去……"

杨宁皱起眉头："这些铺子都是以木质为主，如今正是深秋，天干地燥，正是最为危险的时候！"

灭火时，为了避免火势继续往南边的铺子蔓延，所以众人先从南边开始灭火，阻断了往南的火源。

不过正因如此，受灾最重的便是齐家当铺，整座铺子几乎都已经被烧毁，变成了一片废墟。

火势完全熄灭已经是丑时，附近几条街道在火灾发生之后，就已经被巡逻的京都府衙差所封锁，更加上最近一段时间京城戒严，所以除了附近赶过来的救火之人，并无围观人群。

京都府有十多名差役也参与了救火，火势熄灭之后，差役们第一时间便是查找是否有人葬身于火海之中。

比起地方上的衙差，京都府的衙差训练有素，而且在戒严时期，这样一场大火自然是要小心处理。

残垣断瓦之中，虽然大火熄灭，却还有零星的烟火。

邱总管这边在火势熄灭之后，也是迅速与徐掌柜清点当铺的人员。齐家的当铺并不小，铺子连上徐掌柜，前台后库加起来也有十一人，不过今晚在此值夜的却只有五人，除了徐掌柜亲自坐镇前堂，其他四人则是守在后库。

当铺赎当东西，来来往往，储存在当铺内的各类货物自然不在少数，此外亦有一些现银存在铺子里。

当铺早在数日之前，因为银钱紧缺，所以暂时停止收当，不过为了防止有一些老主顾投当，这些银子还是放在这里，以防万一。锦衣侯府便是再困难，这些银子也不敢调用过去，毕竟经营当铺，最重要的就是一个"信"字，有些老客投当，那是万不能有任何的借口拒不收当。

在残砖断瓦之间，倒是找到了封存银子的几口铁箱子，银子倒是一分不少都留在其中，由此却也判断出当库的所在。

只是除了银子，储存在当库里的其他物事，除了极其少数几件防火之物，大部分都已经付之一炬。

杨宁跟在邱总管身后，穿梭在当铺的废墟之中，神情凝重。

"世子，当铺里的东西都烧得差不多了。"邱总管带着两人在废墟中翻来覆去找寻一番，苦笑道，"究竟损失多少，账簿也已经烧毁，一时间也难以算清楚，不过应该不会少。好在店里的伙计都安然无恙，算是不幸中的大幸。"

杨宁也不多言，即使邱总管不说，他也知道这场火灾给锦衣侯府带来了沉重的打击。

"世子，徐掌柜说，大火的源头应该就在后库这边。"齐峰已经从后边上来，向杨宁道，"他说半夜里听到后院传来叫声，起身去看，发现后库这边着火，急忙跑过来。当时后库已经燃起大火，而且火势很快就蔓延开来，他急着和值夜的伙计们一起救火，可是几人之力，难以扑灭大火，所以只能一边救火，一边找人来帮忙。"

"账簿当时是放在什么地方？"杨宁问道。

"铺子里的账簿，都是放在柜上，徐掌柜急着救火，乱了手脚，没能及时将账簿取出，等反应过来，柜上那边也烧了起来，他要抢过去拿出账簿，可是火势太大，几个伙计将他拉住。"齐峰道，"陈三也证明，火是从当库里面烧起来的。他们手里没有钥匙，发现大火之后，徐掌柜很快也赶了过来。"

"如此说来，大火是从库房里开始烧起来？"

"他们几个人都说确实如此。"齐峰道，"后库边上就是伙计们值夜时的宿房，半夜轮流起来看守巡视。"

杨宁皱眉道："后库这边如果是火源，那么库房是如何着火的？"

他向邱总管问道："这库房的钥匙在谁手中？"

邱总管道："当库是当铺最为要紧的地方，即使是徐掌柜，也不能单独打开。当库四周都是密不透风，连窗户也没有，唯一进出的道路，就是加了两道锁的大门，徐掌柜和陆朝奉各有一把钥匙打开一把锁，只有两把钥匙一起使用，才能进入当库内。"

"陆朝奉在哪里？"

"陆朝奉和徐掌柜轮流值夜。"邱总管解释道，"今夜陆朝奉轮休，是徐掌柜当值，按理来说，挂牌闭门之后，没有谁能进到当库里。"

杨宁道："这就怪了，当库无人能进，可是大火却从库房里烧起来，那岂不是活见鬼？"

邱总管也皱眉道："库房重地，夜里向来不会开门，而且更是严禁执火入库，绝不至于会在库里引发火灾。"

"当时是谁第一个发现？"杨宁微一沉吟，终于问道。

齐峰忙道："是陈三，他说轮值的时候，他巡视了一遍，然后去了趟茅房，等他回来的时候，就发现库里已经烧起来，而且火势烧得极快，转眼间就到处是火。他喊醒其他几个人，然后惊动了徐掌柜，等徐掌柜过来时，库房已经是大火熊熊。"

邱总管怒道："这个陈三是怎么办事的？难道他不知道，库房里一刻也不能少了人？"

齐峰并不说话，杨宁心想这个时候计较这些有个屁用。

　　"这样说来，这场火是在陈三去茅房的时候开始烧起来的。"杨宁若有所思，"上一趟茅房，用不了多长时间，他回来的时候，其他几人还在睡着，也就是说，当铺里的人根本不会拎着灯火进入库房。"

　　邱总管摇头道："没有钥匙，想进也进不去，而且这些伙计最少的也在当铺待了三四年，都是老伙计，当铺里的规矩都懂，绝不会出此纰漏。是了，今天锁住库房的时候，我还亲自在库房里转了一圈，绝没有任何火具在其中，我亲自看着当库锁上门。"

　　"邱总管下午来过？"杨宁问道。

　　"钱庄那笔银子的期限明天就要到了。"邱总管愁眉不展，"三夫人让我到当铺来瞧瞧，看看有没有人赎当的，从这边能调用些银子。下午我过来这边，检查了一下当库，顺便看看能不能支些银子去府里。"

　　邱总管是锦衣侯府的大总管，杨宁已经知道，这邱总管的父亲当年就跟随在锦衣老侯爷身边，帮着锦衣老侯爷打理府邸中诸般事物，井井有条，那时候邱总管也跟在其父身边打杂，等他父亲老了之后，邱总管也就接替了父亲的位置，帮着继续打理侯府，一直以来倒也是兢兢业业。

　　侯府的两处店铺，一处药铺和一处当铺，生意一直都不错。虽然侯府的幕后操作人都是顾清菡，但她毕竟是一介女流，而且是侯府女眷，不宜在外招摇，所以外面许多具体的事情，都是邱总管出面打理。

　　杨宁微微颔首，道："邱总管，这库房里可有硫磺一类极易燃烧的物事？"

　　邱总管摇头道："绝对没有，药铺那边倒是有硫磺，这当铺库房内却不会收入那些物事。"

　　他问道："世子莫非觉得库房里的这场火是自己烧起来的？"

　　"除了是自己烧起来，我很难想象还有谁能进入库房之内点火。"杨宁叹道，"总不能还有人会穿墙进入吧？"

　　邱总管神情凝重，若有所思。

　　齐峰终于道："世子爷，当铺里的伙计绝不至于自己纵火，这些都是锦衣侯府的老伙计，对侯府忠心耿耿，我只担心……"

"担心什么？"

"担心有人趁机纵火。"齐峰犹豫了一下，终于道，"或许有人与我锦衣侯府为敌，想要在当铺做手脚。"

邱总管微微点头道："齐峰所言不无道理。世子，将军性情耿直，或许得罪了某些人，如今将军刚刚过世，当铺就莫名其妙地烧起一场大火，未必不是有仇家在背后做什么手脚。"

"哦？仇家？"杨宁双眉一紧，扫了两人一眼，"你们都觉得是有人故意纵火？"

齐峰点头道："这样的可能性极大，否则无法解释这场大火。"

杨宁也不言语，背负双手，在残垣断瓦之中转悠一番，忽地停住脚步，蹲下身子，伸手在地上摸了摸，然后将手指往鼻尖嗅了嗅。齐峰刚过去，杨宁却已经起身，绕到其他地方，又再次蹲下。

"世子爷，是不是发现了什么？"齐峰轻声问道。

杨宁站起身来，摇头道："没什么。"便在此时，忽听得身后传来一阵嘈杂声，回过头去，只见不远处此时竟然聚集了一群人。徐掌柜和顾清菡被围在当中，段沧海冷着脸站在顾清菡身边，全神戒备。

杨宁见那群人气势汹汹，脸色一沉，快步走过去，便听到有人道："三夫人，咱们都知道锦衣侯府目下都是由你当家，我们对锦衣侯素来敬重，绝无冒犯之心，可是这次出了这么大的事，咱们也只能冒犯。这场大火是从你们家当铺引出来的，别人家我不知道，我们家这间铺子，一家老小的生计都指望着它，如今烧了个干净，一家老小没了依靠，还望三夫人给个话。"

"谁说不是。"边上有人叹道，"你们侯府家大业大，一根手指头比我们的腰还粗，一间铺子没了，对你们侯府无伤血肉，可是对我们来说，却已经是剥皮抽血。我们敬重侯府，侯爷刚刚离世，也不想让侯府面子太难堪，这事儿私下里如果能够解决，也就不必劳动官府。"

又有几人哀声叫苦，杨宁立时就知道，短短时间，被牵累的几家铺子已经找了过来。

一片哀声怨叹之中，顾清菡却已经镇定下来，淡淡道："你们都放心，这场火既然是从齐家的当铺开始的，你们的损失，侯府自然会全部赔偿。"

众人闻言，顿时都显出欢容。

"你们各家先回去清点一番，到底有多少损失，回头确认之后，侯府一文不少都会赔给你们。"顾清菡秀容微有些疲惫，"这场大火突如其来，牵累诸位，实在是对不住。"

一人笑道："三夫人有这话，那就好说得很。其实我这边损失也不算太大，加起来最多也就三四千两银子而已。"

他回头瞧了废墟一眼，叹道："一场大火将铺子付之一炬，真要清点起来，已经很不容易了。"

"是啊，卢东家说得有道理，账簿也都烧得干净，咱们还真不好清点。"边上立刻有人附和道，"不过各家心里都有本账，想要算得一清二楚并不容易，大致有个数目也就是了。咱们敬重锦衣侯，就算吃些亏，那也不要去计较。"

"诸位有这份心，锦衣侯府深为感激。"众人正自唏嘘，杨宁却已经过来，气定神闲，"三娘也说了，你们的损失，侯府会全力承担，既然牵累你们，就不会让你们再吃亏。"

立刻有识得锦衣侯世子的人道："世子也发话了，大家就把心放在肚子里吧。"

杨宁看向那卢东家，含笑问道："卢东家，你说你们铺子损失大概有三四千两银子？"

"差不多就是这个数。"卢东家忙道，"世子放心，咱们这几家铺子相邻多年，这次侯府遭难，咱们也多少会担着点。"

杨宁笑道："有劳有劳，是了，卢东家是经营什么东西？"

"哦？"卢东家道，"是盐铺！"

杨宁一怔，心想食盐不是官营吗？据他所了解，官府设有盐署，在全国各地都设有机构，掌管着食盐的调运买卖，民间似乎并不能私自卖盐，一旦查出，罪责极重。

这卢东家难不成竟然是经营食盐的官商？

"原来是盐铺。"杨宁似笑非笑，"卢东家，你们的铺子平日里储存的食盐很多吗？"

他目光锐利起来，问边上的徐掌柜道："徐掌柜，这卢东家既然是邻铺，你对他应该很熟悉了。"

徐掌柜面色惨白，一副失魂落魄的样子，听到杨宁询问，忙道："和卢东家认识已经六七年了。"

"徐掌柜，卢东家的铺面，比咱们的当铺要大？"

徐掌柜也不知道杨宁葫芦里卖的什么药，看了顾清菡一眼，见顾清菡面色清冷，只能道："卢东家当铺只有我们铺面一半大小。"

"咱们这铺子，当年花了多少银子？"

徐掌柜再次看向顾清菡，顾清菡冰雪聪明，已经明白杨宁意思，道："这间铺面位置极好，当年盘下来，花了六百两银子。"

杨宁转视卢东家，笑问道："那卢东家的铺面，不知道花了多少银子？"

那卢东家也是精明商人，杨宁几句话一问，便知道杨宁心思，目光顿时闪闪绰绰，也不回答。

"就算是现在，最多也只值四百两银子。"徐掌柜也缓过神来，"这已经是最高的价钱，卢东家，我记得去年有人准备用三百两银子盘下你的店面，你差点答应下来。"

卢东家尴尬道："那个……那个铺面确实只值几百两银子，不过铺里面的食盐……"

"卢东家当然不会在盐铺里摆上古董字画，所以不至于烧毁什么贵重物品。"杨宁神情冷峻起来，"我就算不知道食盐的价钱，可是你说损失三四千两银子，除去铺面，总还要损失两三千两，不知道两三千两银子能买到多少食盐？"

在场的几位都是久做生意的商人，见卢东家一脸尴尬，倒有些幸灾乐祸，暗想你这家伙漫天开价，这下子倒好，人家锦衣侯世子三言两语，就让你下不了台，心下也都盘算着这损失固然要索回，可还真不能漫天开价。

他们当然清楚，食盐虽然是人们必不可缺之物，但价钱却不贵，属于薄利多销的物事，莫说几千两，便是五六百两银子，也足以将盐铺填满，而且也没有哪个盐铺真的在仓库里存满食盐，这卢东家的损失，所有的加起来，最多也不会超过一千两。

杨宁点到即止，也没有继续对卢东家穷追猛打，扫视众人一圈，才道："这次连累诸位，我深感抱歉，这种事情谁都不想发生，可是既然发生，该担的责任，锦衣侯府绝不会有丝毫的推诿。三娘也说了，你们的损失，一文钱也不会让你们亏着，锦衣侯府做事的原则，素来是有债必偿！"

说到这里，杨宁声音一冷："不过如果有人想要趁火打劫，我劝这些人还是早些打消这个念头，锦衣侯府固然不会欠别人的债，但是别人若欠下锦衣侯府的债，只怕也不是什么好事。"

几名东家面面相觑，其实心中都在想，都说锦衣侯世子是个脑袋不灵光的傻子，可是此刻看来，却全然不是那么回事。

"说得好！"从杨宁身后传来一阵笑声，一个阴阳怪气的声音道，"有债必偿，这就是锦衣侯的家风，世子继承家风，实在可喜可贺。"

杨宁回转头去，只见几人大步走来，当先一人长身而立，腰佩长剑，剑鞘金丝缠绕，剑穗有美玉悬挂，端的是一副翩翩公子模样，年岁不过二十五六。

此人看着眼生，杨宁从未见过，但看他衣着，显然是个官宦子弟，也不知道是从哪里钻出来的。

那人走上前来，打量杨宁一番，笑道："世子，多日不见，听说你前番被人绑架，我心里可是记挂得很，后来听说安然返回，可喜可贺。"

他瞅了顾清菡一眼，眼中带光，上前一步，凑近顾清菡，拱手道："这位想必就是锦衣侯府的三夫人吧？"

顾清菡显然也没有见过此人，蹙眉道："你是何人？"

"在下窦连忠，家父窦旭！"那人眯眼笑着，一双眼睛却是在顾清菡身上上下打量。

"哦，原来是窦大人的公子。"顾清菡淡淡道，"三更半夜，不知窦公子前来所为何事？"

杨宁此时也是上下打量窦连忠，心想这人浑身上下就透着一股浮浪气息，只瞧他那一双眼睛在顾清菡凹凸有致的娇躯上溜来溜去，就知道这家伙不是什么好东西。

"这场大火还真是不小。"窦连忠向残垣断砖那边瞧了一眼，叹道，"三夫人，这火源在哪里？该不会是从你们家当铺烧起来的吧？"

顾清菡俏脸一寒，反问道："窦公子如何知道这把火是从当铺烧起？"

窦连忠忙笑道："三夫人千万别误会，我可没有未卜先知的本事，只是刚才世子在谈及赔偿，想来其他几家是受了你们牵累。"

他扫视众人一眼，才道："三夫人，可有什么在下能够帮忙的？"

顾清菡淡淡道："侯府的事情，还不劳别人来过问，窦公子好意，只能心领。"

"三夫人千万不要客气。"窦连忠往前又凑近一步，靠近顾清菡，"我和世子是知交好友，他的事情就是我的事情，若是有需要帮忙的地方，尽管开口，千万不要客气。"

他转身冲着顾清菡一笑："咱们都是自己家人，若是太过见外，反倒生分了。"

杨宁心知这家伙应该是与锦衣侯世子有些纠葛，见他一步步向顾清菡凑近，忽地伸手，一把扯住窦连忠手腕子，窦连忠猝不及防，还没反应过来，杨宁用力一扯，已经将窦连忠扯到一边，拉开了他与顾清菡的距离。

窦连忠脸现怒色，杨宁却抓住他手腕，笑道："原来是你，半夜三更，你当真是过来帮忙的？"

窦连忠见杨宁一脸笑容，一时间发作不得，想要抖开杨宁的手，却发现杨宁那只手如同铁箍箍住自己的手腕，而且力气不小，被他捏着有些发疼，皱眉道："你先放手。"

"怎么，翻脸不认人？"杨宁笑嘻嘻道，"刚不还说与我是知交好友，怎的连握手也不许？"

窦连忠沉下脸，道："亲兄弟也要明算账，我是来办正事，你把手松开。"便用力一扯。

这次杨宁倒任他挣脱，问道："你说的正事，又是什么意思？"

窦连忠略带厌恶之色地瞥了杨宁一眼，扭头看向顾清菡，笑道："三夫人，我先前路过附近那条街，听说这边着火，所以心急火燎地赶过来，就怕你们家当铺被烧。还真是怕什么来什么，你瞧瞧你们当铺……"话罢，窦连忠又叹气摇了摇头。

"窦公子，我这边事情还很多，你若真有什么事情，尽管说来。"顾清菡俏容冷清，"若无别事，你还是先离开的好。"

窦连忠伸手到衣袖之中，取出一沓纸来，在手中抖了抖，随即洋洋得意道："三夫人，你先瞧瞧，这可是你们家当铺的当票？"

他将那一沓纸递了过去，顾清菡伸手接过，翻动扫了几眼，秀眉更是紧蹙，抬首问窦连忠："这确实是我们这里的当票，怎的在你手中？"

"三夫人说笑了。"窦连忠笑道，"当东西开当票，既然有东西在你们当铺，我手中当然有当票！"

窦连忠此言一出，非但是顾清菡，杨宁也是脸色微变。

"窦公子是在说笑吗？"顾清菡迅速保持镇定，"窦大人是户部尚书，据我所知，贵府家资殷实，似乎还没有到需要当东西的份上。而且这当票上写得清楚，当物之人叫做赵信，不知与窦公子有何干系？"

窦连忠笑道："实不相瞒，赵信就在这里。"

他回头叫道："赵兄，请过来。"

跟随窦连忠前来的几人之中，立刻有一人上前来，穿着十分普通，长相也是平平，属于丢在人堆里很难被发现的那种。

"徐掌柜，可还记得我？"赵信上前来，向徐掌柜拱手道，"前次有劳关照，赵某可一直都是铭记在心。"他并非京城口音，似乎是个外地人。

徐掌柜毕竟也是在生意场上混迹多年的老手，之前失了方寸，但此刻见到赵信跟随窦连忠而来，立刻意识到什么，微微变色，只是多年与人打交道的习惯，却还是让他拱手道："原来是赵先生。"

"看来徐掌柜记性不错。"赵信笑道，"半个月前在贵铺受到热情接待，如今还是记忆犹新。"

窦连忠道："三夫人，这位就是当票的主人赵信，他是荆南岚阳人氏，与我窦家还有些远亲关系，前番因为手中急用银两，所以在你们当铺当了一些东西，这些当票都在手中，当时从贵号支了七千两银子。"

顾清菡冰雪聪明，已经意识到什么，问道："赵先生是准备赎当？"

赵信笑道："在下当日是活当，和徐掌柜也说过，最迟一个月，便会过来赎当。如今事情办完，银子倒还没使上，这两天正准备返乡，也准备返乡之前将东西都赎出来，今夜窦公子为我设宴送行，恰好路过，听说这边发生火灾，所以专门过来看看。"

窦连忠叹道："三夫人，现在看来，贵号恐怕是拿不出东西来，赵信当下的那些东西，可都是他祖上传下来的，现在都被烧毁，事情可就麻烦了。"

"既然是开当铺，有当有赎，理所当然。"顾清菡道，"即使东西损坏，有当票在这里，自然会按照当票上的约定，如数赔付。"

"三夫人，这要赔付起来，可不是小数目。"窦连忠摇头叹道，"按上面的约定，真要是全都烧毁，至少要一万五千两银子的赔付，这……当然，锦衣侯食邑三千，这点银子自然算不得什么。"

他瞥了杨宁一眼，道："这里既然被烧毁，眼下你们又忙碌，我们也不多扰，等天亮之后，我们再登门拜访！"

一直没有吭声的邱总管终于道："窦公子、赵先生，你们看，能不能缓上一些时日？"

"缓一些时日？"窦连忠皱眉道，"这是什么意思？难道你们侯府想要拖欠赔款？"

邱总管忙道："绝无此意，只是……"

"只是觉得赵先生在京里还没有玩够。"杨宁忽然打断邱总管的话头，笑道，"邱总管也是一番好意，如果赵先生真的急着赎当，那么明日前往锦衣侯府，所欠赔偿，尽数偿还。"

他话一出口，邱总管立时皱眉，顾清菡也微显讶然之色。

"好，还是世子痛快。"窦连忠似笑非笑，"即是如此，明日必当登门拜访。"

他盯着顾清菡，拱手笑道："三夫人，咱们明天见。"也不多言，领着赵信等人翩然而去。

"世子，您这是……"邱总管欲要说话，瞧见那几位东家还在不远处交头接耳，就并没有说出口。

杨宁道："邱总管，今晚你辛苦一下，带大家在这边收拾一番，天亮之后，派人去京都府衙门一趟，让京都府派人过来调查。"

"调查？"邱总管一怔。

杨宁冷笑道："莫非你不知道，这是有人纵火，总要人过来好生调查。"

邱总管张了张嘴，顾清菡也道："邱总管，按照世子的话去做，天亮后立刻派人让京都府来人调查。"又看向段沧海，道："沧海，你在这里帮着邱总管一起善后。"

段沧海答应一声，顾清菡此时已经是疲惫不堪，上了马车，不等放下帘子，杨宁也窜到马车内，随即令人回府。

第二十一章

智取窦连忠

侯府的马车倒也宽敞，两人一左一右相对而坐，车内颇有些昏暗，不过杨宁目力极好，倒依稀能够看清楚顾清菡，轻声道："三娘，事已至此，着急也没有用，只能走一步算一步。"

顾清菡苦笑道："自从将军过世，诸事不顺，麻烦事一桩接一桩过来。今晚这一把火，更是大麻烦。"

她随即问道："宁儿，刚才你让窦连忠明日去侯府，咱们府里一下子可拿不出那么多银子。"

杨宁笑道："三娘，你有没有觉得事情很古怪？"

"你说的是什么？"

"赵信在当铺当了七千两银子的东西，这是不是一笔不小的数目？"杨宁在昏暗中凝视顾清菡。顾清菡眼眸如水，昏暗中兀自可见其美眸流动。

顾清菡点头道："七千两银子当然不是小数目，赵信这笔买卖，我也记得清楚。当时将军的遗体正在秘密运回京城的途中，府中上下还不知道将军已经病逝，恰好当铺来了这笔买卖，为此还从府中调走了三千两银子。"

杨宁目光锐利，问道："这笔买卖做成之后，将……父亲的遗体就回到了京城？"

顾清菡叹道："正是，当时我就后悔，早知道将军过世要办丧事，这笔买卖就不该做下。但既然已经签下契约，自然不能反悔。"

杨宁冷笑道："七千两银子，并非小数目，赵信赶在父亲遗体回京之前入当，这场大火刚刚烧起来，他就找过来赎当，这难道不蹊跷？"

"确实蹊跷。"顾清菡蹙眉道，"而且那个窦连忠忽然蹦出来，很是反常。"

杨宁微一沉吟，才道："三娘刚才说父亲过世后，侯府诸事不顺，是否说江陵的银子不能及时送达，然后又莫名其妙生出一场大火，如今又有赵信赎当？"

"自然还有你在忠陵别院被刺。"顾清菡轻声道。

杨宁轻声道："三娘，你有没有觉得这些事情并非是独立发生，而是互相之间都有牵连？"

"牵连？"顾清菡一怔，"宁儿，你为何这样说？"

杨宁道："我觉得背后似乎有一双黑手，正在对我们锦衣侯府下狠手。"

"黑手？"

杨宁身体微微前倾，凑近顾清菡，低声道："火势熄灭之后，我进去查看，你猜我发现了什么？"

"什么？"

"在被烧毁的当库，地面似乎有油迹。"杨宁轻声道。

顾清菡娇躯一震，竟是伸手握住杨宁手腕："宁儿，你可看清楚了？你是说，当库找到了油迹？"

杨宁点头道："我细细检查过，油迹不多，发现有两三处，我仔细闻过，那种味道如果我没有猜错，正是最易燃烧的黑油，这种油遇火即着。按照他们的说法，当时当库烧起来之后，火势蔓延得极快，只是片刻间当库就被大火吞没，这应该都是黑油作祟。"

顾清菡柳眉紧蹙，此时却冷静下来，想了一想，才道："如此说来，这场火定是有人精心设计。"

"恐怕就是如此。"杨宁道，"而且很可能与窦连忠有关系，即使不是此人出手，他也一定牵扯在其中。"

"如果真的是窦连忠在背后搞鬼，他们烧毁当铺，难道就是为了那一万多两银子的赔偿？"顾清菡蹙眉道，"事情恐怕不会如此简单。"

"三娘，这窦连忠的父亲窦馗是户部尚书？"杨宁问道，"此人与我们锦衣侯府可有仇怨？"

顾清菡点头道："窦馗六年前升任户部尚书，其实早些年，他还只是户部侍郎的时候，与将军有些交情。将军在外征战，钱粮都是户部在后面供应，窦馗好像有几次亲自押送粮草送到前线，所以与将军关系很好。他后来升任户部尚书，将军似乎也在圣上面前为他说了话。"

"如此说来，父亲对窦家还有些恩惠？"

"本来两家相安无事，不过前年将军忽然向朝廷上了一道折子，随后窦馗就被圣上当朝斥责，而且罚俸半年，听说是因为粮草晚到了好几天，将军性情刚直，上折子参了窦馗。"顾清菡幽幽道，"自那以后，两家就算结下了些冤仇，不过窦馗在面子上对将军还算敬重。"

"原来如此。"杨宁若有所思地点头，"这样说来，此番窦家必然是卷入此事之中，这场火大不简单。"

"但是无凭无据，咱们也不能对他们怎样。"顾清菡蹙眉道，"明天窦连忠必然会领着赵信登府，莫说一万五千两银子，就是五千两银子，咱们一时也拿不出来。"

杨宁嘿嘿一笑，道："三娘不用急，窦连忠既然卷入此事，我必会让他搬起石头砸自己的脚。"

杨宁神情冷峻起来，冷声道："他们想要不择手段落井下石，我倒要看看谁能笑到最后。"

顾清菡见杨宁自信满满，心下既有几分欢喜，但更多的却是忧虑，她实在不知道，杨宁又如何应对赵信那一万多两银子的赔偿。

锦衣侯府的麻烦事接二连三，顾清菡支撑偌大一座府邸，虽然在人前依旧镇定自如，却也已经是心力交瘁，这一夜下来，更是疲惫无比。回到侯府，杨宁好一番安慰，顾清菡才暂时略做休息。

杨宁心下清楚，如果齐景在世，当下接二连三的这些事情应该就不会发生，但是随着齐景过世，便有不少心怀叵测之辈落井下石。

虽说窦连忠已经现身，杨宁也察觉此人定然与大火有些牵连，但心下却并不觉得窦家会是幕后主谋。

户部尚书固然是帝国高官，但是要对付锦衣侯府，仅凭窦家，恐怕还没有那个实力。

锦衣侯府虽然看似没落，但两代锦衣侯在帝国功勋卓著，而且都是统兵大将，至少在军方有着深厚的根基。只看虎神营统领薛翎风当日对自己的偏护，便可看出锦衣侯打下的人脉基础并没有随着齐景的过世完全消失。无论谁要对锦衣侯府动手，多少还是要思量一番。

江陵税银迟迟未到，忠陵别院被人行刺，今次当铺生出这一场大火，表面上看这些事情似乎并无联系，但杨宁却还是敏锐地感觉到这一桩桩事情的背后，定然有一条线连在一起。

他甚至感觉到，锦衣侯府目下其实已经处在悬崖边上，对方也绝不会到此为止，如果自己猜测没有错，接下来应该还有后手。锦衣侯府这边只要有一丝疏忽，很有可能就会迎来灭顶之灾。

他对危险的来临本就十分敏感，此刻这种感觉十分强烈。

最可气的却是当下的齐氏一族几乎是一盘散沙，三老太爷和齐玉母子显然是勾结在一起，狼狈为奸，与侯府离心离德。齐家那些能够独当一面的顶梁柱却都已经不在人世，留下来的俱是一些酒囊饭袋，这些人不单对侯府毫无益处，反倒成为了侯府的毒瘤。

杨宁对锦衣侯府自然没有什么感情，只是他心里清楚，顾清菡虽然处事干练，但毕竟是一介女流，如果背后真的有人在谋算锦衣侯府，那么对手的实力就绝对不弱。顾清菡或许能够应付府内的风波，可要应对外面来的风暴，却着实不易。

皇城之内波谲云诡，整个京城看似平静，但杨宁却总感觉这就宛若暴风雨来临之前。他无法预测接下来到底有多大的事情发生，但却晓得一个不慎，锦衣侯府很可能粉身碎骨，而顾清菡这些人的下场必将十分凄凉。

此时如果自己一走了之，以锦衣侯府目前的局面，未必有太多的精力去追寻自己，只是就此放任不管，杨宁总觉得心下有些不安。

他暗想目下还是尽力维护，实在到了难以控制的时候，自己再做打算。

窦连忠倒是言而有信，天上的日头出来没多久，杨宁就得到禀报，告之户部尚书的公子登门拜访。

杨宁也不含糊，令人请窦连忠入府。

赵信跟随窦连忠一同入府，在家仆的带领下到了正厅。只是杨宁并不在正厅，家仆只说世子正在梳洗，很快就会出来见客。

茶水送上来，窦连忠轻抿一口，倒也是好茶。虽说他是户部尚书的公子，但一直以来，还真不曾如此大摇大摆地坐在侯府的正厅之内。如今以讨债人的身份登门，只觉得浑身上下一阵舒畅。

"听说你们侯府的事情都是三夫人打理，今日前来，是为了办正事，世子能不能见无所谓，倒是要见见三夫人。"窦连忠端着茶水，目光闪动，向侍候在一旁的家仆道，"其实你们家世子也处理不了这么大的事情。"

他自然早就知道锦衣侯府主事的是一个美艳的遗孀，只是一直不曾得见，昨晚见到，惊为天人。他本就是个游荡花丛之人，见过的粉蝶绿柳不计其数，便是贵妇小姐也不在少数，却难得见到顾清菡这般人物。

家仆只是垂手低头，不吭一声。

赵信见左右无人，凑近低声道："公子，齐宁昨晚看起来很自信，不会真的能够拿出一万多两银子吧？这锦衣侯府看起来家大业大，一万多两银子对他们来说似乎也不是什么大事。"

"金玉其外败絮其中。"窦连忠轻笑一声，低声道，"他们家里的状况，我是一清二楚，昨夜我派人还在附近盯住，齐宁回府之后，根本没有出去过，不可能一下子拿出一万多两银子。"

他一副自信满满的神色："你就瞧着，今日看我如何收拾他们。"

左等右等，却始终不见顾清菡和齐宁出现，窦连忠没了耐心，起身道："你们三夫人到底在哪里？欠债还钱，这样躲着就能没事？"

家仆终于抬头道："三夫人身体不适，府中事情暂时都由世子处理。"

窦连忠一阵失望，却还是道："既然是世子处理，他人呢？"

"这个……"家仆犹豫一下，才道，"世子在侧厅正忙……"

"什么事情比欠债还钱还要重要？"窦连忠眼睛一翻，大步便往门外走，"带路。"

家仆还在犹豫，窦连忠已经呵斥道："发什么呆，还不带路？本公子可没时间在这里耗着。"

那家仆无可奈何，只能在前带路，窦连忠领着赵信跟在后面，穿过一条长廊，却是绕到了侧厅后门。后门微微敞开，窦连忠探头向里面瞧过去，只见杨宁正坐在一张桌边，双手托腮，盯着桌上的一件物事瞧，一动不动，就似乎是在发呆。

窦连忠心下疑惑，那家仆正要禀报，窦连忠抬手止住，轻脚进门。室外阳光明媚，这侧厅内倒有些昏暗，此时才看清楚，那桌子上摆着一件古玩，窦连忠见多识广，一眼便瞧出那是一尊琉璃所制的骏马。

他背负双手走到杨宁身后，杨宁似乎并无察觉，窦连忠扫了那琉璃马一眼，心想还以为是什么名贵物事，这件玩物撑破天也不过几十两银子而已，琉璃并非什么稀罕物，只是这骏马形态逼真，栩栩如生，如同扬蹄飞奔。

他心下暗笑，觉得这锦衣侯府确实已经没落，堂堂锦衣侯世子，竟对这样一尊琉璃马发呆，似乎为其着迷，就像没有看过什么好东西。

"世子，看什么呢？"窦连忠有心要惊吓杨宁，抬手拍在杨宁肩头，果听得杨宁怪叫一声，几乎蹦起来，窦连忠见他神色惊恐，顿时哈哈大笑起来，道，"世子好歹也是出身武门世家，怎的胆量如此弱小？"

杨宁显得有些尴尬，勉强笑道："原来是窦……窦兄！"

窦连忠脸色一沉，道："世子，亲兄弟也得明算账，今天没有什么兄弟不兄弟，你应该知道我过来做什么。"说着向站在门外的赵信使了个眼色，赵信立刻进门来，拱手带笑道："世子，在下如约而至。"

杨宁抬手挠了挠后脑勺，道："我正想着这事，既然已经承诺，就不会失信于人。"

窦连忠一屁股在边上的椅子坐下，道："世子，咱们不是外人，我性情耿直，有话直说，你当真能拿出一万五千两银子？"

又加了一句："我们要的可是现银。"

"现银？"杨宁皱眉道，"实话实说，我身上没有那么多现银。"

窦连忠立刻沉下脸："没有银子？那你昨夜还信誓旦旦有债必偿？世子，锦衣侯的声誉，可是你们齐家两代人积攒起来的，如果你出尔反尔，这传扬出去，锦衣侯的声誉便要一落千丈，好不容易积累的信誉，瞬间就要被你败坏。"

"你先别急。我没说不还。"杨宁指着桌上的琉璃马，苦笑道，"我不正在想着是不是要拿这宝贝抵债吗？"

"宝贝？"窦连忠瞥了那琉璃马一眼，失笑道，"我说世子爷，你该不会是觉得这破东西能够抵偿一万五千两银子吧？"

他不屑道："实话告诉你，这样的东西，连我们户部尚书府的大门也进不去，撑破天能值五十两银子就了不得了，你竟然异想天开用它抵债，难道你当真不识货？"

"不值钱？"杨宁也笑起来，"窦兄难道以为它只是一尊琉璃马？若真是那样，它又岂能成为我们齐家的传家宝？"

窦连忠一听此言，微显诧异之色，道："你说这是你们锦衣侯府的传家宝？"

杨宁叹了口气，道："这是从我祖父手上传下来的，不过一直由我祖母保管，如今我侯府一时没有那么多现银，祖母这才忍痛拿出来，如果不是艰难时刻，平常人就是看一眼也难得。"

他故作讶然道："窦兄应该是个懂得奇珍异宝的高手，为何这次眼睛却失灵了？"

窦连忠见杨宁神情严肃，心想难不成自己真的走了眼，毕竟锦衣侯府曾经也有烈火烹油的鼎盛时期，若说他们家存有几件无价之宝，窦连忠还真不怀疑，杨宁既说这琉璃马是齐家的传家宝，恐怕其中还是另有玄机。

"世子，可否让我细细瞧一瞧？"窦连忠平日里也自诩为此中行家，心想总不能在杨宁面前失了面子。

杨宁犹豫了一下，终是点头道："只怕这件东西回头还要交给你们，你瞧瞧也成，不过千万小心。"

窦连忠这才伸手，小心翼翼地拿起锦衣侯府的传家宝。

杨宁既说琉璃马是传家宝，窦连忠心中怀疑，却也还是颇为小心用双手端起琉璃马，一开始还郑重其事，但很快就显出不屑之色，瞥了杨宁一眼，道："这就是你们锦衣侯府的传家宝？"

"当然。"杨宁脸上甚至显出傲然之色，"窦兄是不是看出什么神奇之处？"

"神奇没看出，我看你是发神经。"窦连忠不留情面道，"除了形态还算过得去，这琉璃都烧制得低劣，我刚才说最多值五十两银子，这话我收回，五两银子满大街也不会有人要。"

"五两银子能买到这样的宝物？窦兄看来还是以为它是一尊琉璃马。"杨宁叹了口气，顿了一下，才道："此马的奇特之处，就在深更半夜可以发出光芒，而且色泽多变，多彩纷呈。此外按照祖母的说法，这琉璃马的表面看起来有些粗劣，不知真相的人或许会以为是琉璃烧制的问题，可是真正的行家却能从里面看出神奇来。""我说了，这根本没有什么神奇，不过是你自己发神经而已。"窦连忠冷笑道，"我说齐宁，你在这里胡搅蛮缠，该不会是想赖账吧？"

杨宁微皱眉，也是不客气道："窦连忠，你眼力不好，可不要在这里贬低我们家的传家宝。你说这只是低劣的琉璃马，又将先帝置于何处？"

"先帝？"窦连忠愣住，"这与先帝有什么关系？"

杨宁得意道："这尊琉璃马是先帝当年赏赐给祖父的，贵重至极，所以被祖父当作了传家宝。"

"这……这是先帝赏赐之物？"窦连忠愕然道，再一次打量琉璃马，他心知锦衣老侯爷深得先帝赏识，能够被封为世袭罔替的锦衣侯，而且食邑三千，当年锦衣侯的尊荣可想而知，如此人物，先帝赏赐他的物事当然也不会是简单的东西。

杨宁道："你可知道'南斗注生，北斗注死'这句话？"

窦连忠有些发蒙，但还是装模作样道："自然知道。"

"这尊琉璃马上，就有南斗六星和北斗七宿的星象。"杨宁指着琉璃马神秘兮兮道，"据说只要仔细看，就能在这尊琉璃马上看到南斗和北斗，而且随着时辰的不同，星象移位，真正懂得星象之人，能利用此物看出生死。"

窦连忠大为惊讶，便是一旁的赵信也一脸错愕。

"我刚才盯着瞧了小半天，刚刚看到一丝星象，就被你惊扰。"杨宁有些懊恼，"早知道这尊琉璃马是如此宝物，就该找祖母早些要过来，好好赏玩，现在……"他苦笑着摇摇头，一脸无奈。

窦连忠将信将疑，但心中却想，如果是先帝所赐之物，还真不能小瞧，再次小心翼翼端起琉璃马，细细品看，小半天也没发现有什么奇特之处，杨宁见他皱眉，在旁道："祖母说这琉璃马夜里会有多彩光芒，或许等到深更半夜就能显出星象来，这大白天……也不知道在日头下面能不能瞧出些端倪。"

窦连忠一听，道："不错，日头下面或许能瞧见。"

日出东方，窦连忠方才被带着从后门进来，后门被屋檐挡住了日光，不过侧厅前门外，却是阳光明媚。

窦连忠倒也明白，这世上有许多的奇珍异宝乍一看确实不显眼，必须细细品鉴才能看出端倪，就是再厉害的鉴宝师，也有走眼的时候。

他虽然喜欢古董字画，也浸淫多年，自问在这方面有几分本事，但杨宁不像是在开玩笑，而且连先帝也搬出来，虽不至于相信，却也心存疑虑，向正门外瞧了一眼，端着琉璃马向门外走过去。

窦连忠还没出门，杨宁已经道："小心！"

窦连忠只当他担心传家宝，也不理会，抬脚迈出门槛，只走出一步，脚下猛地一滑，身体瞬间失去平衡，这一下子毫无防备，脸色大变，随即"啪"的一声，重重摔倒在地上。赵信本来跟在窦连忠身后，见窦连忠一跤摔倒，急忙上前，要扶起窦连忠，两只脚踏出去，也只走了一步，脚下一个打滑，也是一屁股摔倒在地。

杨宁忙跑过来，叫道："窦兄，我让你小心，你……"声音戛然而止，脸上显出惊骇之色，怔怔地盯着地面。

窦连忠莫名其妙摔了一跤，一肚子火正要发作，看到杨宁表情，顺着他目光瞧过去，也是脸色大变。

只见那尊琉璃马摔落在地上，此时已经四分五裂，琉璃本就极为脆弱，他摔倒之时，琉璃马也撞在地面上，这侧厅外是用青石板铺就。那琉璃砸落在青石板上，岂能无事，已经碎成了几十片。

窦连忠本要发作的怒火瞬间烟消云散，背脊生出冷汗，脸上肌肉抽搐，声音发虚："世子，这……这地面真的好滑。"

他感觉地上油腻腻的，伸手摸了一把，放到鼻尖前闻了闻，一股怪味钻入鼻腔，皱眉道："这都是什么东西？"

杨宁却是失魂落魄，一屁股坐倒在地，喃喃道："传家宝，传家宝！"

窦连忠心下一沉，只觉得事情大大不妙。

此刻却听得脚步声响，只见数人快步过来，当先一人却是赵无伤，身后跟着几名护卫以及家仆。赵无伤走上前来，瞧见坐在地上的窦连忠，神情冷漠，等瞧见摔成碎片的琉璃马，变了脸色，失声道："世子，这是太夫人先前派人送来的传家宝吗？"

杨宁只是呆呆道："我的传家宝，这可怎么办？这是先帝所赐，能看生死，这……这如何向祖母交代？"

窦连忠和赵信互相看了一眼，只见赵信脸色也微微发白，窦连忠坐在地上觉得不雅，伸手道："来扶我起来。"

赵无伤神情冷然，其他人都是一动不动，窦连忠心下有些恼怒，却也无可奈何，此时也看清这侧厅的前门外有一滩发黄的液体，自己刚才只想瞧瞧琉璃马到底有何神奇之处，出门的时候根本不曾低头看，正好踩在上面。

他只能小心翼翼爬开，站起身来，锦衣上沾着黄色的液体，只觉得异常恶心，可此时却也不敢发作，干笑两声，向杨宁道："世子，这琉璃马其实……其实并不值钱，并没有什么神奇之处，你不必伤心。"

杨宁猛地抬头，脸上显出愤怒之色，起身抬手指着窦连忠，厉声道："窦连忠，你竟敢砸毁我们锦衣侯府的传家宝？"

"这……这能算什么传家宝？"窦连忠声音发虚，但此种情况下，却也只能硬着头皮道，"世子，你若喜欢这类古董，我回头给你挑选几件珍宝，派人……派人给你送过来。"

"珍宝？"杨宁怒道，"这琉璃马只此一尊，别无分号，这是先帝所赐，是无价之宝，你想用几件珍宝就打发了？"

窦连忠干咳两声，争辩道："你刚才也看到了，我并非有意砸毁，实在是……"

他脸色一沉，指着地面的黄色液体道："这到底是什么东西？为何会在这里出现？"

窦连忠眼珠子转了转，双眉一扬，盯住杨宁，冷笑道："齐宁，这该不会是你故意设下的圈套吧？"

杨宁上前一步，越过门槛，一个跳跃，身法轻盈，便到了窦连忠面前，神情冷厉，目光如刀，抬手指着窦连忠鼻子道："你把你说的话再重复一遍？你说这是我设下的圈套？可是我主动让你拿起我的传家宝观看？是我让你拿着传家宝出门？

你出门的时候，我已经提醒过你，让你小心，你可别说没有听见。"

他气势汹汹，一副气急败坏的模样，眼睛圆睁着，弄得像要吃人一样。窦连忠显然从未见过锦衣侯世子这番姿态，不自禁后退一步，干笑道："世子有话好说，不要冲动，咱们是自家兄弟，什么事情都好商量着解决。"

又道："你刚才提醒我小心，我只以为是让我当心弄坏了琉璃马，不知道你是说这门外地滑，这……这确实是我的疏忽。"

"亲兄弟明算账，没有什么兄弟不兄弟。"杨宁冷着脸道，"窦公子，琉璃马是你亲手摔毁，你看咱们该如何解决？"

窦连忠暗想以前也没看出这小子如此犀利，似乎变了一个人一样，自己先前才说过的话，这会子杨宁一字不差奉还回来，都说锦衣侯府有债必偿，这句话还真是灵验，这么快就还回来。

"那你说如何解决？"窦连忠毕竟也不完全是一个无能的纨绔子弟。其父掌管户部多年，此前也一直在户部当差，与账目打交道，最是擅长大算盘小算计。窦连忠耳濡目染，其实也清楚，今日只怕是被眼前这个小子算计，他一直以来都是算计别人，何曾想到今日竟会被京中有名的痴呆世子所算计。

可是诚如杨宁所言，是自己主动要拿着琉璃马出门观看，陷阱固然是对方设下，可自己竟然步步配合，顺着对方的道儿往坑里落，这时候要论理，还真不好辩驳，窦连忠只得在心中寻思着该如何应对这突如其来的变故。

杨宁只是冷冷盯着窦连忠，这让窦连忠浑身上下很不自在，只能道："既然是我摔坏的，赔你银两也芏无不可，只是……"

他斟词酌句，小心翼翼道："只是这琉璃马到底值多少银子，世子心里可有数？"

"银子？"杨宁不屑笑道，"窦公子，你觉着我堂堂侯府缺你一点银子？"

窦连忠脸色微沉，淡淡道："世子，你要这样说，我也无话可说，到底想怎样，你就给个话，不必婆婆妈妈。"

他冷笑一声，道："说实话，你在这里自夸自卖，区区一个琉璃马被你说成传家宝，是真是假，谁又能知道？"

"窦公子是准备耍赖吗？"杨宁也是一声冷笑，"只可惜你这招在我锦衣侯府可不好使。"

窦连忠道："其实咱们也不必争辩，我窦连忠是个讲道理的人，你既说这琉璃马神奇莫测，咱们只要找寻几个懂得鉴宝的高手细细品鉴，就能分辨出真假来。"

"照你这样说，一个满腹才华博古通今的大儒，死了之后，只看他尸首，也能分辨出他到底懂些什么？"杨宁冷冷道，"琉璃马完整无缺，自然是神奇无比，可是如今被你砸毁，还能看出什么来？"

窦连忠脸色难看，边上赵信却凑过来，在窦连忠耳边低语两句，窦连忠立刻道："如果真是传家宝，窦某自然会赔偿，可如果是你在信口开河，窦某也不会任人欺诈。"

他瞥了琉璃马的碎片道："你我在这里争执无用，咱们要分辨明白，现在就可以去京都府。"

"京都府？"杨宁笑道，"窦公子是准备见官了？"

窦连忠道："不错，非见官不可。"

"好。"杨宁也不犹豫，"就是走到金銮殿，你砸毁我的传家宝，那也赖不了，本世子现在就陪你去趟京都府。"

窦连忠心知这件事情若是在锦衣侯府纠缠，定然讨不了好，先往京都府去，总有个缓和的余地。

赵信在旁忍不住道："那咱们这些当票？"

"心急什么？"杨宁没好气道，"我这一件传家宝，莫说你这点银子，就是十倍也不止，总不会少你银子。"

窦连忠心下一冷，暗想这小子当真心黑，一件破马竟然还想索要巨额赔偿，既是如此，无论如何也要到京都府辩个明白。

第二十二章

断案京都府

京都府顾名思义，乃是坐镇在京城的府衙，京中的案件，特别是这类民事纠纷，大都是在京都府处理，此外京都府还兼管着京城治安。

京都府隶属于刑部，所以京都府尹往往都是由刑部挑选出的官员来担任。

窦连忠和杨宁来到京都府的时候，还没有到午饭口，两人身份特殊，得知两位贵公子打官司到了京都府，衙役急忙入府禀报。

虽说京都府每个月都要处理不少案件，但像今日这样的案子，确实少见。

京城的王公贵族众多，高官重臣如云，所以出身豪门的贵族子弟亦是多如牛毛，在这京城之内，互相之间拉帮结派磕磕碰碰那也是难免的事情，可是即使发生冲突，也往往都是私下解决，很少搬到台面上来，更是极少会打起官司来。

如果是换做齐景在世的日子，再给窦连忠十个胆子，也不敢寻锦衣侯府的麻烦，更别说与锦衣侯世子闹到京都府。

不过现在情势不同，齐景已经过世，而窦连忠也怀疑杨宁是要将自己往死里坑，只能到京都府来打官司。从锦衣侯府离开时，窦连忠更是低声嘱咐赵信几句，赵信出府后立刻独自离开，并没有随同窦连忠前来京都府。

很快，两人就被请入京都府内，本来赵无伤等跟随杨宁过来的护卫并不能入内，但杨宁声称赵无伤是见证人，虽说锦衣侯府今不如昔，但瘦死的骆驼比马大，京都府衙差倒也不敢得罪，放了赵无伤进去。

衙差并没有将三人带去京都府大堂，而是领着三人到了京都府的偏厅。落座之后，窦连忠冷笑道："齐宁，你好歹也是锦衣侯的继承人，两代锦衣侯都是刚直不阿，想不到你小子一肚子坏水，竟敢用这些下三滥的手段，这锦衣侯的名誉，总要被你败坏。"

"第一，你窦连忠为人处世，似乎和正直扯不上任何干系，所以你并无资格评论别人如何处事。"两人已经撕破脸，杨宁也毫不客气，"第二，砸毁锦衣侯府传家宝，你非但没有丝毫悔过，反倒诬陷本世子是要设计害人，想要耍赖逃脱责任，就凭这一点，你窦连忠的人品可想而知。"

"咱们不必争论。"窦连忠冷笑道，"你只怕还不知道京都府尹究竟是个怎样的人。"

杨宁扭头看向站在自己边上的赵无伤，赵无伤已经道："京都府尹莫大人也是刑部左侍郎，铁面无私，断案如神，所以人送外号'莫铁断'！"

他素来说话简单利落，三言两语便将京都府尹的背景和性情说清楚。

窦连忠笑道："知道就好。这位莫大人在刑部的时候，就威名在外，他二十多岁就进了刑部，特立独行。这些年来，交到他手里的案子，都是明明白白断出来。齐宁，你那琉璃马是粗制劣货还是堪为传家宝，莫大人自然会弄个一清二楚。"

他话声刚落，就听到外面传来一声喊："升堂！"

随即就见四名手持杀威棒的衙差鱼贯而出，进门之后，左右分开，随即四名衙差齐声叫道："请大人升堂！"然后杀威棒在地面敲击，发出"嗒嗒"之声。人虽不多，却显得肃穆庄严。

随即便从外面走进一人，一身黑色官服，年纪在四十岁上下，脸上的肤色比一般人要白许多，却不是那种正常的白，他的脸没有血色，显得有些苍白。国字脸，浓眉大眼，神情却十分严肃，自有一股不怒自威的气势。

　　杨宁心知此人应该就是京都府尹莫大人，在莫大人身后，则是跟着一名手抱卷宗的吏员。

　　莫府尹进门之后，目不斜视，也不看左右两边坐着的杨宁和窦连忠，径自走到正座，转身坐下，那吏员则是走到一旁的桌边，十分娴熟地将笔墨纸砚摆好，手执狼毫，蘸了墨汁，这才静待不语。

　　莫府尹咳嗽一声，这才左右看了看，杨宁和窦连忠也都起身来，向莫府尹拱手行礼，窦连忠正要说话，莫府尹已经率先道："本该在大堂审案，不过顾及你们府上的颜面，就在这里升堂。本官审案之前，只问一句，你们当真要在这里打官司？如果反悔，本官可以现在终止审案，否则接下来这件官司会记录于卷宗。"

　　他抬手指向那吏员："书办会将你们和本官所说的每一个字，都记录在案。"

　　窦连忠瞥了杨宁一眼，冷冷一笑，但对莫府尹倒还颇有些几分忌惮，拱手道："回大人话，锦衣侯世子齐宁设局坑陷晚辈，晚辈……"

　　莫府尹已经抬手道："不必自称晚辈，这里没有前辈和晚辈之分，你只需自称名姓。在本官做出判定之前，也不要轻易给别人定罪，你若说齐宁设局坑陷，就必须拿出充足证据，否则便是信口雌黄，本官决不允许。"

　　窦连忠一怔，有些尴尬道："晚……窦连忠知道！"

　　莫府尹微微颔首，这才向杨宁道："齐宁，你二人前来打官司，谁是被告？"

　　两人竟同时指向对方："我要告他！"

　　莫府尹皱起眉头，沉声道："你们到底在搞什么鬼？"

　　他指着窦连忠："你先将事情原委详细说来，齐宁，在他没有说完之前，不得插嘴！"

　　窦连忠立刻声情并茂将之前所发生的事情细细说来，最后才道："莫大人，齐宁处心积虑，都是设计好的。一个根本不值钱的琉璃马，却被他说成是传家宝，还说什么能够看出生死，简直是一派胡言。"

　　莫府尹淡淡道："你说完了？"

　　窦连忠本想再加几句，可是看莫府尹神情冷峻，只能点头，莫府尹转视齐宁，问道："窦连忠说的可是事实？"

"回大人话，他前面所言大致不差。"杨宁道，"昨夜当铺被烧，窦连忠带人立刻去火灾现场，急着赎当，今日一早便赶到了侯府，想要索取赔偿。本来我让他们在正堂等候，可窦连忠自己去找到我，又主动要求观看锦衣侯府的传家宝，而且为了看出神奇之处，又自己拿着琉璃马出门，一个不慎，摔坏了琉璃马，那是我锦衣侯府世代相传的绝世奇珍，就这样被他所毁，他非但没有悔过之心，还污蔑我是设计坑陷……"

杨宁苦笑道："我不知如何是好，只能求莫大人做主。"

窦连忠冷笑道："你还在装模作样？莫大人目光如炬，是真是假，一眼就能看穿。"

"昨夜大火，本官已经知晓。"莫府尹道，"你们侯府也派人过来报案，本官早上也专门派人前去调查此案。"

他轻抚胡须："齐宁，你那件传家之宝，可曾带来？"

"带来了。"杨宁看向赵无伤，赵无伤拿着包裹，送上前去，打开来，里面装着琉璃马的碎片。

莫府尹拿了一块在手中，瞧了一眼，淡淡道："这琉璃烧制低劣，仅从材质来看，确实不是什么值钱的宝贝。"

窦连忠眉宇间立刻显露出喜色，得意地瞧了杨宁一眼。

杨宁也不着急说话，窦连忠却已经笑道："莫大人慧眼如炬，一眼便看出了真假。"

他盯住杨宁，冷笑道："你还有什么话要说？"

"要我说什么？"杨宁淡定道，"难道莫大人已经给出了最终判定？"

"你难道没有听见，莫大人说这是低劣的琉璃所制。"窦连忠挺起胸，"话说到这个份上，我实在不知道你还要什么判定。"

"莫大人只说从材质上来看，并不是什么值钱的宝贝。"杨宁不骄不躁，

"却并没有说这琉璃马就不是宝贝。你既然懂得古董字画，那就该知道，有些字画的纸张和墨印都很普通，但画出来的画作，却价值千金，真正的宝贝，倒也不一定是看材质。"

窦连忠还要争辩，莫府尹眼中显出一丝微笑，道："齐宁说的没错，单从材质来看，这确实不算什么宝贝，本官却并没有否认这琉璃马本身不是宝贝。"

窦连忠呆了一下，有些迷糊。

"齐宁，你说这是你的传家宝？"莫府尹问道，"这又从何说起？"

"回大人话，这琉璃马是先帝赏赐给祖父的，上面有南斗六星和北斗七宿的星象，能辨生死。"杨宁悠然道，"如果这琉璃马完好如初，夜里还能发出光芒来。"

莫府尹一怔："这是先帝所赐？"

"正是。在我们锦衣侯府已经珍藏了几十年，今日才刚刚拿出来，不想竟被……"杨宁瞪着窦连忠，一脸怒容道，"窦连忠竟毁了这传家宝，还找借口想要耍赖，请大人做主。"

莫府尹微微颔首，窦连忠见状，急道："莫大人，他说是先帝赏赐就是先帝赏赐？谁知道他是不是拿先帝来做幌子，先帝已经驾崩，死人不能……"

"住口！"莫府尹厉声道，"窦连忠，你好大的胆子，竟敢亵渎先帝，该当何罪？"

窦连忠也是一时情急，被莫府尹一声斥责，立时惊醒，慌道："莫大人，我……我不是那个意思。"

"你可知道，就凭你这句话，我就可以治你的重罪。"莫府尹神情阴厉，"这里是京都府，你当着本官的面亵渎先帝，居心何在？"

窦连忠一张脸顿时急红："莫大人，我绝对没有任何亵渎先帝的意思，我只是想说……只是想说如果是先帝赏赐之物，都会有记录在册，这件琉璃马是不是先帝赏赐之物，只要查阅一下档案便知。"

此时那书办却已经抬头向莫府尹问道："大人，刚才这句话是否……"

窦连忠闻言，脸色大变，急道："莫大人，莫大人，我……"他心里知晓，若是自己刚才那句话被记录在卷宗之中，后果不堪设想，他平日里仗势欺人惯了，今日到了京都府，本来还有些小心，但刚才见莫府尹因为"先帝所赐"四字情绪有所变动，生怕莫府尹因此而偏护杨宁，情急之下，口不择言，却是犯了大忌。

他心中懊恼不已，杨宁却恭恭敬敬向莫府尹道："大人，现在是在审案，是否每一个字都会记录在册？"

"不用你提醒。"莫府尹淡淡道。

又向那书办道："你做了这么多年书办，难道还不知道规矩？这句话有必要多问？"

书办忙道："是小的鲁莽。"再不多言，提笔写下。

窦连忠面如死灰，额头上冒出冷汗来，心知今日可是犯了一个不可饶恕的错误，这事情说小可小，要说大也是了不得的大事。

如果是别人，让自己的父亲私下里走走门道，要修改一份卷宗自然是轻而易举的事情，可偏偏面对的是素有"莫铁断"之称的莫府尹，更要命的是，听到自己这句话的偏偏有杨宁在场。

"窦连忠所言有道理。"莫府尹道，"天子赏赐臣下之物，朝廷都有记录，皇家之物在尚宝监有记录，若是从户部拔出的赏赐，户部也必然有记录。窦连忠的父亲既是户部尚书，如果这琉璃马是从户部拔出，在户部自然可以查找档案，否则亦可从宫中的尚宝监调查。"

窦连忠急道："不错，就是这样。莫大人，我已经派人去了户部那边，查找有关这琉璃马的记录。"

杨宁这才明白，先前赵信独自离去，应该就是窦连忠派他前往户部。

莫府尹皱眉道："窦连忠，你似乎并无官职在身。"

窦连忠一怔，不明其意。

"你并无官身，又如何能够指派人前往户部调查卷宗？"莫府尹淡淡道，"令尊虽然是户部尚书，即使是令尊，要调阅卷宗，也要相关手续，却不知你是如何轻易派人调查？这件案子，若要调查卷宗，本该是由我京都府出面，向户部甚至是尚宝监调卷宗查阅，你似乎太过着急了吧？"

窦连忠立时醒悟自己又犯了第二个致命的错误。

窦馗固然是户部尚书，但窦连忠却并无官身，根本无权插手户部事务，他竟派人前往户部查阅卷宗，就等于是将户部当成自家的后院，这事情要传扬出去，一旦有政敌知晓，便可利用此事重重打击窦馗。

窦连忠脸上肌肉抽搐，脑中发蒙。

那书办这一次连个屁也没放，直接将这段话记录在册。

杨宁心想这莫府尹还真是铁面无私，这下子倒好，窦连忠还没有扯清楚传家宝的事情，倒是连连失言，已经被莫府尹抓住两个把柄，而且这两个把柄都是不闹起来则罢，若真是一本正经追究下来，都能变成大案。

窦连忠本想分辩几句，一直默不作声的赵无伤忽然开口道："在下赵无伤，有事要向大人禀明！"

莫府尹道："你想说什么？"

"被摔碎的传家宝，的确是先帝赐给老侯爷的。"赵无伤缓缓道，"莫府尹，敢问一句，锦衣侯名称的由来，你可知晓？"

"当年先帝平定荆南贼寇，锦衣老侯爷是先帝麾下猛将。因战事僵持，后勤供应不利，前线缺衣少食，一直拖到了冬天。那年气候特别寒冷，不少兵士因此冻死。先帝一直与兵士同甘共苦，据说那次先帝衣衫单薄，在前线病倒。"莫府尹顿了顿，才继续道，"锦衣老侯爷当时将自己身上的衣衫全都穿在先帝身上，更是赤身在山里为先帝寻找药材，先帝这才转危为安，而锦衣老侯爷却差点冻死。"

"正是如此。"赵无伤道，"皇恩浩荡，后来先帝便赐封老侯爷为锦衣侯，乃是怀念当初的君臣情谊。"

莫府尹拱手道："老侯爷忠诚可嘉，一直是我等做臣子的楷模。"

"那么莫大人也知道，先帝当年南征北战，攻城略地，所向披靡。"赵无伤声音平静，"这其中少不得获取许多奇珍异宝，而先帝亦是将这些奇珍异宝赏赐给麾下功臣，不但是锦衣老侯爷，如今的四大侯府，应该都珍藏有先帝的御赐宝物。"

莫府尹微微颔首，并不说话。

"那时候赏赐的宝物，却并没有记录在册。"赵无伤缓缓道，"我是否可以认为，如果在户部或者尚宝监查找不到宝物的记录，那么这尊先帝御赐的琉璃马，就真的是来路不正？"

莫府尹皱起眉头，道："你是说，琉璃马是当年老侯爷跟随先帝征战之时所赐？"

"正是如此。"赵无伤道，"而且当年赏赐这件宝物之时，武乡老侯爷也在当场。"

窦连忠一口老血几乎要喷出来。

锦衣老侯爷、武乡老侯爷，包括大楚先皇帝，这三人都已经死了多年，难不成要将这三人从坟墓里拉出来作证？

可此刻他又不敢轻易说话，自己已经连番犯错，只怕再一开口，还要惹祸。

莫府尹道："既然是先帝赏赐的宝物，当然是贵重无比。"

他转视窦连忠，肃然道："窦连忠，先帝御赐宝物，被你所毁，你还有什么话要说？"

窦连忠张了张嘴，终是道："他们……他们如何证明那是先帝所赐？"

"先帝之名，岂可冒用？"莫府尹冷笑道，"谁若是借先帝之名为非作歹，亵渎先帝，其罪当诛。"

窦连忠打了个冷战，低头道："那……那该如何？"他现在还真怕这莫铁断丢掉琉璃马之事不管，却追究自己刚才的口不择言，若真是那样，可比琉璃马要麻烦得多。

"齐宁，琉璃马已经砸毁，不可能复原。"莫府尹沉声道，"你准备让窦连忠如何赔偿？"

"回大人话，琉璃马是我锦衣侯府传家宝，这不是最重要的，最重要的是先帝御赐，先帝所赐之物，当然是无价之宝。"杨宁恭敬道，"我也不敢索要金银赔偿来亵渎先帝所赐宝物，而且此事祖母还不知道，先要禀明祖母，才能决定如何处理赔偿。我希望莫大人做主，先让窦连忠立下一张字据！"

"字据？"

"正是。"杨宁道，"要窦连忠承认砸毁了我家的传家宝，只要能够在莫大人的监督之下证明此事，以后的事情也就好处理得多。"

莫府尹想了想，才道："窦连忠，齐宁要你立下字据，你是什么意思？"他神情冷淡，双目紧盯窦连忠。

窦连忠讪讪道："莫大人要我立字据，我自然无话可说。"

"且慢！"莫府尹抬手道，"这字据并非本官要你所立，所谓欠债还钱，你既然砸毁了锦衣侯府的传家宝，按道理也要给人一个交代。这字据立与不立，不在于本官，而在于你自己。你若是立了字据，此案也就到此为止，接下来你只需要与锦衣侯府商议赔偿事宜。若是这个字据你不愿意立下来，那也不打紧，本官大可以将今日的卷宗交到刑部，由刑部商议处理此案。"

"千万不可。"窦连忠急忙道，"我现在就立字据。"

他心知大楚六部，各自独立，刑部与户部各管一摊，互相之间虽在具体事宜上要互相协调，但却都无法插手对方事宜。

如果今日的案宗交到刑部，一旦扩散开来，上面记录的两个致命之处，说不定就有人要借此掀起风浪。

窦连忠当下只能先老老实实按照莫府尹的意思将字据先立下来，让卷宗不致扩散，等回头再找家人商量如何应对。

笔墨纸砚是现成的，窦连忠在莫府尹的注视下，走过去立下了字据，交给莫府尹，莫府尹瞧了一眼，微皱眉头，招手叫过杨宁，问道："这字据你看如何？若是可以，现在就签字画押。"

"不行。"杨宁扫了一眼，立刻道，"这上面写的是砸毁琉璃马，窦连忠，你这是要在文字上做手脚？你砸毁的是我们锦衣侯府的传家宝，可不是什么琉璃马。"

"本公子砸毁的就是琉璃马，是不是传家宝，本公子可不管。"窦连忠恼怒道，"我这是如实立据。"

莫府尹皱眉道："看来你们二位还要纠缠下去，本官无能为力，只能转交刑部……"

窦连忠顿时蔫了下去，无奈道："好，莫大人，我……我按照他的意思写就是。"恨恨看了杨宁一眼，重新立了一份字据，杨宁接过，这才满意，莫府尹让窦连忠签字画押按了手印，这才将字据交给杨宁。

杨宁收好放入怀中，笑道："窦公子，到底如何赔偿，等我们侯府先商量，你放心，我不会狮子大开口。"

窦连忠心下恼怒，冲着莫府尹一拱手，道："莫大人，窦某先告辞！"转身要走，杨宁叫道："窦公子，你通知赵信，随时可以去我府里领取赔偿，我锦衣侯府有债必偿，绝不会赖账。"

窦连忠冷哼一声，气呼呼而去。

杨宁这才向莫府尹拱手道："莫大人，多谢您主持公道，齐宁感激不尽！"

他是聪明人，自然看出来，莫府尹今日虽然看似公正，但其实还是偏护了自己。

他其实在进入京都府衙门之前，就做好了准备，斗智斗力，也要让窦连忠将这字据立下来。

只是事情进展比自己预想的还要顺利，莫府尹抓住了窦连忠两次失误，记录在册，也正是凭借这卷宗，让窦连忠不得不立下字据。

他心下颇有些奇怪，暗想难不成这莫府尹与锦衣侯府也有渊源？否则为何会袒护自己？

可是窦连忠既然敢让京都府审理此案，那么就证明莫府尹与锦衣侯府绝无交情，否则窦连忠绝不会将事情捅到京都府衙门来。

莫府尹被人称为"莫铁断"，铁面无私，断案如神。今日审案，虽然说不上处事不公，但多少有偏护在其中，对一个铁面无私的人来说，倒有些反常。

莫府尹神情淡定，没有丝毫笑容，起身来抬步便走。那书办则是抱着卷宗跟在后面，两人都不说一句话。

杨宁与赵无伤对视一眼，心下奇怪。

莫府尹走到门前，忽然停住脚步，做了个手势。那书办弓了弓身子，率先出门，四名衙差也迅速离开。

"昨天你在花市救了一个孩童？"莫府尹也不转头，忽然开口问道，"你为何要救他？"

杨宁万万想不到莫府尹会突然有此一问，怔了一下，脑中想到昨日在花市从蜀王世子马蹄下救出的孩童，身体微微一震，猛然间想到雷永虎。

他记得袁荣当时就说过，雷永虎不是京都府尹的人，就与刑部有关联，当时也没有多想，此时却立时意识到什么。

"马蹄伤人，我就在旁边，无论伤的是谁，我都不会袖手旁观。"杨宁想了一下，才道，"莫大人，救人需要理由吗？"

莫府尹淡淡道："袖手旁观之人多得是。听说当时你为救那孩童受了伤，还说稍有不慎，你自己也有性命之忧？"

"那是夸大其词。"杨宁笑道，"就算真被马蹄踩上，我顶多也就是半身不遂，应该不至于要了性命。"

莫府尹微微颔首，缓缓转过身来，背负双手，上下打量杨宁一番，依然是不苟言笑，道："你的胆识和勇气，确实很像你父亲。"

随即脸色一沉，道："不过你父亲的胆子，是用来保家卫国，你的胆子，却是用来坑蒙诈骗。"

"啊？"杨宁立刻道，"莫大人，你……"

莫府尹冷笑道："你那点手段，岂能瞒过本官的眼睛？什么传家宝？什么先帝御赐？不过是普通的琉璃马，往街市上去，那种琉璃马用不了三五两银子，什么北斗南斗，你以为能骗过本官眼睛？"

杨宁心知这莫铁断对自己的算盘一清二楚，可明知如此，对方却还是偏护了自己，心下愈加肯定，自己所救的孩童，定与莫府尹有关。

"仅此一次，下不为例。"莫府尹神情冷然，不等杨宁说话，继续道，"你们当铺发生的大火，我会令人详加调查。"再不多言，转身便走。

等莫府尹离开，杨宁这才舒了口气，低声向赵无伤问道："莫府尹到底叫什么名字？"

"铁骨铮铮的铮，莫铮！"赵无伤简单明了道。

两人离开京都府，回到侯府，刚到大厅，顾清菡已经在厅内等候，见杨宁回来，立刻起身迎过来，俏脸上满是担忧之色，问道："宁儿，你们去了京都府？到底是怎么回事？"

杨宁笑了笑，将事情原委细细说了一遍，顾清菡美丽的大眼睛圆睁，惊道："你是说窦连忠立下了字据？"

杨宁从怀中取了字据出来，递给顾清菡，顾清菡扫了一眼，见上面签字画押，更是惊讶："传家宝？"

"只是一个普通的琉璃马。"四下无人，杨宁自然不会对顾清菡隐瞒，"对付窦连忠这种人，只能用这种法子。有了这字据在手中，那个赵信也不敢再登门索赔了，等我有了心情，便拿着字据上门讨债。"

顾清菡本来还在烦恼该如何面对如此巨额的赔偿，却不想杨宁轻描淡写之间便化解，失笑道："你这孩子，以后可不许用这种花招，被人知道真相，那还了得。"

"既然用上，自然不会让人知道。"杨宁笑道，"三娘放心，这样的手段，因人而使，难不成对付窦连忠这类人，还要光明正大。"

他压低声音道："不过对窦家咱们还要防备，这一次应该是打乱了他们的计划，难保他们不会使出其他的花招。"

忽听得脚步声响，门外传来邱总管的声音："三夫人可在？"

"进来吧。"顾清菡迎过去，邱总管进了门来，顾清菡已经问道，"那边事情处理得如何？"

"我已经和那几位东家说好了，这几日先清点损失，然后给我们半个月时间。"邱总管道，"都是老邻居，倒也都没有反对。我估算了一下，这几家合计起来，也要一万两银子左右，此外当铺里除了赵信那笔银子，还外放了两万多两银子，加起来没有五六万两银子过不了这个坎。"

邱总管叹了口气，道："府里的现银现在加起来不到两千两……三夫人，这是真的到了难关。"

顾清菡秀眉蹙起，虽说杨宁解决了窦连忠那边，赵信一万多两银子暂时不要去管，但其他人的赔偿却不能少，即使除掉赵信那笔银子，至少也还要四万两银子才能填补侯府目前的窟窿。

锦衣侯府自老侯爷开始，就是清廉得紧，除了正常的收入，并无其他灰色收入。三千食邑，外加几百顷土地以及两个店面的利润，一年下来其实也就五六万两银子，仅以明面上的收入而言，这在大楚已经算得上是极为丰厚。

实际上侯府每年的用度却远远低于这个数目。

"江陵那边到现在都没有消息，一定是出了变故。"邱总管忽然道，"三夫人，眼下指望着江陵的银子能应付一时之急，如果连江陵的银子都无法送到，这道坎根本过不去。您看是不是再派人往那边去一趟？"

"这已经几次派人去，可都是没有音信。"顾清菡蹙眉道，"邱总管，你准备一下，我今日就动身，启程前往江陵！"

"啊？"邱总管急道，"三夫人，你要亲自前往江陵？"

"这已经拖延了一个多月，绝无仅有，一定是出了什么大事。"顾清菡看了杨宁一眼，心中却想着杨宁之前所言，亦觉得江陵税银至今未到很可能不是单独发生的事，杨宁猜测其与这次火灾甚至是别院刺杀事件都有牵连，是有一只黑手在背后操控，顾清菡亦觉得颇有道理，"我必须亲自前往江陵一趟。"

"可是这边……三夫人，不如我去一趟，你留在府里。"邱总管想了一下，才道，"我此去定会将税银带回来。"

"邱总管，平时都是你与外面那些人接触。"顾清菡道，"我一个妇道人家，不好抛头露面，你先在这边稳住那些人，尽量让他们同意往后延一延，我速去速回。"

"可是三夫人前往，我实在放心不下。"邱总管苦笑道。

顾清菡道："不必担心，我老家也在江陵，对那边我很熟悉。"

"我随三娘一同前往。"杨宁忽然道，"有我跟在三娘身边，一切自然平安无事。"